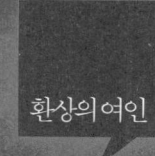

환상의 여인

이 은 선

연세대에서 중어중문학과와 동대학 국제학대학원 동아시아학과를 졸업했다. 편집자, 저작권 담당자를 거쳐 전문 번역가로 활동중이다. 애거서 크리스티의 『끝없는 밤』, 앤서니 호로비츠의 『셜록 홈즈 : 실크하우스의 비밀』, 마거릿 애트우트의 『그레이스』, 도로시 B. 휴스의 『고독한 곳에』, 매튜 펄의 『포의 그림자』 등을 비롯하여 다양한 소설을 번역하고 있다.

PHANTOM LADY
by Cornell Woolrich

이 도서의 국립중앙도서관 출판예정도서목록(CIP)은 서지정보유통지원시스템 홈페이지(http://seoji.nl.go.kr)와 국가자료공동목록시스템(http://www.nl.go.kr/kolisnet)에서 이용하실 수 있습니다.
CIP제어번호 : CIP2012002778

환상의 여인

윌리엄 아이리시 이은선 옮김

왜 이 여자를 아무도 모르는 겁니까?

엘릭시르

차
례

/

"나는 대답도 않고,

다시 찾아오지도 않을 것이다."

—존 잉걸

/

/

이 소설에 등장하는 인물들은 전적으로 허구다.

현존하거나 사망한 어떤 인물과 이름이나 그 밖의 부분들이 같더라도 순전히 우연의 일치다.

Phantom Lady

(이제는 그곳을 벗어났다는 데)

무한정 감사하는 마음을 담아

호텔 M 605호실에 바친다.   ,

/

/

Phantom   Lady   William Irish

001

사형 집행 150일 전

― 오후 6시

밤은 젊고 그 역시 젊었다. 하지만 상쾌한 밤과는 달리 그의 기분은 씁쓸했다. 뚱한 표정은 몇 미터 밖에서도 볼 수 있을 정도였다. 아무리 참아도 가라앉을 줄 모르는 울분 때문에 계속 속이 부글거릴 때 짓는 표정이랄까. 주변의 모든 것과 전혀 어울리지 않아 꼴사나워 보이기까지 했다. 그 공간에서 그의 표정만 불협화음을 연출했다.

때는 오월 저녁, 만남의 시간이었다. 이 도시에 사는 이십 대 젊은이 중 절반이 머리를 반질반질하게 빗어 넘기고 지갑을 채우고, 데이트 상대를 만나러 발걸음도 경쾌하게 나설 시간이었다. 그리고 나머지 절반도 분첩으로 콧잔등을 두드리고 특별한 옷을 걸치고,

데이트 상대를 만나러 춤추듯 경쾌하게 바깥으로 나설 시간이었다. 어느 쪽으로 시선을 돌려도 도시 젊은이의 절반과 다른 절반이 만나는 광경이 펼쳐졌다. 식당이며 술집, 잡화점과 호텔 로비, 시계탑 아래 할 것 없이 곳곳에서, 먼저 도착한 누군가가 다른 누군가를 기다리고 있었다. 그리고 진부하지만 언제 들어도 새로운 말들이 사방에 넘쳤다.

"내가 늦었지? 오래 기다렸어?"

"오늘 멋진데? 어디 갈까?"

그런 저녁이었다. 립스틱처럼 붉은 서쪽 하늘은 데이트를 위해 차려입고, 다이아몬드 클립 대신 별 몇 개로 이브닝드레스를 집었다. 길을 따라 깜빡이기 시작한 네온사인들이 오늘 밤 모든 사람들이 그렇듯 거리를 지나가는 사람들에게 추파를 던지고, 택시는 노래하듯 빵빵거리고, 우르르 모두들 어딘가로 향하고 있었다. 공기도 그냥 공기가 아니었다. 고급 향수의 은은한 향을 품은 샴페인을 뿌려 놓은 듯, 정신 차리지 않으면 머릿속까지 스며들었다. 아니면 심장까지.

이런 상황에서 그가 뚱한 표정으로 주변 분위기를 망치고 있었다. 사람들은 성큼성큼 지나가는 그를 흘끗거리며 무엇 때문에 저렇게 불쾌할까 궁금해했다. 어디가 아파서 그런 건 아니었다. 그 정도로 몸을 흔들며 걸을 수 있다는 것은 건강에 아무 문제가 없다는 증거였다. 처지가 어려워서 그런 것도 아니었다. 아무렇게나 걸친 고급스러운 옷차림은 대충 흉내 낼 수 있는 게 아니었다. 나이 탓도 아니었다. 서른을 넘겼더라도 몇 개월이면 모를까, 몇 년까지는 아니었다. 그렇게 오만상을 쓰고 있지만 않았더라면 제법 잘생겨 보였을 것이다. 찡그림이 덜한 이 구석, 저 구석을 자세히 뜯어보면 알 수 있었다.

그는 그렇게 잔뜩 날이 선 모습으로, 양쪽 입꼬리가 밑으로 처져 코 밑에 편자를 달고 있는 듯한 얼굴을 하고서는 걸었다. 그가 저벅저벅 발을 내디딜 때마다 팔에 건 외투가 위아래로 흔들렸다.

지나치게 뒤로 젖혀서 쓴 모자는 엉뚱한 부분이 움푹 들어가 있었다. 마치 주먹으로 꾹 눌렀다가 바로잡지 않고 그대로 쓰고 나온 모습이었다. 걸음은 어찌나 거칠던지 구두 밑창이 고무가 아니었다면 보도에 불똥이라도 튈 기세였다.

그는 원래 아무 데도 들어갈 생각이 없었지만, 그 앞에 왔을 때 끼익 하고 급작스럽게 멈추어 서고 말았다. 이런 식으로밖에 표현할 방법이 없는 것이, 다리에 브레이크라도 걸린 듯 발걸음을 멈추었던 것이다. 앞을 지나는 순간에 네온사인이 깜빡이지 않았더라면 이런 곳이 있는지 알아차리지도 못했을 것이다. 제라늄 꽃 같은 붉은빛의 네온사인에는 '안셀모'라고 적혀 있었는데, 마치 누가 케첩 한 병을 통째로 쏟은 듯 간판 아래 보도를 온통 물들였다.

그는 충동적으로 몸을 틀어 문을 밀고 안으로 들어갔다. 지하로 서너 계단 내려가자 천장이 낮은 길쭉한 공간이 그를 맞았다. 안은

넓지 않았고, 아직은 손님들로 북적이지도 않았다. 편안한 분위기였다. 잔잔한 호박색 조명이 위쪽을 비추었다. 양쪽 벽을 따라 얕게 파 놓은 공간에 테이블들이 줄을 지어 놓여 있었다. 그는 테이블을 본체만체하고, 반원 모양으로 입구와 마주 보고 있는 안쪽의 바로 곧장 발걸음을 옮겼다. 거기 누가 앉아 있는지, 아니 누군가 앉아 있기는 한 건지 살펴보지도 않았다. 그저 높은 의자에 외투를 아무렇게나 내던지고 그 위에 모자를 올려놓고는 옆 의자에 앉았다. 밤새도록 이곳에 죽치고 있겠다는 듯한 태도였다.

아래편으로 떨어뜨린 그의 시야에 하얀색 재킷이 흐릿하게 들어오더니 목소리가 들렸다.

"어서 오십시오, 손님."

"스카치요. 물도 조금 주고. 물은 아주 조금이면 돼요."

술잔이 빈 뒤에도 물은 고스란히 남아 있었다. 의자에 앉을 때 오른편에 놓여 있는 프레첼 같은 안줏거리를 담은 그릇을 무의식중에 본 모양인지 그는 쳐다보지도 않고 그쪽으로 손을 뻗었다. 그런데 그의 손에 닿은 것은 꼬아서 구운 과자가 아니라 곧고 매끈한데다 살짝 움직이기까지 했다. 그는 고개를 휙 돌리며 손을 치웠다. 그보다 먼저 그릇에 손을 뻗은 사람이 있었던 것이다.

그가 웅얼거렸다.

"미안합니다. 먼저 드세요."

그는 다시 고개를 돌려 자기만의 상념에 젖었다. 그러다 고개를 틀어 그녀를 다시 한번 쳐다보았다. 그대로 한참 동안 그녀를 바라보았다. 여전히 우울하고 딴 생각을 하는 듯한 눈빛이었다. 그녀의 특징은 모자였다. 모양과 크기뿐 아니라 색깔까지 호박을 빼다 박은 모자였다. 모자의 오렌지빛이 어찌나 선명한지 눈이 부실 지경이었다. 가든파티에 나지막이 매달아 놓은 초롱처럼 모자가 바 전체를 환히 밝히는 듯했다. 한가운데 꽂힌 길고 가는 수탉 깃털은 일직선으로 쭉 뻗어 있어 곤충의 더듬이 같았다. 이런 색깔에 도전할 만큼 대담한 여자는 천 명 중에 한 명이나 될까.

그런데 그녀는 대담할 뿐 아니라 제법 잘 어울렸다. 보는 사람을 깜짝 놀라게 했는데, 우스꽝스러워서가 아니라 좋은 쪽으로 튀어 보였다. 옷은 차분하게 검은색으로 맞추어 입었는데 봉화 같은 모자에 가려 거의 눈에 들어오지 않았다. 어쩌면 모자는 그녀에게 자유의 상징인지도 모른다. 마치 이렇게 말하고 있는 것 같았다.

'내가 이 모자를 쓰고 있을 때는 조심해요! 어디로 튈지 모르니까!'

그녀는 프레첼을 야금야금 씹으며 자신에게 꽂혀 있는 시선을 애써 모르는 척했다. 그러다 씹기를 멈추었는데, 그가 자리에서 일어나 옆으로 다가온 것을 알아차렸다는 신호였다. 그녀는 귀를 기울이듯이 고개를 살짝 숙였다. 마치 '할 말이 있으면 막지 않겠어요. 하지만 대답을 할지 안 할지는 당신이 어떤 말을 하느냐에 따라 다를 거예요'라고 하는 듯했다. 그는 단도직입적으로 말했다.

"지금 바쁘십니까?"

"그렇기도 하고, 아니기도 해요."

그녀의 대답은 예의 발랄지만 그렇다고 긍정적이지도 않았다. 그녀는 미소를 보이지도 않았고, 기대에 선뜻 응하는 기미도 없었다. 몸가짐이 단정했다. 정체는 알 수 없어도 천박한 여자는 아니었다. 그의 태도에도 바람둥이 같은 기미는 전혀 없었다. 그는 사무적인 투로 시원스레 말을 이었다.

"약속이 있다면 그렇다고 말씀하세요. 귀찮게 치근덕거리려는 게 아니니까요."

"귀찮지 않아요. 아직까지는요."

그녀는 말하고자 하는 의미를 정확하게 전달했다. 아직 결정을 유보한 상태라는 뜻이었다.

그는 두 사람을 마주 보고 있는, 바 위에 걸린 시계 쪽으로 시선을 옮겼다.

"6시 10분이군요."

그녀도 덩달아 그쪽으로 시선을 옮겼다.

"그러네요."

그녀가 아무 감정 없는 목소리로 대꾸했다. 그는 어느 틈에 꺼내어 놓은 지갑 안에서 작고 길쭉한 봉투를 끄집어냈다. 그러더니 봉투를 열고 연한 분홍색의 두꺼운 종잇조각을 두 장 꺼내 펼쳐 보였다.

"카지노 극장에서 열리는 공연 특별석 티켓입니다. AA열 통로 쪽 자리인데, 같이 가시겠습니까?"

"갑작스럽기도 해라."

"갑작스럽게 이야기를 꺼낼 수밖에 없는 상황이라서요."

그녀는 입장권과 그의 얼굴을 번갈아 쳐다보았다. 그는 여느 때보다 심하게 얼굴을 찡그렸다. 그러면서 그녀의 얼굴을 쳐다보지도 않고 분한 표정으로 입장권만 바라보았다.

"선약이 있으면 있다고 말씀해 주십시오. 그러면 같이 갈 만한 다른 상대를 찾을 테니까요."

그녀의 눈동자가 호기심으로 잠깐 반짝였다.

"무슨 일이 있더라도 써야 하는 표인가 봐요?"

"원칙의 문제입니다."

그는 뚱한 목소리로 대답했다.

"뭐랄까, 무작정 들이대는 시도로 오해할 수도 있겠는데요?"

그녀는 그 점을 분명히 했다.

"하지만 나는 당신의 말을 있는 그대로 받아들일게요. 그런 시도라고 하기에는 너무 직설적인데다 세련되지도 않으니까."

"그런 거 아닙니다."

그의 표정은 여전히 딱딱했다. 이제 여자는 남자 쪽으로 몸을 살짝 돌리고 앉아 있었다.

"전부터 이런 걸 해 보고 싶었어요. 지금 저지르는 게 좋겠지요.

이런 기회가 오랫동안 다시 생기지 않을 수도 있으니까. 진정한 의미의 이런 기회 말이에요."

그녀는 이런 식으로 남자의 제안을 받아들였다. 그러자 그가 선수를 쳤다.

"우리 그 전에 약속 하나 할까요? 공연이 끝났을 때 귀찮아지지 않게."

"어떤 약속인지에 따라 다를 것 같은데요."

"오늘 하루만 친구로 지내자는 겁니다. 오늘만 같이 저녁을 먹고 공연을 보는 거예요. 이름도, 주소도, 쓸데없는 신상 정보나 시시콜콜한 부분도 밝히지 말고, 그냥……."

그녀도 거들었다.

"오늘 밤만 친구처럼 공연을 같이 보자는 거죠? 아주 현명하고 합리적이고 실질적으로 반드시 필요한 제안인데요? 그렇게 해요. 그러면 격식을 차리거나 거짓말을 할 필요도 없겠네요."

그녀가 손을 내밀었고, 두 사람은 짧게 악수를 했다. 그녀는 처음으로 미소를 띠었다. 보기 좋다고 말할 수 있을 만한 미소였다. 지나치게 달짝지근하지 않은, 조심스러운 미소였다.

그는 손짓으로 바텐더를 불러 두 사람이 마신 술을 계산하려고 했다.

"나는 당신이 들어오기 전에 계산했어요. 계산을 마치고 천천히 음미하던 중이었죠."

그녀가 말했다.

바텐더가 재킷 주머니에서 조그만 전표 다발을 꺼내 제일 윗장에 연필로 '스카치 1-60'이라고 적고는 찢어서 그에게 주었다. 알고 보니 자리마다 번호가 매겨져 있었다. 전표 위쪽 귀퉁이에 바텐더가 굵고 시커멓게 적은 '13'이라는 숫자가 눈에 들어왔다. 그는 쓴웃음을 짓고 적힌 금액과 함께 전표를 돌려준 다음 등을 돌려 그녀의 뒤를 쫓았다.

그녀는 앞장서서 출구 쪽으로 걸어가고 있었다. 일행과 함께 칸막이 자리에 앉아 있던 어떤 여자가 밖으로 살짝 고개를 내밀고, 선명하게 이글거리는 모자를 빤히 쳐다보았다. 그는 마침맞게 뒤따라간 덕분에 그 모습을 볼 수 있었다.

밖으로 나오자 그녀가 호기심 어린 눈빛으로 그를 돌아보며 말했다.

"이제부터는 당신이 하자는 대로 할게요."

그는 조금 떨어진 곳에서 대기하고 있던 택시를 향해 손짓했다. 그런데 마침 그곳을 지나가던 택시가 부르지도 않았는데 새치기를 하려고 했다. 처음 부른 택시가 먼저 달려와 차를 갖다 대는 바람에 꼼수는 물거품으로 돌아갔지만, 그 과정에서 범퍼끼리 살짝 부딪혀 긁히고 험한 소리도 오고 갔다. 실랑이가 일단락되어 먼젓번 택시 기사가 마음을 가라앉히고 손님들에게 관심을 돌렸을 때는 여자가 이미 좌석에 자리를 잡고 앉아 있었다.

남자는 운전석 옆에 서서 잠깐 기다리다가 "메종 블랑슈요"라고 행선지를 알려 주고는 여자 옆자리에 올라탔다.

실내등이 안을 밝히고 있었다. 두 사람은 실내등을 끄지 않았다. 불을 끄면 가까운 사이처럼 보일지도 모르는데, 둘 다 그런 식으로 보이는 것이 별로 좋지 않다고 느꼈기 때문이리라.

그는 재미있다는 듯이 키득거리는 웃음소리를 듣고 그녀의 시선을 따라가다 함께 픽 하고 웃음을 지었다. 기사의 운전면허증 사진이 잘 나온 경우가 드물기는 하지만, 이 경우에는 주전자 손잡이처럼 생긴 귀와 움푹 들어간 턱, 툭 튀어나온 눈까지 꼭 만화 주인공 같았다. 거기에 이름까지 기억에 남을 만큼 짤막하고 운율이 맞았다. 앨 앨프.

그는 그 이름을 머릿속에 담았다 금세 잊어버렸다.

편안한 분위기의 메종 블랑슈는 음식이 맛있기로 유명한 식당이었다. 사람들이 가장 북적이는 시간에도 음식 맛에 감탄하는 나지막한 소리만 겨우 들릴 뿐인 그런 곳이었다. 한 가지 목적을 위해 방문한 단골손님들의 신경을 거스를 만한 것은, 음악뿐 아니라 그 어떤 것도 허용하지 않았다.

식당에 들어서자 여자가 말했다.

"잠깐 화장 좀 고치고 올게요. 먼저 들어가서 앉아 있어요. 알아서 찾아갈 테니까."

화장실 문이 열렸을 때 그녀가 모자를 벗으려는지 손을 올리는 모습이 보였다. 문이 곧 닫혔기 때문에 모자를 벗었는지 아닌지는 알 수 없었다. 문득 그는 그녀가 순간적으로 자신감이 사라져 저렇게 행동하는 것이 아닐까 싶은 생각이 들었다. 나중에 혼자 식당 안으로 들어올 때 사람들의 이목을 끌고 싶지 않아 모자를 벗으려는 것일지 모른다.

총지배인이 식당 입구에서 그를 맞았다.

"한 분이십니까?"

"아뇨. 두 명으로 예약했어요."

그는 이렇게 이야기하고 이름을 밝혔다.

"스콧 헨더슨으로요."

총지배인은 명단을 훑었다.

"아, 여기 있네요."

그는 손님의 어깨 너머를 흘끗 확인했다.

"혼자 오셨습니까?"

"아뇨."

헨더슨은 애매하게 대답했다. 보이는 빈 테이블은 하나뿐이었다. 벽이 움푹 들어간 외진 곳에 놓인 테이블이라 다른 손님들 눈에는 보이지 않고, 앞에서만 누가 앉아 있는지 볼 수 있었다.

이윽고 식당의 입구에 등장한 그녀는 모자를 벗은 상태였다. 그는 모자가 얼마나 많은 역할을 했는지 뒤늦게 깨닫고 깜짝 놀랐다. 그녀가 어딘지 모르게 밋밋해 보였던 것이다. 빛이 사라지면서 강렬했던 개성이 시들하고 심심하게 변해 버렸다. 그녀는 짙은 밤색 머리에 까만 옷을 입은 평범한 여자에 불과했다. 공간을 차지하고 있는 무언가일 뿐이었다. 못생기지는 않았지만 예쁘지도 않고, 키가 크지도 작지도 않고, 세련미는 없지만 촌스럽지도 않은 여자. 흔하고 재미없고 어디에서나 볼 수 있는 여성스러운 이목구비를 평범하게 조합해 놓은 여자. 그저 그런, 몽타주 같은, 여론 조사의 한 개체 같은 여자.

필요 이상으로 오랫동안 고개를 돌리고 그녀를 쳐다보는 사람도, 그녀의 모습을 오랫동안 간직할 사람도 없었다.

마침 총지배인은 샐러드를 섞던 중이라 그녀를 안내할 형편이 못 됐다. 헨더슨이 자리에서 일어나 어느 테이블인지 알려 주었다. 그녀는 식당을 곧장 가로지르지 않고 사람들 눈에 띄지 않게 가만가만 벽을 따라 멀찌감치 돌아왔다. 그녀는 들고 있던 모자를 다른 의자에 내려놓더니 얼룩이 묻지 않게 하기 위해서인지 테이블보로 일부분을 덮었다.

"여기 자주 오세요?"

그녀가 물었지만 그는 못 들은 체했다.

"미안해요, 이런 질문은 신상 정보에 포함되죠?"

그녀는 자신의 실수를 곧바로 인정했다.

두 사람이 앉은 테이블을 담당한 웨이터는 턱에 사마귀가 있었다. 보지 않으려고 해도 그 사마귀가 눈에 자꾸 들어왔다. 헨더슨은 그녀에게 묻지 않고 음식을 주문했다. 그녀는 열심히 듣고 있다 주문이 끝나자 고마워하는 눈빛으로 그를 흘끗 쳐다보았다.

험난한 과정이 그녀를 기다리고 있었다. 선택할 수 있는 화제를 고르는 것만으로도 힘든 마당에 그의 얼굴에 드리운 먹구름까지 해결해야 할 판이었다. 그는 누가 남자 아니랄까 봐, 거의 모든 걸 그녀에게 맡기고 별다른 노력을 기울이지 않았다. 겉으로는 그녀의 이야기에 귀를 기울이고 있는 척해도 툭하면 딴 데 정신을 팔았다. 그는 너무 대놓고 넋을 잃어 노골적으로 결례를 범하는 수준이 되겠다 싶을 때에만 용을 써서 달아나는 정신을 붙잡았다.

"장갑 안 벗을 거예요?"

어느 순간 그가 물었다. 모자만 빼고 그녀의 모든 게 그렇듯 장갑도 검은색이었다. 칵테일이나 퓌레를 먹을 때는 괜찮았는데, 가자미와 함께 나온 레몬 조각을 포크로 짓이기는 모습은 보기 힘들었다. 그녀는 곧바로 오른쪽 장갑을 벗었다. 왼쪽 장갑은 조금 더 그대로 끼고 있으려는 듯 시간을 끌다 어쩔 수 없다는 듯이 그쪽 장갑마저 벗었다. 헨더슨은 왼쪽 손의 결혼반지를 애써 외면하며 다른 쪽을 쳐다보았다. 그녀도 그런 그의 시선을 알아차렸다는 것이 느껴졌다.

그녀는 화려한 말솜씨는 없었지만 대화를 익숙하게 이끌었다. 빤하고 진부하고 무미건조한 화제를 교묘하게 피하는 솜씨도 좋았다. 날씨나 신문 기사나 같이 먹고 있는 음식 이야기는 하지 않았다.

"오늘 볼 공연에 멘도사라는 이상한 남미 배우가 나오잖아요. 일 년 전인가 처음 봤을 때만 해도 외국 억양이 거의 없었어요. 그런데 여기서 한 작품을 할 때마다 쓰던 영어를 버리고 전보다 외국 억양이 심한 영어를 배우는 모양이에요. 한 시즌만 더 지나면 아예 완전히 스페인어로 돌아가지 않을까 싶을 정도예요."

그는 배시시 미소를 지었다. 그녀가 교양 있는 사람이라는 것을 알 수 있었다. 오늘 저녁의 이런 행동과 이를 깔끔하게 감당하는 것은 교양 있는 사람만 할 수 있는 일이었다. 그녀는 균형 감각이 있었다. 적당히 고상하고 적당히 무모했다. 어느 쪽으로든 살짝만 더 기울었다면 좀 더 확실하게 눈도장을 찍을 수 있었을 텐데. 그녀의 품위가 조금 부족했더라면 벼락부자처럼 신경에 거슬리고 천박한 인상을 풍겼을 것이다. 품위가 조금 넘쳤더라면 반짝반짝 빛났을 것이다. 어느 쪽으로든 인상에 남았을 것이다. 이렇듯 이도 아니고 저도 아니다 보니 평면적인 인물에 가까웠다.

식사가 끝나 갈 무렵, 그녀가 넥타이를 뚫어져라 쳐다보는 게 느껴졌다. 그는 궁금해하며 넥타이를 내려다보았다.

"색깔이 이상한가요?"

그는 넌지시 떠보았다. 아무 무늬 없는 단색의 넥타이였다.

"아니에요. 넥타이는 상당히 훌륭해요. 그런데 입고 있는 옷과 안 어울려서요. 미안해요. 트집 잡는 것처럼 들리겠네요."

그녀는 얼른 그를 안심시켰다.

그는 어떤 넥타이를 하고 나왔는지 미처 몰랐던 사람처럼 무심하게 다시 한번 흘끗 내려다보았다. 그러더니 목에 걸린 넥타이를 보고 흠칫 놀란 표정을 지었다. 그는 포켓치프를 안 보이게 안으로 밀어 넣어 그녀가 지적한 색의 부조화를 조금 없앴다.

그가 두 사람의 담배에 불을 붙였고, 두 사람은 코냑을 마시며 좀 더 있다가 식당에서 나왔다. 전신 거울이 달린 로비로 나왔을 때 그녀는 다시 모자를 썼다. 그러자 그 자리에서 당장 남다른 인물로 되살아났다. 모자의 역할이 정말 놀랍다는 생각이 들었다. 마치 유리 샹들리에에 불이 들어온 것 같은 효과를 연출했던 것이다.

택시를 타고 극장 앞에 도착했을 때에도 키가 190센티미터에 달하는 거구의 도어맨이 택시 문을 열어 주더니 자기 바로 앞을 지나가는 그 모자를 보고 우스꽝스러운 표정을 지으며 눈을 휘둥그레 떴다. 바다코끼리의 엄니처럼 생긴 하얀색 콧수염을 기른 그의 모습은 《뉴요커》의 삽화에 나오는 극장 도어맨과 매우 비슷했다. 모자의 주인공이 택시에서 내려 앞을 지나가는 동안, 불룩 튀어나온 눈이 오른쪽에서 왼쪽으로 모자를 따라 움직였다. 헨더슨은 이 코미디 같은 광경에 눈길을 빼앗겼지만 잠시 후 까맣게 잊어버렸다. 무언가를 까맣게 잊어버린다는 것이 가능한 이야기인지 모르겠지만.

두 사람이 얼마나 늦었는지 극장 로비에는 사람 그림자 하나 없었다. 심지어 입구에서 표를 받는 직원마저 자리를 비운 상태였다.

누구인지 모르겠지만 무대 조명에 어두컴컴한 실루엣만 보이는 사람—아마 좌석 안내원이었을 것이다—이 출입문 바로 안쪽에서 손전등을 비춰 표를 확인하고, 타원 모양의 불빛을 왼쪽으로 기울여 두 사람의 앞쪽을 비춰 가며 자리로 안내했다.

두 사람의 좌석은 맨 앞줄이었다. 무대하고 너무 가까웠다. 좁아진 시야에 적응이 되기 전까지는 무대가 오렌지색으로 부옇게 보였다. 두 사람은 장면이 서로 겹치는 영화의 디졸브 기법처럼 한 무대가 다음 무대로 이어지는 레뷰•를 열심히 감상했다. 그녀는 이따금 얼굴을 환히 빛냈고, 폭소를 터뜨리기도 했다. 그는 그래야 한다는 의무 조항이라도 있는 것처럼 억지 미소를 짓는 게 전부였다. 소음과 화려한 색상과 눈부신 조명이 최고조에 달하는 순간, 커튼이 닫히면서 1부가 끝났다. 실내등이 켜졌고, 온 사방에서 사람들이 웅성거리며 자리에서 일어나 밖으로 나갔다.

"담배 한 대 피울래요?"

헨더슨이 그녀에게 물었다.

"그냥 여기 있을게요. 남들만큼 오래 앉아 있지도 않았잖아요."

그녀는 재킷 옷깃을 세워 목덜미를 덮었다. 극장 안이 숨 막힐 정도로 후끈거렸으니 옆얼굴을 최대한 가리는 게 그녀의 목적이 아닐까 싶었다.

"아는 배우 있어요?"

이내 그녀가 미소를 지으며 나지막이 물었다.

이제 보니 그가 팸플릿의 오른쪽 위 모서리를 잡고 앞에서부터 한 장씩 접고 있었다. 뾰족했던 오른쪽 귀가 하나같이 삼각형 모양으로 차곡차곡 접혀 있었다.

"예전부터 이렇게 손을 가만히 두지 못하는 버릇이 있었어요. 낙서 비슷한 거라고 할까, 하면서도 나는 전혀 의식하지 못하거든요."

무대에 달린 쪽문이 열리면서 오케스트라 단원들이 줄줄이 자기 자리로 돌아가 2부를 준비했다. 그들과 가장 가까운 곳, 난간 바로 건너편이 트랩 드럼 연주자의 자리였다. 그는 지난 십 년 동안 바깥공기를 쐬지 못한 생쥐처럼 생긴 남자였다. 광대뼈가 살갗을 찢고 나올 듯이 불룩했고, 들러붙은 머리는 하도 번들거려서 한가운데 새하얀 솔기가 달린 젖은 수영 모자를 쓰고 있는 것처럼 보일 정도였다. 살짝 기른 콧수염은 콧물 자국 같았다.

그는 처음에는 관객석을 내다보지 않았다. 의자를 자기 몸에 맞게 조절하고 악기에 달린 무언가를 열심히 조이기만 했다. 그런데 세팅을 마치고 무심코 고개를 돌린 그의 눈에 그녀와 그녀가 쓴 모자가 들어왔다. 모자가 무슨 조화를 부렸는지, 김빠진 맥주처럼 흐리멍덩했던 그의 얼굴이 최면에 걸린 듯 넋을 잃은 표정으로 굳어졌다. 심지어 물고기처럼 입까지 살짝 벌리고 다물 줄 몰랐다. 시선을 돌리려고 이따금 애를 쓰는 눈치였지만, 그녀를 머릿속에서 지울 수가 없는지 시선이 매번 다시 그녀에게로 향하곤 했다.

헨더슨은 강 건너 불구경하듯 재미있어하며 이 광경을 한동안

● **레뷰** _ 세태나 인물을 풍자하는 노래, 춤, 촌극으로 이루어진 가벼운 오락극.

지켜보았다. 하지만 그녀가 몹시 난감해한다는 것을 알아차리고, 드럼 연주자를 무섭게 노려보았다. 그러자 드럼 연주자는 앞에 놓인 악보 쪽으로 얼른 시선을 돌리고 두 번 다시 그녀를 쳐다보지 않았다. 하지만 그의 시선을 의식한 듯 뻣뻣한 자세를 보면 고개를 돌렸어도 계속 그녀를 생각하고 있다는 것을 알 수 있었다.

"내 인상이 워낙 강렬했던 모양이에요."

그녀는 나지막이 쿡쿡 웃었다.

"오늘 밤에는 훌륭한 드럼 연주를 못 듣게 생겼네요."

그가 옆에서 거들었다.

빈 좌석들이 다시금 채워졌다. 실내등이 희미해지고 발소리들이 분주해짐과 동시에 2부의 시작을 알리는 서곡이 울려 퍼졌다. 그는 침울한 표정으로 프로그램 오른쪽 위 모서리를 다시 폈다. 2부의 중반부에 다다라 분위기가 점점 고조됐을 무렵, 미국인들로 구성된 극장 전속 오케스트라가 악기를 내려놓았다. 이국적인 톰톰•의 통통거리는 소리와 차카차카 하는 래틀 소리가 오케스트라 연주를 대신해 무대를 채웠고, 오늘 공연의 주인공이자 남미 돌풍의 주역, 에스텔라 멘도사가 등장했다. 그가 이상한 낌새를 알아차릴 겨를도 없이, 옆에서 그녀가 옆구리를 세게 찔렀다. 그는 영문을 모른 채 그녀를 쳐다보다 다시 무대 쪽으로 시선을 옮겼다. 남자답게 둔한 그와 달리, 두 여자는 이 치명적인 사태를 일찌감치 간파했다. 조용히 속삭이는 목소리가 그의 귓가에 들렸다.

"저 여자 얼굴 좀 봐요. 조명이 우리 둘 사이를 가르고 있기 망정이지 나를 죽일 듯한 표정이잖아요."

무대에 선 배우는 이를 보이며 활짝 웃고 있었지만, 표정이 풍부한 까만 눈을 적의로 번뜩이며 자기가 쓴 것과 똑같은 모자를 뚫어져라 바라보았다. 그 모자의 주인공이 여봐란 듯이 맨 앞줄에 앉아 있으니 모르고 지나치려야 그럴 수가 없었다.

"어디에서 이 작품의 영감을 얻었는지 이제 알겠네요."

그녀가 슬픈 목소리로 중얼거렸다.

"하지만 골을 낼 이유가 없잖아요. 기분 좋아해야 하는 거 아닌가요?"

"남자들이 무슨 수로 이해를 하겠어요. 보석이나 금니는 남들이 똑같이 따라 해도 되지만, 모자는 안 되는 법이거든요. 게다가 이 무대에서는 모자가 공연의 일부분이자 그녀의 트레이드마크잖아요. 도용됐나 봐요. 그녀가 허락했을 리 만무⋯⋯."

"일종의 표절이로군요."

그는 관심이 조금 증폭됐지만, 그래도 모든 걸 잊고 푹 빠져들 정도는 아니었다. 그녀의 연기는 단순했다. 원래 진정한 예술이 그렇다. 어떨 때는 위대한 사기극도 그렇다. 그녀는 스페인어로 노래를 불렀는데, 그런데도 불구하고 가사에 지적인 구석이 거의 없었다. 예컨대 이런 식이었다.

"치카 치카 붐 붐

치카 치카 붐 붐."

그녀는 이 소리만 반복하며 눈을 계속 좌우로 굴렸다. 한 걸음 내디딜 때마다 엉덩이를 삐죽 내밀며 옆구리에 매단 납작한 바구니에서 조그만 꽃다발을 꺼내 여자 관객들에게 던졌다. 노래가 두 번 반복됐을 때 앞쪽 두세 줄에 앉은 여자 관객들은 모두 꽃 선물을 받았다. 헨더슨의 동행만 예외였다.

"모자에 대한 복수를 하느라 일부러 그런 거예요."

그녀가 알 만하다는 듯이 속삭였다. 실제로 무대 위의 그녀가 엉덩이를 실룩이고 하이힐을 또각거리며 위치가 좋은 두 사람의 자리 앞을 천천히 지날 때마다 특정 좌석을 어찌나 섬뜩하게 노려보는지, 도화선 같은 두 눈에서 파지직 하는 소리가 들릴 것만 같았다.

"내가 받아 내고야 말 테니 잘 봐요."

그녀가 그를 향해 나지막이 중얼거렸다. 그러더니 양손을 모아 턱 밑에 대고 단단히 깍지를 꼈다. 무대 위의 그녀는 당연히 신호를 못 본 체했다. 그녀가 깍지 낀 손을 간청하듯 앞으로 조금 내밀었다. 무대 위의 그녀는 한순간 실눈을 뜨는가 싶더니 다시 제대로 뜨고 다른 곳을 응시했다. 그러자 헨더슨의 옆자리에서 손가락을 퉁기는 소리가 들렸다. 음악을 압도하고 남을 만큼 커다란 딱 소리가 허공을 갈랐다. 무대 위의 그녀는 눈을 부라리며 이 소리의 주인공을 미치광이처럼 노려보았다. 꽃다발이 또다시 어딘가를 향해 날아갔다. 하지만 이번에도 행선지는 그녀의 자리가 아니었다.

"질 수는 없지."

그녀가 고집스럽게 중얼거리는 소리가 그의 귀에 들렸다. 이게 무슨 뜻인지 파악할 새도 없이 그녀가 자리에서 벌떡 일어서더니 환하게 웃으며 얌전하게 자기 몫을 요구했다.

두 사람은 일순 팽팽하게 맞섰다. 하지만 불공평한 싸움이었다. 무슨 일이 있더라도 다른 관객들 눈에 사랑스럽고 매력적인 인물로 비쳐져야 하는 배우 측에서 일방적으로 당할 수밖에 없는 싸움이었다. 헨더슨의 동행이 벌떡 일어난 것은 또 다른 측면에서 예기치 못했던 결과를 낳았다. 엉덩이를 흔들며 천천히 움직이는 배우를 충실히 따라가던 조명이 객석에 홀로 우뚝 서 있는 이 관객의 머리와 어깨를 사선으로 비추게 되었던 것이다. 그로 인해 똑같이 생긴 두 모자가 만천하에 공개되었다.

잔잔한 수면에 누가 돌이라도 던진 것처럼, 객석 한가운데에서 시작된 웅성거림이 잔물결처럼 사방으로 번졌다. 무대 위의 그녀는 이 가증스러운 비교에 종지부를 찍기 위해 얼른 백기를 들었다. 협박으로 갈취당한 꽃다발이 조명 너머로 우아한 포물선을 그렸다. 그녀는 '내가 손님을 깜빡했던가요? 미안해요. 고의는 아니었어요'라고 말하는 듯 살짝 얼굴을 찡그렸다. 하지만 그 핏기 없는 가면 뒤에 숨겨진, 정열적인 남미 출신 특유의 독기가 느껴졌다. 헨더슨의 동행은 능숙한 솜씨로 선물을 낚아채고, 우아하게 입술을 달싹이며 다시 자리에 앉았다.

"고맙구나, 이 버러지 같은 라틴 년아"라고 중얼거리는 소리는 그의 귀에만 들렸다. 그는 말문이 막혔다.

패배한 무대 위의 배우가 간헐적으로 엉덩이를 살짝살짝 흔들며 무대 옆으로 천천히 사라지자 멀어져 가는 열차 바퀴 소리처럼 음악도 서서히 잦아들었다. 우레와 같은 박수갈채가 이어지는 동안 무대 옆에서 벌어진 어떤 광경이 두 사람의 시선을 사로잡았다. 근육질의 상체 위로 셔츠를 걸친 어떤 남자가 — 아마 무대 감독이었을 것이다 — 다시 무대 위로 뛰어나가려는 여배우를 몸으로 막고 있었다. 그녀가 무대 위로 뛰어나가려는 이유는 분명 인사를 하기 위해서가 아니었다. 자기를 곰처럼 끌어안은 남자에게 두 팔을 양옆으로 붙들려 주먹을 쥔 채 복수의 일념으로 부들부들 떨고 있었으니까. 잠시 후 조명이 꺼지고 다른 음악이 흘러나왔다. 마지막으로 커튼이 처지고 자리에서 일어섰을 때 그는 앉아 있던 좌석 위로 팸플릿을 휙 던졌다. 의외로 그녀가 팸플릿을 집더니 손에 들고 있던 자기 팸플릿 위로 포갰다.

"기념 삼아 들고 가려고요."

"취향이 그렇게 감상적인 줄 몰랐네요."

그는 그녀의 뒤를 따라 발 디딜 틈 없는 통로를 천천히 움직이며 말했다.

"정확하게 말하면 감상적이라서 그러는 게 아니에요. 그냥……가끔 내 충동적인 모습에 뿌듯해하고 싶을 때 이런 게 있으면 도움이 되거든요."

충동적? 처음 본 남자와 저녁 시간을 같이 보낸 것을 말하는 건가? 그는 속으로 어깨를 으쓱했다.

아수라장으로 변한 극장 입구에서 택시를 향해 힘겹게 걸어가고 있었을 때 조그만 사고가 생겼다. 잡아 놓은 택시에 올라타려는데, 앞을 못 보는 거지가 다가오더니 아무 말 없이 그녀를 향해 동냥 그릇을 들이민 것이다. 이때 거지의 실수였는지 지나가던 행인의 실수였는지 몰라도, 그녀의 손에 들려 있던 불붙은 담배가 동냥 그릇 안으로 떨어졌다. 헨더슨은 그 광경을 보았지만 그녀는 보지 못했다. 말릴 틈도 없이 그릇 속으로 손을 집어넣은 거지가 아파하며 얼른 손을 뺐다.

헨더슨은 잽싸게 담배를 끄집어내고 보상하는 뜻에서 일 달러짜리 지폐를 거지의 손에 쥐여 주었다.

"아, 미안합니다. 일부러 그런 게 아니에요."

그래도 거지는 구슬픈 표정으로 따끔거리는 손가락을 연신 후후 불어 댔다. 그는 일 달러짜리 지폐를 한 장 더 쥐여 주었다. 그녀의 표정을 보건대 일부러 그런 게 아닌 것이 분명하지만, 몰상식한 장난으로 오인될 소지가 다분하기 때문이었다.

헨더슨이 그녀를 따라 자리에 오르자 택시는 출발했다. 그녀는

"불쌍하다, 그죠?" 하고는 그만이었다. 그는 기사에게 아직 행선지를 밝히지 않았다.

"지금 몇 시지요?"

이윽고 그녀가 물었다.

"11시 45분이에요."

"처음 만났던 안셀모로 다시 가면 어때요? 마지막으로 한 잔씩 하고 거기서 헤어져요. 당신은 당신 갈 길을 가고, 나는 내 갈 길을 가고. 나는 완벽하게 원을 그리는 걸 좋아하거든요."

원은 속이 비었지. 그는 이런 생각이 들었지만, 퉁명스럽게 들릴 수 있으니 아무 말도 하지 않았다.

안셀모는 6시였을 때보다 상당히 북적거렸다. 하지만 그는 바의 맨 끝, 벽 바로 앞쪽에서 빈자리를 하나 발견해 그녀에게 앉으라고 하고 자기는 그 옆에 섰다.

"흠. 만나자마자 이별이네요. 만나서 반가웠어요."

그녀는 술잔을 살짝 들고 유심히 들여다보며 말했다.

"그렇게 얘기해 줘서 고맙습니다."

두 사람은 술을 마셨다. 그는 잔을 비웠고, 그녀는 조금만 마셨다.

"나는 여기 잠깐만 더 있다 갈게요."

그녀는 이제 그만 나가 달라는 뜻을 이런 식으로 전했다. 그러고는 손을 내밀었다.

"잘 가요. 그리고 행운을 빌게요."

그들은 하루 저녁을 함께 보낸 친구답게 잠깐 악수를 했다. 그러고 나서 그가 막 몸을 돌리려는 찰나, 그녀가 눈웃음을 지으며 문득 생각났다는 듯이 충고를 전했다.

"이제 마음 풀렸을 테니까 집으로 돌아가서 부인이랑 화해하지 그래요?"

그는 조금 놀란 얼굴로 그녀를 바라보았다.

"처음부터 알고 있었어요."

그녀가 조용히 말했다. 그 말을 끝으로 두 사람은 헤어졌다. 그는 출구를 향해 걸어갔고, 그녀는 술잔 쪽으로 고개를 돌렸다. 드라마는 이렇게 막을 내렸다.

출구를 나서던 그가 흘끗 뒤를 돌아보니 그녀는 둥그스름한 바 끝자리에 그대로 앉아 골똘히 술잔을 내려다보고 있었다. 술잔의 목을 멍하니 만지작거리고 있는 것 같기도 했다. 바가 둥그스름하게 꺾이는 자리에 앉은 두 손님의 어깨가 V 모양의 공간을 만들어냈고 그 사이로 밝은 오렌지색 모자가 보였다. 그 모습을 끝으로 밝은 오렌지색 모자는 담배 연기와 그림자 너머로 꿈처럼, 현실이 아닌 연극 속의 한 장면처럼 희미하게 사라졌다.

002

사형 집행 150일 전
— 자정

그러고 나서 십 분 뒤, 직선으로 겨우 여덟 블록을 달린—정확히 말하면 위로 일곱 블록, 왼쪽으로 한 블록, 이렇게 두 개의 직선이었지만—택시가 길 모퉁이에 있는 어느 아파트 앞에 멈추어 서자 그가 차에서 내렸다. 그는 요금을 내고 받은 거스름돈을 주머니에 넣고, 열쇠로 현관을 연 다음 안으로 들어갔다.

어떤 사내가 로비에서 서성이며 누군가를 기다리고 있었다. 로비에서 누군가를 기다리는 사람들이 보통 그렇듯 이곳에서 저곳으로, 저곳에서 다시 다른 곳으로 어슬렁거렸다. 이 아파트 주민은 아니었다. 헨더슨이 처음 보는 얼굴이었다. 엘리베이터를 기다리는 것도 아니었다. 숫자판이 컴컴한 것은 엘리베이터가 저 위 어딘가에 멈춰 있다는 뜻이었다. 헨더슨은 남자를 지나쳐 엘리베이터 버튼을 눌렀다. 남자는 벽에 걸린 그림을 이제야 발견했는지 쓸데없이 한참 동안 바라보았다. 그는 헨더슨을 등지고 서 있었다. 로비에 다른 사람이 있다는 걸 모르는 척하려는 모양인데, 조금 어색했다. 헨더슨은 뒤가 켕기는 게 있나 보다고 결론을 내렸다. 그 그림은 그렇게 자세히 들여다볼 만한 작품이 아니었다. 그는 누군가가 내려오길 기다리고 있는 게 분명했다. 집 앞으로 찾아가서 데리고 내려올 권리가 없는 사람을…….

순간 헨더슨은 이런 생각이 들었다. 내가 왜 이렇게 신경을 쓰는 거지? 그러든지 말든지 무슨 상관이라고.

엘리베이터가 도착하자 그는 안으로 들어섰다. 육중한 청동 문이 그의 뒤에서 자동으로 닫혔다. 그는 맨 위의 6층 버튼을 눌렀다. 문에 달린 조그만 다이아몬드 모양의 유리창 너머로 로비가 시야에서 멀어졌다. 그 순간, 그림을 감상하던 남자가 약속 상대를 기다리다 짜증이 났는지 인터폰 쪽으로 조심스럽게 한 걸음 다가가는 게 보였다. 이것 역시 그와는 아무 상관없는 광경이기는 했지만.

6층에서 내린 그는 뒤적뒤적 열쇠를 찾았다. 복도는 조용했다. 그가 동전을 쩔그렁거리며 주머니를 뒤지는 소리 말고는 아무 소리도 들리지 않았다. 열쇠를 돌려 문을 열었다. 엘리베이터에서 내리면 오른쪽에 있는 집이었다. 불이 모조리 꺼져 있어 집 안이 어두컴컴했다.

그는 이걸 보고 웬일이냐는 듯이 저 깊은 곳에서 올라온 콧방귀를 뀌었다. 스위치를 누르자 아담하고 깔끔한 현관이 눈앞에 펼쳐졌다. 하지만 전등이 비추는 곳은 이 작은 공간뿐이었다. 아치 모양의 현관 너머에서는 여전히 칠흑 같은 어둠이 그를 맞았다. 그는 문을 닫고 모자와 재킷을 그 자리에 내팽개쳤다. 정적과 끝없이 이어지는 어둠에 짜증이 난 듯했다.

그의 얼굴이 다시 뚱한 표정으로 바뀌었다. 6시 길거리에서 유난히 눈에 띄었던 바로 그 표정이었다. 그는 속내를 알 수 없는 아치 모양의 현관 너머로 펼쳐진 어두컴컴한 공간을 향해 큰 소리로 외쳤다.

"마르셀라!"

다정함이 묻어나지 않은, 명령하는 듯한 어조였다. 어둠은 아무 대답이 없었다. 그는 안으로 뚜벅뚜벅 걸어 들어가, 좀 전처럼 귀에 거슬리는 명령조로 말했다.

"이제 그만하지그래? 안 자는 거 알아. 지금 누굴 속이려고. 밖에서 당신 방에 불 켜져 있는 거 봤어. 언제 철이 들래? 이래 봐야 우리 둘 다 좋을 것 없잖아!"

어둠은 아무 대답이 없었다. 그는 어둠을 대각선으로 가로질러 익히 아는 어느 지점으로 향했다. 그러면서 조금 수그러든 목소리로 투덜거렸다.

"내가 돌아오는 순간까지 멀쩡히 깨 있었으면서! 그러다 내가 문 여는 소리가 들리니까 자는 척하는 거야? 이런 식으로 어물쩍 넘어가려고?"

그는 앞으로 팔을 뻗었다. 손끝이 어딘가에 닿기도 전에 딸깍하는 소리가 들렸다. 느닷없이 쏟아진 불빛에 그는 움찔했다. 예상보다 너무 일찍 불이 켜진 것이다. 그는 손끝으로 시선을 옮겼다. 스위치까지 아직 몇 센티미터 남아 있었다. 손끝이 닿기 전이었다.

스위치에서부터 벽을 따라 서서히 멀어져 가는 누군가의 손이 보였다. 그 손과 연결된 소맷부리에서 위로 훑고 올라간 그의 시선이 어떤 남자의 얼굴에 다다랐다. 깜짝 놀란 그는 고개를 반쯤 돌렸다. 그곳에서도 또 다른 사람이 그를 쳐다보고 있었다. 거의 뒤를 돌아보다시피 고개를 돌려 보니 등 뒤에도 제삼의 누가 서 있었다. 이렇게 세 사람이 반원 모양으로 그를 에워싼 채 무표정한 얼굴로 동상처럼 꼼짝 않고 서 있었다.

그는 죽은 듯이 고요한 세 유령을 보고 어안이 벙벙한 얼굴로 주변을 두리번거렸다. 여기가 자신의 집인지, 제대로 찾아온 게 맞는지 확인하기 위해서였다.

벽 앞 탁자에 놓인 암청색 스탠드 밑받침이 눈에 들어왔다. 그의 물건이었다. 한쪽 구석에서 고개를 삐죽 내밀고 있는 낮은 의자. 그것도 그의 물건이었다. 장식장 위에 놓인 양면 액자. 숱 많은 고수머리와 사슴 같은 눈망울을 자랑하는 미녀가 입을 삐죽 내밀고 찍은 사진이 한 면에 들어 있었다. 나머지 한 면에는 그의 사진이 들어 있었다. 두 얼굴이 서로를 외면한 채 쌀쌀맞게 반대편을 바라보고 있었다. 그러니까 집을 제대로 찾아온 게 맞았다. 그가 먼저 입을 뗐다. 그들은 입을 열 생각이 없는 듯했다. 밤새도록 그렇게 서서 그를 쳐다볼 태세였다.

"우리 집에서 뭐 하는 거요?"

그는 이렇게 쏘아붙였다. 그들은 아무 대답이 없었다.

"당신들 뭡니까?"

그들은 여전히 대답이 없었다.

"원하는 게 뭐요? 어떻게 들어왔지?"

그는 다시 한번 아내의 이름을 불렀다. 이번에는 그들이 왜 여기 있는지 아내에게 설명을 요구하는 듯한 목소리였다. 그러면서 방문 쪽으로 고개를 돌렸다. 방금 전에 지나쳐 온 아치 모양의 현관을 제외하면 이 집에 단 하나뿐인 외딴 공간과 연결되는 방문인데 굳게 닫혀 있었다. 비밀스럽고 속내를 알 수 없이 닫혀 있었다. 뭐라고 묻는 소리가 들렸다. 그는 홱 하니 고개를 돌렸다.

"스콧 헨더슨 씨 맞습니까?"

그를 둘러싼 반원이 좁혀졌다.

"네, 그런데요. 왜 그러시죠? 무슨 일입니까?"

헨더슨은 열릴 줄 모르는 방문 주변을 두리번거렸다. 그들은 질문에는 대답하지 않고, 사람 피가 마를 정도로 신중하게 자기들이 묻고 싶은 질문만 했다.

"이 집에 사는 게 분명합니까?"

"그렇다니까요!"

"마르셀라 헨더슨의 남편 맞습니까?"

"그래요! 이봐요, 무슨 일이냐니까요?"

셋 중 한 사람이 손을 들어 무언가를 보여 주었다. 그는 상대방이 손을 내린 다음에서야 그 행동에 담긴 의미를 뒤늦게 알아차렸다. 방문 쪽으로 다가가려 하자 한 사람이 앞을 막아섰다.

"아내는 어디 있죠? 나가고 없나요?"

"집에 있습니다, 헨더슨 씨."

한 사람이 나지막이 대답했다.

"그런데 왜 나와 보질 않는 겁니까? 말을 해 봐요! 무슨 말이든 해 보라고요!"

그는 분통을 터뜨리며 언성을 높였다.

"나올 수가 없습니다, 헨더슨 씨."

"잠깐. 좀 전에 보여 준 게 뭐였죠? 경찰 배지였나요?"

"자, 진정하십시오, 헨더슨 씨."

네 사람은 어설프게 춤을 추는 꼴이었다. 그가 이쪽으로 조금이라도 움직이면 그들도 따라 움직였다. 다시 저쪽으로 살짝 움직이면 이번에도 따라 움직였다.

"진정하라고요? 무슨 일인지 알려 달란 말입니다! 집에 강도가 들었나요? 사고가 난 겁니까? 마르셀라가 차에 치였나요? 이거 놔요. 들여보내 달라고요!"

하지만 그들은 세 명이고 그는 혼자였다. 그가 한 사람을 떼어내면 다른 두 명이 어딘가에서 달려들어 붙잡았다. 그는 점점 걷잡을 수 없는 광분 상태로 빠져들었다. 조금 있으면 난투극으로 번질 기세였다. 네 사람의 거친 숨소리가 조용한 집 안을 가득 채웠다.

"나는 이 집 주인이에요. 우리 집이란 말입니다! 나한테 이러면 안 되죠! 내가 우리 침실로 들어가겠다는데 당신들이 무슨 권리로……."

갑자기 그들이 동작을 멈추었다. 정중앙에 서 있던 사람이 문에서 가장 가까운 자리에 서 있는 사람에게 손짓하며 마지못해 말했다.

"하는 수 없지. 조, 들여보내."

앞을 가로막던 팔이 치워지는 바람에 그 팔을 몸으로 누르고 있던 그는 무게 중심을 잃고 비틀비틀 방 안으로 헛발을 내디뎠다.

아름답고 섬세한 사랑의 보금자리. 그곳은 모든 게 파란색 아니면 은색이었고 익숙한 향기가 허공에 감돌았다. 파란색 공단 드레스 자락을 활짝 펼치고 화장대 위에 앉아 있는 인형이 충격으로 눈을 휘둥그레 뜨고 그를 쳐다보는 듯했다. 파란색 실크 블라인드를 받치는 크리스털 기둥 하나가 인형의 무릎 위에 비스듬히 놓여 있었다.

두 개의 침대에는 파란색 공단 침대보가 덮여 있었다. 한쪽은 얼음처럼 평평하고 매끈하고, 다른 쪽은 누가 숨어 있는 것처럼 둥그스름하게 튀어나와 있었다. 누가 그 안에서 자고 있거나 아파서 누워 있는 것처럼. 머리끝에서 발끝까지 침대보로 완전히 덮였는데, 고수머리 몇 가닥만 갈색 거품처럼 삐죽 튀어나와 있었다.

헨더슨은 우뚝 발걸음을 멈추었다. 얼굴이 새하얗게 변했다.

"마르셀라가…… 마르셀라가 무슨 짓을 저지른 모양이로군요! 이런 바보 같으니라고!"

그는 겁먹은 표정으로 두 침대 사이에 놓인 협탁을 쳐다보았지만, 그 위에는 아무것도 없었다. 물 잔도, 조그만 약병도, 약상자도 없었다.

그는 주춤주춤 침대 머리맡으로 다가갔다. 그러고는 침대 위로 고개를 숙인 채 침대보로 덮인 그녀의 둥그스름한 어깨를 잡고 흔들었다.

"마르셀라, 당신 괜찮은 거지……?"

그들이 그의 뒤를 따라 방 안으로 들어왔다. 자신의 일거수일투족을 관찰하고 예의 주시하는 것이 어렴풋이 느껴졌다. 하지만 다른 데 신경 쓸 여력이 없었다. 세 쌍의 눈이 문 앞에서 그를 지켜보았다. 파란색 공단 침대보를 더듬는 것을. 모서리를 쥐고 휙 하니 이불을 젖히는 것을.

평생 지워지지 않는 상처가 남을 만큼 소름 끼치고 믿기 어려운 순간이건만 그녀는 그를 올려다보며 히죽 웃고 있었다. 섬뜩한 미소를 짓고 있었다. 베개 위에서 너울거리는 그녀의 머리카락은 부채를 펼쳐 놓은 듯했다. 옆에서 누가 손을 내밀었다. 그는 한 발짝씩 비틀비틀 뒷걸음을 쳤다.

파란색 공단이 펄럭였고, 그녀의 모습은 다시금 사라졌다. 영영 사라졌다.

"이런 일은 없길 바랐는데. 이럴 줄은 몰랐는데……."

헨더슨이 더듬거리며 말했다. 세 사람은 서로 눈짓을 주고받으며 그가 한 말을 머릿속에 담았다.

그들은 헨더슨을 밖으로 데리고 나가 소파로 안내했다. 그는 소파에 앉았다. 잠시 후 한 사람이 가서 침실 문을 닫았다. 헨더슨은 불빛이 너무 환해서 눈이 부신 것처럼 한 손으로 눈을 가린 채 아무 말 없이 앉아 있기만 했다.

그들은 이제 그를 지켜보지 않았다. 한 명은 창가에서 멍하니 밖을 내다보았다. 또 한 명은 조그만 탁자 옆에 서서 잡지를 뒤적였다. 나머지 한 명은 그의 맞은편 의자에 앉았지만 그를 쳐다보지는 않았다. 무언가로 손톱을 쑤시며 청소를 했다. 표정으로 보건대 지금 이 순간만큼은 세상에서 그보다 더 중요한 일이 없는 듯했다. 헨더슨은 이내 눈을 가리고 있던 손을 치웠다. 시선이 자기도 모르는 새 그녀의 사진이 담긴 액자로 향했다. 액자가 그를 향해 비스듬히 기울어져 있었다.

그는 손을 내밀어 액자를 덮었다. 세 사람이 눈빛으로 텔레파시를 주고받았다. 납덩이처럼 무거운 침묵이 점점 더 낮게 드리워져 그들을 압박했다. 마침내 헨더슨의 맞은편 의자에 앉아 있던 남자가 입을 열었다.

"선생과 이야기를 나누어야겠는데요."

"조금만 더 기다려 주시겠습니까? 좀 놀라서……."

그는 힘없이 물었다. 남자는 이해한다는 듯이 고개를 끄덕였다. 창가에 선 남자는 계속 창밖을 내다보았다. 탁자 옆에 선 남자는 계속 여성 잡지를 뒤적였다. 잠시 후 헨더슨은 앞이 잘 안 보이는 사람처럼 눈꼬리를 꼬집었다. 그러고 나서 덤덤한 목소리로 말했다.

"이제 됐습니다. 말씀하세요."

그들은 일상적인 대화를 나누듯 자연스럽게 말문을 열었다. 어쩌면 전반적인 사항을 보강하기 위한 전략일 수도 있었다.

"나이가 어떻게 되시죠, 헨더슨 씨?"

"서른둘입니다."

"부인은요?"

"스물아홉이요."

"결혼한 지는 얼마나 됐습니까?"

"오 년 됐습니다."

"직업은?"

"증권 중개업자입니다."

"오늘 저녁 몇 시쯤에 집을 나갔습니까?"

"5시 30분에서 6시 사이에 나갔습니다."

"좀 더 정확하게 말씀해 주실 수 있겠습니까?"

"네, 알겠습니다. 정확히 몇 분에 문을 닫았는지는 모르겠지만 아마 5시 45분에서 55분, 그 사이였을 겁니다. 길모퉁이에 닿았을 때 6시를 알리는 종소리를 들은 기억이 나니까요. 다음 블록에 있는 조그만 교회에서 울리는 종소리였죠."

"그렇군요. 저녁은 드시고 나갔나요?"

"아뇨. 아뇨. 안 먹고 나갔습니다."

그는 아주 짧은 순간 머뭇거렸다.

"그럼 밖에서 저녁을 드셨겠군요."

"밖에서 먹었습니다."

"혼자 드셨습니까?"

"아내 없이 밖에서 해결했습니다."

탁자 앞에 서 있던 남자가 잡지의 마지막 장을 넘겼다. 창가에 서 있던 남자도 창밖 풍경을 감상하는 데 흥미를 잃었다. 의자에 앉은 남자는 혹시라도 불쾌하게 들릴까 봐 걱정하는 사람처럼 조심스럽게 다시 한번 짚고 넘어갔다.

"음, 저기, 평소에는 부인 없이 혼자 식사를 하지 않으시죠?"

"네, 그렇습니다."

"그런데 오늘 저녁은 어쩌다 혼자 드신 겁니까?"

형사는 그가 아닌 재떨이에 쌓여 있는 원뿔 모양의 담뱃재를 쳐다보았다.

"원래는 둘이서 저녁을 같이 먹기로 했어요. 그런데 막판에 아내가 몸이 안 좋다는 둥, 머리가 아프다는 둥 해서 저 혼자 나간 겁니다."

"말다툼을 벌이고 그러셨겠네요?"

하도 나지막이 물어서 들릴까 말까 했다. 헨더슨도 똑같이 나지막하게 대답했다.

"한두 마디 주고받았죠. 어떤 식인지 아시잖습니까."

"그럼요. 심각한 건 아니었겠죠?"

형사는 부부 사이의 사소한 오해가 어떤 식으로 발전하게 되는지 완벽하게 이해하는 눈치였다.

"아내가 이런 짓을 저지를 만한 정도는 아니었습니다. 그걸 겨냥해서 물으셨는지는 모르겠습니다만."

그는 대답을 하다 말고, 순간 정신을 바짝 차리며 역으로 질문을 던졌다.

"그나저나 어떻게 된 겁니까? 저한테 아무 설명도 안 하셨잖아요. 어쩌다……."

이때 현관문이 열리면서 그의 말허리를 잘랐다. 그는 침실 문이 닫힐 때까지 최면에 걸린 사람처럼 멍하니 바라보기만 했다. 그러다 엉거주춤 몸을 일으키며 물었다.

"저 사람들 무슨 일로 온 겁니까? 뭐 하는 사람들이지요? 저 방에서 뭘 하려는 거죠?"

의자에 앉아 있던 남자가 다가와 어깨에 손을 얹더니 다시 자리에 앉혔다. 하지만 억지로 앉힌 것은 아니었다. 그보다는 애도의 표현에 가까웠다. 창가에 서 있던 남자가 이쪽을 돌아보고 말했다.

"안절부절못하시네요, 헨더슨 씨."

인간이라면 누구에게나 내재되어 있는 본능적인 위엄이 헨더슨 안에서 되살아났다.

"이 상황에서 제가 어떻게 느긋하고 침착할 수 있겠습니까? 집에 돌아와 보니 아내가 집 안에서 죽어 있는데요."

그는 매섭게 쏘아붙였다. 정곡을 찌르는 말이었다. 창가에 서 있던 남자도 그 부분에 관한 한 말문이 막히는 눈치였다. 침실 문이 다시 열렸다. 사람들이 뒤섞여 우왕좌왕 움직였다. 헨더슨은 눈을 휘둥그레 뜨고 침실 문에서 현관으로 이어지는 아치 모양 입구까지 얼마 안 되는 길을 천천히 눈으로 따라갔다. 그러다 벌떡 자리에서 일어섰다.

"저게 뭡니까! 저 사람들 하는 짓을 보세요! 감자 부대라도 되는 것처럼……. 저 아름다운 머리카락으로 온 바닥을 쓸고 있잖아요……. 마르셀라가 얼마나 애지중지 아끼던 머리카락인데……."

사람들이 달려들어 그를 꼼짝 못하게 붙잡았다. 현관문이 조용히 닫혔다. 텅 빈 침실에서 흘러나온 향기가 이렇게 속삭이는 듯했다.

'기억해요? 내가 당신의 사랑이었을 때를 기억해요? 그때를 기

억하나요?'

그는 털썩 주저앉아 두 손에 얼굴을 묻은 채 후벼 파고 짓이겼다. 완전히 무너져 내린 채 거친 숨소리를 냈다. 잠시 후 그는 손을 내리고 당혹스러워하며 중얼거렸다.

"남자들은 울지 않는 법이라고 생각했는데…… 이렇게 울어 버렸군요."

의자에 앉아 있던 남자가 담배를 건네고 불까지 붙여 주었다. 헨더슨의 눈에 성냥불이 반사돼 반짝였다. 맥이 끊겨서 그런 건지, 더 이상 물을 게 없어서 흐지부지 끝난 건지 알 수 없었지만, 그들은 심문을 재개하지 않았다. 다시 이야기를 꺼냈을 때에는 시간을 때우려는 사람들처럼 두서없이 횡설수설했다.

"옷차림이 아주 깔끔하네요, 헨더슨 씨."

의자에 앉아 있던 남자가 불쑥 내뱉었다. 헨더슨은 언짢은 표정으로 그를 쳐다보기만 할 뿐 아무 대답도 하지 않았다.

"모든 게 전체적으로 잘 어울립니다."

"감각이 있는데요."

잡지를 읽던 남자가 끼어들었다.

"양말이며 셔츠며 포켓치프까지……."

"넥타이만 빼면요."

창가에 서 있던 남자가 반기를 들었다.

"지금 같은 때 왜 이런 이야기를 하고 있어야 하는지 모르겠군요."

헨더슨은 힘없이 불만을 제기했다.

"파란색 넥타이를 하셨어야죠. 전부 파란색인데. 그 때문에 차림새가 전체적으로 우스워졌어요. 내가 패션 전문가는 아니지만 척 보면 알겠는데……."

그는 아무것도 모르는 척, 이야기를 계속했다.

"다른 건 그렇게 신경 써서 맞춰 입어 놓고 넥타이처럼 중요한 부분에서 실수를 하신 이유가 뭘까요? 파란색 넥타이가 없습니까?"

헨더슨은 애원하듯 말했다.

"왜 이러시는 겁니까? 그런 쓸데없는 이야기를 할 기분이 아닌 건……."

상대방은 좀 전처럼 덤덤한 목소리로 똑같은 질문을 반복했다.

"파란색 넥타이가 없습니까, 헨더슨 씨?"

헨더슨은 머리를 쥐어뜯었다. 그러고는 이런 식의 잡담을 견디지 못하겠다는 듯이 아주 조용히 말했다.

"지금 나를 미치게 만들려고 작정한 겁니까? 파란색 넥타이 있습니다. 옷장 안에 걸려 있을 겁니다."

"그런데 이렇게 옷을 입으면서 왜 그 넥타이를 하지 않았나요? 파란색 넥타이가 제격인데."

형사는 진정하라는 듯이 손짓을 섞어 가며 말했다.

"애초에 파란색 넥타이를 하고 있다 막판에 생각이 바뀌어서 풀고, 지금 하고 계신 넥타이로 바꾼 거라면 모를까 말이죠."

"그게 어때서요? 왜 계속 똑같은 질문을 하시는 겁니까? 아내가 죽었어요. 지금 정신이 하나도 없단 말입니다. 내가 어떤 색깔 넥타이를 했건 하지 않았건 무슨 상관입니까?"

그는 언성을 높였다. 머리 위로 똑똑 떨어지는 물방울처럼 가차 없이 똑같은 질문이 계속됐다.

"처음에는 그 넥타이를 하고 있다 다른 걸로 바꾼 게 분명히 아니라는……."

그는 애써 참는 목소리로 대답했다.

"네, 분명히 아닙니다. 옷장 안에 걸려 있다니까요."

형사는 천연덕스럽게 말했다.

"아뇨, 거기 없습니다. 그래서 묻는 거예요. 넥타이 걸이를 보면 생선 뼈처럼 가로로 대가 달려 있어서 넥타이를 걸게 되어 있잖습니까? 선생이 그 넥타이를 평소에 어디 걸어 놓았는지 알 수 있겠더군요. 빈자리가 딱 하나뿐이었거든요. 제일 아래 칸이었어요. 위에 건 넥타이들로 덮이는 제일 아래 칸. 그러니까 선생은 제일 위에서 아무거나 하나 꺼낸 게 아니라 처음부터 그 넥타이를 선택했다는 뜻이 됩니다. 그런데 이상한 부분이 뭔가 하면 다른 넥타이들을 모두 젖히는 번거로움을 감수해 가며 맨 밑에서 그걸 꺼내 놓고, 어째서 생각을 바꿔 하루 종일 회사에서 하고 있던 넥타이를 다시 맸느냐는 겁니다. 갈아입은 옷과 어울리지도 않는데."

헨더슨은 손바닥으로 자기 이마를 찰싹 소리 나게 때렸다. 그러고는 자리에서 벌떡 일어났다. 그는 화를 냈다.

"더는 못 참겠군요! 정말 더는 못 참겠습니다! 왜 이러는지 이유를 알려 주시지 않을 거면 그만하세요. 옷장 안에 없으면 어디 있다는 겁니까? 나는 하지 않았고. 그럼 어디 있을까요? 알면 말씀해 주시죠! 대체 그 넥타이가 어디 있건 무슨 상관입니까?"

"상당히 중요한 문제거든요, 헨더슨 씨."

한참 동안 정적이 흘렀다. 오랜 정적이 끝나기 전부터 그의 얼굴은 하얗게 질리기 시작했다.

"그 넥타이가 선생 부인의 목을 조이고 있었습니다. 부인의 목숨을 앗아 갈 만큼 세게요. 칼로 잘라야 풀 수 있을 만큼 단단하게 묶여 있었단 말입니다."

003

사형 집행 149일 전

— 새벽

　　그 뒤로 수많은 질문이 이어지고 어느덧 새벽 햇살이 창문 사이로 스며들었다. 사람들은 물론이고 모든 게 전과 다름없건만 주변이 달라 보였다. 거실은 밤새도록 파티를 벌이고 난 듯한 분위기였다. 원래 다른 용도로 만들어진 그릇들까지 담배꽁초로 넘쳐 났다. 아직까지 켜 놓은 암청색 스탠드의 희미한 인공 불빛이 새벽 햇살과 부조화를 이루었다. 액자도 여전했다. 하지만 이제 그녀의 사진은 거짓이었다. 더 이상 존재하지 않는 사람의 사진이었다.

　　그들은 하나같이 숙취에 지친 사람처럼 보였고, 그런 사람처럼 행동했다. 다들 재킷과 조끼를 벗고 셔츠 위쪽 단추를 풀었다. 한명은 욕실에서 찬물로 세수를 하고 있었다. 코를 푸는 소리가 밖까지 들렸다. 나머지 둘은 계속 담배를 피우며 왔다 갔다 움직였다. 헨더슨만 아무 말 없이 앉아 있었다. 밤새도록 소파를 지켰다. 그는 한 번도 이 방을 나간 적이 없이 평생 그 소파에 앉아 있었던 기분이 들었다. 욕실에 들어갔던 버지스라는 형사가 밖으로 나왔다. 세면대에 머리를 담갔는지 머리카락 끝에서 물이 뚝뚝 떨어졌다.

"수건은 어디 있습니까?"

일상적인 질문이 낯설게 느껴졌다.

"제 손으로 꺼낸 적이 없어서요. 없으면 아내한테 달라고 했기 때문에…… 어디 두는지 이날 이때껏 모르고 살았습니다."

헨더슨은 침울하게 고백했다. 버지스는 문지방 위로 물을 뚝뚝 흘리며 하릴없이 주변을 둘러보았다.

"샤워 커튼으로 닦아도 될까요?"

"그러세요."

헨더슨은 회한이 어린 목소리로 대답했다.

그리고 다시 시작됐다. 이제 완전히 끝났나 싶을 때 다시 시작되는 게 심문이었다.

"공연 티켓 때문일 리 없잖습니까. 그런데 왜 자꾸 그것 때문이었다고 하는 겁니까?"

그는 고개를 들었지만 엉뚱한 사람을 쳐다보았다. 상대방이 나를 보면서 말을 걸겠거니 하는 선입견에서 아직 벗어나지 못한 것이다. 그렇게 물은 형사는 그가 아닌 다른 곳을 쳐다보고 있었다.

"사실이 그러니까요. 그것 때문에 생긴 일인데 그럼 뭐라고 해야 합니까? 공연 티켓 때문에 싸웠다는 사람을 한 번도 못 본 모양이죠? 그런 일로 싸울 수도 있는 겁니다."

이번에는 다른 사람이 물었다.

"헨더슨 씨, 이제 그만합시다. 그 여자는 누굽니까?"

"누구 말입니까?"

"이런, 또 시작이로군. 지금으로부터 한 시간 반에서 두 시간 전, 그러니까 오늘 새벽 4시쯤에 했던 이야기로 다시 돌아가자는 겁니까? 그 여자 누구냐고요."

형사는 지겹다는 듯이 중얼거렸다. 헨더슨은 피곤에 전 손가락으로 머리카락을 헤집으며 무기력하게 고개를 떨구었다. 버지스가 셔츠 자락을 추스르며 욕실에서 나왔다. 그는 주머니에 넣었던 손목시계를 꺼내서 차고 슬쩍 쳐다보더니 어슬렁어슬렁 현관 쪽으로 걸어갔다. 인터폰을 집었는지 그의 목소리가 들렸다.

"지금이야, 티어니."

아무도 그 말을 귀담아 듣지 않았다. 헨더슨도 마찬가지였다. 그는 카펫을 멍하니 내려다보며 눈을 뜬 채 졸고 있었다. 버지스가 어슬렁어슬렁 되돌아오더니 뭘 어떻게 해야 하는지 모르는 사람처럼 왔다 갔다 했다. 그러다 결국 닿은 곳이 창가였다. 그는 블라인드를 살짝 움직여 햇살을 좀 더 들였다. 바깥쪽 창턱에 앉아 있던 새 한 마리가 그를 보며 아는 척 고개를 갸웃했다.

버지스가 물었다.

"헨더슨 씨, 이리 와 봐요. 이게 무슨 새지?"

헨더슨이 꼼짝 않는 것을 보고 그가 다시 말했다.

"얼른 와 봐요. 날아가 버리기 전에."

그게 이 세상에서 가장 중요한 일이라도 되는 듯한 투였다. 헨더슨은 소파에서 일어나 거실을 등지고 그의 옆에 섰다.

"참새네요."

간단히 대답하고, 그걸 알고 싶어 한 게 아니지 않냐는 눈빛으로 그를 쳐다보았다.

"내가 보기에도 그런 것 같더라니."

버지스는 이렇게 말하고, 그를 계속 붙잡아 두었다.

"이 집 전망이 좋네요."

"그렇게 좋으면 새든 뭐든 전부 가져가시든지요."

헨더슨은 퉁명스럽게 쏘아붙였다. 누가 봐도 분명한 소강상태였다. 모든 심문이 멈추었다. 헨더슨은 몸을 돌리다 그대로 멈추었다. 방금 전까지 앉아 있던 소파에 어떤 여자가 앉아 있었다. 들어오는 소리도 못 들었고 경첩이 삐걱거리거나 옷이 바스락거리는 소리도 없었건만. 세 형사가 그의 얼굴을 어찌나 뚫어져라 쳐다보는지 이러다 구멍이 나지 않을까 싶을 정도였다.

헨더슨은 애써 침착한 표정을 유지했다. 얼굴이 마분지처럼 뻣뻣하게 느껴졌지만 그래도 표정의 변화를 보이지 않았다. 여자는 헨더슨을 바라보았고, 헨더슨은 여자를 바라보았다. 미인이었다. 이보다 더 전형적인 앵글로 색슨이 있을까 싶은 외모였다. 파란 눈, 이마 위로 반듯하게 빗어 넘긴 갈색 생머리, 남자처럼 선명한 가르마. 그녀는 갈색 낙타 털 코트를 입지 않고 어깨에 그냥 걸치고 있었다. 모자는 쓰지 않고 핸드백만 들고 있었다. 남자와 사랑을 믿을 만큼 어린 나이였다. 아니면 나이와 상관없이 남자와 사랑을 믿는 이상주의자일 수도 있을 것 같았다. 눈빛을 보면 알 수 있었다. 그녀의 눈 속에서 실제로 불꽃이 일렁이고 있었다.

그는 입술을 살짝 축이고 이름도, 어디서 만났는지도 기억이 안 나지만 모르는 척 냉대하고 싶지는 않은 먼 친척을 만난 것처럼 살짝 고개를 까딱였다. 그러고는 더 이상 관심 없는 척했다.

버지스가 뒤에서 은밀한 신호를 보냈는지 어느 순간, 단둘이 남게 되었다. 거실 안에 둘 말고는 아무도 없었다. 그는 손을 들어 막으려 했지만 이미 늦었다. 소파 한쪽 구석에 서 있던 낙타 털 코트가 스르르 무너졌다. 그녀가 코트를 내동댕이치고 그를 향해 쏜살같이 달려왔다. 그는 피하려고 옆으로 비켜났다.

"이러면 안 돼. 정신 차려야지. 저들이 원하는 게 이거잖아. 아마 우리가 하는 말을 하나도 남김없이……."

"나는 아무것도 두렵지 않아요. 당신은 두려운가요? 그래요? 대답해 봐요!"

그녀는 그의 두 팔을 잡고 살짝 흔들었다.

"당신 이름을 여섯 시간 동안 숨겼는데. 저들이 무슨 수로 당신을 끌어들인 거지? 당신 이야기를 어디서 들은 거야? 젠장, 당신을 안전하게 지킬 수만 있다면 이 자리에서 당장 내 오른팔이라도 내줄 수 있는데!"

그는 자기 어깨를 철썩 때렸다.

"이런 일에 당신이 연루된 한 나도 함께하고 싶어요. 내 마음 모르겠어요?"

그녀가 입을 맞추는 바람에 대답을 하지 못했다. 잠시 후 그가 말했다.

"어떻게 된 영문인지 알지도 못하면서 키스부터 하면……."

"아니, 그렇지 않아요."

그녀는 그의 얼굴에 대고 숨을 토했다.

"내가 사람을 그 정도로 잘못 봤을 리 없어요. 그랬을 리 없어요. 내가 사람을 그 정도로 잘못 보았다면 정신적으로 이상이 있는 것일 테니 입원해서 검사를 받아야 할 거예요. 내가 그렇게 어리석은 사람은 아니거든요."

"그럼 나 대신 당신 가슴에 전해 줘. 걱정 말라고. 나는 마르셀라를 미워하지 않았어. 같이 살 수 있을 만큼 사랑하지 않았을 뿐이야. 내가 죽인 게 아니야. 내가 어떻게 사람을 죽일 수 있겠어. 남자도 아니고 여자를……."

헨더슨은 슬픈 목소리로 말했다. 그녀는 그의 가슴에 이마를 묻고 말로 표현할 수 없을 만큼 고마워했다.

"말 안 해도 알아요. 우리 둘이 같이 걸어가다 길 잃은 개가 다가왔을 때 당신이 어떤 표정을 지었는지 봤어요. 짐마차를 끄는 말이 길가에 서 있었을 때도……. 아, 지금은 이런 말을 할 때가 아니죠. 아무튼 내가 왜 당신을 사랑한다고 생각해요? 당신이 잘생겨서 사랑하는 줄 알아요? 아니면 똑똑해서? 근사해서?"

그는 미소를 지으며 그녀의 머릿결을 계속 쓰다듬었다. 그러다 이번에는 입술로 부드럽게 쓸어내렸다.

"나는 당신의 속마음을 사랑하는 거예요. 나만 볼 수 있는 속마음을. 당신은 훌륭한 부분들이 많은, 정말 멋진 사람이에요. 하지만 그게 다 안에 감추어져 있어서 나만 알 수 있어요. 나만 누릴 수 있어요."

그녀는 이윽고 고개를 들었다. 두 눈에 눈물이 그렁그렁 맺혀 있었다.

"이러지 마. 나는 그런 칭찬을 들을 자격이 없는 사람이야."

그는 다정한 목소리로 말했다.

"판단은 내가 해요. 반박할 생각하지 마요."

그녀는 이렇게 나무라고 지금까지 잊고 있던 문 쪽을 흘끗 뒤돌아보았다. 표정이 살짝 어두워졌다.

"저 사람들은 뭐래요? 저 사람들은……."

"아직까지는 반신반의하는 것 같아. 확신이 있었다면 계속 이렇게 붙잡아 두지 않았겠지. 그나저나 저 사람들이 무슨 수로 당신을 끌고 온 거요?"

"어젯밤 늦게 집에 돌아와 보니 당신이 6시에 남긴 메시지가 있더라고요. 찜찜한 기분으로 잠들기 싫어서 11시에 이 집으로 전화를 했더니 저 사람들이 출동해 있었어요. 저들이 물어볼 게 있다며 보낸 사람과 지금까지 함께 있었어요."

"나 원 참, 밤새도록 붙잡혀 있었군!"

그는 씩씩거리며 외쳤다.

"당신이 곤경에 처한 걸 알고 있는데 내가 잠을 잘 수 있었겠어요? 이제 중요한 건 딱 하나예요. 그 밖의 다른 것들은 부수적인 문제라고요. 진상은 밝혀질 거예요. 분명 그럴 거예요. 저 사람들이 누구 소행인지 알아낼 거예요. 저 사람들한테 어디까지 얘기했어요?"

그녀는 손가락으로 그의 얼굴을 쓰다듬었다.

"우리 사이에 대해서? 아무 말도 안 했어. 어떻게든 당신은 끌어들이지 않으려고 했지."

"그게 걸림돌이었을지 몰라요. 당신이 뭔가 숨기는 걸 저 사람들이 알아차렸을 거예요. 나도 이렇게 나선 마당에 우리 둘 사이를 밝히는 게 낫지 않겠어요? 부끄럽거나 걱정스러워할 일이 아니잖아요. 당신이 얼른 결단을 내릴수록 빨리 끝날 거예요. 저 사람들도 내 태도를 보고 아마 눈치챘을 거예요. 우리가 정신을 못 차릴 만큼 서로에게……."

그녀는 말을 하다 말고 멈추었다. 버지스가 돌아온 것이다. 그는 소기의 목적을 달성한 사람 특유의 희희낙락한 얼굴이었다. 심지어 따라 들어오는 두 동료 중 한 명에게 윙크까지 하는 게 헨더슨 눈에 들어왔다.

"댁으로 모셔다 드리려고 밑에 차가 기다리고 있습니다, 리치먼 양."

헨더슨은 버지스에게 다가갔다.

"리치먼 양은 이 일에서 빼 주시겠습니까? 아무 관계도 없는 사람인데 이러면 부당하지……."

"선생에게 달렸습니다. 애초에 리치먼 양을 여기로 부른 이유도 선생이……."

버지스가 말했다.

"뭐든 아는 대로 전부 말씀드리겠습니다."

헨더슨은 열띤 목소리로 다짐했다.

"신문 기자들이 그녀를 귀찮게 따라다니고 이름을 알아내서 신문에 대서특필하는 일만 없도록 해 주세요."

"사실대로 고백해 주신다면야."

버지스는 조건을 달았다.

"그렇게 하겠습니다."

헨더슨은 그녀를 돌아보더니 조금 전보다 부드러운 목소리로 말했다.

"이제 가요, 캐럴. 가서 좀 자요. 아무 걱정 말고. 조만간 모든 게 해결될 테니까."

그녀는 헨더슨을 향한 감정을 내보이고 싶은지 자랑스럽게 사람들 앞에서 입을 맞추었다.

"연락 줘요. 가능한 한 빨리. 오늘 중으로 줬으면 좋겠는데."

버지스가 그녀와 함께 현관으로 나가 밖에서 보초를 서고 있던 경관에게 말했다.

"티어니한테 전해. 이 아가씨한테 아무도 접근하지 못하게 하라고. 이름도 비밀이고 어떤 질문에도 대답하지 말고 모든 정보를 철저하게 차단하라고."

"고맙습니다. 이제 보니 성격이 시원시원하시네요."

버지스가 다시 집 안으로 들어오자 헨더슨이 말했다. 버지스는 무표정하게 그를 빤히 쳐다보기만 했다. 그는 의자에 앉아 수첩을 꺼내더니 무언가를 빽빽하게 적어 놓은 두세 페이지에 줄을 죽죽 그은 다음 아무것도 적지 않은 빈 면을 펼쳤다.

"이제 시작해 볼까요?"

"네."

헨더슨은 순순히 응했다.

"아내와 말다툼을 벌였다고 했죠. 그건 사실입니까?"

"사실입니다."

"공연 티켓 때문이었다고요. 그것도 사실입니까?"

"사실입니다. 공연 티켓과 이혼 문제 때문이었습니다."

"이제야 앞뒤가 맞네. 그럼 두 분이 원래 서로 으르렁대는 사이였던 겁니까?"

"서로 아무 감정이 없었습니다. 좋은 감정도, 나쁜 감정도. 감정이 마비된 상태였다고 해 두죠. 이혼 문제는 제 쪽에서 얼마 전에 꺼냈습니다. 아내도 캐럴과 제가 사귀는 걸 알고 있었어요. 제가 이야기했거든요. 뭐든 숨기고 싶지 않아서. 제 쪽에서는 어떻게든 좋게 끝내고 싶었습니다. 그런데 아내가 이혼을 거부했어요. 별거는 제가 원하는 바가 아니었습니다. 캐럴과 결혼하고 싶었으니까요. 그동안 캐럴과 서로 거리를 두고 지내 보려고 했는데, 견딜 수가 없더군요. 이런 이야기도 도움이 됩니까?"

"많은 도움이 됩니다."

"그제 밤에 캐럴과 이야기를 나누었습니다. 그녀는 내가 얼마나 괴로워하는지 알아차리고 '나한테 맡겨요. 내가 부인이랑 이야기해 볼게요'라고 하더군요. 제가 안 된다고 했더니 '그럼 다른 식으로 접근해요. 이번에는 다른 방법을 동원해 봐요. 이성적으로 설득해 봐요'라고 하더군요. 제 취향은 아니었지만 그렇게 해 보기로 했습니다. 회사에서 전화를 걸어 예전에 둘이 자주 갔던 음식점에 예약을 했어요. 첫 번째 줄 통로 자리로 공연 티켓도 두 장 샀고요. 심지어는 절친한 친구의 환송회까지 불참했죠. 존 롬바드라는 친구가 몇 년 동안 남미로 떠나게 됐거든요. 그 친구가 떠나기 전에 만날 수 있는 마지막 기회였죠. 하지만 원래 계획대로 강행했어요. 아무리 부아가 치밀어도 아내를 사근사근하게 대할 작정이었죠. 그런데 집에 들어와 보니 전과 다를 게 없는 겁니다. 아내는 화해할 생각이 없었어요. 지금 이대로가 좋다고 하더군요. 네, 솔직히 화가 났습니다. 뚜껑이 열렸죠. 아내가 막판까지 기다렸다 터뜨렸거든요. 제가 샤워를 하고 옷을 갈아입을 때까지 가만히 있다 깔깔대며 이러지 뭡니까.

'나 대신 그 여자를 데리고 가지그래? 십 달러를 버릴 것 없이 말이야.'

그러면서 속을 계속 긁었어요. 그래서 아내가 보는 앞에서 캐럴에게 전화를 걸었죠. 그런데 운도 없지, 캐럴이 집에 없는 겁니다. 아내는 배꼽이 빠져라 웃어 댔어요. 저 들으라는 듯이. 사람들이 날보고 웃으면 어떤 기분인지 아시잖습니까. 바보가 된 것 같잖아요. 너무 화가 나서 이성이 마비되더군요. 저는 고함을 질렀죠.

'길거리로 나가서 맨 처음 만나는 여자를 당신 대신 데리고 가겠어! 치마를 두른 사람이라면 누구든 상관없이!'

그러고는 모자를 쓰고 문을 쾅 닫고 나갔죠."

그는 태엽이 풀린 시계처럼 말을 하다 뚝 끊었다.

"그게 답니다. 형사님들을 생각해서 좀 더 그럴듯하게 포장하고 싶어도 방법이 없네요. 이것이 진실이고 진실은 바꿀 수 없으니까요."

"집을 나선 뒤의 행적은 좀 전에 밝힌 그대로인가요?"

버지스가 물었다.

"네. 그런데 혼자가 아니라 일행이 있었습니다. 아내한테 장담한 것처럼 아무 여자나 붙잡고 공연 같이 보자고 했더니 상대방이 좋다고 하더군요. 집으로 돌아오기 십 분 전까지 그 여자와 함께 있었습니다."

"여자를 만난 게 대략 몇 시쯤이었죠?"

"집에서 나가고 겨우 몇 분 뒤였는데. 50가에 있는 어느 술집에 들어갔다 만났거든요……."

그는 손가락을 꼼지락거렸다.

"잠깐. 생각났어요. 몇 시에 만났는지 정확히 말씀드릴 수 있어요. 내가 입장권을 보여 주었을 때 둘이서 같이 시계를 보았거든요. 정확히 6시 10분이었습니다."

버지스는 손톱으로 아랫입술을 문질렀다.

"어느 술집이었죠?"

"잘 모르겠습니다. 간판이 빨간색으로 번쩍번쩍했다는 것 말고는 아무것도 기억이 안 납니다."

"6시 10분에 그 술집에 있었다는 걸 증명할 방법이 있습니까?"

"제가 그랬다지 않습니까. 왜요? 그게 그렇게 중요한 문제입니까?"

버지스는 느릿느릿 이야기했다.

"다르게 둘러댈 수도 있지만 그랬다가는 나만 우스운 사람이 될 테니 솔직히 말씀드리죠. 부인의 사망 시각이 정확히 6시 8분입니다. 부인이 쓰러지면서 차고 있던 손목시계가 화장대 모서리에 부딪혀 산산조각이 났거든요. 그게 정확히…….."

그는 수첩을 보고 읽었다.

"6시 8분 15초에 멈추어 있었어요."

그는 수첩을 다시 넣었다.

"두 다리 달린 존재라면, 아니 날개가 달렸다고 해도 일 분 사십 오 초 만에 여기서 50가에 있는 술집까지 이동할 수는 없겠죠. 선생이 6시 10분에 거기 있었다는 증거만 있으면 끝나는 겁니다."

"하지만 말씀드렸잖습니까! 시계를 봤다고요."

"그건 증거가 아닙니다. 입증되지 않은 진술이죠."

"그럼 증거가 되려면 어떻게 해야 합니까?"

"확증이 있어야죠."

"그런데 왜 내가 범인이 아니라는 증거를 대라는 겁니까? 범인이라는 증거도 없는데."

"그야 선생 말고 다른 사람이 범인이라는 증거가 없으니까요. 우리가 뭐 하러 여기서 밤을 샜겠습니까?"

헨더슨은 손목을 무릎에 엊고 손을 힘없이 늘어뜨렸다.

"그렇군요."

그는 결국 이렇게 중얼거렸다.

"알겠습니다."

그 뒤로 한참 동안 거실에 정적이 맴돌았다.

마침내 버지스가 입을 열었다.

"술집에서 만났다던 여자분이 그때가 몇 시였는지 선생의 진술을 뒷받침할 수 있을까요?"

"네. 같이 시계를 봤으니까요. 분명 기억하고 있을 겁니다. 네, 그럴 겁니다."

"좋아요. 그럼 간단히 해결되겠네요. 그 여자분의 증언이 앞뒤가 맞고 신빙성이 있고 선생의 사주를 받았다는 의혹만 없으면 됩니다. 어디 사는 분이죠?"

"모르겠는데요. 처음 만났던 그 술집에서 헤어졌거든요."

"그럼 이름은요?"

"그것도 모르겠습니다. 묻지 않았고 그녀도 알려 주지 않았습니다."

"애칭도 모릅니까? 여섯 시간 함께 있는 동안 뭐라고 불렀습니까?"

"'당신'이라고 불렀는데요."

그가 침울한 목소리로 대답했다. 버지스는 다시 수첩을 꺼냈다.

"좋습니다. 그럼 인상착의를 설명해 보세요. 천생 우리가 찾아서 호출을 해야겠군요."

한참 동안 정적이 흘렀다.

"헨더슨 씨?"

급기야 버지스가 그의 이름을 불렀다. 헨더슨은 안색이 점점 창백해지는가 싶더니 침을 꿀꺽 삼켰다.

"이럴 수가. 생각이 안 납니다! 그녀에 대한 기억이 완전히 사라졌어요."

결국 그는 이렇게 외치더니 손을 눈앞에 대고 빙글빙글 돌렸다.

"어젯밤에 집에 들어온 직후라면 모르겠는데 지금은 생각이 전혀 안 나요. 그 뒤로 하도 많은 일이 벌어져서. 마르셀라의 죽음 때문에 충격을 받아서……. 밤새도록 형사님들한테 시달렸잖습니까. 빛에 노출된 필름처럼 새하얗게 지워져 버렸어요. 그녀와 함께 있을 때에도 머릿속에 생각이 너무 많아서 별로 눈여겨보지 않았는데. 완전히 백지가 돼 버렸단 말입니다!"

그는 도움을 청하는 것처럼 그들을 번갈아 쳐다보았다. 버지스가 도움을 자청하고 나섰다.

"천천히 생각해 보세요. 열심히. 자, 눈동자는 무슨 색깔이었나요?"

헨더슨은 꼭 쥐었던 주먹을 폈지만 헛수고였다.

"생각 안 납니까? 좋아요, 그럼 머리. 머리카락은 어때요? 무슨 색이였나요?"

그는 손으로 눈을 꾹 눌렀다.

"그것도 전혀 기억이 나지 않습니다. 이 색인가 싶으면 저 색인 것 같고. 저 색인가 싶으면 다시 이 색인 것 같고. 분명 어정쩡한 색이었어요. 갈색도 아니고, 검은색도 아닌. 게다가 거의 계속 모자를 쓰고 있었거든요. 그 모자는 다른 것보다 또렷하게 생각이 납니다. 오렌지색이었는데, 이건 도움이 안 될까요? 네, 맞아요, 오렌지색.”

그는 기대에 찬 눈빛으로 올려다보았다.

“하지만 어젯밤에 그 모자를 벗고 앞으로 여섯 달 동안 두 번 다시 쓰지 않으면 어쩝니까? 그때쯤이면 우리가 어떤 상황일까요? 생김새는 생각나는 게 아무것도 없습니까?”

헨더슨은 관자놀이를 짓누르며 열심히 머리를 쥐어짰다.

“통통했나요? 말랐나요? 키가 컸습니까? 작았습니까?”

버지스가 속사포처럼 퍼부었다. 헨더슨은 질문을 피하려는 듯이 손목을 이리 비틀고 저리 비틀었다.

“모르겠습니다. 모자 말고는 아무것도 모르겠어요!”

“이런 식으로 얼렁뚱땅 넘어가려는 모양인데……. 어젯밤 일이잖아요. 지난주나 작년에 만난 여자도 아니고.”

다른 형사가 얼음장 같은 목소리로 말했다.

“저는 원래 사람 얼굴을 잘 기억 못하는 편입니다. 신경 쓰는 일 없이 마음 편한 상태에서도 그래요. 분명 얼굴이 달려 있기는 했는데…….”

“지금 장난하자는 거요?”

상황을 정리하는 역할을 맡은 형사가 이죽거렸다. 헨더슨이 생각나는 대로 불쑥불쑥 내뱉는 바람에 상황이 점점 꼬였다.

"다른 여자들이랑 생긴 게 비슷했다는 것 말고는……."

그것이 결정타였다. 버지스는 조금 전부터 표정이 서서히 굳어져 가고 있을 뿐, 그 밖의 다른 폭발 조짐은 없었다. 쉽사리 흥분하지 않는 성격인 듯했다. 그런 그가 하릴없이 들고 있던 연필을 주머니에 넣지 않고, 일부러 조준이라도 한 것처럼 맞은편 벽을 향해 내동댕이쳤다. 잠시 후 자리에서 일어나 그쪽으로 걸어가서 연필을 줍는 그의 얼굴이 시뻘겠다. 그는 오랫동안 방치해 두었던 재킷을 입고 풀었던 넥타이를 조였다.

"어이. 이제 그만 가자고. 늦겠어."

그가 무뚝뚝하게 말했다. 그러더니 아치 모양 현관 입구에서 발걸음을 멈추고 헨더슨을 싸늘하게 응시했다.

"우리를 뭘로 보는 거요? 만만한 모양이지? 다른 날도 아니고 어젯밤, 꼬박 여섯 시간 동안 같이 있었던 여자의 얼굴이 생각 안 난다니! 술집에서는 나란히 앉았고, 샐러드부터 커피까지 풀코스를 먹는 동안에는 내내 마주 보았고, 극장에서는 바로 옆자리에 있었고, 왔다 갔다 하는 동안 택시도 같이 탔을 것 아니오. 그런데 오렌지색 모자 말고 얼굴은 전혀 생각이 안 난다고? 우리더러 그 말을 믿으라는 거요? 당신이 이름도 형체도 없고 키도 체구도 눈동자 색깔도 머리카락 색깔도 아무것도 모르는 환상의 존재랑 같이 있었다고 하면 우리가 그런가 보다고, 부인이 살해됐을 때 당신은 현장에 없었던 모양이라고 믿어 줄 줄 아는 모양이지? 설득력이나 있으면 몰라. 열 살 먹은 어린애라도 못 믿을 수법을 쓰면서.

둘 중 하나야. 아예 있지도 않은 여자를 당신이 꾸며 냈든지, 아니면 이게 더 가능성 높은 이야기일 테지만, 밖에서 돌아다니는 동안 사람들 속에서 그런 여자를 보고서 그 여자하고 같이 있었다고 우리를 속이려 드는 거든지. 그렇게 얼버무리려는 거겠지. 우리가 그녀를 찾아내 진상을 파악하지 못하게!"

그는 으르렁거렸다.

"자, 일어나시지!"

다른 사람이 소나무를 전기톱으로 가르는 듯한 목소리로 헨더슨에게 명령했다. 그러더니 농담조로 덧붙였다.

"우리 버지스 선배는 폭발을 잘 안 하는 성격인데 폭발했다 하면 엄청나거든."

"체포하는 겁니까?"

자리에서 일어난 스콧 헨더슨은 다른 이에게 붙들려 현관 쪽으로 끌려가며 버지스에게 물었다. 버지스는 즉답을 하지 않았다. 집을 나서면서 한 형사에게 내린 지시 사항이 답변인 셈이었다.

"조, 그 스탠드 꺼. 당분간 쓸 일 없을 테니까."

004

사형 집행 149일 전

— 오후 6시

　길모퉁이에 경찰차를 세워 놓고 기다리고 있었을 때 어딘가 가까운 데 숨어 있는 교회에서 정각을 알리는 종소리가 울려 퍼지기 시작했다.

　"시작이로군."

　버지스가 말했다. 십 분 동안 시동을 걸어 놓고 이 소리를 기다렸던 것이다.

　헨더슨은 자유의 몸도 아니고 그렇다고 기소되지도 않은 상태로 뒷좌석 한가운데 앉아 있었다. 그의 양옆에는 전날 밤과 새벽에 그를 심문했던 본서 형사와 버지스가 앉아 있었다. 더치라고 불린 또 다른 형사는 인도에서 바보처럼 서성이고 있었다. 인도 한가운데 쭈그리고 앉아 구두끈을 매고 있다 첫 번째 종소리를 듣고 일어 난 참이었다.

전날 저녁과 똑같은 밤이었다. 만남의 시간이었다. 서쪽 하늘은 붉게 화장을 했고, 사람들은 모두 어딘가를 향해 우르르 움직였다. 헨더슨은 꼼짝없이 두 형사에게 붙들려 있었다. 몇 시간 만에 상황이 이렇게 달라질 수 있을까 하는 생각이 들었을 것이다. 그의 집은 뒤로 몇 건물 더 가면 나오는 모퉁이에 있었다. 하지만 그가 지내는 곳은 그 집이 아니라 경찰서에 딸린 유치장이었다.

헨더슨이 맥없이 말했다.

"아니, 거기서 한 건물 뒤예요. 저 속옷 가게를 지났을 때 첫 번째 종소리가 들렸거든요. 이제 보니까 알겠어요. 종소리를 들었더니."

버지스에게 하는 말이었다. 버지스는 그가 한 말을 인도에 서 있던 동료에게 전했다.

"더치, 한 건물 뒤로 가서 거기서 출발해. 그렇지. 좋았어, 시작!"

6시를 알리는 두 번째 종소리가 들렸다. 버지스는 들고 있던 스톱워치를 눌렀다. 키가 크고 팔다리가 긴 빨간 머리 형사가 인도를 걷기 시작했다. 경찰차도 길가에서 그와 나란히 미끄러지듯 움직였다. 더치는 어색한지 처음에는 걸음걸이가 조금 뻣뻣하더니 점점 나아졌다.

"저 정도 속도면 되겠소?"

이윽고 버지스가 물었다.

"저것보다 조금 빨리 걸었던 것 같습니다. 저는 화가 나면 걸음이 빨라지거든요. 어젯밤에는 제법 빨랐을 겁니다."

헨더슨이 말했다.

"더치, 좀 더 빠르게!"

버지스가 지시를 내렸다. 팔다리가 긴 형사는 속도를 살짝 높였다. 다섯 번째 종소리에 이어 마지막 종소리가 들렸다.

"이제는 어떻소?"

버지스가 물었다.

"비슷합니다."

헨더슨은 말했다.

네거리가 나왔다. 차는 신호등에 발이 묶였다. 하지만 걷는 사람은 상관없었다. 헨더슨도 간밤에는 신호를 무시했다. 그들은 다음 블록 중간쯤에서 더치를 따라잡았다. 이제 50가였다. 첫 번째 블록이 지나갔다. 두 번째 블록도 지나갔다.

"아직 안 보이는 거요?"

"네. 아니면 봤는데 모르고 지나쳤든지요. 아주 새빨갰어요. 저것보다 더 빨갰어요. 인도에 붉은 페인트를 칠한 것처럼 보일 정도였거든요."

세 번째 블록. 네 번째 블록.

"보입니까?"

"모르겠습니다."

버지스는 경고하는 투로 말했다.

"앞으로는 잘 생각해서 말을 해요. 이런 식으로 질질 끌었다가는 이론상의 알리바이마저 소용없어질 테니까. 지금쯤은 술집 안에 들어갔어야 한단 말이요. 팔 분 삼십 초가 지났으니까."

"어차피 저를 안 믿으시는데 무슨 상관입니까?"

헨더슨은 덤덤한 목소리로 물었다.

"집에서 그 술집까지 걸어가는 데 시간이 정확히 얼마나 걸리는지 알아보는 것도 괜찮지 않을까요? 그러면 이자가 실제로는 몇 분에 거기 도착했는지 파악할 수 있을지 모르잖습니까. 뺄셈만 하면 되니까요."

저쪽에 앉아 있던 남자가 끼어들었다.

"구 분 경과!"

버지스가 읊조렸다. 헨더슨은 고개를 수그리고, 컨베이어 벨트처럼 천천히 움직이는 정면의 상점들을 자세히 들여다보았다. 간판이 하나 지나갔다. 아직 네온사인이 켜지지 않은 간판이었다. 그는 휙 고개를 돌렸다.

"저깁니다! 불은 꺼져 있지만 저기인 것 같아요. 안셀모, 그 비슷한 이름이었어요. 거의 확실해요. 그런 외국 이름……."

"더치, 들어가!"

버지스가 큰 소리로 외쳤다. 그는 버튼을 눌러 스톱워치를 껐다.

"구 분 십 초 반. 십 초 정도는 오차로 간주하겠소. 길을 걷던 사람들 숫자나 네거리의 교통량이 어제하고는 달랐을 테니까. 아파트가 있는 길모퉁이에서 여기까지 도보로 걸린 시간이 정확히 구 분. 여기에 아파트에서 내려와 길모퉁이에서 첫 번째 종소리를 듣기까지 걸린 시간, 일 분이 추가되지. 그 시간은 이미 측정을 했으니까. 그러니까……"

버지스는 고개를 돌려 그를 쳐다보았다.

"아무리 늦어도 6시 17분 이전에—그게 마지노선이오—이 술집에 있었다는 증거만 댈 수 있으면 당신은 자동적으로 혐의를 벗을 수 있는 거요."

헨더슨이 말했다.

"그 여자만 찾으면 6시 10분에 여기 있었다는 증거를 댈 수 있습니다."

버지스는 차 문을 열었다.

"들어가 봅시다."

"이 남자를 본 적이 있습니까?"

버지스가 물었다. 바텐더는 두 손가락으로 턱을 고였다.

"낯익은 얼굴이긴 한데……. 제 직업이 워낙 여러 손님들을 상대하는 일이 되어서요."

그들은 좀 더 시간을 주었다. 바텐더는 헨더슨을 비스듬히 쳐다보았다. 그러더니 저쪽으로 건너가 그 자리에서 다시 한번 바라보았다.

"잘 모르겠는데요."

그는 여전히 머뭇거렸다.

버지스가 말했다.

"가끔은 액자가 사진만큼 중요한 역할을 하는 법이지. 다른 각도에서 시도해 봅시다. 바텐더, 바 뒤로 가 봐요."

그들은 일제히 그 뒤로 건너갔다.

"헨더슨 씨, 어느 자리에 앉았소?"

"이쯤 앉았습니다. 바로 위에 시계가 걸려 있었고, 두 자리 옆에 프레첼 그릇이 있었어요."

"좋아, 거기 앉아요. 자, 바텐더, 다시 한번 봐요. 우리는 신경 쓰지 말고 저 남자를 자세히 쳐다보세요."

헨더슨은 어젯밤에 그랬던 것처럼 뚱하니 고개를 숙이고 바를 물끄러미 내려다보았다. 효과가 있었다. 바텐더가 손가락을 퉁겼다.

"맞다! 잔뜩 찌푸리고 있었던 손님! 이제 생각납니다. 어젯밤에 오셨죠? 한 잔만 하고 가신 모양이네요. 기억이 잘 나지 않았던 걸 보면."

"이 손님이 왔던 시간을 알고 싶은데요."

"제가 출근하고 한 시간이 안 됐을 때였는데. 손님이 별로 없을 때였어요. 어젯밤에는 좀 늦게 손님들이 차기 시작했거든요. 가끔 그런 날이 있어요."

"출근한 지 한 시간이 안 됐을 때면 몇 시였다는 겁니까?"

"6시에서 7시 사이요."

"그러니까 6시 몇 분이었는지 그걸 알고 싶다는 건데……."

그는 고개를 저었다.

"죄송합니다. 저는 퇴근 시간이 다 됐을 때만 시계를 보거든요. 6시였을지, 6시 30분이었을지, 6시 45분이었을지 저도 모릅니다. 아무리 기억을 더듬으려고 한들 소용없어요."

버지스는 헨더슨을 보며 눈썹을 살짝 추켜세웠다. 그러더니 다시 바텐더 쪽으로 고개를 돌렸다.

"그때 이 가게에 있었던 여자에 대해서는 알려 줄 수 있습니까?"

바텐더는 불길하리만치 짤막하게 물었다.

"여자요?"

헨더슨의 얼굴빛이 창백하다 못해 새하얗게 질렸다. 버지스가 휙 손을 들어 그의 말을 막았다.

"이 손님이 자리에서 일어나 어떤 여자에게 다가가 말을 거는 걸 못 봤다는 겁니까?"

"네. 그런 모습은 못 봤습니다. 장담은 못하겠지만 그 무렵 바에 아무도 없어서 말을 걸 만한 상대가 없었던 걸로 아는데요."

"이 손님이 일어나서 다가가는 걸 못 본 건 둘째치고, 여기 혼자 앉아 있던 여자도 없었단 말이죠?"

헨더슨은 맥없이 두 자리 옆을 가리키며 버지스가 말릴 겨를도 없이 "오렌지색 모자를 쓰고 있었는데"라고 말했다.

"그러면 안 됩니다."

버지스가 경고했다. 바텐더는 갑자기 짜증을 내기 시작했다.

"이것 보세요. 내가 이 일을 시작한 지 올해로 삼십칠 년째요. 밤이면 밤마다 입을 열었다 닫았다, 열었다 닫았다 하면서 술을 털어 넣는 상판대기들이라면 이제 신물이 난단 말입니다. 무작정 쳐들어와서 손님이 무슨 색 모자를 쓰고 있었느냐, 서로 작업을 걸었느냐, 그런 거 묻지 마세요. 내 입장에서는 전부 주문서로 기억하니까. 알아들었어요? 주문한 술 말입니다! 그 여자가 뭘 마셨는지 알려 주면 가게에 왔었는지 안 왔었는지 말씀드릴 수 있어요! 전표를 모두 모아 두니까 사무실에 가서 들고 오면 됩니다."

그들의 시선이 일제히 헨더슨에게로 향했다. 헨더슨이 대답했다.

"나는 스카치하고 물을 달라고 했습니다. 항상 그것만 마시거든요. 그녀는 어떤 걸 마셨는지 잠깐 생각해 볼게요. 잔을 거의 비운 상태여서……."

바텐더가 큼지막한 양철통을 들고 돌아왔다. 헨더슨이 이마를 문지르며 말했다.

"술잔 바닥에 체리가 남아 있었고……."

"그럼 여섯 가지 중에서 하나겠네요. 내가 알아맞혀 보지요. 술잔 밑부분에 목이 있던가요, 아니면 그냥 평평하던가요? 남아 있던 술이 무슨 색이었죠? 맨해튼이었다면 술잔에 긴 목이 달려 있고 남아 있던 술이 갈색이었을 텐데."

"술잔 목을 그녀가 만지작거리고 있었어요. 하지만 남아 있던 술은 갈색이 아니라 분홍색에 가까웠어요."

"잭 로즈네. 금세 찾을 수 있어요."

바텐더가 시원하게 결론을 내렸다. 그는 전표를 뒤적이기 시작했지만 시간이 조금 걸렸다. 먼저 받은 주문일수록 밑에 깔려 있기 때문에 거슬러 올라가야 했던 것이다.

"보세요, 위에 번호를 적은 다음 이렇게 차례대로 한 장씩 뜯어서 보관합니다."

그가 말했다.

헨더슨이 움찔하며 앞으로 몸을 숙였다.

"잠깐만요! 그 소리를 들으니까 생각이 나네요. 내 전표에 적힌 숫자가 뭐였는지. 13이었어요. 불길한 숫자라 바텐더한테 그 전표를 받았을 때 잠깐 멍하니 쳐다보았던 생각이 납니다. 그 숫자를 보면 누구라도 그렇겠지만요."

그는 숨을 죽이고 내뱉었다. 바텐더는 그들 앞에 전표 두 장을 내려놓았다.

"네, 말씀하신 대로네요. 여기 있습니다. 하지만 따로 주문을 했는걸요? 13번은 스카치 한 잔에 물. 그리고 잭 로즈는 석 잔이고 74번이네요. 나보다 먼저 출근해서 늦은 오후에 근무하는 토미가 받은 주문이에요. 내가 그 친구 글씨체를 알거든요. 그런데 전표를 보니까 같이 온 남자 손님이 있었는데요? 잭 로즈 세 잔에 럼 한 잔이라고 적혀 있거든요. 제정신 박힌 사람이라면 이 두 가지를 섞어서 마실 리가 없죠."

"그렇다면⋯⋯."

버지스가 나지막이 운을 뗐다.

"그 여자 손님이 내 근무 시간까지 있었다 한들 내가 기억할 수 없다는 겁니다. 내가 아니라 토미가 주문을 받았으니까요. 그런데 그 시간까지 있었다면 내 삼십칠 년 경력을 걸고 장담하건대 저분이 다가가서 말을 걸었을 리 없어요. 이미 일행이 있었으니까요. 그리고 다시 한번 내 삼십칠 년 경력을 걸고 장담하건대 그 일행은 끝까지 여자 손님 곁을 지켰을 겁니다. 한 잔에 팔십 센트씩 하는 잭 로즈를 세 잔이나 사 주면서 공들인 여자를 다른 남자한테 넘길 사람이 어디 있겠습니까?"

이러면서 그는 쐐기를 박듯 행주로 카운터를 닦았다. 헨더슨은 떨리는 목소리로 물었다.

"내가 왔던 건 기억하잖습니까? 나는 기억하면서 그 여자는 기억 못하는 이유가 뭡니까? 나보다 그녀가 훨씬 더 눈에 띄었을 텐데."

바텐더는 심술궂은 결론을 내렸다.

"손님을 기억한 이유는 이렇게 다시 보았기 때문이죠. 그 여자 손님도 내 앞으로 데리고 와 보세요. 그럼 기억할지 모르니까요. 그러기 전에는 생각이 안 나네요."

그는 다리가 후들거리는 취객처럼 두 손으로 바 가장자리를 꼭 잡았다. 버지스가 한쪽 팔을 잡으며 툴툴거렸다.

"이제 그만 갑시다, 헨더슨 씨."

헨더슨은 다른 쪽 손으로 바를 붙들고 바텐더 쪽으로 몸을 기울였다.

"이러지 마세요! 내가 지금 어떤 혐의를 받고 있는지 알아요? 살인 혐의를 받고 있단 말입니다!"

목이 메어 말이 잘 나오지 않았다. 버지스가 한 손으로 얼른 그의 입을 막았다.

"말조심하시오, 헨더슨 씨!"

형사가 무뚝뚝하게 명령을 내렸다. 헨더슨은 그들에게 끌려 나가면서도 계속 바로 돌아가려고 안간힘을 썼다.

"13의 저주에 걸려든 게 맞긴 하군."

한 형사가 비꼬는 투로 중얼거렸다. 그들은 죔틀처럼 그를 꽁꽁 에워싼 채 길거리로 나섰다.

"이후에 그 여자를 보았다는 목격자가 등장하더라도 소용이 없을 거요."

택시 기사를 찾아 데리고 오기를 기다리는 동안 버지스가 경고했다.

"6시 17분 전에 술집에서 만났어야 하니까. 하지만 여자가 그 뒤에라도 과연 나타났을지, 어느 순간에 나타났을지 궁금하단 말이지. 그래서 어제 저녁 당신의 행적을 처음부터 끝까지 하나씩 되짚어 나가려는 거요."

"나타날 겁니다. 반드시 그럴 겁니다! 어제 저녁에 우리 둘이 갔던 다른 곳에서 한 명이라도 그녀를 기억할 테니까요. 그런 식으로 찾아내기만 하면 그녀가 어디서, 몇 시쯤에 나를 처음 만났는지 알려 줄 겁니다."

헨더슨이 주장했다. 버지스가 내린 임무를 마치고 돌아온 형사가 보고했다.

"안셀모 앞에 서 있던 선라이즈 회사 소속 택시 기사가 두 명이었다고 합니다. 둘 다 데리고 왔습니다. 이름이 한 명은 버드 히키, 또 한 명은 앨 앨프입니다."

"앨프!"

헨더슨이 외쳤다.

"계속 생각이 안 나던 우스꽝스러운 이름이 바로 앨프였어요. 우리 둘이 택시 기사 이름을 보고 웃었다고 말씀드렸잖습니까."

"앨프를 들여보내. 다른 기사는 돌려보내고."

기사의 실제 모습은 면허증 사진만큼이나 우스꽝스러웠다. 아니, 총천연색이라 실물이 더욱 우스워 보였다.

버지스가 물었다.

"어제 저녁에 술집 앞에서 메종 블랑슈 레스토랑까지 손님을 태운 적이 있습니까?"

"메종 블랑슈라, 메종 블랑슈……."

그는 딱 잘라 대답하지 못했다.

"하룻밤 사이 타고 내리는 손님들이 워낙 많아서요……."

그러더니 자기만의 기억 촉진법이 발동됐는지 "메종 블랑슈면 차가 안 막히는 저녁때 요금이 육십오 센트쯤 나오는 곳인데……" 라고 중얼거렸다. 그러더니 잠시 후 목청껏 외쳤다.

"네, 맞습니다! 어제 저녁에 삼십 센트짜리 손님을 태운 중간에 육십오 센트짜리 손님을 태운 적 있어요."

"주위를 둘러보십시오. 육십오 센트를 낸 손님이 여기 있는지."

그의 시선은 헨더슨의 얼굴을 그냥 지나갔다가 다시 그에게로 돌아왔다.

"저분이에요? 맞죠?"

"대답을 하세요. 우리한테 묻지 말고."

그는 물음표를 떼고 대답했다.

"저분이에요."

"혼자였습니까 아니면 동행이 있었나요?"

그는 잠깐 생각을 하더니 천천히 고개를 저었다.

"동행을 본 기억이 없는데요. 혼자였던 것 같습니다."

헨더슨은 발목을 삔 사람처럼 앞으로 몸을 움찔했다.

"여자를 못 봤다고요? 다른 여자들처럼 나보다 먼저 타고 먼저 내렸는데……."

"쉿, 가만히 있어요."

버지스가 그를 막았다.

"여자요?"

기사는 뚱한 목소리로 되물었다.

"손님은 기억합니다. 똑똑히 기억하죠. 손님을 태우려다 범퍼가 움푹 들어갔으니까요."

"맞아요, 맞아요."

헨더슨은 열심히 맞장구를 쳤다.

"그래서 그녀가 타는 걸 못 봤겠군요. 다른 데를 보고 있어서. 하지만 목적지에 도착했을 때는……."

"목적지에 도착했을 때는 내가 다른 데를 보고 있었을 리가 없죠. 다른 데를 쳐다보면서 요금을 받는 택시 기사는 없으니까. 그런데 여자분이 내리는 건 못 봤단 말입니다. 이게 어떻게 된 일일까요?"

기사는 딱 잘라 말했다.

"우리는 가는 내내 실내등을 끄지 않았어요. 그런데 뒷좌석에 앉아 있던 그녀를 어떻게 못 볼 수가 있단 말입니까? 백미러나 하다못해 앞 유리창에라도 비쳤을 텐데……."

헨더슨은 애원하는 목소리로 말했다.

"이제 확실하네요. 좀 전에는 긴가민가했는데 이제 분명히 알겠어요. 내가 택시 기사 생활 팔 년째거든요. 실내등을 끄지 않았다면 손님 혼자 탄 게 분명합니다. 여자랑 같이 타면서 실내등을 켜 놓는 남자 손님은 지금까지 본 적이 없거든요. 실내등을 켜 놓았다면 남자 손님 혼자 탄 거라고 장담해도 됩니다."

기사가 말했다.

헨더슨은 아무 말도 하지 못했다. 목이 아픈 사람처럼 목만 쓰다듬었다.

"어떻게 내 얼굴은 기억하면서 그녀의 얼굴은 기억을 못하는 겁니까?"

기사가 대답하기 전에 버지스가 끼어들었다.

"당신도 그녀 얼굴을 기억 못하잖소. 말로는 꼬박 여섯 시간을 함께 있었다고 하면서. 이분은 이십 분 동안 등을 돌리고 있었고. 알겠습니다, 앨프 씨. 그럼 그렇게 진술하는 걸로 알고 있겠습니다."

버지스는 이 말을 끝으로 면담을 마무리 지었다.

"네. 이분은 어제 저녁에 택시에 탔을 때 동행이 없었습니다."

그들은 뒷정리를 하는 시간에 메종 블랑슈를 찾아갔다. 테이블보가 모두 걷히고, 끈질기게 자리를 지키던 미식가들도 떠난 뒤였다. 그릇과 날붙이 들이 스스럼없이 쨍그랑거리는 소리가 주방 쪽에서 나는 것으로 미루어 보건대 직원들이 식사를 하고 있는 모양이었다.

그들은 자리를 정리한 어느 테이블로 다가가 그릇이나 음식이 안 보이는 유령 파티에 참석한 것처럼 의자를 가져다 앉았다. 총지배인은 인사를 하는 게 몸에 밴 사람이라 근무 시간이 아닌데도 그들을 향해 걸어오며 인사를 했다. 셔츠와 넥타이를 풀어 헤친데다 음식까지 입안에 넣고 한쪽 볼을 불룩하게 한 채 우물거리고 있어서 인사를 하는 모습이 썩 보기 좋지는 않았다.

버지스가 물었다.

"이분을 본 적이 있습니까?"

그는 새까만 눈으로 헨더슨을 쳐다보며 단박에 대답했다.

"그럼요."

"마지막으로 본 게 언제였습니까?"

"어젯밤이었습니다."

"이분이 어느 자리에 앉았죠?"

그는 벽이 움푹 들어간 곳에 놓인 테이블을 정확히 가리켰다.

"저 자리에 앉으셨습니다."

"그래요? 그러고요?"

버지스가 물었다.

"그러고라니요?"

"누구랑 함께 있었습니까?"

"일행은 없었습니다."

바늘땀처럼 조그만 땀방울이 헨더슨의 이마를 따라 맺히기 시작했다.

"일이 분 뒤에 들어와서 합석한 여자를 못 보셨다고요? 저녁을 먹는 내내 같은 테이블에 앉아 있었는데. 못 봤다니 말이 안 되잖아요. 우리 테이블 옆을 지나가다 말고 인사하면서 '식사 마음에 드십니까, 손님'이라고까지 했잖습니까."

"네, 제게 주어진 임무의 일부니까요. 모든 테이블을 돌아다니며 최소한 한 번씩은 묻습니다. 손님께도 물었던 기억이 납니다. 손님 표정이 뭐랄까, 뚱해 보였거든요. 그리고 손님 양쪽 의자가 비어 있었던 것도 똑똑히 기억합니다. 아마 한쪽 의자가 살짝 비딱해서 제가 바로잡았을걸요. 제가 지나가면서 뭐라고 했는지는 직접 말씀하셨죠? 제가 '손님'이라고 했다면 일행이 없었다는 분명한 증거입니다. 여자분과 남자분이 함께 오셨으면 항상 '손님, 그리고 부인'이라고 물으니까요. 그게 제 철칙입니다."

그의 까만 눈동자는 얼굴 깊숙이 박힌 총알처럼 흔들림이 없었다. 그는 그런 얼굴로 버지스 쪽을 돌아보았다.

"제 말이 못 미더우시면 어제저녁 예약 명단을 보여 드릴 테니 직접 확인해 보십시오."

"그래도 괜찮으시겠습니까?"

버지스는 유난스럽게 뒤를 늘여 가며 느릿느릿 대답했다. 그의 제안을 쌍수 들어 환영한다는 뜻이었다.

총지배인은 식당을 가로질러 카운터 서랍을 열더니 장부를 꺼냈다. 식당 밖으로 나가지도 않았고, 그들의 시야에서 사라지지도 않았다. 그는 장부를 꺼내서 그대로 건넸다. 직접 펼쳐 보라는 뜻이었다. 그러면서 "날짜는 위에 적혀 있습니다"라고 했다.

그들은 장부 앞으로 옹기종기 모였다. 헨더슨만 거리를 두고 떨어져 있었다. 연필로 대충 적은 것이지만 주어진 역할을 충분히 했다. 제일 위에는 '5.20(화)'라고 적혀 있었다. 지난 날짜라는 의미에서 이쪽 모서리에서 저쪽 모서리까지 커다랗게 가위표가 그어져 있었다. 하지만 읽는 데에는 지장이 없었다. 아홉 명에서 열 명 정도 되는 이름이 적혀 있었다. 내용은 이런 식이었다.

테이블 18 ─ 로저 애슐리, 4명 (선이 그어져 있음)

테이블 5 ─ 레이번 부인, 6명 (선이 그어져 있음)

테이블 24 ─ 스콧 헨더슨, 2명 (선이 없음)

세 번째 이름 옆에 괄호와 함께 '1'이라는 숫자가 적혀 있었다. 총지배인의 설명이 이어졌다.

"보면 무슨 뜻인지 아시겠죠? 가로로 선이 그어져 있으면 예약이 예정대로 완료됐다는 뜻입니다. 선을 긋지 않았으면 예약이 취소되었다는 뜻이고요. 선은 없는데 옆에 숫자가 적혀 있으면 몇 명만 오고 나머지는 아직 도착 전이라는 뜻입니다. 괄호 안에 숫자를 적는 이유는 나머지 손님들이 도착했을 때 이것저것 복잡하게 물을 필요 없이 테이블로 안내하기 위해서죠. 후식을 드실 즈음에 도착했더라도 손님이 전부 다 오셨으면 선을 긋습니다. 그러니까 이건 손님이 두 명으로 예약했지만 한 분만 오고 나머지 한 분은 끝까지 오지 않으셨다는 뜻입니다."

버지스는 아주 예민한 손끝으로 그 부분을 더듬었다. 지운 흔적이 있는지 살펴보기 위해서였다.

"매끈하군."

헨더슨은 팔꿈치로 테이블을 짚고 손가락을 펼쳐 앞으로 떨어지려는 머리를 받쳤다. 총지배인은 양손을 모았다.

"제가 믿는 건 장부뿐입니다. 장부에 따르면 헨더슨 씨가 어젯밤에 우리 식당을 혼자 찾으셨다고 되어 있네요."

"저희가 보기에도 그러네요. 추가 심문이 필요한 경우에 대비해 총지배인의 집 주소와 필요한 사항을 적어 놓도록. 자, 그럼 다음으로 테이블을 담당했던 웨이터 미트리 말로프를 만나 볼까?"

등장인물이 바뀌었지만 그뿐이었다. 꿈인지 짓궂은 장난인지 모를 것이 계속 이어졌다. 이것은 코미디였다. 그들 입장에서는 그랬다. 하지만 웨이터의 입장에서는 코미디가 아닌 모양이었다. 그는 한 형사가 수첩에 뭘 적는 것을 보더니 한 손가락을 구부려 옛날 헤어 에센스 광고처럼 엄지손가락 옆에 댔다.

"아뇨, 아뇨. 죄송하지만, D를 넣으셔야 합니다. 묵음이라 발음은 안 하지만."

"그럼 뭐하러 넣는 거야?"

한 형사가 옆에 앉은 동료에게 중얼거렸다.

"무슨 글자를 넣건 그건 내 알 바 아니고, 내가 궁금한 건 당신이 어제 24번 테이블 담당이었나 하는 거요."

버지스가 말했다.

"저기 10번 테이블부터 28번 테이블까지가 제 담당입니다."

"어제 저녁에 24번 테이블에 앉았던 이분의 시중을 맡았나요?"

그는 이것을 자기 홍보의 기회로 활용했다.

"아, 네, 그럼요!"

그는 얼굴을 환히 밝히며 인사했다.

"어서 오세요! 안녕하셨어요? 조만간 또 들러 주십시오!"

그들이 형사라는 건 전혀 모르는 눈치였다.

"아니, 그럴 일은 없을 거요. 그때 그 테이블에 손님이 몇 명이었소?"

버지스는 퉁명스럽게 대꾸하고 손을 들어 화기애애한 분위기에 찬물을 끼얹었다. 웨이터는 최선을 다하고 싶은데 뭘 어쩌면 좋을지 전혀 감을 잡지 못한 사람처럼 어리둥절한 표정을 지었다.

"한 분요. 저분 한 분이었는데요."

"여자 손님은 없었고?"

"네, 없었습니다. 어떤 여자 손님이요?"

그러더니 천진난만하게 물었다.

"왜요? 여자분이 없어졌답니까?"

모두 폭소를 터뜨렸다. 헨더슨은 입을 벌리고 어딘가 견딜 수 없을 만큼 아픈 사람처럼 깊은 한숨을 내쉬었다.

"맞아, 없어졌지."

한 형사가 익살을 부렸다. 웨이터는 자기가 한 건 터뜨렸다는 사실을 깨닫고 수줍은 듯 눈을 껌뻑이며 그들을 바라보았지만 그 말이 왜 우습게 들리는지는 여전히 모르는 눈치였다. 헨더슨이 비참하고 쓸쓸하게 들리는 목소리로 말했다.

"당신이 그녀를 위해 의자를 빼 줬잖아요. 메뉴판도 펼쳐 주었고. 나는 당신이 그러는 걸 봤는데. 당신 눈에는 그녀가 안 보인 모양이로군요."

그는 자기 머리를 손끝으로 몇 차례 톡톡 두드렸다. 웨이터는 동유럽 출신 특유의 따뜻하고 요란한 손짓을 곁들여 가며, 악의 없는 설명을 시작했다.

"숙녀분이 오시면 당연히 의자를 빼 드리죠. 하지만 숙녀분도 없는데 무슨 수로 의자를 빼 드립니까? 공기더러 앉으라고 의자를 빼 줄 수도 없는 일이고요. 그리고 없는 사람 앞에 메뉴판을 펼쳐 보일 수도 없는 일 아닙니까?"

버지스가 말했다.

"할 말이 있으면 이 손님이 아니라 우리한테 해요. 이 사람은 지금 체포된 몸이니까."

웨이터는 고개만 슬쩍 돌리고는 자연스레 말을 이었다.

"이 손님은 저한테 한 사람 반 몫의 팁을 주었습니다. 같이 온 여자분이 있었다면 그럴 수 있었을까요? 어제 저녁에 두 분이서 식사를 해 놓고 한 사람 반 몫의 팁을 주었다면 제가 오늘 이 손님을 반갑게 맞을 수 있었겠습니까? 하! 하!"

그는 시비조로 콧방귀를 뀌었다.

"한 사람 반 몫의 팁이라니?"

버지스가 재미있다는 듯이 물었다.

"한 명이면 삼십 센트, 두 명이면 육십 센트거든요. 그런데 사십오 센트를 주셨으니 한 사람 반 몫이죠."

"두 명이서 사십오 센트를 주는 경우는 없나?"

"그럼요! 만약 그런 손님이 있다면 저는 이렇게 할 겁니다."

그는 씩씩대며 지저분한 물건이라도 만지는 양 손가락을 들고 테이블에 올려놓았던 쟁반을 드는 시늉을 했다. 그러고는 적의가 이글거리는 눈빛으로 가상의 손님을—이 경우 헨더슨이었다—한참 동안 노려보았다. 그러면서 두툼한 입술 끝을 내려 비웃음을 흘렸다.

"그러면서 이렇게 말하죠. '감사합니다, 손님. 대단히 감사합니다. 정말로, 진심으로 감사합니다. 이렇게 많이 주셔도 되겠습니까?' 여자와 함께 온 손님이라면 이런 소리를 듣고 민망해서 좀 더 찔러 주게 되죠."

"나라도 그러겠군."

버지스도 동의하더니 고개를 돌렸다.

"헨더슨 씨, 팁을 얼마나 주었소?"

헨더슨은 쓸쓸한 목소리로 나지막이 대답했다.

"저 사람이 말한 것처럼 사십오 센트 주었습니다."

"정리하는 차원에서 한 가지 더. 테이블 전표를 보고 싶은데. 보
관하고 있겠죠?"

버지스가 말했다.

"매니저님이 챙기셨습니다. 그분께 여쭤 보세요."

웨이터는 증언의 진실성이 뒷받침될 거라고 확신하는 사람처럼
양심에 거리낌 없다는 표정을 지었다.

맥없이 앉아 있던 헨더슨은 그 소리에 번쩍 정신을 차리고 몸을
앞으로 기울였다.

매니저가 직접 전표를 꺼냈다. 매월 말에 매상을 집계하기 편리
하도록 전표를 조그만 직사각형 모양의 집게로 하루치씩 묶어 놓았
다. 그들은 원하던 전표를 별 어려움 없이 찾을 수 있었다.

24번 테이블. 3번 웨이터. 정식 1인분 – 2.25달러

라고 적힌 전표에 '계산 완료 – 5월 20일'이라고 타형 모양의 희

미한 보라색 도장이 찍혀 있었다. 그날 24번 테이블에서 나온 전표는 그것 말고 두 장뿐이었다. '차 1−75센트'는 저녁 시간 직전, 늦은 오후에 만들어진 전표였다. 나머지 하나는 문을 닫기 직전에 들이닥친 네 명이 먹은 저녁이었다.

헨더슨은 그들의 부축을 받으며 경찰차에 올랐다. 온몸이 마비 상태나 다름없었다. 다리가 말을 듣지 않았다. 현실감 없는 건물과 거리 들이 꿈처럼, 유리 위에 비친 그림자처럼 그들 곁을 스쳐 지나 갔다. 그는 문득 말문을 터뜨렸다.

"다들 거짓말을 하고 있어요. 다들 작당하고 나를 죽이려 하고 있어요! 내가 무슨 잘못을 했기에……?"

"나는 뭐가 생각나는지 알아요? 한참 보고 있는데 화면에서 등장인물들이 서서히 사라지는 토퍼 시리즈. 선배님도 보신 적 있습니까?"

옆에서 한 형사가 말했다. 헨더슨은 본의 아니게 몸을 부르르 떨며 고개를 떨어뜨렸다.

밖에서 공연이 한창이라 음악 소리, 웃음소리, 이따금 터지는 박수 소리가 비좁고 어지러운 사무실 안까지 희미하게 흘러들었다. 지배인은 전화기 옆에 앉아 있었다. 사업이 잘되고 있는 고로 회전의자에 몸을 묻고 시가를 피우며 유쾌한 얼굴로 그들을 대했다.

"표를 두 장 사신 건 분명합니다. 문제는 저분이 일행과 함께 들어오는 걸 아무도 못 봤다는 건데…….”

지배인은 깍듯하게 말하다가 문득 걱정스러워하며 하던 말을 멈추었다.

“저분 저러다 쓰러지는 거 아닙니까? 최대한 빨리 데리고 나가 주세요. 공연 도중에 소동이 벌어지면 곤란하니까요.”

그들은 문을 열고, 몸이 뒤로 넘어간 헨더슨을 반쯤 끌고 가다시피 했다. 앞쪽에서 노랫소리가 한 줄기 바람처럼 밀려왔다.

“치카 치카 붐 붐

치카 치카 붐 붐…….”

“아, 그만. 더 이상은 못 견디겠어요!”

헨더슨은 숨을 헐떡이며 애원했다. 그는 경찰차 뒷좌석에 쓰러져 양손을 깍지 끼고, 미치지 않을 방법을 찾는 사람처럼 손을 깨물었다.

“이제 그만 고집을 꺾고 동행이 없었다고 시인하는 게 어떻겠소? 그러면 모든 일이 얼마나 간단해지는지 모른단 말이오?”

버지스가 설득하려 들었다. 헨더슨은 이성적이고 차분하게 대답하고 싶었지만, 목소리가 조금씩 떨려 왔다.

“형사님이 이야기하는 것처럼 그렇게 시인하고 나면, 그렇게 시인해 버리고 나면 그다음에는 어떻게 되는지 아십니까? 나는 서서히 이성을 잃기 시작할 겁니다. 두 번 다시 아무것도 믿지 못하게 될 테니까요. 스콧 헨더슨이라는 내 이름만큼이나 틀림없다고 생각했던 것들을……."

그는 허벅지를 내리쳤다.

"이게 내 다리인 것만큼 틀림없다고 생각했던 것들을 의심하고 부인하게 될 테니 제정신을 온전히 유지할 수 있겠습니까? 나는 꼬박 여섯 시간을 그녀와 함께 있었어요. 그녀의 팔을 건드린 적도 있어요. 내 이 부분과 닿았다는 말입니다."

그는 손을 뻗어 근육질인 버지스의 팔뚝을 살짝 꼬집었다.

"바스락거리던 그녀의 원피스. 그녀가 했던 말들. 희미한 향수 냄새. 맑은 고기 수프 접시와 딸까닥거리며 부딪히던 숟가락. 그녀가 의자를 뒤로 움직였을 때 났던 소리. 그녀가 택시에서 내렸을 때 살짝 흔들렸던 차체. 그녀가 잔을 들었을 때 담겨 있는 걸 내 눈으로 똑똑히 보았는데 그 술이 어디로 갔겠습니까? 내려놓은 잔은 비어 있었는데."

그는 주먹으로 그의 무릎을 세 번, 네 번, 다섯 번 내리쳤다.

"그녀는 분명히, 분명히, 분명히 있었어요!"

울음을 터뜨리기 직전이었다. 얼굴은 울상을 짓고 있었다.

"그런데 다들 없었다고 나를 설득하려 든단 말입니다!"

경찰차는 저녁 내내 휩쓸고 다닌 꿈의 나라를 미끄러지듯 움직였다. 그는 용의자라면 전혀 혹은 거의 하지 않음 직한 말을 했다.

온 마음과 온 영혼을 담아 진심으로 내뱉었다.

"무서워요. 유치장으로 다시 데리고 가 주세요. 제발요. 손으로 만질 수 있는 벽이 필요해요. 아무리 밀어도 꿈쩍 않는 두껍고 단단한 벽이!"

"이 친구, 떨고 있잖아?"

한 형사가 강 건너 불구경하듯 말하자 버지스가 지시했다.

"술 한 잔 먹여야겠어. 이 근처에 잠깐 차 세우고, 아무나 가서 호밀 위스키 좀 사 와. 저렇게 괴로워하는 거 보기 싫으니까."

헨더슨은 성에 차지 않는 듯했지만 위스키를 벌컥벌컥 들이켰다. 그러더니 의자에 털썩 등을 기댔다.

"갑시다. 절 데려가 주세요."

그가 애원하는 목소리로 말했다.

"유령이 보이는 모양이에요."

한 형사가 키득거렸다.

"유령을 부르면 그렇게 되는 거야."

그들은 아무 말 없이 다시 차에서 내려 헨더슨을 에워싸고 본부 계단을 올라갔다. 그러다 헨더슨이 계단에서 발을 헛디뎌 비틀거리자 버지스는 팔을 붙잡고 부축해 주었다.

"한숨 푹 자는 게 좋겠소, 헨더슨 씨. 그리고 훌륭한 변호사도 있어야겠고. 두 가지 모두 절실하게 될 거요."

005

사형 집행 91일 전

　"……살인이 자행되던 날 저녁 6시 10분에 안셀모라는 술집에서 피고가 어떤 여자를 만났다고 하는 피고 측 변호인의 주장을 모두 들으셨을 겁니다. 6시 10분이면 경찰 측에서 추정한 희생자의 사망 시각에서 일 분 사십오 초가 지난 뒤입니다. 참으로 영리하지 않습니까? 배심원 여러분께서도 한눈에 알아차리셨을 테지만, 그가 6시 10분에 정말로 50가의 안셀모에 있었다면 일 분 사십오 초 전에 자신의 아파트에서 범행을 저지르는 건 성립이 안 되는 일입니다. 두 다리가 달린 존재라면 일 분 사십오 초 만에 집에서 술집까지 이동할 수 없을 테니까요. 아니, 네 바퀴가 달렸거나 날개와 프로펠러가 달렸더라도 불가능한 일입니다.

다시 한번 강조하지만 참으로 영리하지 않습니까? 하지만 완벽하지는 않았죠. 일 년 중 다른 날도 아니고 하필이면 그날 저녁, 그 여자를 우연히 만났다니 참으로 편리한 일이 아닐 수 없습니다. 마치 그날 저녁에 그녀라는 존재가 필요할 줄 미리 예감이라도 했던 것처럼 말입니다. 예감이라는 게 참 신기하지 않습니까? 제가 물었을 때 피고가 집 밖에서 모르는 여자에게 접근한 게 그날이 처음이었다고 시인한 것을 여러분도 들으셨을 겁니다. 그러니까 결혼 생활 내내 한 번도 그런 적이 없다가 그날 저녁에 처음으로 그랬다는 거죠.

처음이었다고 한 것에 주목해 주십시오. 제가 아니라 피고가 한 말입니다. 배심원 여러분께서도 직접 들으신 말이고요. 그 전까지는 그런 생각을 한 적이 없었다는 거 아닙니까. 평소에는 안 하던 일, 천성적으로 맞지 않았던 일이라는 거죠. 그런데 유독 그날 밤에만 그랬다니 참으로 편리한 우연의 일치입니다. 하지만 말입니다……."

그는 어깨를 으쓱하고 한참 동안 아무 말도 하지 않았다.

"이 여자는 어디에 있는 걸까요? 우리 모두 그녀가 나타나기만을 기다리고 있는데 데리고 오지 않는 이유가 뭐죠? 주저하는 이유가 뭘까요? 그 여자가 이 법정에 출두한 적이 있습니까?"

그는 집게손가락으로 배심원 한 명을 가리키며 물었다.

"그녀를 본 적 있습니까?"

그리고 이번에는 다른 배심원을 향해 물었다.

"선생님은 어떻습니까?"

이번에는 두 번째 줄 세 번째 자리에 앉은 배심원.

"선생님은요?"

그는 그러고 나서 당혹스러운 듯 손을 들어 보였다.

"우리 가운데 누구든 그녀를 본 사람이 있습니까? 그녀가 첫날부터 마지막 날까지 단 한 번이라도 저 증인석에 앉은 적이 있습니까? 아뇨, 없습니다. 왜냐하면……."

그는 또다시 한참 동안 아무 말도 하지 않았다.

"왜냐하면 그녀는 존재하지 않기 때문이죠. 없는 사람이기 때문이에요. 존재하지 않는 사람을 무슨 수로 불러내겠습니까. 있지도 않은 상상의 산물, 비유 속의 인물, 하늘의 별과 같은 존재를 무슨 수로 살아 움직이게 만들 수 있겠습니까. 그 정도 키와 몸집을 갖추고 살아 숨 쉬는 여자를 만드는 것은 오로지 하느님만 할 수 있는 일이죠. 심지어 하느님도 그런 여자를 만들려면 두 주가 아니라 십팔 년이 걸릴 테고요."

여기저기서 웃음을 터뜨렸다. 그도 흡족한 듯 살짝 미소를 지었다.

"피고는 생사가 걸린 재판을 받고 있습니다. 만약 그런 여자가 있다면 부르지 않았겠습니까? 시기적절한 때 증인으로 이 자리에 세우지 않았겠습니까? 당연히 그랬겠죠! 만약……."

그는 다시 극적으로 말을 끊었다.

"그런 여자가 있었다면 말입니다. 이제 이 이야기는 그만 접도록 하겠습니다. 이곳은 그가 그날 밤 그녀와 함께 다녔다는 이런저런 곳들과 몇 킬로미터 거리에 있는 법정이고, 그날로부터 몇 개월이 지났으니까요. 피고가 그녀와 함께 있었다고 주장하는 그 시간대에 바로 그 장소에 있었던 사람들의 이야기를 되짚어 보도록 합시다. 피고의 주장대로라면 그들이 그녀를 목격했을 수밖에 없었을 테니까요.

그런데 어떻습니까? 여러분도 들으셨죠? 그들은 피고를 보았다고 했습니다. 하나같이 어렴풋하고 흐릿하게나마 그날 저녁에 스콧 헨더슨을 본 기억이 난다고 했습니다. 그런데 그걸로 끝입니다. 한쪽 눈이 먼 사람들처럼.

배심원 여러분, 조금 이상하지 않습니까? 제가 보기에는 이상하거든요. 두 사람이 같이 다니면 둘 중 하나입니다. 나중에 사람들이 둘 다 기억을 못하거나 둘 다 기억하거나. 어떻게 인간이 한 명만 보고 나머지 한 명은 보지 못할 수가 있을까요? 둘이 나란히 있었는데 말입니다. 이건 물리학의 법칙에 위배되는 현상이라 저로서는 이해가 안 됩니다. 당혹스럽습니다."

그는 순진한 척 어깨를 움츠렸다.

"설명할 방법이 있으면 얼마든지 환영입니다. 사실 저도 몇 가지 생각해 놓은 게 있습니다. 어쩌면 그녀가 투명 인간이라 빛이 투과되어 버린 탓에 안 보였을 수도 있고……."

방청석에 웃음꽃이 피었다.

"아니면 그녀가 피고의 옆에 없었을 수도 있죠. 그들이 그녀를 보지 못했다고 하니 이것이야말로 가장 그럴듯한 설명이 아닐까요?"

그는 태도와 목소리를 바꾸었다. 좀 더 긴장감을 실었다.

"그냥 넘어가지 말고 심각하게 이 부분을 짚어 보겠습니다. 여기, 생사가 걸린 재판을 받는 남자가 있습니다. 저는 이 재판을 촌극으로 만들 생각이 없습니다. 촌극으로 만들려는 쪽은 피고 측이죠. 추측과 가정은 모두 잊고 진실에 주목해 봅시다. 환상과 도깨비와 신기루 이야기는 그만하고 그 존재를 한 번도 의심받은 적 없는 여자 이야기를 해 봅시다.

마르셀라 헨더슨의 실체는 모든 사람이 보았고, 죽은 뒤의 모습도 모두가 분명히 목격했습니다. 그녀는 환상이 아니었습니다. 살해당한 겁니다. 경찰이 촬영한 사진을 보면 알 수 있죠. 이것이 첫 번째 진실입니다. 여러분은 재판 내내 고개를 숙이고 저기 피고석에 앉아 있는 남자를 보셨을 겁니다. 아, 이제는 고개를 들고 도전적인 눈빛으로 저를 노려보고 있네요. 저 남자는 생사가 걸린 재판을 받고 있습니다. 이것이 두 번째 진실입니다."

이번에는 그가 자신감 넘치는 연극배우 같은 목소리로 여담을 늘어놓았다.

"저는 공상보다 사실을 더 좋아합니다. 여러분은 어떻습니까? 진실이 훨씬 다루기가 쉽거든요. 그럼 세 번째 진실은 무엇일까요? 이겁니다. 그가 그녀를 살해했다는 것. 네, 이것이야말로 앞서 말씀드린 두 가지처럼 확실하고 분명한 진실입니다. 이 법정에서 이미 한 번 입증한 적 있다시피 어느 한구석 진실이 아닌 게 없습니다. 저는 지금 여러분에게 피고처럼 환상이나 망령이나 영혼을 믿으라는 게 아닙니다! 온갖 기록과 진술서와 증거와 지금까지 모든 단계에서 작성된 조서를 걸고 내리는 결론입니다!"

그는 목소리를 한층 더 높이며 배심원석 앞의 난간을 주먹으로 내리쳤다. 잠시 숨 막히는 정적이 이어졌다. 잠시 후 그는 조용히 말을 이었다.

"모든 정황과 집안 분위기에 대해서는 사건 직후에 들으셨을 겁니다. 이것들에 대해서는 피고도 부인하지 않았습니다. 피고가 시인한 것을 여러분도 들으셨죠? 압박에 못 이겨 어쩔 수 없이 했을지 몰라도 어쨌든 시인을 했습니다. 그 부분에 관한 한 허위 사실은 없었습니다. 제가 한 말이 아니라 피고가 한 말입니다. 어제 제가 증인으로 나선 피고에게 물었을 때 여러분도 대답을 들으셨습니다.

여러분을 위해 다시 한번 간략하게 요약해 보겠습니다. 스콧 헨더슨은 외간 여자와 사랑에 빠졌습니다. 물론 그 일 때문에 피고가 재판을 받는 건 아닙니다. 피고와 사랑에 빠진 여자분도 재판정에 서지 않았고요. 여러분도 눈치채셨겠지만, 그녀의 이름은 이 법정에서 한 번도 언급된 적이 없고, 그녀는 이 잔인하고 용서받을 수 없는 살인 사건과 관련해서 억지로 끌려 나와 증언을 하지도 않았습니다. 왜 그랬을까요? 그럴 필요가 없기 때문입니다. 이 사건과 아무 관계가 없었기 때문입니다.

　저는 이 법정에서 무고한 인물을 처벌하고, 그 뒤로 세간의 손가락질과 모욕에 시달리게 만들 생각이 없습니다. 범행은 저기 앉아 있는 남자의 단독 소행입니다. 그녀가 저지른 게 아닙니다. 그녀는 아무 죄가 없습니다. 그녀는 경찰과 검찰의 수사 결과 범행에 가담하거나 선동한 적이 없으며, 심지어 무슨 일이 있었는지조차 몰랐던 것으로 밝혀졌습니다. 현재 자신이 아닌 타인의 잘못으로 충분히 고통스러워하고 있고요. 그 부분에 대해서는 검찰과 피고, 양쪽 모두 동의하는 바입니다. 저는 그녀의 이름과 신원을 알고 있지만 재판 내내 그 아가씨라고 불러 왔고 앞으로도 계속 그럴 생각입니다.

　자, 피고는 그 아가씨를 위험하리만치 사랑하게 된 다음에서야 자신이 유부남인 걸 밝히지 않았다는 사실을 떠올렸습니다. 네, 맞습니다. 위험한 일이었죠. 부인의 입장에서 보면 말입니다. 그 아가씨는 유부남과의 관계를 원치 않았습니다. 과거에도 그랬고 현재도 그렇듯 교양 있고 훌륭한 아가씨이니까요. 그녀와 대화를 나누어 본 사람들은 모두 그런 인상을 강하게 받았습니다. 저도 마찬가지고요. 그녀는 어쩌다 보니 부적절한 남자를 만나는 불운을 겪은 사랑스러운 아가씨입니다. 그러다 보니 앞서 말씀드린 것처럼 유부남인 피고와의 관계를 원치 않았죠. 어느 누구에게도 상처를 주기 싫었던 겁니다. 피고는 양다리를 걸칠 수 없는 상황임을 알게 됐습니다. 그래서 피고는 부인을 찾아가 이혼을 요구했습니다. 냉혈한 처럼 말이죠. 부인은 이혼을 거부했습니다.

왜 그랬을까요? 부인 입장에서는 결혼이 마음대로 만났다 헤어지는 그런 불장난 같은 관계가 아니라 신성한 제도였기 때문이죠. 참 보기 드문 사고방식 아닙니까? 피고가 이런 상황을 알렸을 때 그 아가씨는 서로 잊고 지내자고 했죠. 피고는 그럴 수가 없었습니다. 그래서 이럴 수도 저럴 수도 없는 처지에 빠진 겁니다. 부인은 피고와 헤어지지 않겠다고 하고, 피고는 그 아가씨와 헤어질 수 없었으니까요.

피고는 어느 정도 시간이 지났을 때 다시 한번 이야기를 꺼냈습니다. 첫 번째 방식이 냉혈한 같았다면 두 번째 방식은 뭐라고 해야 좋을까요? 외지에서 온 거래처 직원을 상대로 계약을 따내려는 영업 사원처럼 접대를 준비했으니 말입니다. 여러분, 그걸 보면 피고가 어떤 성격인지 감을 잡으실 수 있을 겁니다. 피고가 얼마나 대단한 남자인지 말입니다. 산산조각 난 결혼 생활, 금이 간 가정, 버림받은 아내가 피고에게는 그 정도 존재였습니다. 하루 저녁의 시시한 접대와 맞바꿀 수 있는. 피고는 공연 티켓을 두 장 구입하고 식당을 예약했습니다. 그러고는 집으로 돌아가 아내에게 같이 나가자고 했죠. 부인은 갑작스러운 배려에 어리둥절했죠. 재결합의 물꼬가 트이는 것으로 잠깐 착각을 하기도 했습니다. 부인은 거울 앞에 앉아 준비를 하기 시작했습니다. 몇 분 뒤에 피고가 다시 방으로 들어가 보니 부인은 여전히 화장대에 앉아 있고 전혀 준비를 하지 않은 상태였습니다. 피고의 목적을 알아차렸기 때문이죠.

부인은 피고와 헤어지지 않겠다고 이야기했습니다. 음악 감상과 맛있는 코스 요리보다 사실상 가정이 더 중요하다고 말한 거죠. 그러니까 피고는 물어보지도 못하고 이혼을 두 번째로 거부당한 셈이었습니다. 두 번이면 충분하고도 남았죠.

피고는 준비를 거의 다 마친 상태였습니다. 넥타이를 손에 들고 길이를 가늠해서 매려던 참이었죠. 그런데 속셈을 들키고 허를 찔리는 바람에 걷잡을 수 없는 분노로 눈이 멀어, 거울 앞에 앉아 있던 부인에게 넥타이를 둘렀죠. 피고는 부인의 목을 넥타이로 감고, 죽이고야 말겠다는 의지를 불태우며 상상할 수 없을 만큼 잔인하고 세게 졸랐습니다. 경찰에서 넥타이가 부인의 부드러운 살갗 속으로 워낙 깊숙이 파고들어 가서 잘라 내는 수밖에 없었다고 했던 것을 여러분도 들으셨을 겁니다. 여러분은 7겹 레프 실크 넥타이를 손으로 찢어 보신 적 있습니까? 넥타이는 찢어지지 않습니다. 넥타이에 여러분의 손가락이 잘리면 모를까, 절대 찢어지지 않습니다.

부인은 죽었습니다. 처음에 한두 번 팔을 휘저었겠지만, 남편의 손에 그렇게 죽었습니다. 그녀를 아끼고 보호해 주겠다고 맹세했던 남자였다는 것을 잊지 마시기 바랍니다.

피고는 부인을 거울 앞에 똑바로 앉혀 놓고, 죽기 전의 몸부림을 한참 동안 바라보게 했습니다. 아주 한참 동안 바라보게 했습니다. 한참이 지난 뒤에야 붙잡고 있던 손을 놓았죠. 부인이 죽은 게 확실해졌을 때, 돌아올 수 없는 강을 건너 영영 사라진 게 확실해졌을 때 피고는 무엇을 했을까요?

부인을 되살리려고 애를 썼거나 뉘우쳤거나 애석해했을까요? 아뇨, 피고가 무엇을 했는지 제가 알려 드릴까요?

피고는 부인이 쓰러진 그 방에서 침착하게 외출 준비를 마쳤습니다. 부인을 목 졸라 죽이는 데 쓴 넥타이 대신 다른 넥타이를 꺼내서 맸습니다. 모자를 쓰고 재킷을 입고 나가기 직전에 그 아가씨에게 전화까지 했습니다. 어쩌면 그 아가씨 인생을 통틀어 가장 다행스러운 일이었을지 모르겠습니다만, 외출을 하는 바람에 전화를 받지 못했죠. 피고가 아내를 죽인 흔적이 축축하게 남아 있는 손으로 그 아가씨에게 전화를 한 이유가 뭐였을까요? 후회가 돼서, 방금 저지른 짓을 고백하고 도움이나 조언을 청하기 위해서였을까요? 천만에요. 그녀를 방패막이로 이용하기 위해서였습니다. 슬그머니 그녀를 내세워 알리바이를 만들기 위해서였습니다. 그 공연에, 예약해 놓은 그 식당에 그녀를 대신 데리고 가기 위해서였습니다. 피고는 어쩌면 만나기 직전에 손목시계 바늘을 뒤로 돌려놓고, 만나서 시간을 알려 줄 계획까지 세워 놓았을 겁니다. 그걸 기억하고 있던 그녀가 나중에 그를 믿는 마음에 증인으로 나서 거짓 없는 증언으로 자기를 보호해 줄 거라고 생각하면서.

여러분이 보시기에는 이런 자가 살인범입니까, 아닙니까?

하지만 계획이 틀어져 그녀와 연락이 닿지 않았죠. 그래서 피고는 차선책을 선택했습니다. 혼자 나가서 6시부터 자정까지, 부인과 함께하려고 준비했던 계획을 단 한 개도 남김없이 실행에 옮긴 겁니다. 피도 눈물도 없이. 그 당시에는 오다가다 만난 여자에게 접근해 알리바이로 이용해야겠다는 생각을 미처 하지 못했습니다. 너무 흥분해서 정신이 없었던 거죠. 어쩌면 생각은 했는데 용기가 없었던 것일 수도 있습니다. 낯선 사람을 믿을 수가 없어서, 어떤 짓을 저질렀는지 혹시라도 티가 날까 걱정이 돼서 말입니다. 아니면 그래 봐야 늦었다고 결론을 내린 것일 수도 있습니다. 집을 나온 뒤로 너무 오랜 시간이 지났으니까요. 범행을 저지른 지 꽤 지났으니 섣불리 알리바이를 만들려고 했다가는 상황이 불리해질 수도 있었죠. 조금만 노련하게 심문하면 그가 여자를 만났다고 주장하는 시간이 아니라 둘이 실제로 몇 시에 만났는지 금세 유추할 수 있으니까요. 피고는 그런 부분까지 생각을 한 겁니다.

그럼 다음 차선책은 무엇이었을까요? 두말하면 잔소리겠지만 가상의 동행을 만들어 내는 것이었습니다. 환상의 존재를 만들어 두는 겁니다. 나중에 소환돼서 둘이 실제로 만난 시각을 폭로할 가능성이 없도록 막연하고 모호하게 포장한 환상의 존재를. 근거가 없는 알리바이와 들통이 난 알리바이, 둘 중에서 어느 쪽이 그의 목적에 더 걸맞겠습니까? 대답은 여러분의 판단에 맡기겠습니다. 근거가 없는 알리바이는 입증이 불가능하지만, 일말의 가능성을 남깁니다. 반면에 들통이 난 알리바이는 자동적으로 역효과를 내서 변론의 여지를 없애 버리죠. 이것이 최상이고 최선이었기에 피고는 이 방법을 선택했습니다.

피고는 가공의 여자를 만들어 냈습니다. 그녀가 존재하지도 않고 절대 찾을 수도 없다는 것을 잘 알고 있었죠. 그러고는 찾을 수 없음에 기뻐했을 겁니다. 그녀가 나타나지 않아야 부족한 알리바이나마 힘이 실리니까요.

마지막으로 여러분께 딱 한 가지만 묻겠습니다. 자기 목숨이 달려 있는 사람의 모습을 전혀 기억하지 못한다는 게 말이 된다고 생각하십니까? 있을 법한 일이라고 생각하십니까? 단 한 부분도 기억해 내지 못한다는 게 말이 됩니까? 피고는 그녀의 눈동자 색깔도, 머리 색깔도, 얼굴형도, 키도, 몸집도, 그녀에 관한 모든 것이 생각이 안 난다고 합니다. 입장을 바꿔 놓고 생각해 봅시다. 여러분이라면 목숨이 걸린 일인데 그렇게 새까맣게, 완전히 잊어버릴 수 있을까요? 자기 보호 본능은 기억을 자극하는 데 엄청난 역할을 합니다. 피고가 정말로 그녀를 찾길 바란다면 그렇게 하나도 남김없이 잊어버릴 수 있을까요? 그녀가 실제로 존재하는 인물이라면 말입니다. 생각해 보시기 바랍니다.

배심원 여러분께 더 이상 드릴 말씀이 없네요. 워낙 단순한 사건이라서 말입니다. 헷갈리고 말고 할 것도 없이 명백하지 않습니까.”

그는 극적인 효과를 노리며 말끝을 길게 늘였다.

“본 검사는 저기 앉아 있는 스콧 헨더슨을 아내 살인죄로 기소

합니다.

죗값으로 그의 목숨을 요구합니다.

이상입니다."

006

사형 집행 90일 전

"피고는 자리에서 일어나 배심원단 쪽을 향해 서 주시기 바랍니다. 배심원장도 일어나 주십시오. 배심원 여러분께서는 평결을 내리셨습니까?"

"네, 재판장님."

"피고는 유죄입니까, 무죄입니까?"

"유죄입니다."

피고석에서 쥐어짜는 듯한 목소리가 들렸다.

"오, 하느님……. 이럴 수가……!"

사형 집행 87일 전

"피고, 판결을 듣기 전에 하고 싶은 말이 있습니까?"

"주위에서는 저더러 범행을 저질렀다 하고 그게 사실이 아니라는 것을 아는 사람이 저 혼자뿐인데 무슨 할 말이 있겠습니까? 말을 한들 누가 들어 줄 것이며, 누가 믿어 주겠습니까?

재판장님은 저더러 죽어야 된다고 하실 테고, 또 그렇게 말씀하신다면 저는 죽어야겠죠. 저도 남들처럼 죽는 게 무섭습니다. 하지만 억울하게 죽기는 싫습니다. 죽는 것 자체가 쉽지 않은 일인데, 오심으로 인해 죽는 건 더 어려운 일입니다. 그게 가장 가혹한 방법이잖습니까. 때가 되면 최선을 다해 맞이할 겁니다. 저로서는 그러는 수밖에 없으니까요.

하지만 듣지 않으려 하고 믿지 않으려 하는 여러분들께 말씀드리건대 저는 결백합니다. 저는 결백합니다. 배심원단이 수백 번 같은 결론을 내리고, 법정에서 수백 번 재판이 열리고, 전기의자에서 수백 번 사형 집행을 당하더라도 아닌 건 아닌 겁니다. 저는 판결을 들을 준비가 됐습니다, 재판장님. 이제 충분합니다."

판사는 동정 어린 목소리로 여담을 늘어놓았다.

"참으로 유감스럽게 생각합니다, 헨더슨 씨. 이렇게 감동적이고 우아하고 남자다운 최후 변론은 내 평생 처음인 것 같군요. 하지만 배심원단이 내린 평결이 있으니 내게는 선택의 여지가 없습니다."

그가 이번에는 살짝 언성을 높였다.

"스콧 헨더슨은 1급 살인죄로 재판 결과 유죄 평결을 받았으므로 10월 20일부터 일주일 안으로 ○○주립 교도소에서 사형에 처한다. 사형은 교도소장이 집행한다. 피고의 영혼에 신의 자비가 깃들길."

008

사형 집행 21일 전

사형수 감방 앞에서 나지막한 목소리가 들렸다.

"여기, 이쪽입니다."

그러고는 열쇠 쩔그렁거리는 소리 너머로 좀 더 커다란 목소리가 들렸다.

"헨더슨, 면회다."

헨더슨은 아무 대답이 없었고 움직이지도 않았다. 문이 열렸다 닫혔다. 두 사람은 어색한 분위기 속에서 한참 동안 서로 마주 보았다.

"나를 기억 못하는 모양이로군."

"자기를 죽이려는 자를 기억 못할 리가 있겠습니까?"

"나는 사람을 죽이는 자가 아니야, 헨더슨. 죄를 지은 범인을 심판하는 사람들 손에 넘기는 것이 나의 임무지."

"그럼 그들이 달아나지 않았는지 확인하러 오신 겁니까? 당신이 집어넣은 그곳에 갇혀 날이면 날마다, 시시각각으로 괴로워하는 모습을 보며 뿌듯해하시려고요? 걱정이 되는 모양이로군요. 뭐, 보십시오. 나는 여기 있습니다. 아슬아슬하게 살아 있죠. 그러니까 기쁜 마음으로 돌아가셔도 됩니다."

"독을 품었군, 헨더슨."

"서른두 살에 죽게 생겼는데 말이 곱게 나오겠습니까?"

버지스는 그 말에 아무 대꾸도 하지 않았다. 어느 누구도 적절하게 대답할 방법이 없었을 것이다. 그는 정곡을 찔렸다는 뜻에서 눈을 두세 번 빠르게 깜빡였다. 그러더니 손바닥만 한 창문으로 다가가 밖을 내다보았다.

"참 작죠?"

헨더슨은 고개를 돌려 쳐다보지도 않은 채 물었다. 버지스는 그 말에 창문이 점점 다가오는 것처럼 느껴졌는지 얼른 고개를 돌리고 발걸음을 옮겼다. 그는 주머니에서 뭔가를 꺼내더니 헨더슨이 구부정하니 앉아 있는 침대 앞에서 걸음을 멈추었다.

"담배 한 대 피우겠나?"

헨더슨은 비웃는 표정으로 고개를 들었다.

"왜 이러십니까?"

"아, 그러지 말고."

형사는 쉰 목소리로 말했다. 그러면서 내민 담배를 계속 들고 있었다. 결국 헨더슨은 마지못한 듯 받아들었다. 정말로 담배를 피우고 싶다기보다 그래야 버지스를 내쫓을 수 있다고 생각하는 것 같았다. 그의 눈빛은 여전히 매서웠다. 그는 상대방을 모욕하는 뜻에서 담배를 소맷부리에 대고 닦은 다음 입에 물었다. 버지스가 불을 붙여 주었다. 헨더슨은 이때도 조그만 불꽃 위로 상대방의 얼굴을 똑바로 쳐다보며 비웃는 표정을 지었다.

"왜 이러십니까? 벌써 사형을 당할 날이 됐나요?"

"자네 심정은 나도 이해하지만…….."

버지스는 억울하다는 듯이 말을 꺼냈다.

헨더슨은 침대에서 벌떡 일어섰다.

"내 심정을 당신이 이해한다고?"

그는 버럭 고함을 지르고는 버지스의 발을 가리키는 뜻에서 발치를 향해 담뱃재를 털었다.

"당신의 그 두 발은 어디든지 마음대로 갈 수 있지!"

그는 엄지손가락으로 자기 발을 가리켰다.

"하지만 나는 그렇지 못해!"

그의 한쪽 입가가 일그러졌다.

"나가. 나가 줘. 가서 다른 사람이나 죽여. 새로운 먹잇감을 찾으라고. 나는 중고잖아. 이미 한번 당한 몸이잖아."

그는 침대에 드러누워 벽을 향해 연기를 뿜었다. 연기는 침대

상판에 부딪히면서 버섯 모양으로 바뀌어 다시 그를 향해 내려왔다. 두 사람은 이제 더 이상 서로 쳐다보지 않았다. 하지만 버지스는 나가지 않고 계속 서 있었다. 이윽고 그가 말했다.

"항소는 기각됐다고 들었네."

"네, 기각됐죠. 이제는 아무 문제없이 순조롭게 화형식을 거행할 수 있게 됐습니다. 이제 더 이상 내 추락을 막는 것도 없으니 지옥으로 곧장 떨어져 내려가기만 하면 되지요. 식인종들은 굶주릴 필요가 없어요. 멋들어지고 산뜻하게 휘리릭 해치우면 되거든요. 간단하게. 뭘 그렇게 구슬픈 표정을 짓고 있습니까? 고통을 더 이상 연장시킬 수 없어서 아쉬운 모양이죠? 나를 두 번 죽일 수 없어서?"

그는 고개를 돌리고 상대방을 쳐다보았다. 버지스는 담배에서 쓴맛이라도 나는지 얼굴을 찡그리더니 담배를 밟아서 껐다.

"이러면 반칙이야, 헨더슨. 내가 아직 방어 자세도 안 잡았는데."

헨더슨은 이성을 마비시키던 분노의 불길 사이로 무언가를 느꼈는지 그를 잠깐 동안 뚫어져라 바라보았다.

"무슨 꿍꿍이속이에요? 뭣 때문에 몇 개월이 지난 지금 이렇게 찾아온 겁니까?"

그가 물었다. 버지스는 목덜미를 주무르며 솔직히 시인했다.

"나도 왜 이러는지 모르겠어. 형사한테 어울리지 않는 짓이라. 자네가 유죄 판결을 받고 수감된 순간 내 임무는 끝났는데. 이것 참, 어떤 식으로 설명을 하면 좋을지."

그는 머뭇거리며 말을 맺었다.

"왜요? 그럴 필요 없잖습니까. 저로 말할 것 같으면 사형을 기다리는 죄수에 불과한데요."

"그래서 그런 거야. 그러니까 내가…… 무슨 말을 하려고 찾아왔는가 하면……."

그는 잠깐 말을 멈추었다 불쑥 내뱉었다.

"자네가 무죄인 것 같아서. 내 생각일 뿐이라 자네한테나 나한테나 전혀 아무 도움이 안 되겠지만. 아무튼 나는 헨더슨, 자네가 범인이라고 생각하지 않아."

기나긴 정적이 흘렀다.

"무슨 말이라도 해 보게. 그렇게 앉아서 나를 멀뚱멀뚱 쳐다보지만 말고."

"자기 손으로 묻은 시체를 꺼내서 '미안, 친구. 내가 실수를 한 모양이야'라고 하는 사람에게 뭐라고 해야 할까요? 뭐라고 말하면 좋을지 형사님이 알려 주시죠."

"맞아. 할 말이 없겠지. 하지만 나는 주어진 증거에 따라 내게 주어진 역할에 충실했을 뿐이야. 앞으로도 마찬가지야. 만약 내일 똑같은 상황이 펼쳐지더라도 나의 수사 방식은 변함이 없을 걸세. 내 개인적인 느낌은 배제해야 하니까. 구체적인 사실들을 놓고 판단하는 게 내 임무니까."

"그런데 어쩌다 생각이 백팔십도 달라지셨나요?"

헨더슨은 살짝 빈정거리는 투로 물었다.

"그것도 명확하게 설명이 안 되는 부분이네만. 그런 생각이 몇 주, 몇 개월에 걸쳐 서서히 내 머릿속을 파고들더군. 종이 뭉치 사이로 물이 스며드는 것처럼 그렇게 천천히. 재판 때부터 시작됐던 것 같아. 나중에 뒤집어서 생각해 보니까 자네한테 불리한 역할을 했던 증거들이 전혀 다른 방향을 가리키는 것처럼 느껴지지 뭔가. 이게 무슨 소리인지 자네가 이해할 수 있을지 모르겠군. 보통의 경우, 날조된 알리바이는 아주 교묘하고 매끄럽고 세세한 부분까지 그럴듯하기 마련이야. 그런데 자네 알리바이는 설득력도 없고 허술하기 그지없었단 말이지. 그 여자에 대해서 생각나는 게 아무것도 없다지 않았나. 열 살짜리 어린애도 자네보다 나았을 거야.

법정 뒤편에 앉아서 이야기를 듣고 있는데 조금씩 이런 생각이 들지 뭔가. 뭐야, 저자가 하는 말이 사실이잖아! 거짓말이면 그렇게 어설플 수가 없었으니까. 그런 식으로 일말의 기회마저 짓밟아 버리다니 결백하지 않은 이상 불가능한 일이었지. 뒤가 켕기는 인간들은 그보다 똑똑하기 마련이거든. 자네는 목숨이 위태로운 상황에서 자기 방어랍시고 하는 말이 딱 세 단어뿐이었어. '여자', '모자' 그리고 '희한하다'. 나는 이보다 더 진술할 수 있을까, 그런 생각이 들더군. 부인과 벌인 말싸움 때문에 머리끝까지 짜증이 난 남자가 아무 관심도 없던 여자에게 접근해 시간을 함께 보낸다. 그리고 나서 집으로 돌아왔더니 부인이 죽었는데 자기가 용의자라고 한다.

그럼 얼마나 정신이 없겠나."

그는 손짓을 섞어 가며 말을 이었다.

"이 상황에서 생전 처음 본 여자의 별의별 부분마저 모조리 기억하는 게 정상일까, 얼마 안 됐던 기억마저 말끔히 지워져서 하얀 백지로 변해 버리는 게 정상일까. 이런 생각이 자꾸 들더니 날이 갈수록 점점 더 무겁게 내 머릿속을 짓누르더군. 예전에 한번 자넬 찾아오려다 되돌아간 적이 있었지. 그리고 나서 리치먼 양과 한두 번 이야기를 나누었는데…….."

헨더슨은 목을 길게 뺐다.

"이제 어찌 된 영문인지 알겠습니다."

버지스는 딱 잘라 말했다.

"아니, 천만에! 그 아가씨가 찾아와서 나를 설득한 줄 아는 모양인데 사실은 정반대일세. 내가 먼저 찾아가서 지금 자네한테 했던 이런 이야기들을 꺼낸 거야. 그러고 나서 그녀가 경찰서가 아니라 집으로 나를 몇 번 찾아왔고, 둘이서 좀 더 이야기를 나누었지. 하지만 그 때문에 내 생각이 바뀐 건 아니야. 내가 진작부터 의혹을 품지 않았다면 리치먼 양이나 다른 누가 설득하려 들었어도 소용없었을 테니까. 내 생각에 변화가 생겼다면 외부적인 요인이 아니라 내부적인 요인에서 비롯된 걸세. 오늘 여기까지 자네를 만나러 온 것도 자발적인 결정이야. 그녀의 충고를 따른 게 아니라. 그녀는 내가 자네를 찾아온 줄 몰라. 나도 내가 자네를 찾아오게 될 줄 몰랐거든.”

그는 왔다 갔다 걷기 시작했다.

“이제 마음의 짐을 내려놓은 심정이로군. 내 입장을 철회하지는 않겠네. 증거가 가리키는 방향에 따라 내게 주어진 임무를 했을 따름이니까. 나로서는 최선을 다했을 뿐이니까.”

헨더슨은 대꾸를 하지 않았다. 침울한 표정으로 앉아서 바닥만 내려다보았다. 조용히 생각에 잠긴 듯했다. 좀 전처럼 사납게 으르렁거리지도 않았다. 왔다 갔다 걷는 버지스의 그림자가 그를 지나치고 또 지나쳤다. 그는 고개를 들고 그림자의 진원지를 확인하려고도 하지 않았다. 잠시 후 그림자가 멈추어 섰고, 생각을 하며 주머니 속에 든 동전을 만지작거리느라 쩔그렁거리는 소리가 들렸다. 버지스가 말했다.

“자네를 도울 수 있는 사람을 찾도록 해. 스물네 시간 자네를 위해 뛰어 줄 수 있는 사람을. 나는 내 일이 있어서 못 하니까. 영화나 뭐 그런 데 보면 본업은 내팽개치고 자기만의 부업에 뛰어드는 멋진 형사들이 등장하긴 하지. 하지만 나는 처자식이 딸린 몸이라 하는 일을 때려치울 수가 없다네. 게다가 이러니저러니 해도 자네와 나는 전혀 알지도 못하는 남남이고.”

그는 계속 동전을 쩔그렁거렸다. 헨더슨은 고개를 들지도 않은 채 나지막이 중얼거렸다.

“형사님한테 부탁한 적도 없잖습니까.”

버지스는 동전을 만지작거리던 것을 멈추고 그에게 다가갔다.

"자네하고 가까운 사람 중에서 한 명을 구해 놓기만 해. 그러면 내가 있는 힘껏 도울 테니까."

그는 주먹을 쥐고 힘차게 들어보였다. 헨더슨은 처음으로 고개를 들었다 다시 떨구었다. 그러고는 맥없이 물었다.

"어떤 사람을요?"

"믿음을 가지고 열정적으로 밀어붙일 수 있는 사람. 돈이나 출세를 위해서가 아니라, 자네가 스콧 헨더슨이기 때문에, 그 이유 하나만으로 자네를 도우러 달려와 줄 사람. 자네를 죽도록 내버려 두느니 차라리 자기가 죽는 게 낫다고 할 만큼 자네를 아끼고 사랑하는 사람. 쉽게 항복하지 않을 사람. 실제로 늦었어도 절대 늦었다고 생각하지 않을 사람. 그런 열정과 에너지가 있어야 하네. 그래야 해낼 수 있어. 자네를 그 정도로 생각하는 아가씨가 있긴 하지만 역시 여자 아닌가. 열정은 있을지 몰라도 경험이 없어. 자기 능력이 닿는 한도 내에서 최선을 다하겠지만 그 정도로는 부족해."

그는 집요하게 강요하는 사람처럼 헨더슨의 어깨에 손을 얹었다. 암울했던 헨더슨의 표정이 처음으로 조금 밝아졌다. 그는 그 자리에 없는 그녀 대신 형사를 고마운 눈빛으로 바라보았다.

"그런 줄 나도 알고 있었습니다……."

그가 중얼거렸다.

"남자라야 해. 요령을 알고, 그러면서 리치면 양만큼 당신을 아끼는. 그런 친구가 있을 것 아닌가. 그런 친구 한 명쯤은 누구라도 있기 마련이니까."

"네, 예전에는 있었죠. 나한테도 남들처럼 그런 친구들이 있었습니다. 그런데 나이가 드니까 점점 멀어지더군요. 특히 결혼을 한 뒤에는 더욱 심해졌고요."

"내가 말하는 그런 사람은 절대 멀어지지 않아. 계속 연락을 주고받지 않았더라도 상관없어. 그런 관계는 한번 맺어지면 영원한 법이니까."

버지스는 주장했다.

"형제처럼 가깝게 지냈던 친구가 있긴 합니다. 하지만 옛날 이야기라⋯⋯."

헨더슨이 털어놓았다.

"우정에는 유통 기한이 없는 법이지."

"게다가 국내에 있지도 않습니다. 마지막으로 만났을 때 그다음 날 남미로 떠난다고 했거든요. 무슨 정유 회사에서 오 년 동안 근무하게 됐다고요. 그런데 아직까지 그런 환상을 품고 있다니 형사치고 순진하십니다. 미래를 포기하고 오천 킬로미터나 떨어져 있는 친구를 위해 당장 날아와 주길 바라면 무리한 요구 아닙니까. 게다가 계속 가깝게 지낸 사이도 아닌데 말입니다. 나이가 들수록 감정이 무뎌지지 않습니까? 이상도 점점 잊히고요. 서른두 살인 지금이 스물두 살 때와 같을 수는 없겠죠."

그는 형사를 향해 고개를 갸우뚱했다.

버지스는 그의 말에 반론을 제기했다.

"한 가지만 묻겠네. 예전 같으면 달려와 주었을 친구인가?"

"예전 같으면 달려와 주었을 겁니다."

"그렇다면 지금도 달려와 줄 걸세. 다시 한번 강조하지만 그만한 우정에는 유통 기한이 없는 법이거든. 예전에 그랬다면 지금도 그럴 거야. 지금 안 그렇다면 예전에도 안 그랬다는 방증이고."

"하지만 너무 과한 요구잖아요. 부당한 시험 아닌가요?"

"오 년 계약을 자네 목숨보다 더 소중하게 생각한다면 아무 짝에도 쓸모없는 친구인 셈이야. 만약 자네 목숨을 더 소중하게 생각한다면 자네한테 꼭 필요한 친구고. 안 올 거라고만 하지 말고 친구에게 기회를 주지그러나?"

버지스는 주장했다. 그는 주머니에서 수첩을 꺼내 한 장을 찢고 다리를 침대에 얹어서 무릎을 책상 삼았다.

NN29 22 CABLE VIA NBN

———. 9월 20일

베네수엘라 카라카스

남아메리카 정유사 본사

존 롬바드 앞

자네 출국 이후 마르셀라 살인범으로 사형 선고 받음 결정적인 증인 만 찾으면 사태 해결 변호사는 속수무책 자네가 와서 도와줄 수 있 는지 유일한 희망인 자네가 아니면 시월 셋째 주로 예정된 사형 집 행을 피할 방법이 없음 상고도 기각됨 도와주기 바람

스콧 헨더슨

1999

사형 집행 18일 전

그는 더운 지방에서 건너온 사람답게 얼굴이 까무잡잡했다. 눈 깜짝할 새 날아온 터라 남미의 분위기가 고스란히 남아 있었다. 요즘은 서부에서 동부로 건너오면 서늘한 기운이 계속 머릿속을 맴돌고 리우데자네이루에서 목덜미에 뾰루지가 나면 삼 일 뒤 라가디아 공항에 도착할 때까지 가라앉지 않는 그런 시대였다. 그는 예전의 스콧 헨더슨 또래로 보였다. 감방에 갇힌 채 해골처럼 초췌해져서 한 시간을 일 년처럼 지내고 있는 지금이 아니라 대여섯 달 전의 스콧 헨더슨 또래로 보였다. 그는 남미에서 입던 옷차림 그대로였다. 새하얀 파나마 모자•는 계절에 안 맞았고, 회색 플란넬 양복은 색깔과 질감 면에서 너무 가벼웠다. 베네수엘라의 눈부신 태양 아래

• **파나마 모자** _ 파나마 풀을 잘게 쪼개 만든 남성용 여름 모자.

에서라면 모를까 가을인 미국에서는 튀어 보였다. 그는 키가 적당히 컸고 몸놀림이 가벼웠다. 날렵하게 이리저리 움직였다. 한 블록 앞에 있는 전차라도 금세 따라잡을 수 있을 것처럼 보였다. 산뜻한 옷을 입고 있기는 했지만 패션 감각이 뛰어나지는 않았다. 숱이 많지 않은 콧수염은 깎을 때가 지났고, 넥타이는 쭈글쭈글해서 뱅글뱅글 감긴 솜사탕처럼 자기 혼자 돌돌 말렸다. 한마디로 여자들과 함께 댄스 플로어를 누비기보다 남자들 사이에서 대장 노릇을 하거나 체커 판을 앞에 두고 심사숙고하는 편이 더 어울림 직한 인상이었다. 겉모습은 이럴지 몰라도 그에게서는 무게감이 느껴졌다. 분류가 훨씬 간단했던 과거의 표현을 빌자면, 진짜 사나이였다.

"그 친구는 어떻게 지내고 있습니까?"

그가 교도관을 따라 계단을 지나며 조용히 물었다.

"뭐, 그렇죠."

뻔하지 않느냐는 뜻이었다.

"그렇군요. 딱한 친구 같으니라고."

그는 고개를 저으며 중얼거렸다. 감방에 도착하자 교도관이 문을 열었다. 그는 잠깐 머뭇거리며 목을 축이려는 사람처럼 침을 꿀꺽 삼킨 다음 창살 모퉁이를 돌았다. 그러더니 쓴웃음을 머금은 채 한 손을 내밀고 감방 안으로 들어갔다. 사보이 플라자 호텔 로비에서 만난 듯한 분위기였다.

"오랜만이야, 헨더슨. 이게 뭐야? 지금 장난하는 거지?"

그는 말끝을 길게 늘였다. 헨더슨은 바로 전날 형사가 찾아왔을 때처럼 으르렁거리지 않았다. 둘이 오랜 친구 사이라는 걸 알 수 있었다. 그는 핼쑥한 얼굴을 환히 빛내며 다정하게 대답했다.

"이제 여기가 우리 집이야. 어때?"

두 사람은 다시는 놓지 않을 것처럼 손을 꼭 맞잡았다. 교도관이 문을 잠그고 사라진 뒤에도 계속 손을 놓지 않았다. 말을 하지 않아도 맞잡은 손을 통해 서로의 속마음이 전달됐다. 헨더슨은 진심으로 고마워하고 있었다.

'와 주었군. 정말로 찾아와 주었어. 진정한 친구 어쩌고 하는 게 헛소리가 아니었어.'

롬바드는 열심히 격려하고 있었다.

'내가 옆에 있잖아. 절대 저들 뜻대로 되지 않을 거야.'

이후로 두 사람은 몇 분 동안 변죽을 울렸다. 정말 하고 싶은 말은 담아 두고 다른 이야기만 했다. 생사가 걸린 쓰라리고 피눈물 나는 사연을 앞두고 있으면 보통 이렇게 쑥스럽고 조심스럽기 마련이었다.

그래서 롬바드는 이런 이야기를 꺼냈다.

"어휴, 여기까지 기차를 타고 오는 동안 얼마나 고생스러웠는지 몰라."

헨더슨도 장단을 맞췄다.

"존, 자네는 얼굴 좋아 보이는데? 거기 생활이 잘 맞는 모양이지?"

"잘 맞는다고? 그런 소리는 하지도 말게! 얼마나 지저분하고 우울하다고! 그 음식하며! 모기하며! 그런 데서 오 년이나 있겠다고 했다니 내가 바보천치였지."

"월급은 많이 주잖아."

"그렇긴 하지만 많이 받으면 뭐하나? 쓸 데가 없는데. 심지어 맥주에서까지 기름 냄새가 나거든."

헨더슨은 중얼거렸다.

"그래도 마음이 안 좋아. 나 때문에 자네 계획이 엉망이 됐잖아."

"오히려 고맙지, 뭐. 그리고 회사를 그만둔 것도 아니야. 잘 얼버무려서 휴가를 냈지."

존은 극구 부인했다. 그러더니 잠깐 뜸을 들이다 결국 본론으로 접근했다. 친구가 아닌 다른 데를 쳐다보며 이야기를 꺼냈다.

"그나저나 이게 어찌 된 일인가, 헨더슨?"

헨더슨은 애써 미소를 지었다.

"오늘로부터 이 주일하고 며칠 뒤면 우리 동창생 중 한 명이 전기의자에 앉게 될 거야. 녀석들이 내 졸업 앨범에 뭐라고 적었더라? '신문에 날 가능성이 제일 높은 친구'. 예언이 적중한 거지. 그날 모든 신문에 내 기사가 실릴 테니까."

롬바드는 친구를 사납게 노려보았다.

"천만에, 그렇지 않아. 농담은 이제 집어치우자고. 우리는 반평생을 알고 지낸 사이잖아. 체면 차릴 것 없이 터놓고 얘기하는 게 어때?"

"그러지, 뭐. 아무려면 어때, 어차피 짧은 인생인걸."

헨더슨은 쓸쓸한 목소리로 말했다. 그러고 나서 그것이 자신의 상황에 딱 맞아떨어지는 표현임을 뒤늦게 깨닫고 어색한 미소를 지었다. 롬바드는 구석에 놓인 세면대에 한쪽 엉덩이를 걸치고 그쪽 다리를 올렸다. 그런 다음 발목을 들어 양손으로 잡았다.

"내가 자네 부인을 만난 게 딱 한 번이었지."

그가 생각에 잠긴 목소리로 중얼거렸다.

"두 번이었지. 길을 가다 우연히 만났던 거 생각 안 나?"

헨더슨이 바로잡았다.

"아, 맞다. 뒤에서 부인이 자네 팔을 끊어져라 계속 잡아당겼지?"

"마르셀라의 옷을 사러 가던 길이었거든. 여자들이 쇼핑에 정신이 팔리면 어떻게 되는지 자네도 알잖아. 시도 때도 없이 졸라대서 ― 언제 자네하고 저녁 식사라도 한번 해야겠다고 생각은 했었는데 ― 자네도 알잖아. 결혼하면 어떻게 되는지."

그는 이미 고인이 된 아내를 대신해 변명을 늘어놓았다. 이제는 그럴 필요가 전혀 없는데 모르는 눈치였다.

"알다마다. 남편이 결혼 전에 어울려 다니던 친구를 좋아하는 부인은 없지."

롬바드는 친구를 위해 맞장구를 쳤다. 그는 담배를 꺼내 친구에게 던졌다.

"이걸 피우고 나서 혀가 퉁퉁 붓고 입술에 물집이 잡히더라도 놀라지 마. 남미 담배거든. 화약하고 살충제를 섞어서 만든 거야. 시간이 없어서 여기 담배를 사 오지 못했어. 어떻게 된 건지 이제 설명을 듣고 싶은데."

그는 생각에 잠긴 표정으로 담배를 한 모금 빨았다. 헨더슨은 깊은 한숨을 쉬었다.

"그래, 그러는 게 좋겠지. 설명이라면 하도 질리도록 반복해서 자다가도 술술 늘어놓을 수 있을 정도야."

"내 입장에서는 텅 빈 칠판을 마주 보고 있는 거나 다름없잖은가. 가능한 한 아무것도 빠뜨리지 말아 줘."

"마르셀라와 나의 결혼 생활은 어린애 불장난 비슷했어. 남자라면 친구들한테도 이런 고백은 쉽게 못하는 법이지만 사형을 앞두고 있는 마당에 체면치레에 연연한들 바보 같은 짓이겠지. 한 일 년쯤 전에 진정한 사랑이 나를 찾아왔어. 진정한 사랑을 시작하기에는 이미 늦어 버린 때였건만. 그녀를 만난 적도 없고 알지도 못하는 자네에게 이름을 밝힐 필요는 없겠지. 검찰 측에서도 그 부분에 있어서만큼은 예의를 갖추어 주더군. 재판 내내 그녀를 그 아가씨라고 불렀거든. 나도 그냥 그 아가씨라고 하겠네."

"그 아가씨라."

롬바드는 담배를 손에 든 채 팔짱을 끼고, 바닥을 물끄러미 바라보며 열심히 귀를 기울였다.

"그 아가씨를 생각하면 마음이 짠해. 그녀야말로 내 진정한 사랑이자 첫사랑이자 마지막 사랑인데. 미혼일 때 그런 사람을 만나면 괜찮아. 결혼한 상대가 그런 사람이면 금상첨화지. 결혼은 했지만 죽을 때까지 그런 사람을 못 만나면 그래도 괜찮아. 인생을 절반밖에 못 살고 죽는 거지만. 그런데 결혼을 한 다음 뒤늦게 그런 사람을 만나면 조심해야 하지."

"조심해야 한다……."

롬바르드는 딱하다는 듯이 중얼거렸다.

"이야기는 아주 간단해. 나는 그 아가씨를 두 번째 만났을 때 유부남이라는 사실을 밝혔어. 우리는 그날을 끝으로 헤어질 생각이었지. 그런데 마지막이라고 하면서 열두 번이나 만나고 있지 뭔가. 우리는 서로 멀리하려고 했지만, 쇳가루가 자석을 멀리하려는 격이었지. 마르셀라는 우리의 관계가 시작된 지 한 달도 되기 전에 알아차렸어. 내가 일부러 티를 내고 밝히기까지 했거든. 마르셀라는 전혀 놀라지 않았어. 그냥 웃어넘기면서 지켜보더군. 뒤집힌 컵 속에 갇힌 두 마리 파리를 구경하는 사람처럼. 나는 이혼 이야기를 꺼냈어. 우리 사이가 한창이었을 때. 생각에 잠긴 듯한 미소가 아내 얼굴 위로 서서히 번지더군. 그때까지 내 말을 별로 귀담아 듣지 않았다는 뜻이었어. 어디서 지나가던 개가 짖나 하는 식이었던 거지. 마르셀라는 생각해 보겠다고 했고, 정말로 고민을 했지. 몇 주, 몇 개월 동안 천천히 고민을 하면서 그렇게 내 애간장을 태웠어. 이따금 특유의 비웃음을 흘리면서. 우리 셋 중에서 그 상황을 유일하게 즐긴 사람이 마르셀라였어. 어찌나 속이 뒤집히던지. 나는 남자답게 그 아가씨와 결혼을 하고 싶었거든. 거짓말을 해야 하는 불륜 상대가 아니라 그 아가씨를 아내로 대하고 싶었거든. 집 안을 턱 하니 지키고 있는 그 여자가 아니라."

그가 물끄러미 바라보고 있던 두 손이 오랜 시간이 흐른 지금까지도 살짝 떨렸다.

"그 아가씨는 이렇게 말했어.

'무슨 방법이 있을 거예요. 자기가 주도권을 쥐고 있다는 걸 부인도 아는 거예요. 당신이 그렇게 뚱하니 입 다물고 있으면 안 돼요. 그러면 부인도 똑같이 부루퉁하게 대하지 않겠어요? 친구처럼 대해 봐요. 저녁 때 데리고 나가서 허심탄회하게 대화를 나눠요. 한때 사랑했던 사람들이니까 뭔가 남은 게 있을 거 아니에요. 하다못해 별로 중요하지 않은 기억이라도. 서로 잘되길 바라는 마음과 따뜻한 감정이 흔적이나마 남아 있을 테니까 부인과 마음이 통할 거예요. 이혼이 당신과 나쁜 아니라 부인을 위해서도 최선의 길이라는 걸 알게 해 줘요.'

그래서 공연 티켓을 사고, 결혼 전에 자주 갔던 레스토랑에 예약을 했지. 그런 다음 집에 들어가서 말했어.

'우리, 나가자. 오늘 밤엔 예전처럼 데이트하자.'

아내는 특유의 미소를 지으면서 '좋아' 하더군. 나는 샤워를 하러 들어갔고, 마르셀라는 거울 앞에서 준비를 하기 시작했어. 나도 익히 아는 그 손놀림으로 여기저기 매만져 가면서. 나는 휘파람을 불면서 샤워를 했지. 마르셀라에 대한 애정이 샘솟으면서 어디에서부터 잘못된 건지 알 수 있었어. 좋아하는 감정을 사랑으로 착각했던 거야."

그는 담배를 바닥으로 떨어뜨려 발로 밟았다. 그러고는 납작해진 담배를 계속 물끄러미 쳐다보았다.

"마르셀라는 왜 처음부터 싫다고 하지 않았을까? 왜 나를 휘파람을 불면서 샤워하게 만들었을까? 정성스럽게 가르마를 타는 내 모습을 거울로 들여다보면서. 재킷 주머니에 포켓치프를 꽂으면서 뿌듯해하고, 여섯 달 만에 처음으로 행복해하는 나를 보면서. 처음부터 나갈 마음이 없었으면서 왜 좋은 척했을까? 원래 그런 사람이니까 그랬겠지. 그런 여자였으니까. 마르셀라는 나를 계속 마음 졸이게 만들면서 좋아했어. 큰일은 물론이고 사소한 일에도 마음 졸이게 만들면서. 나는 차츰 알아차렸지. 거울에 비친 마르셀라의 미소. 여기저기 만지고는 있지만 전혀 준비가 안 된 모습. 나는 넥타이를 매려고 손에 들고 있었어. 그런데 마르셀라가 아무것도 하지 않고 가만히 앉아 있는 거야. 사랑에 빠진 남자를 향한 비웃음만 여전한 채로. 사랑에 빠져 처분만 기다리는 남자를 향한 비웃음이지. 검찰 측 이야기와 내 이야기가 달라. 하지만 그 시점까지는 양쪽 이야기가 한 치의 오차도 없이 맞아 떨어지지. 여기까지는 검찰 측 주장에 어느 한구석이라도 틀린 게 없어. 내 일거수일투족을 꿰뚫고 있더라고. 완벽하고 철저하게 조사를 한 거지. 그런데 내가 두 손으로 넥타이를 들고 그녀의 뒤에 서서 같이 거울을 바라보던 시점부터는 6시 정각을 가리키는 시계의 큰바늘과 작은바늘처럼 양쪽의 이야기가 완전히 다른 방향을 향해 가게 돼. 내 이야기부터 들려줄게. 그게 진짜니까. 마르셀라는 내가 입을 열기를 기다리고 있었어. 그게 거기 그렇게 앉아 있는 이유였어. 미소를 띤 얼굴로 두 손을 화장대 가장자리에 얌전하게 포개어 놓고. 결국 내가 한참 동안 쳐다보다 물어보았지.

'안 나갈 거야?'

웃음을 터뜨리더군. 얼마나 웃었는지 알아? 얼마나 한참 동안 큰 소리로 깔깔대고 웃었는지 알아? 웃음소리가 그렇게 끔찍한 무기가 될 수 있다니 그전에는 미처 몰랐지 뭔가. 마르셀라의 위쪽으로 비친 거울 속의 내 얼굴이 점점 새하얗게 질려 가더군. 마르셀라는 이렇게 말했어.

'표 버릴 것 없어. 돈 아깝잖아. 그 여자를 데리고 가. 그 여자랑 공연도 보고 저녁도 먹어. 마음대로 해. 하지만 그 여자가 진심으로 원하는 한 가지는 절대 할 수 없을걸.'

그게 마르셀라의 대답이었지. 앞으로도 계속 그 입장을 고수할 생각이었던 거야. 죽을 때까지 말이야. 죽을 때까지면 얼마나 긴 시간인가. 그래서 내가 어떻게 했는가 하면 어금니를 악문 채 그녀의 턱을 향해 손을 들었어. 잡고 있던 넥타이는 어떻게 했는지 생각이 안 나. 그 와중에 바닥으로 떨어뜨렸겠지. 아무튼 그걸로 목을 조르지 않은 것만큼은 분명해. 나는 주먹을 날리지는 않았어. 못하겠더라고. 그럴 성격이 못 되니까. 마르셀라는 약까지 올리더군. 왜 그랬는지 몰라. 내가 때리지 못할 사람인 줄 아니까 안심하고 그랬겠지. 거울에 비친 내 모습을 보고도 고개조차 돌리지 않은 채 이렇게 빈정거리더군.

'때릴 테면 때려 봐. 타석에 들어선 케이시 선수●인가? 그래 봐야 소용없을걸? 무슨 방법을 써도 소용없어. 당신이 나를 다정하게 대하든 심술 맞게 굴든, 부드럽게 대하든 거칠게 다루든 아무 소용 없어.'

이후로 우리 둘 다 해서는 안 될 말들을 내뱉었지. 화가 나면 다들 그러잖아. 하지만 그거야 흥분해서 닥치는 대로 지껄인 거였지. 나는 머리털 하나 건드린 적 없어. 내가 물었지.

'당신은 날 원하지도 않으면서 왜 놓아주지 않겠다는 거야?'

마르셀라는 '도둑이 들었을 때 써먹으려고'라고 하더군. 나는 '그래, 앞으로는 나도 당신을 그렇게 대할 줄 알아!' 하고 고함을 질렀지. 그랬더니 '지금도 그렇지 않나?'라고 되묻는 거야. 그래서 나는 '그 말을 듣고 보니 생각났네. 자, 이거 받으시지' 하고는 지갑에서 이 달러를 꺼내 마르셀라 앞에 던졌지.

'나하고 결혼해 준 고마움의 표시야. 피아노를 쳐 줬던 사람한

● **타석에 들어선 케이시 선수** _ 1888년에 어니스트 세이서가 쓴 야구 시 제목. 이 시를 근거로 1927년에 제작된 동명의 무성 영화도 있다.

테도 나가면서 돈 줘야겠다.'

그래, 야비하고 비열한 짓이었지. 나는 그러고 나서 모자와 재킷을 집어 들고 휙 하니 집을 나섰어. 그때까지도 마르셀라는 거울 앞에 앉아서 계속 깔깔 웃고 있었어. 깔깔 웃고 있었다고, 존. 멀쩡하게 살아서. 나는 건드리지도 않았어. 현관문을 닫고 나온 뒤에도 그 웃음소리가 계속 들렸다니까? 그래서 나는 엘리베이터를 기다리지도 않고 걸어서 내려갔지. 얼른 빠져나가지 않으면 미쳐 버릴 것 같았거든. 다음 층계참까지 내려간 다음에서야 그 웃음소리를 떨쳐 버릴 수 있었지."

그는 당시 기억이 점점 희미해져 완전히 사라질 때까지 한참 동안 침묵을 지킨 다음에서야 다시 말을 이을 수 있었다. 잔뜩 찡그린 이마의 주름살 사이로 땀이 흘렀다.

"그러고 나서 돌아와 보니 마르셀라가 죽어 있고 내가 범인이라는 거야. 경찰들 말로는 6시 8분 15초에 벌어진 일이라고 했어. 마르셀라가 차고 있던 시계의 바늘이 그 시간에 멈추어져 있었다고. 그렇다면 내가 쾅 소리 나게 문을 닫고 나간 지 십 분도 안 돼서 벌어진 일이라는 뜻이었지. 지금도 그 생각을 하면 섬뜩해. 누군지 몰라도 범인이 건물 안에 숨어 있다가……."

롬바드가 나지막이 속삭였다.

"하지만 계단으로 걸어 내려갔다면서?"

"우리 층이랑 지붕 사이 계단에 숨어 있었을지 모르잖아. 우리가 옥신각신하는 걸 처음부터 끝까지 들었을 수도 있고. 내가 나가는 걸 보고 있었을지도 몰라. 내가 하도 세게 문을 닫아서 닫혔던 문이 다시 열리는 바람에 범인이 집으로 들어갈 수 있었던 것 아닐까? 모르게 다가갔겠지. 마르셀라는 웃느라 그자가 다가오는 줄도 뒤늦게야 알아차렸을 거야."

"그럼 외부 침입자의 소행이란 말인가?"

"그렇지. 하지만 그자의 목적은 대체 뭐였을까? 경찰에서도 그 부분을 끝까지 밝혀내지 못하고 유야무야 넘어갔는데. 절도는 아니었어. 도둑맞은 게 아무것도 없었거든. 화장대 서랍 안에 빤히 보이는 곳에 육십 달러가 있었는데 그건 건드리지도 않았더라고. 성폭행도 아니었어. 앉은 자리에서 살해당했고 그대로 방치됐으니까."

"절도나 성폭행을 노리고 몰래 들어갔다 놀라서 그대로 달아난 것일 수도 있지. 밖에서 무슨 소리가 들렸든지, 자기가 저지른 짓에 당황했든지 해서. 흔히 있는 일이잖아."

헨더슨은 롬바드의 말을 듣고는 멍하니 중얼거렸다.

"그래도 말이 안 돼. 다이아몬드 반지가 화장대 위에 덩그러니 놓여 있었단 말이지. 마르셀라가 빼 놓았다고. 도망치면서 그걸 집어 갔으면 됐잖아. 아무리 놀랐다 한들 시간이 많이 걸리는 일도 아니고. 그런데 그냥 놓고 갔더라니까. 넥타이가 결정타였어. 제일 아래 칸에 걸려 있던 넥타이거든. 그리고 넥타이 걸이 자체도 옷장 깊숙한 데 있었고. 게다가 내 옷차림하고 딱 맞아떨어졌단 말이지. 당연히 그럴 수밖에. 내 손으로 직접 고른 넥타이였으니까. 하지만 그 걸로 내가 목을 조르지는 않았어. 옥신각신하던 와중에 없어져 버린 거지. 나도 모르는 새 떨어뜨렸나 봐. 그래서 회사에서 하고 있던 걸 다시 매고 집을 박차고 나가 버렸지. 그런데 잠시 후 슬금슬금 들어온 범인이 마르셀라 모르게 다가가다 그 넥타이를 보고는 집어서……. 도대체 어떤 작자가 죽였을까? 왜 그랬을까?"

그는 고개를 저었다. 롬바드가 말했다.

"아무 이유나 동기 없이 충동적으로 저지른 것일 수도 있어. 길 거리를 배회하던 정신병자가 그냥 살인을 위한 살인을 저지른 거지. 어쩌면 자네 부부가 싸우는 소리를 듣고 흥분해서 그랬을 수도 있고. 문도 제대로 안 닫혔겠다, 범인은 들킬 염려가 거의 없는데다가 자네가 유력한 용의자가 될 거라는 사실을 알아차린 거지. 그런 일이 비일비재하다는 걸 자네도 알잖아."

"만약 그랬던 거라면 범인을 절대 잡지 못할 거야. 그런 사건의 범인을 찾아내기가 제일 힘들잖아. 아주 희한하게, 우연히 밝혀지면 모를까. 나중에 전혀 다른 사건에 연루돼서 체포됐을 때 녀석이 이 사건까지 실토하면 그제야 비로소 첫 실마리가 풀리는 거지. 내가 죽고 한참이 지난 다음에."

"자네가 전보에서 말한 결정적인 증인은 또 어떻게 된 건가?"

"이제 그 부분에 대해서 설명할게. 나에게는 처음부터 끝까지 실낱같은 희망이 있었어. 어떤 작자의 소행인지 밝혀지지 않더라도 내가 혐의를 벗을 방법이 있었거든. 이번 사건 같은 경우에는 진범이 잡히지 않아도 내 무죄를 입증할 수 있었어. 범인 색출과 무죄 입증이 별개의 문제였단 말이지.”

그는 주먹을 쥐고 다른 손바닥을 계속 때리면서 말을 이었다.

“우리 둘이 이렇게 감방에 앉아서 대화를 나누고 있는 이 순간에도 그 결정적인 증인이 어딘가를 배회하고 있단 말이야. 우리 집에서 여덟 블록 걸어가면 나오는 어떤 술집에서 나를 만난 시각이 몇 시인지 밝혀 줄 그 여자가. 그때가 6시 10분이었거든. 그녀도 나를 몇 시에 만났는지 알고 있어. 어디 사는 누구인지 몰라도 그 시각은 알고 있단 말이야. 재연 결과 경찰에서는 살인을 저지르고 그 짧은 시간 동안 술집까지 이동을 하는 건 불가능한 일이라고 결론을 내렸지. 존, 나를 도와주고 싶다면, 나를 여기서 꺼내 주고 싶다면 그 여자를 찾아 줘. 그녀가 유일한 해결책이야.”

롬바드는 한참 동안 뜸을 들이다 물었다.

“지금까지 어떤 방법을 동원해서 그녀를 찾아보았나?”

“온갖 방법을 동원했지. 생각할 수 있는 모든 방법을 총동원했다고 할까?”

그야말로 기가 꺾이는 대답이었다. 롬바드는 친구가 앉아 있는 침대로 다가가 옆에 털썩 주저앉았다. 그는 깍지 낀 손에 대고 한숨을 터뜨렸다.

“휴! 그 오랜 시간 동안 경찰도 못 찾고, 변호사도 못 찾고, 아무도 못 찾았는데, 형이 확정되고 몇 개월이 지난 지금에 와서 내가 십팔 일 만에 찾을 수 있을까?"

교도관이 등장했다. 롬바드는 침대에서 일어나 축 처진 헨더슨의 어깨를 토닥이고 감방을 나서기 위해 몸을 돌렸다.

헨더슨이 고개를 들고 우물쭈물 물었다.

"악수도 안 하긴가?"

"뭐하러? 내일 다시 볼 텐데."

"그럼 찾으러 나서 주겠다는 건가?"

롬바드는 고개를 돌리고, 그런 어리석은 질문에 짜증이 난 사람처럼 친구를 노려보았다. 그는 퉁명스럽게 쏘아붙였다.

"두말하면 잔소리지."

사형 집행 17, 16일 전

롬바드는 주머니에 손을 넣고 발을 물끄러미 내려다보며 감방을 왔다 갔다 했다. 발이 그런 식으로 움직이는지 오늘에서야 처음 알게 된 사람 같았다. 잠시 후 그가 걸음을 멈추고 입을 열었다.

"헨더슨, 이러면 곤란하지. 내가 무슨 마술사인가? 모자에서 펑 하고 그녀를 꺼내게?"

"존. 신물이 날 때까지, 잠을 자면 그런 꿈을 꿀 때까지 머리를 쥐어뜯고 또 쥐어뜯었어. 그런데도 더 이상 생각이 나지 않는 걸 어떡하겠나."

헨더슨은 지친 목소리로 말했다.

"그녀의 얼굴을 아예 쳐다보지도 않은 건가?"

"보기야 수도 없이 봤겠지만 자세히 들여다보질 않았지."

"처음으로 돌아가서 되짚어 보자고. 그런 눈으로 쳐다보지 마. 그 방법밖에 없으니까. 자네가 술집에 들어갔을 때 그녀는 이미 자리에 앉아 있었다고 했지? 그녀의 첫인상을 말해 봐. 최대한 열심히 기억을 더듬어 봐. 가끔은 나중에 곰곰이 뜯어본 것보다 언뜻 본 첫인상이 훨씬 더 선명하게 남는 법이거든. 자, 첫인상이 어땠나?"

"프레첼을 집은 손이 첫인상인데."

롬바드는 친구를 노려보았다.

"어떻게 하면 얼굴도 안 보고 자기 자리에서 일어나 옆 사람에게 다가가 말을 걸 수가 있나? 나중에 나한테도 수법 좀 가르쳐 주지그래? 여자인 건 알고 접근했겠지? 거울 속에 비친 모습은 아닌 것도 알았을 테고. 여자인 건 어떻게 알았나?"

"치마를 입고 있었으니까 여자였고, 목발을 안 짚고 있었으니 정상인이었지. 내가 주목한 건 그 두 가지뿐이었어. 나는 그 여자와 함께 있었지만 내 상상 속에서는 나만의 그녀와 함께 있는 거였단 말일세. 내가 어떤 대답을 해 주길 바라나?"

이번에는 헨더슨이 발끈했다. 롬바드는 둘 다 진정될 때까지 잠깐 기다렸다 다시 물었다.

"말투는 어땠어? 말투에서 유추할 만한 부분이 없던가? 고향은 어디인지, 어떤 계층인지."

"고등학교를 졸업했다는 거. 도시에서 자랐다는 거. 우리하고 말투가 똑같았어. 뉴욕 토박이던데. 물처럼 아무 색깔도 없고 냄새도 없는, 딱히 개성이 없는 말투였어."

"자네가 말투의 차이를 느끼지 못했다면 이 도시에서 자란 여자였겠군. 알아내 봐야 아무 소용없는 일이지만. 그럼 택시에서는?"

"아무 일 없었어. 바퀴가 계속 굴러갔다는 것 말고는."

"레스토랑에서는?"

헨더슨은 반항아처럼 턱을 내밀었다.

"아무 일 없었어. 이래 봐야 소용없어, 존. 소용없다고. 생각나지 않을 거야. 생각이 안 나, 생각이. 같이 저녁을 먹고 이야기를 나누었던 기억뿐이야."

"그래, 그럼 무슨 얘기를 나누었는데?"

"기억이 안 나. 한마디도. 기억에 남을 만한 대화가 아니었어. 그냥 두런두런 시간을 때우기 위한 용도였지. 생선 요리 맛있네요. 전쟁은 정말 끔찍하지 않았어요? 아뇨. 고맙지만 담배는 이제 사양할게요."

"미치겠네. 자네는 그 아가씨를 정말 사랑했던 모양이로군."

"사랑했지. 지금도 사랑하고. 그 얘긴 거기까지."

"그럼 극장에서는?"

"그녀가 자리에서 일어났다는 것 말고는 별일 없었어. 내가 벌써 세 번이나 이야기했잖아. 내 이야기를 들은 자네도 그게 그녀가 어떤 사람인지 알려 주는 단서는 될 수 없다고. 그녀가 어느 시점에서 보인 행동에 불과하다고 했고."

롬바드는 친구에게로 좀 더 바짝 다가갔다.

"그랬지. 하지만 어째서 일어났을까? 아직 공연이 한창이었다고 했잖아. 그런 상황에서 아무 이유 없이 일어났을 리가 없는데."

"내가 알 게 뭔가. 내가 그 여자 머릿속을 들여다볼 수 있는 것도 아니고."

"내가 보기에 자네는 자네 머릿속도 제대로 파악 못하고 있는 것 같은데? 상관없어. 그 부분은 나중에 다시 생각해 보면 되니까. 결과가 있으면 원인은 저절로 따라오게 되어 있지."

그는 서성이며 잠시 숨을 돌렸다.

"그녀가 자리에서 일어났을 때 자네도 쳐다봤겠지?"

"쳐다본다는 건 동공이 관장하는 육체적인 행위야. 뇌세포가 관여하는 정신적인 행위가 아니라. 나는 저녁 내내 그녀를 쳐다보았지. 다만 눈여겨보지 않았을 뿐."

"이거야말로 고문이 따로 없네. 자네한테 물어본들 소용없겠어. 그날 저녁에 자네가 그녀와 함께 있는 걸 본 다른 목격자를 찾아야지. 둘이서 최소 여섯 시간 동안 이 도시를 돌아다녔는데, 그 둘을 본 사람이 한 명도 없다는 건 말도 안 되는 일이잖아."

롬바드는 콧잔등을 눈썹 바로 밑까지 찡그리며 인상을 썼다. 헨더슨은 쓴웃음을 지었다.

"나도 그렇게 생각했지. 그런데 아니더라고. 그날 저녁에 이 도시 사람들 모두가 집단 난시를 일으켰나 봐. 증언을 듣다 보면 그런 여자가 정말 있기는 했는지, 내가 헛것을 본 게 아니었는지, 내가 흥분해서 엉뚱한 상상을 한 건 아니었는지 나까지 헷갈릴 지경이었다니까?"

"그런 걱정은 이제 접어 둬."

롬바드가 명령조로 말했다.

"시간 다 됐소."

밖에서 누군가의 목소리가 들렸다. 헨더슨은 침대에서 일어나 검댕이 남은 성냥개비를 땅바닥에서 줍더니 벽으로 들고 갔다. 벽에는 짧은 사선들이 일렬로 늘어서 있었다. 윗줄은 모두 가위표 천지였다. 아랫줄의 마지막 몇 개만 사선으로 남아 있었다. 그는 한 사선 위에 반대 방향으로 사선을 그어 가위표를 만들었다.

"그런 짓도 이제 집어치워!"

롬바드가 외쳤다. 그는 손바닥에 대차게 침을 뱉고 뚜벅뚜벅 걸어가 씩씩대며 벽을 문질렀다. 사선과 가위표가 한꺼번에 지워졌다.

"자, 이리 와서 앉아 봐."

그가 연필과 종이를 꺼내며 말했다.

"오늘은 변화를 주는 의미에서 내가 서 있을게. 거긴 한 사람 앉을 자리밖에 없으니까."

헨더슨이 말했다.

"이제 내가 뭘 찾으려고 하는지 알아? 아직 숨어 있는 원석. 법정에 소환되지 않았고 경찰과 자네 변호사 그레고리도 간과한 2진의 목격자."

"목표가 참 소박하군그래. 한 다리 건너 유령들을 찾겠다는 거 아닌가. 2진 유령을 동원해 1진 유령에 대한 정보를 얻겠다? 차라리 영매를 동원하는 게 낫지 않을까?"

"자네와 옷깃만 스쳤거나, 자네 둘이 길을 걷고 있을 때 마주친 사람이라도 상관없어. 내가 맨 처음으로 그들과 접촉한다는 게 중요한 거지. 다른 사람이 남긴 부스러기는 처리하기 싫거든. 쐐기를 박아서 틈새를 벌릴 만한 곳이 있을 거야. 아무리 보일락 말락 한 틈새라도 상관없어. 둘이서 후보자 명단을 만들어 보고 싶은 거니까. 좋았어. 그럼 다시 한번 시작하지. 술집."

"또 술집이로군."

헨더슨은 한숨을 쉬었다.

"바텐더는 이미 썼던 카드고. 그때 자네 둘 말고 아무도 없었나?"

"응."

"천천히 생각해 봐. 애써 머리를 쥐어짜지는 말고. 애써 쥐어짜면 절대 생각나지 않아. 자연스럽게 떠오를 때까지 기다려야지."

사오 분이 흘렀다.

"잠깐. 칸막이 자리에 앉아 있던 여자가 고개를 돌린 적이 있었어. 우리가 술집을 나오려고 했을 때. 그 여자 어때?"

롬바드의 연필이 움직였다.

"그런 걸 알려 달란 말이지. 그게 바로 내가 원하던 거야. 이 여자에 대해서 추가할 사항 없나?"

"응. 그날 저녁 내내 같이 있었던 그 여자보다도 못해. 고개를 돌린 것 말고는 아무것도 생각나지 않아."

"그럼 다음."

"택시. 이것도 이미 썼던 카드잖아. 재판 때 택시 기사가 얼마나 큰 웃음을 선사했다고."

"그다음이 레스토랑이지? 메종 블랑슈에는 모자 보관소가 있었지?"

"그 모자 보관소 담당 직원으로 말할 것 같으면 그녀를 기억 못할 만한 정당한 이유가 있는 몇 안 되는 사람 중 한 명이었지. 나 혼자 옷을 맡기러 갔거든. 그 환상의 여인은 화장실에 갔고."

롬바드의 연필이 다시 움직였다.

"보조 직원이 있었을지 모르는데. 하지만 자네와 같이 있을 때도 눈에 띄지 않았던 여자이니 혼자 있으면 더욱 눈에 띄지 않았겠지. 레스토랑에서는 어땠어? 고개를 돌리고 쳐다보는 사람이 있었나?"

"그녀가 나중에 따로 들어왔거든."

"그럼 자연스럽게 극장으로 넘어가는군."

"낚시 바늘 모양으로 우스꽝스럽게 콧수염을 기른 도어맨이 있었어. 그녀의 모자를 두 번 쳐다보았지."

"좋았어. 후보로 추가."

그는 뭔가를 끄적였다.

"좌석 안내원은?"

"우리가 늦게 도착했거든. 어두컴컴한 데서 손전등을 비춘 게 전부였어."

"가능성이 희박하군. 무대는 어떨까?"

"배우들 말인가? 워낙 정신없는 공연이었어."

"그녀가 그런 식으로 일어났을 때 본 사람이 있을지 모르잖아. 경찰에서 배우도 조사한 적 있나?"

"아니."

"확인해서 나쁠 것 없겠지. 어떤 것도 놓치면 안 돼. 알겠나? 아무것도 그냥 지나치면 안 된다고. 그날 저녁에 자네 주위에 있었다고 하면 장님이라도 찾아가서…… 왜 그래?"

"맞다!"

헨더슨이 날카롭게 외쳤다.

"왜 그러냐니까?"

"그러니까 생각난 게 있어. 한 명 있었거든. 우리가 극장에서 나왔을 때 앞 못 보는 거지가 따라와서는……."

그는 롬바드가 뭔가를 짤막하게 끄적이는 것을 보고 "농담이지?"라고 못 믿겠다는 듯이 물었다.

"농담 같아?"

롬바드는 침착하게 되물었다.

"두고 보라고."

그는 뭔가를 다시 끼적였다.

"그게 다야. 더 이상은 없어."

롬바드는 명단을 주머니에 넣고 일어섰다.

"어떻게든 틈을 만들고야 말겠어!"

그는 엄숙하게 선언하고 뚜벅뚜벅 걸어가 내보내 달라는 뜻에서 쇠창살을 두드렸다.

"그 벽은 이제 보지 마!"

그는 헨더슨이 가위표가 그어져 있었던 벽 쪽으로 무심코 시선을 돌리는 것을 보고 이렇게 외쳤다.

"자네가 저들한테 끌려가게 내버려 두지 않을 테니까."

그는 이제 막 나서려는 복도 쪽을 엄지손가락으로 가리키며 말했다.

"저들은 끌고 가겠다고 하던데?"

헨더슨은 빈정거리듯 중얼거렸다.

모든 신문에 다음과 같은 광고가 실렸다.

지난 5월 20일 저녁 6시 15분 무렵, 일행과 함께 안셀모라는 술집의 칸막이 좌석에 앉아 있다가 오렌지색 모자를 쓰고 나가는 손님을 보고 고개를 돌려 쳐다보았던 젊은 여자분의 연락을 기다리고 있습니다. 모자를 쓰고 나가는 손님의 등을 쳐다보았던 여자분께서는 그 모자를 기억하고 계시다면 지체 없이 연락 주시기 바랍니다. 한 사람의 생사가 걸린 문제입니다. 모든 응답은 철저하게 비밀을 지켜 드리겠습니다. 이 신문사를 통해 사서함 654, J. L.에게로 연락 주시면 감사하겠습니다.

아무 연락이 없었다.

사형 집행 15일 전

— 롬바드

희끗희끗한 머리카락이 눈을 찌르고 양배추 같은 분위기를 풍기는 칠칠치 못한 여자가 문을 열었다.

"오배넌 씨 댁이죠? 마이클 오배넌."

그의 말이 떨어지기가 무섭게 여자가 쏘아붙였다.

"이봐요, 내가 오늘 사무실에 찾아갔을 때 수요일까지 기다려주겠다고 했잖아요. 우리가 그렇게 돈 없어서 쩔쩔매는 회사를 등쳐먹을 줄 알아요? 남은 돈이 오만 달러밖에 없으시겠죠, 아무렴요."

"부인, 저는 빚 독촉하러 온 게 아닙니다. 지난봄에 카지노 극장에서 도어맨으로 일했던 마이클 오배넌 씨와 이야기를 나누고 싶어서 온 겁니다."

"맞아요, 그이가 거기서 그런 일을 한 적이 있긴 하죠."

그녀는 빈정거리며 맞장구를 치고 나서 고개를 살짝 옆으로 돌리더니 언성을 조금 높였다. 롬바드가 아닌 다른 사람더러 들으라는 식이었다.

"그런 인간들은 직장에서 잘리면 그날부터 의자에 엉덩이를 떡하니 붙이고 앉아서 다른 일거리를 알아보려 하질 않아요, 도대체. 퍼질러 앉아서 일거리가 찾아오기를 기다린다니까요."

훈련을 받은 물개가 끙끙거리는 듯한 쉰 소리가 안에서 들렸다.

"여보, 누가 찾아왔어요!"

그녀는 고함을 지르더니 롬바드에게 말했다.

"그쪽이 들어와서 찾아가는 게 더 빠를 거예요. 이이가 맨발이라."

롬바드는 좁고 긴 복도를 한없이 걸어갔다. 한참 만에 끝이 보이면서 한가운데 방수포가 덮인 탁자가 있는 공간이 등장했다. 이 탁자 옆으로 등받이가 곧은 나무 의자 두 개가 어느 정도 거리를 두고 놓여 있었는데, 그가 만나려는 사람이 현수교처럼 몸을 축 늘어뜨린 채 이쪽에는 머리를, 저쪽에는 다리를 걸치고 대자로 누워 있었다. 신발을 안 신은 것 뿐만 아니라 위를 볼 것 같으면 연갈색의 칠부 속옷 위로 멜빵을 걸친 게 전부였다. 발끝에 구멍이 뚫린 양말 두 개가 의자 위에서 똑바로 천장을 바라보고 있었다. 롬바드가 들어서자 그는 분홍색 경마 신문과 퀴퀴한 냄새가 나는 파이프 담배를 내려놓았다.

"무슨 일이신지요?"

그는 협조적인 투로 웅얼웅얼 물었다. 롬바드는 탁자 위에 모자를 올려놓고, 앉으라는 소리가 없어도 의자에 앉았다.

"내 친구가 사람을 찾고 있어요."

그는 은밀한 목소리로 이야기를 꺼냈다. 이런 사람들 앞에서 괜히 사형과 경찰을 운운해 가며 위협적인 분위기를 풍기는 것은 좋은 작전이 못 됐다. 그랬다가는 쓸 만한 정보가 있어도 지레 겁을 먹고 입을 다물어 버릴 수 있었다.

"중요한 일입니다. 아주 중요한 일이에요. 그래서 내가 찾아온 겁니다. 오월 어느 날 밤에 택시를 타고 극장 앞에서 내린 어떤 남자와 여자를 기억하나 해서. 당신이 차 문을 열어 주었거든요."

"글쎄요. 극장 앞에서 차가 설 때마다 문을 열어 주는 게 내가 하던 일이라……."

"그 두 사람은 조금 늦었어요. 그날 밤에 마지막으로 들어간 손님이었을 겁니다. 여자는 밝은 오렌지색 모자를 쓰고 있었어요. 얇은 깃털이 한 개 일직선으로 꽂혀 있는 아주 특이한 모자였죠. 그녀가 차에서 내려 당신 바로 앞을 지나가는 순간 그 깃털이 눈앞을 스치고 지나갔습니다. 그래서 눈동자가 이쪽에서 저쪽으로 천천히 움직였을 겁니다. 뭐가 바로 앞을 지나가면 뭔지 알 수가 없어서 그렇게 되잖아요."

"그건 저이 주특긴데. 예쁜 여자가 걸친 물건이라면 뭐가 됐건
항상 그런 식으로 쳐다보거든요."

그의 아내가 문가에 서서 시비조로 말했다. 두 남자는 그 소리
를 들은 체 만 체했다.

"당신이 그런 식으로 쳐다보는 걸 내 친구가 봤답니다. 마침 그
때 보고는 나한테 알려 주었죠."

롬바드는 하던 이야기를 계속했다. 그는 방수포를 손으로 짚고
남자 쪽으로 몸을 기울였다.

"기억해요? 그 여자가 생각납니까?"

오배넌은 느릿느릿 고개를 저었다. 그러더니 윗입술을 깨물고
다시 고개를 저으며 나무라는 눈빛으로 그를 쳐다보았다.

"정말로 내가 기억을 할 거라고 생각하고 묻는 거요? 날이면 날
마다 본 얼굴이 몇인데! 거기다 공연을 보러 오는 사람들은 대부분
남녀 쌍쌍이란 말이요!"

롬바드는 남자 쪽으로 계속 몸을 숙이고 강렬한 눈빛으로 한참
동안 쳐다보았다. 그러면 남자의 기억이 되살아날 거라고 믿기라도
하는 듯했다.

"생각해 봐요, 오배넌 씨. 열심히 기억을 더듬어 봐요. 부탁입니
다. 가엾은 내 친구 입장에서는 정말 중요한 일이에요."

그 소리에 부인이 천천히 걸어 들어왔지만, 아직 아무 말도 하

지는 않았다. 오배넌은 다시 고개를 저었다. 이번에는 태도가 단호했다.

"모르겠는데. 거기서 한 철 일을 하면서 차 문을 열어 준 손님들 중에서 기억나는 사람은 한 명뿐이요. 어느 날 밤에 잔뜩 취해서 혼자 온 손님이었는데, 문을 열어 주니까 앞으로 고꾸라지는 바람에 내가 안아서……."

롬바드는 이어지려는 추억담을 일찌감치 차단하고 자리에서 일어섰다.

"그러니까 생각이 안 난다는 거로군요. 확실하죠?"

"네. 정말 생각이 안 나요."

오배넌은 악취를 풍기는 파이프와 경마 신문 쪽으로 손을 뻗었다. 가까이 다가와 조금 전부터 롬바드를 유심히 관찰하던 부인이 뭔가 계산하는 사람처럼 입 꼬리 너머로 혀끝을 살짝 내보이며 물었다.

"저이가 생각해 내면 무슨 보상이 있나요?"

"뭐, 제가 바라던 소기의 성과를 거둘 수 있다면 작은 선물이나마 드릴 생각이 있습니다."

"여보, 들었죠?"

그녀는 한 대 칠 기세로 남편에게 달려들었다. 그러더니 밀가루를 반죽하거나 뺀 데를 주무르는 사람처럼 양손으로 남편의 한쪽 어깨를 잡고 흔들기 시작했다.

"생각해 봐요, 여보. 생각을 해 봐요!"

그는 방어 자세를 취하는 것처럼 한쪽 팔로 뒷머리를 받치며 부인을 떼어내려 했다.

"내가 빈 배라도 되는 듯 흔들어 대면서 무슨 생각을 하라는 거야? 그날 기억이 내 머릿속 깊숙이 들어 있대도 다 날아가 버리겠네!"

"소용없겠군요."

롬바드는 한숨을 내쉬었다. 그는 몸을 돌리고 실망감을 달래며 길고 좁은 복도를 따라 걸어 나갔다. 부인이 남편의 고집 센 어깨를 다시금 공격하며 노발대발하는 소리가 등 뒤에서 들렸다.

"저 사람 가엾아! 여보, 정신 차려요! 만났던 사람 하나 떠올리라는 것뿐인데, 그것도 못한단 말이에요?"

부인이 남편 주변에 있는 물건에 대고 분풀이를 했는지 그가 울부짖는 소리가 들렸다.

"내 파이프! 내 경마 신문!"

롬바드가 대문을 닫을 때까지 둘이 요란하게 옥신각신하는 소리가 들렸다. 그러다 잠시 후 갑작스럽게 수상한 침묵이 흘렀다. 롬바드는 알 만하다는 표정을 지으며 계단을 내려갔다. 아니나 다를까 안쪽 복도를 후다닥 달려오는 소리가 들리고 대문이 벌컥 열리더니 오배넌 부인이 호들갑스럽게 계단을 따라 내려왔다.

"잠깐만요! 가지 마세요! 그이가 생각이 났대요! 갑자기 생각이 났대요!"

"아, 그래요?"

롬바드는 쌀쌀맞게 되물으며 발걸음을 멈추고 고개를 돌려 그녀를 올려다보았다. 하지만 계단을 다시 올라갈 기색을 보이지는 않았다. 그는 지갑을 꺼내 엄지손가락으로 조심스럽게 모서리를 훑었다.

"남편분한테 여자가 들었던 핸드백이 검은색이었는지 하얀색이었는지 물어봐 주십시오."

그녀는 낭랑한 목소리로 안에 대고 물었다. 그러고는 조금 머뭇거리며 남편의 대답을 롬바드에게 전했다.

"하얀색이었대요. 밤이니까요."

롬바드는 지갑을 도로 넣었다.

"잘못 짚으셨네요."

그는 딱 잘라 말하고 가던 걸음을 재촉했다.

사형 집행 14, 13, 12일 전

— '그 아가씨'

그는 어느 정도 시간이 지난 다음에야 자리에 앉아 있는 그녀를 발견했다. 바에 드문드문 앉아 있는 손님이 아직 몇 명 되지도 않아서 그녀의 등장이 확실히 눈에 띄었을 텐데 희한한 일이었다. 살그머니 들어와 앉은 모양이었다.

지금은 그의 근무 시간이 시작된 직후였다. 그러니까 그녀가 일부러 그 시간대를 노리기라도 한 것처럼 그가 바에 자리를 잡은 때에 맞춰 들어왔다는 뜻이었다. 그가 탈의실에서 빳빳하게 풀을 먹인 재킷으로 갈아입고 나와 자신의 영역을 둘러보았을 때에는 분명 그녀가 없었다. 아무튼 그는 저쪽 끝에 앉은 남자 손님의 주문을 기다리다, 조용히 앉아 있는 그녀의 존재를 알아차리자마자 얼른 다가갔다.

"주문하시겠습니까?"

그녀가 묘한 눈빛으로 그를 물끄러미 바라보는 것처럼 느껴졌다. 하지만 그는 아닐 거라고, 자신이 착각한 걸 거라고 얼른 생각을 바꾸었다. 손님들은 주문을 할 때 하나같이 그를 쳐다보았다. 주문을 받고 술을 갖다 주는 사람이 그였으니 당연한 반응이었다. 하지만 그녀의 눈빛은 다르다는 생각이 다시금 들었다. 개인적인 감정이 담긴 눈빛이었다. 주문은 부수적인 목적이고 쳐다보는 게 일차적인 목적인, 그 자체로 존재 의미가 있는 눈빛이었다. 주문을 받는 그에게 의미를 부여하는 눈빛이었다. 그 눈빛에는 '나를 잘 봐요. 나를 똑똑히 기억해요'라는 뜻이 담겨 있는 듯했다.

그녀는 물을 조금 섞은 위스키를 주문했다. 그가 술을 가져오기 위해 고개를 돌렸음에도 불구하고 그녀의 시선은 그에게서 떠날 줄 몰랐다. 그는 당황스러웠고, 자기를 왜 그렇게 이상하게 쳐다보는지 영문을 모르겠다고 언뜻 생각했지만 이내 사라졌다. 스치듯 지나간 느낌이라 별로 신경이 쓰이지도 않았다. 처음에는 그랬다.

그는 술을 가져다주자마자 다른 손님의 주문을 받으러 곧바로 자리를 떴다. 어느 정도 시간이 흘렀다. 그 시간 동안 그는 그녀를 다시 생각하지 않고 잊었다. 그 시간 동안 그녀는 자세를 살짝이라도 바꾸었어야 정상이었다. 하다못해 손을 조금 움직이든지, 술잔을 들거나 옮기든지, 다른 데로 시선을 돌렸어야 했다.

그런데 아니었다. 미동도 하지 않았다. 종이에 그려 놓은 여자처럼 꼼짝하지 않았다. 술잔은 그가 가져다준 자리에 그대로 놓여 있었다. 움직이는 것이라고는 그녀의 눈동자뿐이었다. 눈동자는 그가 가는 곳마다 따라다녔다. 그가 잠깐 숨 돌릴 틈이 생겼을 때, 보고 묘하다 생각한 이래 처음으로 그녀와 시선이 마주쳤다. 이제 보니 그녀는 그를 계속 쳐다보고 있었다. 그는 당황스러웠다. 그 눈빛에 담긴 의미를 알 수가 없었다.

그는 얼굴이나 옷에 뭐가 묻었나 싶어 거울을 흘끗 훔쳐보았다. 그게 아니었다. 그는 평소 모습과 다를 게 없었고, 그렇게 한참 동안 끈질기게 쳐다보는 사람도 그녀뿐이었다. 왜 그러는지 영문을 알 수 없는 일이었다. 그가 움직일 때마다 시선이 따라다니는 걸로 보건대 의도적이었다. 꿈을 꾸는 듯, 무언가를 생각하는 듯 몽롱한 눈빛으로 어쩌다 쳐다보는 게 아니었다. 그를 겨냥한 의도가 담겨 있었다. 한번 머릿속에 박힌 놀라움은 떠날 줄 모르고 남아 그를 괴롭혔다. 이제는 그도 이따금 슬쩍슬쩍 그녀를 훔쳐보았다. 그런데 그럴 때마다 그녀와 시선이 마주쳤고, 그쪽에서 눈을 돌려도 그를 쳐다보는 그녀의 눈길은 여전했다. 그는 점점 더 당황스러웠고, 조금씩 불편해지기 시작했다. 이렇게 미동도 않고 앉아 있는 사람을 지금까지 본 적이 없었다. 그녀의 몸은 어느 곳 하나 움직이는 법이 없었다. 방치된 술잔은 처음부터 없던 존재인 듯했다. 그녀는 진지한 눈빛으로 계속 그를 쳐다보며 젊은 여인 형상의 불상처럼 앉아 있었다. 이제는 불편한 수준을 넘어 짜증으로 발전했다. 그는 결국 그녀에게 다가가 물었다.

"술 안 드십니까?"

그의 질문에는 그녀의 옆구리를 찔러 움직이게 만들려는 의도가 담겨 있었다. 하지만 헛수고였다. 그녀는 꿈쩍하지 않았다. 그녀는 단조로운 어조로 중얼거렸다.

"그냥 두세요."

상황은 그녀에게 유리했다. 남자들은 눈총을 받지 않으려면 계속 무언가를 주문해야 하지만, 여자들은 그런 압박감을 느낄 필요가 없었다. 게다가 그녀가 추파를 던지거나 계산서를 떠넘길 상대를 찾는 등 낯부끄러운 짓을 저지르지도 않았으니 그로서도 어쩔 도리가 없었다. 그는 맥없이 다시 자리를 옮겼다. 바 저쪽으로 걸어가 뒤를 돌아보아도 그녀는 변함없이 고집스럽게 그를 쳐다보고 있었다. 이제는 불편함이 만성적인 증상처럼 되었다. 그는 시선을 떨쳐내기 위해 어깨를 으쓱하고 옷깃을 매만져 보기도 했다. 시선은 여전했지만 그는 이제 더 이상 뒤돌아보지 않기로 했다. 그런 식으로 확인해 봐야 상황만 악화될 따름이었다. 점점 밀려드는 손님들의 주문에 괴롭기보다 마음이 놓였다.

주문을 소화하느라 분주하게 움직이는 동안에는 지긋지긋한 시선을 잊을 수 있었다. 하지만 받을 주문도 없고, 닦을 구석도 없고, 채울 잔도 없는 소강상태가 주기적으로 찾아오면 그녀의 시선이 한

층 따갑게 느껴졌다. 그럴 때면 손을 어떻게 하면 좋을지, 행주를 어디다 두면 좋을지 알 수가 없었다. 그는 체에 대고 맥주를 따르다 엎질렀다. 금전 등록기 비밀번호도 잘못 눌렀다.

결국 인내심에 한계에 이르렀을 때 그는 다시 한번 그녀와 정면 대결을 시도했다. 그녀의 의도가 무엇인지 알아내고 싶었다.

"뭐 필요하신 거 있습니까, 손님?"

그는 부글부글 끓어오르는 속을 달래며 쉰 목소리로 물었다. 그녀의 목소리는 여느 때처럼 덤덤했다.

"제가 필요한 게 있다고 했던가요?"

그는 바 위로 몸을 내밀었다.

"그럼 저한테 볼일이 있으신가요?"

"제가 그렇다고 하던가요?"

"뭐, 그럼 제가 손님이 아는 어떤 분과 닮았나요?"

"아뇨."

그는 떠듬떠듬 말을 이었다.

"저는 혹시 그런가 했어요. 손님이 저를 바라보는 눈빛이……."

그의 목소리가 떨렸다. 여기에는 비난의 의미가 담겨 있었다. 그녀는 아예 대꾸조차 하지 않았다. 하지만 쳐다보는 눈길은 여전했다. 결국 이번에도 그가 맥없이 물러나는 수밖에 없었다. 그녀는 웃지도 않고 말도 하지 않았다. 뉘우치는 기미도 없었고 드러내 놓고 적의를 보이지도 않았다. 그저 앉아서 올빼미처럼 속을 알 수 없는 진지한 눈빛으로 그를 쳐다볼 따름이었다.

그렇게 끔찍한 무기가 없었다. 한 시간 혹은 두 시간, 심지어 세 시간에 걸쳐 누군가에게 끈질기게 관찰당하는 괴로움을 대부분의 사람들이 모르는 이유는, 그런 일을 겪은 적이 없기 때문이다. 인내심의 한계가 시험대에 오른 적이 없기 때문이다. 그러나 그는 지금 그런 상황을 겪고 있었다. 서서히 불안하고 신경이 곤두서기 시작했다.

그는 속수무책이었다. 바라는 반원에 갇혀 있으니 도망칠 수도 없었고, 쳐다보기라는 무기의 속성상 당할 수밖에 없었다. 그가 반격을 하려 해도 시선에 불과하니 따지고 들 거리가 없었다. 주도권은 그녀가 쥐고 있었다. 광선 같은 그 눈빛은 피할 방법도, 외면할 방법도 없었다. 공황 장애라는 전에 없던 증상이 점점 더 강렬하게 그를 괴롭혔다. 탈의실에 숨고 싶었다. 그녀가 보지 못하게 바 밑에 쭈그려 앉고 싶었다. 그는 하릴없이 이마를 훔치며 두려움과 싸웠다. 시계를 쳐다보는 횟수가 늘었다. 언젠가 한 남자의 목숨이 달렸다고 했던 그 시계였다.

그녀를 내보내고 싶었다. 그는 기도를 하기 시작했다. 하지만 가게 문을 닫으면 모를까, 그녀가 제 발로 걸어 나갈 가능성은 없었다. 남들과 다른 이유에서 이 술집을 찾았으니 일말의 희망조차 없었다. 만약 누굴 만나러 온 거였다면 진작 만났을 것이다. 술잔을 몇 시간째 건드리지도 않는 걸 보면 술을 마시러 온 것도 아니었다. 그녀가 이 술집을 찾은 목적은 오직 하나, 그를 쳐다보기 위해서였다.

그는 결국 그녀를 내보낼 방법을 찾지 못하고 문 닫을 시간만을 기다리기 시작했다. 그 시간이 되면 도망칠 수 있었다. 손님들이 빠져나가면서 주의를 다른 데로 돌릴 만한 것이 점점 줄어들었고, 이와 정반대로 그녀의 영향력은 계속 강해졌다. 반원 모양의 바에 빈자리가 많아질수록 메두사처럼 가차 없는 시선만 더욱 두드러지게 느껴질 따름이었다. 그는 술잔을 떨어뜨렸다. 몇 달 만에 처음이었다. 그녀로 인해 평정심이 와르르 무너지는 바람에 생긴 일이었다. 그는 그녀를 노려보며 안 들리게 욕설을 퍼붓고, 허리를 숙여 유리 조각을 주웠다.

포기하고 있었을 때 분침이 드디어 12에 닿았다. 문을 닫는 새벽 4시가 된 것이다. 끝까지 남아서 열띤 대화를 나누던 두 남자 손님이 자리에서 일어나 계속 뭐라고 중얼거리며 입구 쪽으로 발걸음을 옮겼다. 그녀는 아니었다. 그녀는 옴짝달싹하지 않았다. 술이 고여 있는 잔을 앞에 둔 채 그렇게 계속 앉아 있었다. 눈 한번 깜빡 않은 채 그를 바라보고, 지켜보고, 쳐다보았다.

"안녕히 가십시오."

그는 두 남자의 뒤통수에 대고 외쳤다. 그녀에게 보내는 신호였다. 그래도 그녀는 꿈쩍하지 않았다. 그는 두꺼비집을 열고 스위치를 내렸다. 바깥쪽 조명이 꺼지고 그가 서 있는 바 뒤편을 비추는 안쪽 조명만 남았다. 숨어 있던 어둠이 벽을 등지고 줄줄이 늘어선 술병과 거울 들을 슬금슬금 덮었다. 그는 검은 실루엣으로 변했고, 그녀는 어둠 속에서 얼굴만 희미하게 빛났다. 그는 그녀에게 다가가 몇 시간 묵은 술을 치웠다. 술 방울이 튀도록 술잔을 미친 듯이 흔들었다.

"이제 문 닫을 시간입니다."

그가 귀에 거슬리는 목소리로 말했다. 드디어 그녀가 움직였다. 갑자기 벌떡 일어나더니 의자를 잡고 온몸에 골고루 피가 통하기를 기다렸다. 그는 능숙하게 재킷 단추를 풀며 벌컥 화를 냈다.

"뭐요? 무슨 속셈이요? 뭐 하자는 수작이야?"

그녀는 묻는 소리를 듣지 못한 사람처럼 아무 대답 없이 어두컴컴한 실내를 지나 입구 쪽으로 향했다. 그는 한 여자가 술집에서 나가는 그런 단순한 광경에 몸을 가누지 못할 만큼 엄청나게 가슴이 절절해지는 벅찬 안도감을 느끼게 될 줄은 꿈에도 몰랐다. 그는 재킷 단추를 모두 풀어 헤치고, 바를 짚은 한쪽 손에 힘없이 몸을 실은 채 그녀가 사라진 방향을 향해 구부정하게 어깨를 숙였다.

입구 바깥쪽을 밤새도록 밝히는 조명이 밖으로 나선 그녀를 비추었다. 그녀는 가게 앞에서 걸음을 멈추고 몸을 돌려 어느 정도 거리를 두고, 강렬하고 진지하며 의미심장한 눈빛으로 그를 돌아보았다. 이게 꿈이 아니라고 말하려는 듯했다. 아니, 끝난 게 아니라 잠깐 끊긴 것에 불과하다고 말하려는 듯했다.

그가 등을 돌리고 문을 잠그는 동안에도 그녀는 겨우 몇 미터

거리에 아무 말 없이 서 있었다. 그가 나오길 기다리는 사람처럼 입구 쪽을 바라보고 있었다.

그는 그녀 쪽으로 다가가는 수밖에 없었다. 집으로 가는 길이 그 방향이었다. 인도가 제법 좁은데다 그녀가 벽에 슬그머니 기댄 게 아니라 길 한복판을 떡 하니 차지하고 있었으니 서로 지나쳤을 때의 간격은 삼십 센티미터도 채 못 됐다. 그녀는 그가 지나가는 속도에 맞춰 고개를 돌리기는 했지만 표정으로 짐작건대 아무 말 없이 그냥 보내려는 듯했다. 약이 오른 그는 조금 전까지만 해도 못 본 체하기로 결심했던 것을 잊고 혼잣말처럼 중얼거렸다.

"나한테 원하는 게 뭐요?"

그는 험상궂게 으르렁거렸다.

"내가 원하는 게 있다고 했던가요?"

그는 그냥 지나쳤다가 따지고 들듯 몸을 휙 돌렸다.

"저기 앉아서 나를 계속 쳐다봤잖아! 밤새도록, 엉? 그러더니 이제는 밖에서까지……."

그는 화가 난 마음에 주먹으로 다른 손바닥을 쳤다.

"길거리에 서 있는 게 법으로 금지된 일도 아니잖아요."

그는 그녀의 얼굴에 대고 천천히 손가락을 흔들었다.

"아가씨, 조심해. 아가씨를 생각해서 하는 말이야!"

그녀는 아무 대꾸도 없었다. 입도 벙긋하지 않았다. 싸우면 입을 다무는 쪽이 언제나 승리를 거두기 마련이다. 그는 다시 등을 돌리고 좌절감에 숨을 헉헉거리며 휘청휘청 걸어갔다. 그는 돌아보지 않았다. 돌아보지 않아도 그녀가 뒤에서 따라오고 있다는 것을 스무 걸음을 걷기도 전에 알 수 있었다. 그녀는 뒤따라온다는 사실을 감추려는 노력조차 하지 않았기 때문에 알아차리기 어렵지 않았다. 그녀의 작고 딱딱한 구두가 고요한 밤거리를 또각또각 밟는 소리가 또렷하게 전해졌다. 울퉁불퉁한 네거리가 그의 발밑을 살짝 꺼진 강바닥처럼 미끄러져 지나갔다. 이윽고 다음 네거리도. 그다음 네거리도. 이렇게 서쪽에서 동쪽으로 움직이는 동안 또각또각, 또각또각 소리도 어느 정도 거리를 두고 여유롭게 이어졌다.

그는 처음에는 경고할 생각으로 뒤를 돌아보았다. 그녀는 지금이 오후 3시라도 되는 것처럼 미치도록 천연덕스러웠다. 여자들이 허리를 꼿꼿하게 세우고 한가롭게 걸으면 그렇듯 걸음걸이가 느긋한 수준을 넘어 우아할 정도였다. 그는 잠깐 더 걷다 다시 뒤를 돌아보았다. 이번에는 몸을 완전히 돌려 씩씩대며 그녀 앞으로 바람처럼 달려갔다. 그녀는 걸음을 멈추었지만, 전혀 움찔하는 기색 없이 그 자리에 가만히 서 있었다. 그는 그녀에게 바짝 다가가 얼굴에 대고 고함을 질렀다.

"이제 그만 돌아가시지. 돌아가라고! 이만하면 충분하지 않아, 응? 당장 돌아가. 안 그러면……."

그녀는 "나도 집이 이쪽 방향인데요"라고 대꾸하고는 그만이었다. 이번에도 상황은 그녀에게 유리했다. 둘의 성별이 바뀌었다면 이야기가 달라지겠지만 젊은 아가씨가 길에서 쫓아온다고 경찰을 불렀다가는 비웃음이 쏟아질 뿐 아니라 얼굴을 들고 다닐 수도 없을 것이다. 그녀는 그에게 욕을 퍼붓지도 않았고 꼬드기지도 않았다. 그저 같은 방향으로 걸었을 뿐이다. 술집에서 그랬던 것처럼 지금도 그녀를 어쩔 도리가 없었다. 그는 아주 잠깐 동안 싸울 태세를 취했지만, 얼토당토않은 상황에서 최대한 그럴듯하게 빠져나오기 위해 시간을 버는 면피용에 불과했다. 그는 결국 홱 하니 몸을 돌렸다. 싸움은 아직 끝나지 않았다는 뜻을 전하려고 콧방귀를 뀌었지만, 어쩐지 무기력한 바람 소리처럼 들렸다. 그는 다시 집을 향해 발걸음을 옮기기 시작했다. 열 발자국, 열다섯 발자국, 스무 발자국. 무슨 신호라도 떨어진 것처럼 물웅덩이 위로 빗방울이 더디게 떨어지듯 규칙적인 발소리가 다시 시작됐다. 또각또각, 또각또각, 또각또각. 그녀가 또다시 그를 따라 걸었다.

그는 모퉁이를 돌아 지붕이 덮인 계단을 올라가기 시작했다. 매일 밤 전철을 타러 갈 때 오르는 계단이었다. 그는 바닥에 널빤지가 깔린 역사 통로에서 걸음을 멈추고, 방금 전에 올라온 급경사 계단을 내려다보며 그녀의 흔적을 찾았다. 계단을 감싼 강철 테두리에 그녀의 구두굽이 부딪히면서 쨍쨍 울리는 쇳소리를 냈다. 잠시후 중간 층계참 위로 그녀의 머리가 보였다. 그는 덜커덩 소리를 내며 회전식 개찰구를 통과해 건너편에서 방어 자세를 취했다. 계단을 꼭대기까지 올라온 그녀는 앞에 서 있는 그가 보이지도 않는 것처럼

개찰구

1950년대의 전차 개찰구 모습.

태연하게, 한결같이 다가왔다. 벌써 동전까지 들고 있었다. 그녀가 다가왔다. 어느덧 두 사람의 간격은 개찰구 하나로 좁혀졌다. 그는 한쪽 팔을 들어 다른 쪽 어깨에 닿을 만큼 뒤로 젖히고 금방이라도 휘두를 것처럼 위협했다. 그녀를 이쪽에서 저쪽으로 날려 버릴 수 있을 만한 기세였다. 그는 맹견처럼 이를 드러내며 으르렁거렸다.

"나가. 저 밑으로 꺼져!"

그는 팔을 내리더니 그녀의 바로 앞에 있는 개찰구의 동전 투입구를 엄지손가락으로 막아 버렸다. 그녀는 단념하고 옆 개찰구 쪽으로 걸음을 옮겼다. 하지만 잽싸게 움직인 그에게 선수를 빼앗겼다. 그녀는 원래 통과하려던 개찰구 쪽으로 되돌아갔다. 그도 방향을 바꿔 투입구를 막았다. 어쩌다 한 번씩 오는 야간열차가 다가오면서 역사가 울리기 시작했다. 지금까지는 위협만 했던 그가 급기야 주먹을 휘둘렀다. 제대로 맞았다면 그녀를 쓰러뜨리고도 남을 만큼 위협적이었다. 그녀는 역한 냄새를 감지한 까다로운 사람처럼 고개를 살짝 갸우뚱했다. 주먹은 바람을 일으키며 코끝을 지나갔다. 순간, 어딘가 가까이서 고압적인 태도로 유리창을 두드리는 소리가 들렸다. 좁고 누추한 역무원실 너머로 역무원이 머리와 어깨를 내밀고 말했다.

"그만하세요. 지금 다른 손님 가로막고 뭐 하는 겁니까? 경찰을 불러야 정신 차리겠어요?"

그는 자기변명에 나섰다. 그가 도움을 요청한 것도 아니었으니

터부가 어느 정도 제거된 셈이었다.

"이 여자 미쳤어요. 정신 병원에 처넣어야 해. 계속 내 뒤를 따라오는데 떼어 낼 수가 있어야 말이지."

그녀는 특유의 차분한 목소리로 이렇게 물었다.

"3번가 전철을 아저씨가 전세 냈어요?"

그는 문밖으로 비스듬히 몸을 내밀고 중재를 자청하고 나선 역무원에게 다시 한번 하소연을 늘어놓았다.

"저 여자한테 어디 가느냐고 물어봐요. 이 열차가 어디로 가는 줄도 모를 거란 말이오."

그녀는 역무원을 향해 대답했지만, 사실은 다른 속셈이 있는 대답이었다.

"27가 가는데요. 2번가하고 3번가 사이에 있는 27가요. 나도 여기서 전철 탈 권리가 있는 거 아닌가요?"

그녀의 앞을 막고 서 있던 그의 얼굴이 순간 새하얗게 질렸다. 그녀가 말한 지역에 그만 아는 충격적인 의미가 감추어져 있기라도 한 듯한 반응이었다. 그럴 수밖에 없었다. 그가 사는 지역이었던 것이다. 그녀는 그의 행선지를 이미 알고 있었다. 그러니 떼어 내려고 해 봐야, 멀찌감치 따돌리려고 해 봐야 소용없는 일이었다. 역무원은 근엄하게 손을 뻗어 판결을 내렸다.

"지나가세요, 아가씨."

동전이 반사경에 비쳐 불쑥 확대돼 보이는가 싶더니 그녀가 옆

개찰구를 지나 들어왔다. 그가 비켜 줄 때까지 기다리지도 않았다. 사실 비켜 줄 수도 없었다. 고집스럽게 버티느라 그런 게 아니라 그녀가 행선지를 알고 있었다는 데 따른 충격으로 온몸이 일시적으로 마비됐기 때문이었다.

이윽고 열차가 도착했지만 반대 방향으로 가는 열차였다. 열차가 서서히 멀어져 가자 역 안이 다시금 어두침침해졌다. 그녀는 느긋하게 승강장 끝에 가서 섰다. 그도 이내 승강장 쪽으로 다가갔지만, 기둥 두 개를 사이에 두고 그녀의 뒤편에 섰다. 둘 다 열차가 들어오는 방향으로 고개를 돌리고 있었기 때문에 그는 그녀가 보였지만 그녀 쪽에서는 그가 보이지 않았다.

잠시 후 그녀는 아무 생각 없이 승강장 좀 더 끝 쪽으로 천천히 걸어가기 시작했다. 이런 상황에서 대부분의 사람들이 그렇듯 기다림의 지루함을 달래기 위해서였다. 그녀는 어느덧 역무원의 시야에서 벗어나 지붕이 끝나고, 승강장도 널빤지 한 칸 정도로 좁아지는 지점에 다다랐을 때 걸음을 멈추었다. 이쯤에서 방향을 돌려 처음 있던 자리로 되돌아갈 생각이었을 것이다. 그런데 거기 서서 그를 등진 채 열차가 들어오는 방향을 쳐다보고 있다 보니 뭔지 모를 긴장감과 일종의 위기의식이 서서히 그녀를 덮쳤다. 널빤지를 밟는 그의 발소리 때문이었을 것이다. 그도 이제 서 있던 자리에서 벗어나 그녀 쪽으로 다가오고 있었다. 걸음걸이는 그녀처럼 느릿느릿했다. 문제는 발소리였다. 부자연스러운 정적을 뚫고 또렷하게 들리는 발소리에서 은밀한 저의가 느껴졌다. 소리를 죽이려는 의도가 느껴진다기보다 박자가 수상했다. 아무 의미 없는 서성임으로 위장하려는 계산이 깔린 조심스러운 발걸음이었다. 그녀가 무슨 수로 알아차렸는지는 수수께끼였다. 하지만 그녀가 등을 돌리고 있던 몇 분 동안 무언가가 그의 뇌리를 스치고 지나갔다는 것을 알 수 있었다. 전에 없던 무언가가 그의 뇌리를 스치고 지나갔다는 것을, 고개를 돌리기 전부터 알 수 있었다. 그녀는 홱 하니 고개를 돌렸다.

그는 기둥 두 개 거리였던 아까보다 좀 더 멀리 떨어져 있었다. 그녀가 생각했던 것과 달랐다. 그녀가 고개를 돌렸을 때 그는 노반을 따라 나란히 걸으며 그 위에 깔린 세 번째 선로를 내려다보고 있었다. 그거였다. 그녀는 금세 상황을 파악했다. 그가 그녀의 앞을 지나가면서 팔꿈치로 툭 치거나 발을 걸기만 해도 끝장이었다. 그녀는 어느새 궁지에 몰린 자신의 처지를 한눈에 알아차렸다. 위험천만한 역사 끝에 몰린 셈이었다. 보호막 역할을 했던 역무원의 시야에서 제 발로 벗어난 셈이었다. 역무원실은 조금 안쪽으로 들어가 있었다. 승강장이 아닌 개찰구 관리가 역무원의 임무이기 때문이었다.

승강장에는 두 사람뿐이었다. 북부행 열차가 방금 지나갔기 때문에 맞은편도 휑했다. 도심행 열차도 아직 보이지 않았다. 거기서 한 발자국이라도 뒤로 물러서면 자살 행위였다. 승강장이 끝나는 곳까지 겨우 몇 미터밖에 안 남았기 때문에 막다른 골목에 갇혀 그의 처분만 기다리는 처지로 전락할 수 있었다. 역무원의 시선이 닿는 중간 지점으로 되돌아가려면 그의 앞을 지나가야 하는데 그것이 바로 그가 원하는 바였다. 그가 아무 짓도 저지르지 않았는데 역무원을 불러내려고 비명을 질렀다가는 오히려 우려했던 사태를 유발하는 결과로 이어질 수 있었다. 표정을 보건대 그는 지금 잔뜩 긴장한 상태라 이럴 때 비명을 지르면 오히려 역효과를 낳을지 모른다. 화가 나서라기보다 겁이 나서 이렇게 일시적인 일탈 행위를 저지르는 그가 비명 소리를 듣고 한층 더 심한 공포심을 느낄 수 있다. 그녀는 그에게 공포심을 잔뜩 심어 놓았다. 맡은 바 임무를 완벽하게 수행한 것이다.

그녀는 선로와 최대한 거리를 두고 조심스럽게 안쪽으로 이동했다. 난간에 줄줄이 설치된 광고판들이 엉덩이에 닿았다. 그녀는 광고판에 엉덩이를 바짝 대고 그가 다가오는 쪽을 향해 살금살금 옆걸음질을 했다. 어찌나 몸을 바짝 붙였던지 옷자락이 광고판에 닿으면서 바스락거리는 소리를 냈다. 그는 그녀가 자신의 궤도 안으로 들어오자 대각선으로 이동 방향을 바꾸었다. 그녀의 접근을 차단하기 위해서였다.

양쪽 모두 서두르지 않는 게 섬뜩한 분위기를 연출했다. 이곳은 머리 위에 띄엄띄엄 달린 전등이 누르스름한 불빛을 비추는, 아무도 없는 지상 3층 높이의 승강장이건만 두 사람을 보면 수조에서 헤엄치는 게으른 물고기 같았다. 그는 계속 다가왔고 그녀도 마찬가지였다. 이제 두세 발자국이면 서로 마주칠 수밖에 없었다.

그때 보이지 않는 곳에서 개찰구 돌아가는 소리가 들리더니 몇 미터 떨어진 곳에서 직업이 의심스러운 흑인 아가씨 한 명이 발목 근처를 긁느라 몸을 거의 한쪽으로 기울인 채 등장했다. 두 사람은 그 자세 그대로 서서히 긴장을 풀었다. 흑인 아가씨는 광고판을 등지고 약간 구부정하게 서서 이제는 무릎을 열심히 긁었다.

그는 바로 옆에 있는 껌 자동판매기에 맥없이 기댔다. 방금 전에 품었던 독기가 온몸에서 빠져나가는 것을 그녀의 눈으로 확인할 수 있을 정도였다. 그는 결국 그녀에게서 허둥지둥 멀어졌다. 처음부터 끝까지 한마디 대사 없이 전개된 무언극이었다. 그런 상황은 두 번 다시 벌어지지 않을 것이다. 주도권이 그녀에게로 돌아왔다.

열차가 번갯불처럼 번쩍하며 들어섰고, 두 사람은 같은 칸 양쪽 끝에 올라탔다. 그렇게 같은 칸 이쪽 끝과 저쪽 끝에 앉아서 방금 전에 겪은 충격을 달랬다. 그는 무릎 위로 몸을 웅크리고 앉았고, 그녀는 엉덩이를 뒤로 빼고 앉아서 천장에 달린 전등을 물끄러미 올려다보았다. 좀 전의 흑인 아가씨가 둘 사이에 혼자 앉아 있었는데 그녀는 가끔 몸을 긁어 대며 아무 데나 골라잡아서 내리려는 것처럼 역 번호를 확인했다. 28가 전철역에 도착했을 때 두 사람은 이번에도 같은 칸 열차 양쪽 끝에서 내렸다.

그는 뒤따라 계단을 내려오는 그녀의 존재를 알아차렸다. 뒤돌아보지 않았지만 알고 있었다. 고개를 숙인 것을 보면 알 수 있었다. 그는 그것이 그녀의 뜻이라면, 집까지 얼마 안 되는 거리를 따라오도록 내버려 두자고 순순히 포기한 듯했다. 두 사람은 2번가를 향해 27가를 걸었다. 그는 길 이쪽에서, 그녀는 저쪽에서 걸었다. 그는 건물 네 채 정도 앞서 걸었고 그녀는 묵묵히 뒤를 따랐다. 그녀는 그가 어느 건물로 들어갈지 알고 있었고, 그도 그녀가 안다는 것을 느낄 수 있었다. 스토킹은 이제 기계적인 절차가 되었고, 그 이유가 유일하게 남은 수수께끼였다. 그런데 사실 그게 가장 중요한 부분이었다.

그가 모퉁이 근처의 어느 시커먼 대문 너머로 사라졌다. 잔인하고 차분한 또각또각, 또각또각 소리를 안으로 들어가기 직전까지 들었을 텐데 그는 끝까지 뒤를 돌아보지 않았고 아무런 기색도 비치지 않았다. 이렇게 해서 두 사람은 몇 시간 만에 드디어 헤어졌다.

그녀는 집 앞까지 다가가 걸음을 멈추었다. 그런 다음 집 안에서 훤히 내다보이는 인도에 자리를 잡고 서서, 열댓 개의 어두컴컴한 창문 중에 두 군데를 바라보았다. 잠시 후 기다리던 사람을 반갑게 맞이하듯 불이 켜졌다. 그런데 환영 인사를 금세 취소하는 것처럼 곧바로 불이 꺼졌다. 그 뒤로 거무스름하고 얇은 커튼이 가끔 흔들흔들 움직이면서 유리창 너머로 언뜻 뭔가가 보이기는 했지만, 불은 켜지지 않았다. 유리창을 사이에 두고 누가 그녀를 관찰하고 있다는 뜻이었다. 그녀는 그 자리에 못이 박힌 듯 불침번을 섰다.

길거리 저쪽 끝에서 고가 전철 한 대가 반딧불이처럼 꿈틀꿈틀

다가왔다. 승객을 태우고 지나가던 택시 기사는 신기한 듯 그녀를 흘끗 쳐다보았다. 도로 저편을 걸어가던 행인은 수작을 걸 만한 여지가 있는지 찬찬히 뜯어보았다. 그녀는 삐딱하게 고개를 돌렸다가 행인이 저 멀리 사라진 뒤에야 바로 했다. 어디에선가 나타난 경찰이 그녀의 옆으로 들이닥쳤다. 조금 전부터 그녀를 몰래 지켜보고 있던 모양이었다.

"잠깐 실례하겠습니다. 저 건물에 사는 여자분의 신고가 들어왔어요. 직장에서 집까지 자기 남편을 따라온 여자가 삼십 분째 인도에 서서 자기 집을 쳐다보고 있다고."

"맞아요."

"이제 그만 비켜 주시겠습니까?"

"부탁이 하나 있는데요. 제 팔을 잡고 저기 길모퉁이까지 같이 가 주실래요? 저를 끌고 가는 것처럼 말이에요."

그는 머뭇머뭇 그녀가 시키는 대로 했다. 창가에서 보이지 않는 곳에 다다랐을 때 두 사람은 걸음을 멈추었다.

"여기요."

그녀가 종이를 한 장 꺼내 경찰에게 보여 주었다. 그는 가로등의 희미한 불빛에 비춰 보았다.

"이 사람이 누굽니까?"

그가 물었다.

"강력반 형사예요. 못 믿겠으면 전화로 확인해 보세요. 제가 지금 이러는 거, 그분도 알고 있고 허락해 주신 일이에요."

"아, 그러니까 비밀 작전을 수행중이로군요?"

그는 존경심이 듬뿍 담긴 목소리로 물었다.

"앞으로는 그 사람들이 신고를 하더라도 못 들은 척해 주세요. 앞으로 며칠 밤낮으로 시도 때도 없이 신고가 들어올 거예요."

그녀는 경찰과 헤어지고 전화를 걸었다.

"어떻게 돼 가고 있습니까?"

전화를 받은 사람이 물었다.

"벌써부터 괴로워하고 있어요. 일하면서 술잔까지 깼어요. 좀 전에는 고가 전철 승강장에서 저를 밀어서 떨어뜨리려고도 했고요."

"잘하고 있어요. 옆에 아무도 없을 때는 너무 가까이 다가가지 말고 조심해요. 왜 그러는지, 무슨 꿍꿍이속인지 전혀 모르도록 하는 게 관건이라는 사실 잊지 말고요. 도무지 감을 잡지 못하게 하는 것이 핵심이에요. 그가 당신의 의도를 간파한 순간 말짱 도루묵이 될 테니까. 무지의 고통으로 신경을 잔뜩 날카롭게 만들어야 우리가 의도했던 대로 무너뜨릴 수 있어요."

"그 사람, 보통 몇 시에 출근하나요?"

"오후 5시쯤 집에서 나가요."

상대는 바로 앞에 참고 자료를 놓고 보면서 대답하는 듯했다.

"그가 내일 집을 나서면 제가 기다리고 있을 거예요."

삼 일째 되던 날 밤, 그녀가 불청객처럼 앉아 있는 근처로 사장이 들이닥쳐 그를 불렀다.

"뭐야, 이 아가씨 주문을 왜 안 받는 거야? 내가 아까부터 죽 지켜보고 있었어. 아가씨를 이십 분 동안 이렇게 앉혀 놓더군. 자네 눈에는 이 아가씨가 안 보이나?"

흙빛으로 변한 그의 얼굴이 땀으로 번들거렸다. 이제 그는 그녀의 근처에만 가도 이 지경이 되었다.

"그게 말이죠……. 안셀모 사장님, 저 여자는 인간이 아니에요. 저를 얼마나 괴롭히는지 말도 못합니다."

그는 남들이 듣지 못하게 쉰 목소리로 속삭였다. 눈물을 삼키며 기침을 하자 볼이 풍선처럼 부풀었다 꺼졌다. 그녀는 삼십 센티미터도 안 되는 거리에 앉아서 어린아이처럼 차분하고 순진한 눈빛으로 두 사람을 물끄러미 바라보았다.

"삼 일째 저런 식으로 앉아 있어요. 계속 저를 쳐다보면서……."

사장은 그를 나무랐다.

"주문 받아 달라고 쳐다보는 거겠지. 아니면 뭐겠나?"

사장은 가까이서 그의 얼굴을 들여다보다 이상한 낌새를 알아차렸다.

"왜 그래? 어디 아픈가? 아파서 퇴근해야겠으면 피트 부르고."

"아니, 아닙니다! 퇴근 안 할 겁니다. 퇴근하면 저 여자가 집까지 따라와서 밤새도록 창밖에 서 있는다고요! 차라리 손님들이 있는 여기가 나아요!"

그는 냉큼 대답했다. 겁이 나다 못해 흐느끼는 수준이었다.

"헛소리 작작하고 저 아가씨 주문이나 받아."

사장은 퉁명스럽게 말하고 흘끗 고개를 돌려 그녀가 얼마나 참하고 순진한 아가씨인지 확인했다. 그는 부들부들 떨리는 손으로 그녀 앞에 잔을 내려놓느라 술을 조금 흘렸다. 두 사람은 아무 말도 하지 않았지만 숨결이 서로 섞였다.

"안녕하세요."

그녀가 다가가자 개찰구 너머에서 역무원이 친근하게 인사를 건넸다.

"거참 희한하네. 방금 전에 먼저 지나간 그분이랑 아가씨랑 매일 같은 시간에 열차를 타러 오는데 항상 따로 다니더라고요. 알고 계세요?"

"네, 알고 있어요. 저희 둘이 매일 밤, 같은 데 있다 나오거든요."

그녀는 대답했다. 건드리고 있으면 수호신의 보호라도 받는 양 개찰구에 팔꿈치를 얹고, 그와 두런두런 잡담을 나누며 열차를 기다렸다.

"날씨 좋죠? ……꼬맹이는 잘 지내요? ……다저스는 가망이 없는 것 같아요."

그러다 어쩌다 한 번씩 고개를 돌리고 승강장 쪽을 흘끗 쳐다보면 그가 홀로 외로이 왔다 갔다 걷거나 서 있는데, 가끔 그의 모습이 보이지 않더라도 감히 확인해 보지는 않았다. 열차가 도착해 완전히 멈추어 서고 승강장 문이 열린 다음에서야 쌩하니 달려가 올라탔다. 이제는 차체로 덮였으니 외딴 세 번째 선로에서 무슨 일이 벌어질 걱정은 없었다.

길거리 저쪽 끝에서 고가 전철 한 대가 반딧불이처럼 꿈틀꿈틀 다가왔다. 스멀스멀 기어가던 택시 기사는 신기한 듯 그녀를 흘끗 쳐다보았지만 집으로 가는 길이라 태우려 들지는 않았다. 행인 두 명이 지나가다 말고 그중 한 명이 까불까불 말을 걸었다.

"어이, 아가씨, 딱지 맞은 모양이지?"

그들마저 사라진 뒤 다시 정적이 찾아왔다. 갑자기 아무 예고도 없이 건물의 대문이 열리더니 산발한 여자가 길고 시커먼 현관에서 발사된 대포알처럼 튀어나왔다. 잠옷 위로 재킷을 걸쳤고, 맨발에 대충 꿴 신발은 여자가 작정하고 발걸음을 서두를 때마다 딸깍딸깍 소리를 냈다. 여자는 기다란 마대 자루를 꼬나 잡고 길 한가운데 외로이 서 있던 그녀를 향해 달려들었다. 몸을 돌린 그녀는 바로 옆 길모퉁이로 방향을 꺾고 그 길을 따라서 달아났다. 하지만 군더더기 없는 몸놀림으로 보건대 무서워서 도망치는 것이라기보다 관심 없는 상대로부터 일시 후퇴하는 것에 불과했다. 여자의 악다구니가 날아와 그녀의 등 뒤에 꽂혔다.

"너, 우리 남편을 쫓아다니는 게 오늘로 삼 일째야! 이리 못 와? 내가 아주 혼쭐낼 테다!"

여자는 길모퉁이를 돌자마자 그 자리에 서서 마대 자루와 팔을 휘두르며 으르렁거렸다. 그녀는 달리는 속도를 늦추다 멈추어 서서 어둠 속으로 몸을 숨겼다. 잠시 후 여자는 길모퉁이를 지나 집 안으로 들어갔다. 그녀도 좀 전의 자리로 돌아가 쥐구멍을 감시하는 고양이처럼 그 집 창문을 올려다보았다.

고가 전철이 한 대 꿈틀꿈틀 지나가고…… 택시가 한 대 지나가고…… 행인이 다가왔다 사라지고……. 무표정하게 그녀를 내려다보던 창유리가 이제는 하릴없는 절망을 전하는 듯했다.

"이제 얼마 안 남았어요. 그가 완전히 무너지게 하루만 더 부탁할게요. 내일 밤이면……."

전화를 받은 상대방이 말했다.

그날은 출근을 하지 않는 날이었고, 그녀를 떼어 내려고 한 시간 넘게 애를 쓰는 중이었다. 그는 다시 발걸음을 멈추려고 했다. 그녀는 미리 알아차렸다. 그럴 때 어떤 식으로 몸을 움직이는지 손바닥 보듯 훤했던 것이다. 그는 이번에는 화창한 햇살을 맞으며 어느 건물을 등지고 섰다. 쇼핑객들이 그의 앞을 끊임없이 왔다 갔다 했다. 그는 이전에도 두세 번 걸음을 멈춘 적이 있었지만 어영부영 그러다 말았다. 번번이 그랬다. 그러다 그가 걷기 시작하면 그녀도 따라 걸었다.

그런데 이번에는 달랐다. 이번에는 거의 무의식적으로 걸음을 멈춘 듯했다. 참을성이라는 태엽이 바로 그곳, 그 지점을 지나는 순간 드디어 탁 끊기면서 순식간에 전부 풀려 버린 듯했다. 그가 건물 쪽으로 뒷걸음쳤을 때 옆구리에 끼고 있던 작고 납작한 물건이 서서히 한쪽으로 기울다 땅바닥으로 풀썩 떨어졌다. 그는 그 물건을 집지 않고 그대로 두었다. 그녀도 어느 정도 거리를 두고 멈추어 섰다. 늘 그랬던 것처럼 발을 멈춘 게 그와는 아무 상관없는 척하면서 특유의 심각한 눈빛으로 그를 바라보았다.

새하얀 햇볕이 그의 얼굴 위로 쏟아졌고, 그는 눈을 깜빡였다. 그런데 깜빡이는 속도가 점점 더 빨라졌다. 그가 생각지도 못했던 눈물을 비치는가 싶더니 남들 보는 앞에서 시뻘게진 얼굴을 보기 흉하게 일그러뜨려 가며 난데없이 비참하게 대성통곡을 하기 시작했다.

지나가던 두 사람이 못 믿겠다는 듯이 발걸음을 멈추었다. 두 사람이 네 사람이 되고, 네 사람이 여덟 사람이 되었다. 삽시간에 모여들어 그와 그녀를 한가운데 두고 겹겹이 에워싼 사람들의 숫자가 점점 더 불어났다. 그는 이제 창피함이고 뭐고 없었다. 그녀에게서 보호해 달라고 구경꾼들에게 도움을 청했다.

"저 여자더러 나한테 원하는 게 뭐냐고 물어봐 줘요! 의도가 뭐냐고 물어봐 달라고요! 며칠째 이러는지 몰라요. 밤이고 낮이고 할 것 없이! 더 이상 못 견디겠어. 더 이상 못 견디겠어!"

그는 울부짖었다.

"뭐야, 저 사람 술 취한 거야?"

한 여자가 비웃는 투로 옆 사람에게 물었다. 그녀는 움직이지 않았다. 그가 벌인 소동 때문에 쏟아지는 관심을 피하지 않았다. 그녀는 정말이지 기품 넘치고 침착하고 매력적인 반면, 그는 터무니없을 만치 우스꽝스러웠다. 그 결과 구경꾼들의 동정표가 한쪽으로 쏠렸다. 구경꾼들이란 원래 잔인하기 마련이다. 여기저기서 피식거렸다. 이것이 잠시 후에는 키득거림으로 바뀌었다. 이것이 또 잠시 후에는 박장대소와 노골적인 야유로 바뀌었다. 어느덧 모든 구경꾼들이 그를 향해 잔인하게 웃어 댔다. 그 와중에 무표정하고 진지하게 중립을 지키는 사람이 한 명 있었다. 바로 그녀였다. 그가 부린 추태 때문에 상황이 더욱 악화됐다. 이제 그를 괴롭히는 사람은 한 명이 아니라 서른 명이었다.

"더 이상 못 견디겠어! 내가 저 여자를 그냥……."

그가 한 대 치기라도 할 것처럼 와락 그녀에게 달려들었다. 남자들이 얼른 달려 나와 그의 팔을 잡고 이리저리 휘두르며 험한 소리를 퍼부었다. 금세 그녀를 사이에 둔 어지러운 몸싸움이 벌어졌다. 그는 그녀를 잡으려고 안간힘을 쓰며 사람들 사이로 수그린 머리를 불쑥 내밀었다. 그를 향한 집단 폭행으로 발전될 가능성이 다분했다. 그녀가 침착하지만 그들에게 들릴 만큼 큰 목소리로 자제를 호소했다. 그 차분하고 분명한 목소리에 모두 동작을 멈추었다.

"이러지들 마시고 내버려 두세요. 저 사람이 하고 싶은 대로 하게 내버려 두세요."

하지만 애정이나 연민이 담긴 목소리는 아니었다. 소름이 끼치도록 냉혹하고 냉정했다. 내 것이니 나한테 맡기라는 투였다. 남자들이 그를 붙잡았던 손을 놓고, 주먹을 풀고, 어깨를 들썩이며 재킷을 추슬렀다. 가까이서 그를 에워싸고 있다가 뿔뿔이 흩어졌다. 가운데가 텅 빈 동그라미 안에 그만 홀로 남았다. 아니, 그녀와 단둘이 남았다.

그는 모인 구경꾼들에게서 빠져나갈 틈새를 찾으려고 괴로워하며 이리저리 왔다 갔다 했다. 그러다 한 군데를 발견하고는 그 사이로 몸을 쑤셔 넣었다. 그는 쿵쿵 무거운 발소리를 내며 추태의 현장에서 전속력으로 도망쳤다. 한 줌밖에 안 되는 허리를 외투 끈으로 질끈 묶고 그를 쳐다보고 있는 그 가냘픈 아가씨에게서 도망쳤다. 치욕도 이런 치욕이 없었다.

그녀는 뒤에서 꾸물대지 않았다. 구경꾼들의 박수갈채에도 관심 없었고 유치하게 승리의 기쁨을 만끽할 생각도 없었다. 그녀는 능숙한 솜씨로 팔을 저어 주위 사람들을 헤치고 시야를 확보했다. 그러더니 앞에서 헉헉대며 달려가는 사람을 추격하러 나섰다. 가벼운 달리기와 우아하고 에너지 넘치는 걷기의 중간쯤 되는 속도로 잽싸게 그를 뒤쫓았다. 희한한 추격전이었다. 신기한 추격전이었다. 야리야리한 젊은 아가씨가 인파로 북적이는 대낮의 뉴욕 대로를 오르내리며 다부진 체구의 바텐더를 쫓았다.

그는 그녀가 다시 추격하기 시작했을 때 당장 알아차렸다. 그는 뒤를 돌아보았다. 불안한 표정이 역력했다. 그녀는 그가 다시 한번 뒤를 돌아볼 때까지 기다렸다 머리 위로 손을 번쩍 들었다. 멈추라는 도도한 명령이었다. 지금이 기회였다. 이 정도면 버지스도 됐다고 할 것이다. 이 백주 대낮에 이리저리 뛰어다니는 저 사람은 이제 그들의 손바닥 안에 있었다. 좀 전에 구경꾼들이 보인 반응에 그의 마지막 버팀목마저 무너져 버렸다. 그들마저 보호막이 되어 주지 못했으니 한낮의 태양이 내리쬐는 분주한 도시의 길거리에 있어도 불안할 수밖에 없었다. 기회가 있을 때 당장 잡지 않으면 그의 저항력이 다시 상승할지 모른다. 이 시점에서부터 한계 효용 체감의 법칙이 효과를 보이기 시작할지 모른다. 그녀도 익히 알다시피 익숙해지면 무시하게 되어 있다. 지금이 기회였다. 그를 이 근처 어디 붙잡아 놓고 버지스에게 얼른 전화해 사냥감을 넘기면 된다.

'그날 밤 헨더슨이라는 남자와 함께 술집에 있었던 여자를 보았지요? 왜 못 봤다고 거짓말을 했습니까? 누구의 매수 혹은 협박에 넘어간 거요?'

그는 다음 네거리에서 잠깐 달리기를 멈추고 포위당한 짐승처럼 두리번거리며 탈출구를 찾았다. 공포가 극에 달한 듯했다. 피난처를 찾아 우왕좌왕하는 것을 보면 알 수 있었다. 그에게 있어 그녀는 마음만 먹으면 한 방에 골로 보낼 수 있는 평범한 아가씨가 아니었다. 그에게 그녀는 복수의 여신 네메시스였다. 그녀는 그와의 간격을 급속도로 좁히며 다시 한번 손을 들었다. 그는 채찍에 맞은 것처럼 좀 전보다 한층 미친 듯이 갈팡질팡했다. 그는 띄엄띄엄 꾸준히 이어지는 사람들의 행렬 때문에 한쪽 구석으로 몰렸다. 행인들은 길가에 한 줄로 나란히 서서 길을 건너려고 기다렸다. 신호등이 빨간불이었다. 그는 점점 더 가까이 다가오는 그녀를 마지막으로 흘끗 쳐다보더니 종이를 뚫고 나오는 묘기를 보이는 서커스 단원처럼 서 있는 사람들 속으로 몸을 던졌다.

그녀는 빠르게 움직이던 두 발이 보도의 갈라진 틈새에 한꺼번에 걸리기라도 한 것처럼 그 자리에서 우뚝 멈추어 섰다. 바퀴가 끼이익 하고 아스팔트를 긁는 소리가 들렸다.

그녀는 얼른 양손을 들어 눈을 가렸지만, 이미 그의 모자가 엄청나게 높은 포물선을 그리며 사람들 머리 위로 날아가는 광경을 보고 말았다. 한 여자가 비명의 서곡을 터뜨렸고, 잠시 후 경악한 사람들이 웅성거리기 시작했다.

사형 집행 11일 전

— 롬바드

　롬바드는 한 시간 반째 그를 미행하는 중이었다. 그런데 이 세상에서 앞 못 보는 거지를 미행하는 것만큼 더딘 일이 없었다. 그는 십 년 단위로 수명을 계산하는 인간이 아니라 백 년 단위로 수명을 계산하는 거북처럼 움직였다. 여기서 저기까지 한 블록을 걸어가는 데 평균 사십 분이 걸렸다. 롬바드가 몇 번이고 손목시계를 들여다보며 시간을 재서 계산해 보니 그랬다.

　그는 안내견도 데리고 다니지 않았다. 길을 건널 때마다 다른 행인의 도움을 받았다. 행인들은 그를 도와주지 않은 적이 없었다. 신호가 바뀔 때까지 길을 다 건너지 못하면 교통경찰들이 차를 막아 주었다. 지나가는 사람마다 동냥 그릇에 무언가를 넣어 주니 천천히 걷는 게 이득이었다.

롬바드는 미치도록 괴로웠다. 그는 기운이 넘치는 비장애인이었고, 요즘 같아서는 일 분 일 초가 천금 같았다. 중국에는 미간에 물방울을 떨어뜨리는 고문이 있다던데, 굼벵이처럼 느릿느릿 계속 걸어가는 거지의 뒤를 밟는 것이 그에게는 그런 고문에 가까웠다. 하지만 그는 이를 악물고 무시무시한 눈빛으로 거지를 예의 주시했다. 담배를 뻑뻑 피우는 것으로 스트레스를 해소하며 어느 건물 입구나 쇼윈도 앞에서 한참을 꼼짝 않고 서 있다 어느 정도 거리가 벌어지면 성큼성큼 몇 걸음 만에 잽싸게 뒤쫓아 갔다. 그런 다음 표적이 한 뼘 더 멀어질 때까지 꼼짝 않고 서 있기를 반복했다.

한참 동안 따라다녀야 하는 건 아니겠지. 그는 속으로 계속 중얼거렸다. 밤새도록 따라다녀야 하는 건 아니겠지. 앞에 가는 저자도 인간의 몸뚱이를 달고 있는 인간이잖아. 때가 되면 눈을 붙이겠지. 가끔씩 어느 뒷골목으로 들어가서 잠깐 쉬겠지. 동이 틀 때까지 밤새도록 구걸하지는 않겠지. 한계 효용 체감의 법칙이라는 게 있으니까.

마침내 기다리던 때가 왔다. 절대 오지 않을 것 같던 기회가 드디어 찾아왔다. 거지가 방향을 돌리더니 건물 사이 후미진 곳으로 들어선 것이다. 따라 들어가 보니 버려진 폐허라 수입을 전혀 기대할 수 없는 곳이었다. 적선을 받기커녕 적선을 베풀어야 마땅할 분위기였다. 울퉁불퉁한 화강암으로 만든 고가 철도들이 한쪽 끝을 막고 있었다. 거지의 근거지는 고가 철도 바로 앞에 있는, 다 쓰러져 가는 건물이었다. 롬바드는 미행의 끝이 코앞으로 다가온 줄 미처 알 수 없는 상황이라 신중에 신중을 기했다. 인적이 없어서 그의 발소리를 덮을 수가 없으니 충분히 거리를 두고 뒤를 밟아야 했다. 시각 장애인은 귀가 아주 예민하지 않은가. 때문에 거지가 어딘가로 들어갔을 때에도 그는 한참 뒤처져 있다. 몇 층에 사는지 알아보기 위해 막판에 허둥지둥 발걸음을 재촉했다. 그런 다음 대문 앞에서 일단 멈추었다 조심스럽게 안으로 들어갔다. 소리를 확인할 수 있을 만큼만 들어갔다.

지팡이 소리가 느릿느릿 위로 이어졌다. 고장 난 수도꼭지에서 텅 빈 나무 양동이 안으로 똑똑 물방울이 떨어지는 소리 비슷했다. 그는 숨을 참고 열심히 귀를 기울였다. 그 소리는 일정한 속도로 계속 이어지다 중간에 네 번 끊겼다. 계단을 네 번 꺾어 올라갔다는 뜻이었다. 층계참을 디딜 때는 계단을 디딜 때보다 소리가 둔탁했다. 그러더니 건물 앞쪽이 아니라 뒤쪽을 향해 서서히 멀어져 갔다.

그는 위쪽 어딘가에서 희미하게 문이 닫히는 소리가 들릴 때까지 기다렸다 살금살금 잽싸게 계단을 올라갔다. 계속 억누르고 있었던 에너지를 마침내 분출한 듯한 느낌이었다. 남들 같았으면 낡아서 심하게 기울어진 계단을 오르느라 쩔쩔맸을 텐데, 그는 계단이 그렇게 생긴 줄도 거의 알아차리지 못했다. 저편으로 문이 두 개 보였지만, 어느 쪽이 거지의 집인지 한눈에 알 수 있었다. 이 정도

거리에서 보아도 둘 중 하나는 화장실인 게 구분이 됐다.

그는 호흡이 완전히 가라앉을 때까지 계단 꼭대기에서 기다렸다 조심스럽게 걸음을 옮겼다. 시각 장애인은 소리에 민감하다는 이야기를 다시 한번 되새겼다. 그는 목표를 완벽하게 달성하는 데 성공했다. 마루 널 삐걱대는 소리조차 한 번 내지 않은 것이다. 몸이 가벼워서라기보다 남달리 발달한 운동 신경 덕분이었다. 그는 예전부터 기계에 가까웠다. 얇은 살갗으로 덮인 인간이라기보다 경주용 자동차 엔진 같았다.

그는 문틈에 귀를 대고 가만히 들었다. 두말하면 잔소리지만 빛줄기가 새어 나오지는 않았다. 앞을 못 보는 거지에게는 빛이 있으나 없으나 마찬가지일 테니 불을 켤 필요가 없을 것이다. 하지만 거지가 이따금 움직이는 소리는 들렸다. 굴로 들어가 조금씩 꼼지락거리며 편안한 자세를 찾고 마침내 잠을 청하는 동물이 연상되었다. 말소리는 들리지 않았다. 혼자 있는 모양이었다. 이 정도 기다렸으면 충분했다. 이제 때가 되었다. 그는 문을 두드렸다.

부스럭거리던 소리가 딱 멈추는가 싶더니 그 뒤로 정적이 흘렀다. 모든 소리가 끊긴 공간. 아무도 없는 척하려는 그곳. 그가 밖을 지키고 있는 한 겁에 질려 숨을 죽인 침묵이 영원히 계속될 것이다. 그는 다시 문을 두드렸다.

"이봐요."

그는 험상궂게 으르렁거리며 고압적인 자세로 다시 문을 두드렸다. 이번에도 응답이 없으면 다음번엔 문을 주먹으로 내리칠 작정이었다.

"이봐."

그의 위협적인 목소리가 정적을 갈랐다. 안쪽에서 바닥이 조심스럽게 삐걱대는가 싶더니 "누구요?" 하고 묻는 소리가 들렸다. 문틈에다 대고 묻는지 숨소리가 섞여 있었다.

"당신 친구요."

상대방은 안심하기는커녕 더욱 겁을 집어먹었다.

"나는 친구가 없는데. 당신 같은 사람 몰라요."

"문 열어요. 해치지 않을 테니까."

"안 돼요. 나는 혼자 사는 힘없는 사람이요. 아무나 들일 수 없소."

그는 그날 벌어들인 수입을 걱정하고 있었다. 이해가 되는 대목이었다. 앞을 못 보는 신세니 진작 잃어버리지 않은 게 신기할 정도였다.

"무서워할 것 없어요. 잠깐 문을 열어 봐요. 할 이야기가 있어서 찾아왔을 뿐이오."

상대방은 떨리는 목소리로 대답했다.

"가시오. 계속 문밖에서 그러면 도와 달라고 창밖으로 고함을 지를 거요."

하지만 협박이라기보다 애원에 가까웠다. 잠시 팽팽한 신경전이 벌어졌다. 양쪽 다 꼼짝하지 않고, 아무 소리도 내지 않았다. 가까이 있는 서로의 존재는 피부로 인식하고 있었다. 저쪽은 겁에 질려 있었고, 이쪽은 결연한 의지를 불태웠다. 결국 롬바드는 지갑을 꺼내 조심스레 뒤졌다. 지폐 중에서 액수가 가장 큰 게 오십 달러짜리였다. 그보다 적은 액수를 내밀 수도 있었지만 그는 오십 달러짜리 지폐를 선택했다. 그는 쭈그리고 앉아 문 밑 틈새로 지폐를 완전히 밀어 넣었다. 그러고는 일어나 말했다.

"손을 뻗어서 문 밑을 더듬어 봐요. 내가 도둑이 아니라는 증거로 그 정도면 충분하지 않겠소? 이제 좀 들어갑시다."

그 뒤로도 잠깐의 머뭇거림이 이어지다 체인이 스르르 움직였다. 빗장이 풀렸고 마지막으로 열쇠가 돌아갔다. 단속이 철저했다. 마지못한 듯 문이 열렸고, 몇 시간 전에 길거리에서 처음 맞닥뜨렸던 까만 안경이 그를 맞이했다.

"일행이 있소?"

"아니, 혼자요. 해치러 온 거 아니니까 긴장할 것 없어요."

"형사는 아니겠지?"

"아니오. 형사라면 경관을 데리고 왔을 텐데 혼자 왔다니까요. 할 이야기가 있어서 왔다는데 왜 이렇게 못 알아듣는 거요."

그는 문을 밀치고 들어갔다. 방 안은 캄캄해서 아무것도 보이지 않았다. 아무것도 존재하지 않는 암흑의 장막이었다. 맹인의 세상이 이렇겠지. 처음에는 문 틈새로 새어 들어온 누르스름한 복도 불빛이 약간 도움이 되었지만, 문이 닫히면서 그 빛마저 사라졌다.

"불 좀 켭시다."

"싫소. 이래야 공평하지. 할 이야기가 있어서 왔다니 불은 켤 필요 없을 것 아니오?"

거지가 말했다. 거지가 근처 어딘가에 있는 침대에 털썩 주저앉자 낡은 스프링이 우는 소리가 들렸다. 어쩌면 매트리스 밑에 오늘 번 돈을 넣고 그 위에 걸터앉은 것일지 모른다.

"이봐요, 한심한 소리 그만해요. 이런 상태에서는 이야기고 뭐고……."

그는 무릎 주변을 손으로 더듬다 삐걱거리는 목조 흔들의자의 팔걸이가 잡히자 가까이 끌어당겨 앉았다.

"할 이야기가 있어서 왔다고 하지 않았소? 그래서 문을 열어 주었으니 할 이야기가 뭔지 어디 한번 해 보슈. 앞이 안 보인다고 말까지 못하는 건 아니잖소?"

어둠 속에서 거지가 긴장한 목소리로 물었다. 롬바드가 말했다.

"담배는 피워도 되겠소? 설마 그것까지 못하게 하는 건 아니겠지. 당신도 담배는 피우겠지."

"얻어 피울 수 있다면야."

상대방은 경계를 늦추지 않았다.

"자, 한 대 피우시오."

그는 찰각 소리와 함께 라이터를 켰다. 방 안이 일부분이나마 눈에 들어왔다. 거지는 만일의 경우에 대비해 지팡이를 무릎에 가로로 얹어 놓고 침대 모서리에 앉아 있었다. 그런데 주머니에 들어갔다 나온 롬바드의 손에는 담배가 아니라 리볼버가 들려 있었다. 그는 리볼버를 바짝 들고 상대방을 똑바로 겨누었다.

"자, 한 대 피우시오."

그는 명랑한 목소리로 좀 전에 했던 말을 반복했다. 거지의 몸이 뻣뻣하게 굳었다. 지팡이가 무릎에서 방바닥으로 굴러 떨어졌다. 거지는 얼굴을 가리려는 듯 움찔움찔 손을 움직였다. 그가 쉰 목소리로 외쳤다.

"그러게 돈 훔치러 온 녀석인 줄 알았다! 문을 열어 주는 게 아니었는데……."

롬바드는 꺼냈을 때처럼 침착하게 리볼버를 주머니에 넣었다. 그러고는 나지막이 중얼거렸다.

"장님이 아니로군. 나는 진작 알고 있었어. 내가 당신 정체를 파악하고 있다는 걸 알리려고 이런 연극을 벌인 거야. 오십 달러짜리 지폐를 보고 문을 열어 주었잖아? 성냥을 켜서 확인했겠지. 진짜 장님이면 그게 일 달러짜리인지 아닌지 무슨 수로 분간을 했겠어? 일 달러하고 오십 달러는 크기도 같고 모양도 같고 감촉도 같아. 일 달러였으면 문을 열어 줄 이유가 없었겠지. 오늘 번 돈이 그보다 많았을 테니까. 하지만 오십 달러면 도박을 걸어 볼 만했겠지. 오늘 수입보다 많은 돈이니까."

그는 이야기 도중에 흉측하게 일그러진 초를 보고 다가가 라이터로 불을 붙였다.

　　"형사로군. 진작 알았더라면⋯⋯."

　　거지는 손등으로 힘없이 이마의 땀을 닦으며 더듬더듬 말했다.

　　"당신이 장님 행세를 하면서 사람들의 돈을 뜯어내건 말건 그건 내 관심 밖이야. 일말의 위로가 될지 모르겠지만."

　　그는 다시 돌아와 자리에 앉았다.

　　"그럼 정체가 뭐요? 나한테 원하는 게 뭡니까?"

　　"당신의 목격담을 들으러 왔지, 장님 나리."

　　그는 빈정거리며 마지막 두 단어를 덧붙였다.

　　"잘 들어. 당신은 지난 오월 어느 날 밤, 관객들이 쏟아져 나오던 시각에 카지노 극장 앞을 서성이고 있었어."

　　"내가 그 앞을 서성인 게 한두 번이 아닌데⋯⋯."

　　"내가 알고 싶은 건 그날 밤에 있었던 일이야. 다른 날 밤은 관심 없어. 그날 밤에 남녀 한 쌍이 극장에서 나왔지. 여자는 까만색의 기다란 깃털이 달린 밝은 오렌지색 모자를 쓰고 있었어. 당신은 두 사람이 극장 입구에서 몇 미터 걸어 나와 택시에 오르려는 순간에 다가가 구걸을 했고. 지금부터 내가 하는 이야기 잘 들어. 그런데 그때 여자가 실수로 당신이 내민 동냥 그릇에 돈 대신 피우다 만담배를 넣었어. 거기에 당신은 손가락을 뎄고. 남자가 얼른 담배를 꺼내고 보상조로 몇 달러를 쥐여 주었어. '아, 미안합니다. 일부러 그런 게 아니에요.' 이 비슷한 말을 하면서. 이제 분명히 기억이 나겠지? 누가 던진 담배꽁초 때문에 손을 데는 게 날이면 날마다 있는 일도 아니고, 한 사람한테서 한 방에 이 달러를 받아 내는 것도 날이면 날마다 있는 일이 아닐 테니까."

"기억이 안 난다면 어쩔 거요?"

"그럼 당신을 이 방에서 당장 끌고 나가 가까운 경찰서에 사기꾼으로 신고해야지. 그럼 당신은 시설 신세 좀 져야 할 테고 경찰에 기록이 남아서 앞으로 길거리에서 구걸을 할 때마다 잡혀갈걸?"

거지는 까만 안경을 잠깐 위로 올리고 괴로워하며 얼굴을 쥐어뜯었다.

"지금 나더러 기억을 하든 못하든 기억한다고 대답하라는 거요?"

"기억한다는 걸 알고 있으니까 그렇다고 인정하라는 거지."

"만약 기억한다고 하면 어떻게 되는 거요?"

"먼저 내 앞에서 어떤 식으로 기억하는지 밝히고, 내 친구인 사복형사한테 똑같이 전하면 돼. 내가 친구를 여기로 데리고 오든지 당신을 데리고 그 친구를 찾아가든지……."

거지는 겁을 먹고 움찔했다.

"그럼 내 정체가 탄로 날 거 아니오! 다른 사람도 아니고 사복형사라니! 내가 명색이 장님인데 어떻게 두 사람을 봤다고 할 수 있겠소? 그럼 내가 기억 못한다고 대답했을 때 겪게 될 일이랑 다를 게 뭐요?"

"아니, 경찰 전체가 아니라 내 친구한테만 밝히면 되는 거야. 내가 조건을 걸어서 당신을 처벌하지 않겠다고 약속을 받아 내면 돼. 어때? 기억이 나나?"

"기억이 나요. 두 사람이 같이 있는 걸 봤어요. 난 보통 극장 앞처럼 밝은 데 있으면 안경을 끼더라도 눈을 감고 있어요. 그런데 담배에 데는 바람에 눈을 번쩍 떴죠. 안경을 껴도 앞이 보이니까 두 사람을 봤어요."

맹인 연기 전문 거지가 나지막이 실토했다. 롬바드는 지갑에서 무언가를 꺼냈다.

"이 남자였나?"

거지는 안경을 위로 올리고 사진을 꼼꼼히 뜯어보았다.

"맞는 것 같아요. 아주 오래전에 언뜻 본 얼굴이지만 이 사람인 것 같네요."

그가 마침내 말했다.

"여자는? 다시 만나면 알아볼 수 있을까?"

"이미 만났는걸요. 남자는 그날 밤에 한 번 보고 끝이었지만 여자는 그 뒤에도 최소한 한 번 더⋯⋯."

"뭐라고!"

롬바드는 벌떡 일어나 그를 향해 몸을 숙였다. 그의 뒤에서 빈의자가 휘청거렸다. 그는 거지의 어깨를 붙잡고 빼빼 마른 몸에서 정보를 쥐어짜 내려는 듯이 세게 눌렀다.

"자세히 말해 봐! 얼른!"

"그날 밤에 처음 만나고 나서 얼마 안 됐을 때라 그 여자인 줄 알아봤죠. 크고 으리으리한 호텔 앞이었어요. 그런 호텔들이 얼마나 환한지 알잖아요. 계단을 내려오는 남자와 여자의 발소리가 들리더니 여자가 말했어요.

'잠깐, 어쩌면 이게 행운을 선물할지 몰라요.'

나를 두고 하는 말이었죠. 서 있던 자리에서 내 쪽으로 다가오는 발소리가 들리더니 동전을 넣어 주더군요. 이십오 센트짜리를. 나는 동전이 떨어지는 소리를 들으면 몇 센트짜리인지 알 수 있어요. 그런데 잠시 후에 희한한 일이 벌어졌지 뭡니까. 덕분에 그 여자인 줄 알아볼 수 있었는데, 아주 사소한 부분이라 댁 같았으면 나처럼 알아차리지 못했겠지만요. 그 여자가 내 앞에 서서 머뭇거리는 겁니다. 보통 그런 경우가 없는데. 동전은 이미 주었으니까 나를 보고 있는 거였죠. 아니면 내 몸 어디를요. 나는 그때 담배에 덴 오른손으로 동냥 그릇을 들고 있었는데 그때쯤에는 덴 자리에 큼지막하게 물집이 잡혔어요. 여자가 그 손가락을 봤던 거요. 아무튼 그래서 여자가 '어머나, 참 희한한 일도 다 있네……' 하고 혼잣말로 중얼거리더라고요. 그러더니 남자가 있는 곳으로 되돌아가는 발소리가 들렸어요. 그걸로 끝이었는데……."

"하지만……."

"잠깐, 내 이야기 아직 안 끝났어요. 나는 눈을 살짝 떠서 동냥 그릇을 내려다보았어요. 여자가 원래 주었던 이십오 센트짜리 동전에 일 달러짜리 지폐를 한 장 더 주었다는 말입니다. 그 여자가 넣은 지폐인 게 분명했어요. 그 전까지만 해도 없었거든요. 그런데 이십오 센트를 준 다음에 왜 생각을 바꿔서 일 달러를 더 주었을까요? 그때 그 여자였던 거예요. 내 물집을 보고 며칠 전 날 밤에 있었던 일이 생각나서……."

"그렇지, 그랬겠지. 그 여자를 봤으니까 어떻게 생겼는지 알려 줄 수 있겠군!"

롬바드는 짜증을 내며 이를 악물었다.

"앞모습은 어떻게 생겼는지 몰라요. 함부로 눈을 뜰 수가 없었으니까. 불빛이 너무 환해서 눈을 뜨면 들통 날 상황이었거든요. 여자가 등을 돌린 다음 일 달러짜리 지폐가 있는 걸 알게 됐을 때 눈꺼풀을 살짝 들고 차에 오르는 여자의 뒷모습을 봤죠."

"뒷모습을 봤다고? 흠, 뒷모습은 어땠는지 그거라도 알려 주시오."

"뒷모습도 제대로 본 게 아니에요. 위를 쳐다볼 수 없었으니까. 여자가 차에 오르려고 다리를 들었을 때 실크 스타킹 솔기랑 구두 굽을 본 게 전부예요. 눈을 내리깔고 있다 보니 초점이 안 맞아서."

"첫날 밤은 오렌지색 모자, 그 뒤로부터 일주일이 지난 날 밤은 스타킹 솔기와 구두 굽!"

롬바드는 거지를 침대 위로 내동댕이쳤다.

"이 정도 속도라면 그 사이를 채워 한 여자를 완성하는 데 이십 년은 걸리겠군!"

그는 걸어가 문을 활짝 열었다. 그러고는 사나운 눈초리로 거지를 돌아보았다.

"아는 게 더 있으면서 숨기는 거 다 알아! 전문가의 솜씨를 빌려야 실토를 하겠군. 첫날 밤에 극장 앞에서는 그 여자를 코앞에서 머리끝부터 발끝까지 다 봤으면서. 두 번째로 만났을 때는 여자가 택시에 오르면서 기사한테 목적지 불러 주는 걸 들었을 테고……."

"아니에요."

"여기 가만히 있어. 꼼짝 말고. 내려가서 내가 말한 친구한테 연락할 테니까. 그 친구를 여기로 불러서 같이 들어야겠어."

"그 사람 형사죠?"

"괜찮다고 얘기했잖아. 우리 둘 다 당신한테는 관심 없어. 그러니까 걱정할 것 하나 없다고. 하지만 나 없는 동안 도망치려고 했다가는 재미없을 줄 알아."

그는 나가서 문을 닫았다.

상대방은 놀란 목소리였다.

"벌써 뭔가 알아냈단 말이오?"

"네, 알아낸 것 같으니까 와서 확인해 주셨으면 합니다. 형사님이라면 저보다 훨씬 많은 정보를 캐낼 수 있을지 모르니까요. 위치는 123가와 파크 애비뉴가 만나는 곳, 고가 철도 바로 앞집입니다.
가능한 한 빨리 오셔서 어떤지 직접 확인해 주세요. 제가 갈 때까지
감시해 달라고 순찰중이던 경관을 문 앞에 세워 두었습니다. 가장
가까운 길모퉁이에서 전화를 하는 겁니다. 대문 앞에서 기다리고
있겠습니다."

몇 분 뒤, 점점 속도를 늦추어 가는 순찰차에서 버지스가 뛰어
내렸다. 순찰차는 그대로 내달렸고 버지스는 문 앞에서 기다리는
롬바드와 경관 쪽으로 다가갔다.
"이쪽입니다."
롬바드가 더 이상 아무 설명 없이 안으로 들어갔다.
"자, 저는 그럼 이만 본 임무로 돌아가겠습니다."
경관이 몸을 돌리며 말했다.
"고마웠습니다."
롬바드가 그의 등 뒤에 대고 외쳤다. 두 사람은 그때 이미 계단
을 올라가고 있었다.
"제일 꼭대기 층입니다. 그날 밤하고 일주일 뒤, 이렇게 두 번
그녀를 봤답니다. 맹인인데요. 웃지 마세요. 두말하면 잔소리지만
가짜입니다."
그가 앞장서며 말했다.
"흠, 그 정도만 돼도 여기까지 찾아온 보람이 있겠는데……."

버지스도 인정했다. 두 사람은 난간을 손으로 잡고 앞서거니 뒤서거니 첫 번째 층계참에 다다랐다.

"장님 행세한 것에 대해 처벌을 면하게 해 달랍니다. 경찰을 무서워해요."

"그 부분은 방법을 찾아보겠소. 그럴 만한 가치가 있으면."

버지스는 툴툴거렸다. 두 번째 층계참이 나왔다.

"하나만 더 올라가면 됩니다."

롬바드가 괜히 덧붙였다. 두 사람은 다음 계단을 올라가기 위해 기운을 아꼈다. 세 번째 층계참이 나왔다.

"여기는 왜 이렇게 컴컴한지 모르겠네."

버지스가 가쁜 숨을 몰아쉬며 말했다. 롬바드가 올라가다 말고 문득 걸음을 멈추었다.

"이상하네요. 제가 내려왔을 때는 전등이 켜져 있었거든요. 등이 나갔거나 누가 꺼 버렸거나, 둘 중 하납니다."

"켜져 있었던 거 분명해요?"

"네. 그 거지의 방이 어두컴컴했는데, 열린 문틈으로 복도 불빛이 들어왔던 게 생각나거든요."

"내가 먼저 가는 게 좋겠소. 손전등이 있으니까."

버지스가 그를 빙 돌아 앞으로 갔다. 계단 방향이 바뀌는 층계참에 다다랐을 때 그는 아직 주머니에서 손전등을 꺼내던 중이었는지 허우적거리더니 앞으로 고꾸라졌다.

"조심해요. 뒤로 물러서요."

그가 롬바드에게 경고했다.

동그란 손전등 불빛이 맨 아래 계단과 벽이 맞닿은 조그만 직사각형 모양의 공간을 하얗게 비추었다. 그곳에 섬뜩한 모습으로 몸이 뒤틀린 사람이 대자로 축 늘어져 있었다. 다리는 계단에 걸쳐 있고 상반신은 층계참에 반듯하게 누워 있는데, 벽과 나란히 놓인 목이 비정상적인 각도로 꺾여 있었다. 한쪽 귀에 대롱대롱 매달려 있는 까만 안경은 신기하게도 깨지지 않았다.

"저 사람이오?"

버지스가 중얼거렸다.

"그렇습니다."

롬바드는 짤막하게 대답했다. 버지스는 그 위로 몸을 숙이고 잠깐 살펴보더니 허리를 폈다.

"목이 부러졌군. 즉사했어요."

그는 계단을 손전등으로 비추면서 바닥에 쓰러진 시체를 빙 돌아 위로 올라갔다.

"실족사요. 맨 윗 계단에서 발을 헛딛는 바람에 앞으로 구르다 계단이 꺾이는 곳에 있는 저 벽에 머리를 부딪힌 거지. 맨 윗 계단 가장자리에 미끄러진 자국이 보이는군요."

그가 말했다. 롬바드는 그의 옆으로 천천히 올라오더니 기가 막히다는 듯이 콧김을 뿜었다.

"타이밍도 절묘하네요! 내가 찾아와서 만나자마자……."

그는 문득 말을 멈추고 손전등 불빛에 비친 버지스의 얼굴을 유심히 살폈다.

"혹시 사고가 아닐 수도 있을까요?"

"밑에서 경관과 대문을 지키는 동안 지나간 사람이 있습니까?"

"들어온 사람도, 나간 사람도 없었습니다."

"쿵 하는 소리도 못 들었고요?"

"네. 그런 소리가 들렸으면 들어와서 살펴보았겠죠. 그런데 형사님을 기다리는 동안 열차가 두 번 고가 철도를 지나가서 귀가 먹먹했던 적이 있거든요. 어쩌면 그때 벌어진 일인지도 모르겠습니다."

버지스는 고개를 끄덕였다.

"그 때문에 이 건물에 사는 다른 사람들도 못 들었을 수 있겠군요. 사고가 아니라고 하기에는 우연이 너무 많아요. 저 벽에 머리를 열 번 부딪혀도 열 번 모두 기절만 하고 목은 부러지지 않았을 수도 있잖소. 살해당했을 가능성도 있지만, 장담할 수는 없어요."

"흠, 그럼 전등은 어떻게 된 걸까요? 우연의 일치가 너무 많지 않습니까? 제가 형사님께 전화를 하러 내려갔을 때만 해도 분명히 켜져 있었거든요. 안 그랬다면 조심조심 내려가야 했을 텐데 그러지 않았어요. 제법 빠르게 달려 내려갔단 말입니다."

버지스는 벽을 따라 불을 비추었다. 삐죽 고개를 내민 소켓에 전등이 달려 있었다.

"전등이 뭐 어떻다는 거요? 만약 이자가 장님 행세를 하기로 마음먹었다면, 아니 거의 항상 눈을 감고 다녀서 장님과 다름없었다면 전등이 켜졌건 꺼졌건 상관없지 않겠소? 컴컴하다고 불편할 일이 뭐가 있었겠소? 어쩌면 컴컴한 데서 더 편안하게 다녔을지 몰라요. 눈을 감고 다니는 데 익숙해서."

그는 전등을 올려다보며 말했다.

"어쩌면 그래서 생긴 일일지도 모릅니다. 제가 자리를 비운 동안 도망치려고 허둥지둥하다 깜빡하고 눈을 감지 않은 거죠. 눈을 뜨고 있으면 저나 형사님하고 비슷한 처지인데 말입니다."

롬바드가 말했다.

"어허, 말이 점점 앞뒤가 안 맞네. 눈이 부셔서 실수를 하려면 전등이 켜져 있었어야 하는 거 아니오? 그런데 불이 꺼진 바람에 사고를 당했다니. 그리고 이런들 저런들 무슨 상관이오? 이자가 발을 헛디딜 줄, 저런 식으로 벽에 부딪혀 목이 부러질 줄 누가 알았겠소?"

"알겠습니다. 희한한 사고였다고 하죠. 제 말은 타이밍이 마음에 걸린다는 겁니다. 하필이면 제가 이자를 찾아냈을 때……."

롬바드는 그만하자는 듯이 팔을 내저으며 계단을 내려가려고 몸을 돌렸다.

"그런 법이잖소. 죽음이라는 건 원래 남의 사정을 살피지 않으니까."

롬바드는 실망한 얼굴로 온몸의 체중을 발에 실어 쿵쿵 계단을 내려갔다.

"이자에게 어떤 정보를 빼낼 수 있었을지 모르겠지만 아무튼 물 건너간 이야기가 돼 버렸네요."

"실망할 것 없어요. 다른 목격자를 찾을 수 있을지 모르잖소."

"이자가 알고 있던 정보는 영영 사라져 버린 거 아닙니까. 다 차려진 밥상이었는데."

그는 이제 시체가 쓰러져 있는 층계참에 다다랐다. 그러더니 갑자기 홱 하니 고개를 돌려 뒤를 돌아보았다.

"뭐죠? 어떻게 된 거죠?"

버지스는 벽을 가리켰다.

"불이 다시 들어왔군. 당신이 계단을 내려가니까 그 진동에 전등이 흔들리면서 켜진 모양이오. 애초에 어떻게 된 일인지도 이제 알겠네. 저자가 넘어지면서 전류가 차단된 거요. 전등과 연결된 전선 어딘가가 접촉 불량인 모양이지."

그는 롬바드에게 내려가라고 손짓했다.

"가요. 이 사건은 내가 보고할 테니. 다른 쪽으로 수사를 계속 진행하려면 이런 데 붙들려 있을 필요 없지 않겠소?"

롬바드는 기운 없이 터벅터벅 계단을 내려갔다. 뒤에 남은 버지스는 층계참에 쓰러진 시체 옆에서 기다렸다.

014

사형 집행 10일 전

— '그 아가씨'

버지스가 준 쪽지에는 이렇게 적혀 있었다.

클리프 밀번

지난 시즌 카지노 극장 전속 연주자

현재 리젠트 극장에서 근무중

전화번호도 두 개 적혀 있었다. 하나는 관할서 전화번호. 다른 하나는 퇴근 후 그를 호출할 때 필요한 집 전화번호였다. 그는 이렇게 말했다.

"어떻게 하면 되는지 내가 알려 줄 수는 없어요. 아가씨가 혼자

서 알아내야 합니다. 직감이 이끄는 대로 따라가면 나보다 더 잘할 수 있을 거예요. 아무튼 두려워 말고 정신 똑바로 차리기만 하면 돼요. 그럼 잘될 겁니다."

그래서 그녀는 이렇게 거울 앞에 서 있었다. 아무 경험도 없는 그녀가 착안한 방법이 이것이었다. 깔끔한 남자아이 같던 원래의 분위기는 이제 보이지 않았다. 예전처럼 일직선으로 가르마를 타서 머리를 한쪽으로 단정하게 빗어 넘긴 게 아니라 구불구불 요란하게만 다음 뭘 잔뜩 발라서 무쇠 투구처럼 단단하게 굳혔기 때문이었다. 옷차림도 이제는 앳되고 거침없으면서 우아하지 않았다. 자기 방에 혼자 있어도 민망하게 느껴질 만큼 몸에 딱 붙었다. 게다가 입이 떡 벌어질 정도로 짧아서 앉으면…… 그의 시선을 사로잡아 효과를 제대로 볼 수 있을 것이다. 양쪽 뺨에 바른 볼연지는 신호등 빨간불처럼 한눈에 들어왔지만, 거기 담긴 의미는 빨간불과 정반대로 '어서 다가오세요'였다. 목에 감은 구슬 목걸이에서는 절거덕절거덕 소리가 났다. 레이스가 잔뜩 달린 손수건을 허둥지둥 핸드백에 쑤셔 넣을 때는 지독한 향수 냄새 때문에 콧잔등이 절로 찡그려졌다. 눈두덩에는 처음 써 보는 파란 무언가를 잔뜩 발랐다. 거울 옆에 둔 액자 속에서 스콧 헨더슨이 이 모든 과정을 처음부터 끝까지 지켜보고 있었다. 그녀는 부끄러워졌다.

"나 못 알아보겠죠? 쳐다보지 마요. 쳐다보지 마요."

그녀는 참회하는 사람처럼 중얼거렸다. 이제 천박하고 쉬운 이미지를 완성시킬 끔찍한 소품이 마지막으로 하나 남았다. 그녀는 장미 장식이 달린 요란한 분홍색 공단 가터벨트를 일부러 내려 입었다. 앉으면 보일 만한 위치였다. 그녀는 얼른 고개를 돌렸다. 그의 아가씨는 거울 속의 그런 모습이면 안 되는 거였다. 그녀는 돌아다니며 불을 껐다. 겉보기에는 침착했지만 속으로는 떨고 있었다. 그녀를 잘 아는 사람만 느낄 수 있을 터였다. 그러면 한눈에 알아차렸을 텐데, 그런 그는 곁에 없었다.

그녀는 마지막으로 현관 불을 끄러 다가가며 작전을 개시할 때마다 늘 외는 주문을 액자 속에 있는 그를 향해 중얼거렸다.

"오늘 밤이에요. 오늘 밤에는 성공할지 몰라요."

그녀는 나지막이 속삭인 뒤 불을 끄고 나갔고, 그는 어두컴컴한 방 안, 거울 옆에 남았다. 택시에서 내렸을 때 조명이 휘황찬란하게 불을 밝히고 있었지만 길거리는 제법 한산했다. 그녀는 일찌감치 입장할 생각이었다. 그래야 객석의 조명이 꺼지기 전까지 천천히 시간을 두고 그에게 작업을 걸 수 있었다. 공연중인 작품이 무언지는 알 듯 말 듯했고, 관람을 마치고 나온 후에도 상황은 별반 달라지지 않을 것이다. 제목은 '계속 춤을 추어요'였다. 그녀는 매표소로 갔다.

"오늘 저녁 공연 예약을 했는데요. 오케스트라석 맨 앞줄 통로 자리, 미미 고든이에요."

그녀는 이 자리를 예약하느라 며칠을 기다렸다. 공연을 보는 게 아니라 모습을 드러내는 게 목적이기 때문이었다.

"전화로 부탁드린 자리 맞죠? 트랩 드럼 연주자 앞 자리."

"맞습니다. 예약을 받기 전에 제가 확인했어요."

그는 예상했던 대로 그녀를 보며 음흉한 미소를 지었다.

"그 연주자한테 관심이 지대하신 모양이죠? 같은 남자로서 부럽네요."

"아니에요. 개인적으로 관심이 있는 건 아니에요. 어떤 사람인지 전혀 모르는걸요. 그게…… 뭐랄까…… 사람마다 취미 비슷한 게 있잖아요. 어쩌다 보니 제 취미가 트랩 드럼이에요. 그래서 공연을 볼 때마다 트랩 드럼 연주자랑 최대한 가까운 자리에 앉으려고 해요. 드럼 치는 걸 보고 있으면 흥분이 되거든요. 나는 트랩 드럼 중독자예요. 어렸을 때부터 트랩 드럼 연주만 들으면 넋을 잃었죠. 웃기게 들리겠지만…… 사실이 그런걸요."

그녀는 양손을 펼쳐 보였다.

"쓸데없이 따지는 것처럼 들렸다면 죄송합니다."

그는 기어들어 가는 목소리로 사과했다. 그녀는 안으로 들어갔다. 검표원이 이제 막 입구 쪽에 모습을 드러냈고, 좌석 안내원도 아래층 탈의실에서 이제 막 올라온 참이었다. 그녀가 그만큼 일찍 도착한 것이다. 늦게 나타날수록 세련된 관객으로 인식되는 옛 불문율이 적용 안 되는 발코니석 쪽은 어떨지 몰라도 오케스트라석에서는 그녀가 맨 처음 입장한 관객이었다. 혼자 오도카니 앉은 그녀는 금박을 입힌 머리로 빈 객석이라는 광활한 바다 위에 떠다니는 조그만 조각상 같았다. 천박한 차림새는 거의 보이지 않았다. 외투로 삼면을 덮은 덕분이었다. 그 치명적인 효과는 오로지 전면으로 발휘하면 되는 거였다.

뒤에서 털썩하고 객석에 앉는 소리가 점점 더 자주 들리기 시작했다. 부스럭거리는 소리와 나지막한 웅얼거림도 들렸다. 객석이 서서히 차고 있다는 뜻이었다. 그녀의 관심사는 오직 하나, 무대 밑으로 반쯤 내려앉은 쪽문뿐이었다. 그녀가 앉은 자리에서 맞은편에 달린 그 문뿐이었다. 이제 그 틈새로 불빛이 새어 나왔고, 너머에서 사람들 목소리가 들렸다. 오케스트라 단원들이 무대 밑으로 등장하기 위해 준비를 하고 있는 것이었다.

잠시 후 문이 벌컥 열리더니 단원들이 고개를 숙이고 어깨를 잔뜩 움츠린 채 문을 빠져나와 각자의 자리로 가서 앉기 시작했다. 그녀는 드럼 연주자가 누구인지 알지 못했다. 얼굴을 본 적이 없으니 그가 착석하기 전에는 알 수 없었다. 단원들은 풋라이트 밑으로 고개를 숙이고, 얇은 초승달 모양으로 배치된 각자의 좌석으로 뿔뿔이 흩어졌다. 그녀는 고개를 숙이고 무릎에 놓인 팸플릿을 열심히 들여다보는 척했지만, 사실은 새까맣게 칠한 눈썹 너머로 예의 주시하고 있었다. 지금 나오는 이 사람일까? 아니네, 하나 옆자리잖아. 그 뒤의 저 사람일까? 얼굴하고는 참 험상궂게 생겼다. 그가 끝에서 두 번째 자리에 앉았을 때 그녀는 하마터면 안도의 한숨을 터뜨릴 뻔했다. 클라리넷 아니면 그 비슷한 악기 담당이었다. 그럼 저 사람이겠다. 어, 저쪽으로 가네? 콘트라베이스잖아?

이제 단원들의 행렬이 끊겼다. 그녀는 문득 불안해졌다. 맨 마지막으로 나온 사람은 심지어 문까지 닫았다. 더 이상 나올 사람이 없다는 뜻이었다. 모두들 자리에 앉아 조율하면서 연주 준비에 여념이 없었다. 급기야 지휘자까지 등장했다. 그런데 그녀의 바로 맞은편, 트랩 드럼 연주자 자리는 불길하게 비어 있었다. 잘린 걸까? 그렇다면 대체 연주자가 투입됐을 텐데. 아파서 오늘 저녁에는 연주를 못하는 걸까? 하필이면 오늘 저녁이라니! 이전까지는 이번 주 내내 아무 일 없었을 텐데! 이 좌석은 표를 구하려면 앞으로 몇 주나 걸릴지도 모른다. 공연은 인기가 좋아서 보고 싶어 하는 사람들이 많았다. 게다가 몇 주 동안 기다릴 수도 없었다. 일 분 일 초가 너무나 소중하고 아까웠다. 남은 시간은 며칠뿐이었다.

단원들이 자기들끼리 수군수군 흉보는 소리가 들렸다. 객석 뒤에서는 조율하느라 생긴 불협화음 때문에 그들이 나누는 대화가 잘 안 들리겠지만, 그녀는 자리가 워낙 가까워서 거의 다 들렸다.

"이런 사람 예전에도 본 적 있어? 시즌이 시작된 이래 단 한 번도 제시간에 나타나는 법이 없다니. 벌금을 물려도 소용없고 말이야."

알토 색소폰 연주자가 말했다.

"또 복도에서 만난 금발이랑 시시덕거리느라 깜빡한 게 아닐까?"

뒷자리에 앉은 남자가 까불까불 거들었다.

"실력 있는 드럼 연주자 구하기가 하늘의 별 따기라잖아."

"그 정도로 어렵지는 않을걸?"

그녀는 팸플릿에 적힌 출연자 명단을 물끄러미 바라보고 있었지만 이름들이 흐릿하니 눈에 들어오지 않았다. 불안한 마음을 달래느라 온몸에 힘이 들어갔다. 얄궂게도 오케스트라의 모든 단원들이 준비를 마쳤건만, 그녀에게 도움이 될 만한 단 한 사람만 예외였다. 그녀는 '그날 저녁에 가엾은 스콧이 겪은 일만큼이나 이렇게 운이 안 따를 수 있을까……' 하고 생각했다.

서곡의 시작을 알리는 정적이 깔렸다. 모두 준비를 마쳤고, 악보에 조명이 들어왔다. 이제 가망이 없는 상황인 것 같아서 무대를 쳐다보는 것조차 견딜 수 없는 지경에 이르렀을 때, 조명이 잠깐 깜빡이기라도 한 것처럼 후닥닥 문이 열렸다 닫히더니 한 사람이 달리는 속도도 높이고 지휘자의 시선도 최대한 피하기 위해 허리를 잔뜩 숙인 채 종종걸음으로 그녀 바로 앞 빈자리를 향해 달려왔다. 그는 처음부터 이렇게 생쥐 같은 인상을 풍기더니 그 이후로도 계속 그랬다. 지휘자가 잡아먹을 듯이 노려보았다. 그래도 그는 아랑곳하지 않았다. 그가 숨을 헐떡이며 옆에 앉은 단원에게 나지막이 중얼거리는 소리가 들렸다.

"어이, 내일 두 번째 경주에 정말 괜찮은 녀석이 출전한대. 확실한 정보야."

"어련하시겠어. 확실한 정보라고 하면 그 녀석이 중간에 나자빠

진다는 거겠지?"

옆에 앉은 단원은 통명스럽게 대꾸했다. 그는 아직 그녀를 보지 못했다. 악보를 만지작거리고 드럼 위치를 조절하느라 여념이 없었다. 그녀는 손을 옆으로 내려놓고 치마를 이삼 센티미터 정도 살짝 올렸다.

그는 준비를 마쳤다.

"오늘은 분위기 어때?"

그는 이렇게 묻는가 싶더니 자리에 앉은 이래 처음으로 고개를 돌려 객석을 훑어보았다. 그녀는 그때를 놓칠세라 그와 눈을 마주쳤다. 작전은 맞아떨어졌다. 그녀는 시선을 떨구는 바람에 보지 못했지만 그가 옆에 앉은 단원을 팔꿈치로 쿡쿡 찔렀는지 "응, 알아. 나도 봤어" 하는 소리가 들렸다.

작전은 대성공이었다. 그의 시선을 느낄 수 있었다. 위아래로 움직이는 시선을 그래프로 그릴 수 있었다. 그녀는 뜸을 들였다. 지금 당장 서두를 필요가 없었다.

'우리 여자들은 해 본 적 없어도 이런 수법이라면 손바닥 보듯 잘 알고 있으니 참 신기하기도 하지.'

그녀는 이런 생각이 들었다. 그녀는 아무리 봐도 질리지 않는 것처럼 팸플릿에 그려진 점선을 뚫어져라 쳐다보았다. 이쪽 페이지에서 저쪽 페이지로 이어지는 점선을 보고 있으면 집중이 됐다.

그녀는 점이 몇 개인지 세어 보았다. 맡은 역할과 배우를 연결하는 점은 모두 스물일곱 개였다. 이 정도 뜸을 들였으면 됐다. 이 정도면 소기의 효과를 발휘했을 것이다. 그녀는 천천히 고개를 들었다. 두 쌍의 눈이 마주쳤다. 그대로 서로 꼼짝하지 않았다. 그는 그녀가 싸늘하게 고개를 돌릴 거라고 생각하는 듯했다. 하지만 그녀는 끝까지 그의 시선을 피하지 않고 받아 냈다. 그녀의 눈빛은 이렇게 말하는 듯했다.

'나한테 관심 있어요? 좋아요, 그럼 어디 다가와 봐요. 나는 괜찮으니까.'

그는 적극적인 반응에 조금 놀란 듯 긴가민가하며 계속 그녀를 쳐다보았다. 낌새가 아니다 싶으면 얼른 지워 버릴 준비를 하며 조심스럽게 미소까지 지어 보았다. 그녀는 그 미소도 받아들였다. 심지어 그 못지않게 조심스러운 미소로 화답까지 했다. 그가 활짝 웃었다. 그녀는 더욱 활짝 웃었다. 서론을 마치고 이제 본론으로 들어가려는 찰나⋯⋯ 젠장, 커튼 뒤에서 종이 울렸다. 지휘자가 집중하라는 뜻에서 보면대를 탁탁 치고 두 팔을 벌렸다. 그가 두 팔을 휘두르자 연주가 시작됐고, 두 사람은 작별을 고하는 수밖에 없었다. 괜찮다고 그녀는 스스로 위로했다. 지금까지 잘했다고. 공연 내내 연주가 이어질 리 없었다. 그런 공연은 없었다. 쉬는 시간이 있을 것이다.

커튼이 올라갔다. 목소리가 들리고 조명과 사람들이 보였다. 하지만 무대 위에서 펼쳐지는 광경은 관심 밖의 일이었다. 공연을 보러 극장을 찾은 게 아니었다. 그녀는 주어진 임무에만 집중했다. 드럼 연주자를 유혹하는 것이 그녀에게 주어진 임무였다.

막간 휴식 시간이 시작되고 모두들 숨 돌리면서 담배를 한 대 피우러 줄지어 나가기 시작했을 때 그가 고개를 돌리더니 그녀에게 말을 걸었다. 그는 마지막에 나가는 맨 안쪽 자리라 다른 단원들 모르게 말을 걸 수 있었다. 그녀도 옆자리 관객들을 모두 내보내고 혼자 앉아 있었다. 그는 지금까지 긴가민가했을지 몰라도 이제는 그녀에게 동행이 없다는 것을 분명히 알 수 있었다.

"공연 괜찮았어요?"

"정말 멋졌어요."

그녀는 콧소리를 냈다.

"끝나고 무슨 계획 있어요?"

그녀는 입을 삐죽거렸다.

"아뇨. 있었으면 좋겠는데."

그는 다른 단원들을 뒤쫓아 가려고 몸을 돌렸다.

"생길 거요. 조만간."

그는 잘난 척 으스댔다.

그녀는 그가 사라지자마자 치마를 홱 하니 내렸다. 살갗이 벗겨질 만큼 뜨거운 물과 향긋한 비누로 샤워를 하고 싶었다. 그녀의 얼굴이 서서히 본래 모습을 되찾았다. 화장으로도 그 변화를 감출 수 없었다. 그녀는 텅 빈 객석 끝자리에 홀로 앉아 생각에 잠겼다. 오늘 밤에는 성공할지 몰라요. 오늘 밤에는.

마침내 막이 내리고 객석 조명이 들어오자 관객들이 통로를 지나 천천히 빠져나갔다. 그녀는 뭘 떨어뜨리거나 어딜 매만지는 척하며 자리에 남아 미적거렸다. 오케스트라 연주가 끝났다. 그는 드럼 위에 달린 심벌즈를 마지막으로 한 번 치고 손으로 잡아 소리를 죽인 다음 북채를 내려놓고 보면대 불을 껐다. 오늘 밤 일이 끝났으니 이제 자유 시간이었다. 그는 주도권을 어느 쪽이 쥐고 있는지 아는 것처럼 천천히 그녀 쪽으로 고개를 돌렸다.

"복도에서 기다려 줘요. 오 분이면 되니까."

그가 말했다. 밖에서 그를 기다리는 별것 아닌 일조차 왠지 모르게 치욕스럽게 느껴졌다. 아마 그에게서 풍기는 분위기 때문이었을 것이다. 복도를 왔다 갔다 걷는데 소름이 끼쳤다. 그리고 조금 겁이 났다. 먼저 무대에서 퇴장한 다른 단원들이 그녀를 쳐다보던 눈빛도 불쾌감을 더했다. 그의 퇴장 순서가 제일 마지막이라 그런 굴욕까지 견뎌야 했다. 잠시 후 그가 난데없이 나타나 그녀를 낚아챘다. 오는 걸 보지도 못했는데 어느새 다가와 그녀와 팔짱을 끼더니 그대로 성큼성큼 끌고 간 것이다. 어쩌면 이것도 특유의 방식인지 모를 일이었다.

"안녕, 새로운 친구."

그가 유쾌한 목소리로 인사를 건넸다.

"안녕, 새로운 친구."

그녀도 똑같이 따라했다.

"다른 녀석들이 모여 있는 자리로 갈 거야. 나는 그 녀석들 없으면 힘을 못 쓰거든."

그가 말했다. 그녀는 단박에 알아차렸다. 그녀는 옷깃에 꽂는 장식용 꽃 같은 존재, 과시하고 싶은 존재였다. 그때가 12시였다.

2시가 됐을 때 그녀는 그가 맥주 때문에 충분히 풀어졌을 거라는 판단 아래 작전을 개시했다. 그 무렵 두 사람은 일차 때와 똑같이 생긴 곳에서 이차로 마시는 중이었고, 여전히 다른 단원들과 한 공간에 있었다. 그들은 희한한 법칙을 따르는 듯했다. 움직이면 다 같이 움직이되, 일단 새로운 곳으로 자리를 옮기고 난 다음에는 두 사람만 한 테이블을 차지하고 따로 떨어져 앉았다. 그가 어쩌다 한 번씩 저쪽 테이블로 건너가 앉아 있다 오는 경우는 있어도 그들이 이쪽 테이블을 찾아오는 일은 없었다. 그녀를 그의 여자로 간주하고 거리를 두는 걸까?

그녀는 조금 전부터 이야기를 꺼낼 기회를 노리고 있었다. 이제 열심히 작전을 진행해야 할 시점이었다. 이 밤도 언젠가는 끝이 날 텐데, 이런 짓을 다시 한번 되풀이한다는 것은 생각만으로도 끔찍했다.

그는 지금껏 몇 시간 동안 생각이 날 때마다 구린내 나는 칭찬을 늘어놓았다. 꼭 멍하니 불을 지피는 증기 기관차 화부※※ 같았다. 그런데 그 칭찬 중에서 마침 실마리로 삼기에 알맞은 게 있었다.

"지금까지 그 자리에 앉아 있었던 여자들 중에서 내가 최고로 예뻤다고 했잖아요. 그런데 뒤에 앉혀 놓고 감상하기 좋았던 다른 여자들 없었어요? 그 여자들 이야기 좀 해 봐요."

"당신만 한 여자는 없었어. 말하자면 쓸데없이 입만 아프지."

"그냥 재미삼아 듣고 싶은 거예요. 질투하는 게 아니라. 말해 봐요. 당신이 지금까지 근무한 여러 극장을 통틀어 오늘 밤의 나처럼 그 자리에 앉았던 여자들 중에서 딱 한 명한테만 데이트 신청을 할 수 있다면 누굴 선택할래요?"

"당연히 당신이지."

"그렇게 대답할 줄 알았어. 나 다음에는? 나 다음에는 누굴 선택할래요? 당신 기억력이 얼마나 좋은지 궁금하다. 다음 날이면 다 잊어버리겠지?"

"내가? 내 실력 한번 보여 줄까? 한번은 내가 고개를 돌렸더니 맞은편에 어떤 여자가 앉아 있었는데……."

그녀는 테이블 밑으로 손을 넣어 반대쪽 팔꿈치 안쪽의 여린 살을 쥐었다. 거기가 아파서 견딜 수 없는 사람처럼 세게 쥐었다.

"여기가 아니라 카지노 극장이었어. 왠지 모르게 그 여자가 내 눈길을 사로잡았는데……."

희미한 그림자가 하나, 또 하나 차례대로 줄을 이어 테이블 앞을 지나갔다. 마지막 그림자는 그대로 지나가지 않고 잠깐 머물렀다.

"지하실에서 다 같이 즉흥 연주하면서 놀 건데. 같이 갈 텐가?"

그녀는 팔꿈치를 잡았던 손에 힘을 풀고, 좌절감에 의자 옆으로 손을 떨어뜨렸다. 그들은 모두 자리에서 일어나 뒤편에 있는 지하실 입구로 한 명씩 들어가고 있었다.

"싫어, 나랑 같이 여기 있어요. 방금 전에 한 이야기……."

그녀는 그를 향해 손을 내밀었다.

그는 벌써 자리에서 일어섰다.

"자기도 같이 가자. 이거 놓치면 땅을 치고 후회할걸?"

"저녁 내내 극장에서 뚱땅거려 놓고 질리지도 않아요?"

"그건 돈 받고 하는 일이잖아. 이건 재미있으니까 하는 거고. 좀 있으면 기가 막힌 연주를 듣게 될 거야."

그는 뭐라 하든 동료들을 따라나설 작정이었다. 그녀보다 연주에 더 강한 매력을 느끼는 듯했다. 때문에 그녀도 하는 수 없이 자리에서 일어나 그를 따라 벽돌로 벽을 쌓은 좁은 계단을 지나 식당 지하실로 내려갔다. 사람들은 널찍한 지하실에 모여 있었다. 예전에도 몇 번 연주를 한 적이 있었는지 악기들이 이미 갖추어져 있었다. 심지어 업라이트 피아노까지 있었다. 큼지막하지만 부연 전구 하나가 천장 한가운데 대롱대롱 매달려 있었고, 병에 넣은 촛불들이 보조 역할을 했다. 울퉁불퉁한 나무 탁자가 한복판에 있었는데,

그 위에 올려놓은 진 술병이 일 인당 거의 한 병꼴이었다. 한 명이 갈색 포장지를 펼치더니 그 위에다 담배를 와르르 쏟았다. 아무나 마음껏 피우라는 뜻이었다. 위에서 피우던 그런 담배가 아니라 안에 까만 잎이 들어 있었다. 자기들끼리 부르는 말로 '리퍼•'라고 했다. 그들은 그녀와 밀번이 들어가자마자 문을 닫고 빗장을 질렀다. 신나게 놀아 보겠다는 뜻이었다. 여자는 그녀 한 명뿐이었다.

여기저기 궤짝과 빈 상자 들이 있었고, 심지어 앉을 수 있는 맥주 통까지 한두 개 있었다. 클라리넷의 구슬픈 가락을 시작으로 광란이 시작됐다. 이후로 두 시간은 단테가 쓴 『신곡』의 「지옥편」과 비슷했다. 두 시간이 지났을 때 그녀는 앞으로 이 순간을 떠올리면 꿈처럼 느껴지겠다는 생각이 들었다. 음악 때문에 그런 게 아니었다. 음악은 훌륭했다. 벽 위에서 천장까지 시커멓게 너울거리며 주마등처럼 휙휙 지나가는 그림자들 때문이었다. 귀신에 홀린 듯한 표정으로 문득 여기저기서 튀어나왔다 다시 뒤로 물러나는데, 그렇게 실감이 날 수 없는 그들의 얼굴 때문이었다. 사방을 몽롱하고 꾸물꾸물하게 채운 술과 마리화나 때문이었다. 그녀는 그들의 광기에 가끔 겁이 나서 한쪽 구석으로 도망을 치거나 궤짝 위로 두 발을 모두 올려놓고 몸을 웅크렸다. 때로는 몇몇 단원들이 홍일점인 그녀를 지목해 돌아가며 한 명씩 다가와 한쪽 벽면으로 몰아넣었다. 그러고는 그녀의 얼굴에 대고 관악기를 힘껏 부는 통에 그녀는 귀가 먹먹해지면서 머리카락이 쭈뼛 서고 가슴이 공포로 물들었다.

● **리퍼** _ 마리화나를 넣은 궐련.

"뭐 해요? 일어나서 술통 위로 올라가 춤을 춰야지!"

"못해요! 나는 춤출 줄 모른단 말이에요!"

"꼭 발로 춰야 춤인가? 발 말고 다른 데를 막 움직이면 돼지. 몸은 흔들라고 있는 거잖아. 옷은 신경 쓸 것 없어. 우린 친구잖아."

'스콧.'

그녀는 과격한 색소폰 연주자가 천장을 향해 말로 표현할 수 없을 만큼 구슬픈 울부짖음을 마지막으로 한번 터뜨리고 결국 포기할 때까지 옆걸음을 치며 속으로 중얼거렸다.

'아, 스콧. 당신을 위해 이렇게 참는 거예요.'

"미래주의자의 리듬은 박자에 따르지 않지.

귓전에 드럼 소리만 들리면 온몸이 절로 들썩거려."

그녀는 가까스로 벽면을 두 개 지나 보일러실처럼 시끄러운 트랩 드럼 옆으로 다가갔다. 그러고는 피스톤처럼 위아래로 쉴 새 없이 움직이는 그의 팔을 붙잡고 외쳤다.

"클리프, 우리 여기서 나가요. 못 견디겠어요! 정말로 더는 못 견디겠어요! 계속 여기 있으면 쓰러지겠어요."

그는 마리화나에 취해 정신이 없었다. 눈을 보면 알 수 있었다.

"그럼 어디로 갈까? 우리 집?"

그녀는 그러자고 대답했다. 그곳에서 빠져나가려면 그렇게 대답하는 수밖에 없었다. 그가 자리에서 일어나 그녀를 앞세우고 비틀거리며 문 쪽으로 걸어갔다. 그가 문을 열어 주자마자 그녀는 새총에서 발사된 돌멩이처럼 쌩하니 빠져나왔다. 그가 뒤따라 나왔다. 아무 설명이나 작별 인사 없이 마음대로 나와도 되는 모양이었다. 다른 단원들은 그가 빠져나가는 것조차 모르는 눈치였다. 문이 닫히자 칼을 휘두른 것처럼 광란의 소음이 뚝 잘려 나갔고, 갑작스럽게 찾아온 정적이 처음에는 낯설게 느껴졌다.

"그대는 예기치 않았던 단절의 순간,
나에게 생각하고 잠들고 취할 여유를 주오……."

위로 올라와 보니 식당 안은 어두컴컴하고 아무도 없었다. 밤새도록 켜 놓는 조명만 저 뒤편에서 이글거릴 따름이었다. 앞문을 지나 밖으로 나서자 그녀는 머리가 어지러웠다. 열광의 도가니에 있다 나왔더니 바깥공기가 정말 시원하고 소중하고 상쾌하게 느껴졌다. 이렇게 달콤하고 깨끗한 공기는 처음인 듯했다. 그녀는 진이 다 빠진 사람처럼 건물 옆면에 뺨을 대고 서서 그 공기를 들이마셨다. 그는 문을 잠그느라 그랬는지 조금 있다 뒤따라 나왔다. 이제 4시쯤 됐을 텐데 아직 어두컴컴했고 온 도시가 잠에 취해 있었다. 그녀는 순간, 모든 걸 내팽개치고 걸음아 나 살려라 도망치고 싶은 유혹을 느꼈다. 그를 따돌리는 건 일도 아니었다. 그는 지금 그녀를 쫓아올 만한 상태가 아니었다. 하지만 그녀는 얌전히 자리를 지켰다. 방 안에 있는 사진이 떠올랐다. 문을 열고 들어가면 제일 먼저 사진이 그녀를 맞이할 것이다. 잠시 후 그가 옆으로 다가와 섰고, 이제 기회는 사라졌다.

두 사람은 택시를 탔다. 그의 집은 줄줄이 늘어선 낡은 주택을 아파트로 개조한 곳이었다. 집이 한 층에 한 칸씩이었다. 그가 2층으로 올라가 문을 열고 불을 켰다. 우중충한 광경이 그녀를 맞았다. 시커먼 세월의 때 위로 얇게 니스를 칠한 바닥, 높은 천장, 관처럼 위에 구멍을 뚫어 놓은 창문. 새벽 4시에 찾아올 만한 곳이 아니었다. 그와 같은 사람과 함께 들어설 만한 곳은 더더군다나 아니었다. 그녀는 몸을 살짝 떨며 문 옆에 우두커니 서서, 아주 꼼꼼하게 문을 잠그고 있는 그를 애써 의식하지 않으려 했다. 최대한 맑고 차분한 정신 상태를 유지해야 하는데 그의 행동을 의식하면 판단이 흐려질 따름이었다. 마침내 그가 그녀를 완벽하게 가두었다.

"외투는 벗지그래?"

그가 물었다.

"아니, 입고 있을래요. 추워요."

그녀는 사무적인 투로 대답했다. 시간이 별로 없었다.

"뭐해, 거기 그렇게 서서?"

"아. 여기 계속 서 있을 거 아니에요."

그녀는 멍한 목소리로 고분고분 대답했다. 그런 다음 스케이트를 신고 얼음판 위로 나서는 사람처럼 한 발을 앞으로 내디뎠다. 그녀는 계속 두리번거렸다. 필사적으로 두리번거렸다. 어디에서부터 시작하면 좋을까? 색깔이 좋겠다. 오렌지 색깔. 오렌지색으로 된 뭔가가 있어야 하는데.

"뭘 찾는 거야? 여긴 그냥 사람 사는 방이야. 이런 방 처음 봐?"

그가 짜증 난 투로 물었다. 드디어 찾았다. 저쪽 끝에 놓여 있는 싸구려 레이온 스탠드 갓. 그녀는 그쪽으로 다가가 스탠드를 켰다. 후광처럼 조그만 빛의 동그라미가 스탠드 위쪽 벽을 비추었다. 그녀는 그 위에 손을 얹고 그를 향해 고개를 돌렸다.

"내가 좋아하는 색깔인데."

그는 듣는 둥 마는 둥 했다. 그녀는 손을 올려놓은 채 말했다.

"내 말 안 들려요? 이거 내가 제일 좋아하는 색깔이라고요."

그는 그제야 비로소 흐리멍덩한 눈을 들어 그녀를 바라보았다.

"그래서 뭐 어쩌라고?"

"이런 색깔 모자가 있었으면 좋겠다."

"하나 사 줄게. 내일이나 모레."

"꼭 이런 색깔이라야 해요. 꼭이요."

그녀는 스탠드에 불을 켠 채 받침대를 들어 어깨에 얹었다. 그런 채로 그를 향해 고개를 돌려 스탠드 갓을 쓰고 있는 것처럼 보이게 했다.

"나를 봐요. 나를 잘 봐요. 이런 색깔 모자 쓴 사람 본 적 없어요?

이거 보니까 생각나는 사람 없어요?"

그는 올빼미처럼 진지한 표정으로 눈을 두 번 깜빡였다.

"잘 봐요. 계속 그렇게 쳐다보면서 열심히 생각해 봐요. 극장에서 내가 오늘 밤에 앉았던 그 자리에 이런 색깔 모자를 쓴 사람이 앉은 적 있지 않아요?"

그녀는 애원하는 목소리로 말했다. 그는 상당히 의미심장하게 알쏭달쏭한 말을 내뱉었다.

"아, 덕분에 오백 달러가 생겼지!"

그러더니 당황한 듯 한 손으로 얼른 눈을 가렸다.

"앗, 아무한테도 말하면 안 되는데."

그는 잠시 후 그녀를 올려다보며 바보처럼 멍한 투로 물었다.

"내가 벌써 얘기했던가?"

"그럼요."

당연히 이렇게 대답해야 하는 상황이었다. 처음 이야기를 꺼내는 거라면 그가 머뭇거릴 수 있지만 이미 엎질러진 물이라면 그렇지 않을지 모른다. 그 특이한 담배가 어쩌면 기억력에 일말의 영향을 미칠 수도 있는 일이었다. 그녀는 이 기회를 잡아야 했다. 제대로 짚은 건지 뭔지 알 수 없었지만 어쨌든 일단 붙잡고 보아야 했다. 그녀는 잽싸게 스탠드를 내려놓고, 겉으로는 느긋한 척하며 얼른 그를 향해 다가갔다.

"하지만 다시 한번 듣고 싶은데. 그 이야기 재밌었어요. 클리프,

나한테는 얘기해도 돼요. 친구잖아요. 자기가 그랬잖아. 그러니까 못할 얘기가 뭐 있겠어요?"

그는 다시 눈을 깜빡였다.

"우리, 무슨 이야기하고 있었지? 생각이 안 나네?"

그는 당황한 목소리로 물었다. 약물 때문에 끊긴 생각의 흐름을 그녀가 다시 이어 줘야 했다. 한 군데씩 톱니바퀴에서 빠져 하릴없이 축 늘어져 있는 벨트를 연결해 주는 것과 비슷한 작업이었다.

"오렌지색 모자요. 그러니까 이런 색 모자. 오백 달러 얘기도 했잖아요. 기억 안 나요? 그 여자가 나랑 같은 자리에 앉아 있었다고."

"아, 맞다. 내 바로 앞에 앉아 있었지. 내가 얼마나 빤히 쳐다봤는지 몰라."

그는 고분고분하게 맞장구치고 나서 미친 사람처럼 깔깔대고 웃더니 갑자기 뚝 그쳤다.

"빤히 쳐다보기만 했는데 오백 달러를 받았어. 그 여자를 봤다는 소리를 아무한테도 안 하는 조건으로."

그녀의 팔이 천천히 그의 옷깃을 따라 움직이더니 목을 감싸 안았다. 그녀는 내버려 두었다. 두 팔이 그녀의 의사와 상관없이 멋대로 움직이는 듯했다. 그녀의 얼굴은 코앞의 그의 얼굴을 올려다보고 있었다. 이런 식으로 몸이 무의식적으로 생각을 따라 움직이는 건가 싶었다.

"그래서요, 클리프? 그래서 어떻게 했어요? 자기 이야기 듣고 있으면 정말 재밌더라!"

그의 눈빛이 다시 흐리멍덩해졌다.

"내가 무슨 얘기하고 있었는지 또 잊어버렸네."

생각이 또 끊긴 것이다.

"그 여자 봤다는 소리를 아무한테도 안 하는 조건으로 오백 달러 받았다는 이야기하고 있었잖아요. 오렌지색 모자 쓰고 있었던 여자 생각 안 나요? 그 여자한테 돈을 받은 거예요, 클리프? 누구한테 그 돈을 받은 거예요? 아이 참, 얘기해 봐요."

"어둠 속에서 누가 줬어. 나는 그 사람 손하고 손수건을 보고, 목소리를 들은 게 전부였지. 아, 그리고 또 하나 있었다. 총."

그녀는 손가락으로 천천히 그의 목덜미까지 훑었다 돌아오기를 반복했다.

"으흠. 그게 누구였는데요?"

"몰라. 그때도 몰랐고 지금도 몰라. 가끔은 진짜 있었던 일인가 헷갈릴 때도 있어. 마리화나 때문에 진짜 있었던 일처럼 느껴지는 게 아닌가 하는 거지. 그러다 또 가끔은 진짜 있었던 일인 게 분명하다 싶고."

"아무튼 어떻게 된 일인지 들려줘요."

"그게 어떻게 된 거냐면 어느 날 공연을 마치고 밤늦게 돌아왔을 때 일이야. 1층 홀로 들어섰는데, 평소에는 항상 불이 켜져 있던 그곳이 그날따라 캄캄한 거야. 불이 나간 것처럼. 손으로 벽을 더듬으면서 계단 쪽으로 걸어가는데 어디선가 불쑥 등장한 손이 나를 막았지. 묵직하고 차가운 손이 나를 꽉 잡은 거야. 나는 벽을 등지고 서서 물었지.

'누구야? 당신 누구야?'

목소리로 남자인 건 알 수 있었어. 잠시 후에 어둠에 적응이 됐을 때 보니까 손수건처럼 생긴 하얀 걸로 얼굴을 가리고 있더라고. 그 때문에 목소리가 웅웅 울리는 것처럼 들렸지. 무슨 말인지 알아듣는 데는 별 문제 없었지만. 그 사람은 맨 먼저 내 이름을 말하고 직업을 확인하더군. 나에 대해 모르는 게 없는 눈치였어. 그러더니 전날 밤에 극장에서 오렌지색 모자를 쓴 여자를 본 기억이 나느냐고 묻는 거야. 나는 잊고 있었는데 물으니까 생각난다고 했지. 그랬더니 그 사람은 변함없이 침착한 목소리로 언성 한번 높이는 법 없이 이러는 거야.

'총에 맞아 죽어 볼래?'

나는 대답을 할 수가 없었어. 목소리가 나와야 말이지. 남자는 내 손을 잡더니 자기가 쥐고 있던 차가운 물건 위에 얹더군. 총이었어. 나는 펄쩍 뛰었지만 물건의 정체를 파악한 게 분명하다고 느낄 때까지 남자는 내 손을 놓지 않았어. 남자가 말했지.

'누구에게라도 그 이야기했다가는 이걸로 한 방 먹을 줄 알아.'

남자는 잠깐 뜸을 들였다가 하던 이야기를 계속했어.

'입 다물면 오백 달러를 받을 수 있고.'

종이가 부스럭거리는 소리가 들리더니 남자가 내 손에 뭘 쥐여 주더군.

'여기 오백 달러. 성냥 있나? 있으면 켜 봐. 괜찮아. 오백 달러 맞는지 확인해 보라고.'

확인해 봤더니 정말 맞지 뭐야. 내가 남자의 얼굴 쪽으로 눈을 들어 손수건에 시선이 닿았을 때 남자가 성냥을 불어서 꺼 버리더군. 남자가 말했지.

'이제 그 여자는 못 본 거야. 그런 여자는 없었던 거야. 누가 묻더라도 못 봤다고 해. 계속 못 봤다고 해. 그게 네가 살길이야.'

남자는 잠깐 뜸을 들였다 다시 물었지.

'누가 물어보면 뭐라고 대답하라고?'

'그런 여자는 못 봤다고요. 그런 여자는 없었다고요.'

나는 온몸을 부들부들 떨면서 대답했지. 남자가 말했어.

'이제 올라가. 잘 있게.'

손수건으로 입을 막고 있어서 무덤에서 새어 나오는 소리처럼 들리더군. 나는 걸음아 날 살려라 도망쳤지. 2층으로 달려 올라와서 문을 잠그고 창문 근처에는 가지도 않았어. 그 전에 이미 리퍼를 피운 상태였으니 오죽했겠어? 리퍼 피우면 어떻게 되는지 당신도 알잖아."

그는 또다시 섬뜩한 웃음을 터뜨리더니 이번에도 갑자기 멈추었다.

"그 오백 달러는 다음 날 경마장에서 몽땅 잃었어."

그는 비굴하게 덧붙였다. 그러더니 초조한 얼굴로 들썩이며 의자 팔걸이에 걸터앉아 있던 그녀를 몰아냈다.

"당신이 묻는 바람에 그때 기억이 되살아났잖아. 당신 때문에 또 겁이 나서 온몸이 부들부들 떨리잖아. 그 뒤로 몇 날 밤을 그랬는데. 리퍼 한 대 줘. 확 불사르게. 기분이 자꾸 처져서 자극이 필요해."

"나는 그런 거 안 가지고 다녀요."

"저기 저 핸드백 안에 없다고? 나랑 같이 지하실 내려갔다 왔으니까 몇 개 꼬불쳤을 거 아냐."

그는 그녀도 자기처럼 마리화나를 피운다고 생각하는 모양이었다. 핸드백은 테이블 위에 놓여 있었다. 그는 그녀가 막을 겨를도 없이 핸드백을 열더니 그 안에 들어 있던 소지품을 쏟아 냈다.

"안 돼. 아무것도 없어요. 보지 마요!"

그녀는 퍼뜩 비명을 질렀다. 하지만 그녀가 빼앗기 전에 그가 이미 읽어 버렸다. 버지스한테 받은 쪽지를 깜빡하고 그대로 넣고 있었던 것이다. 그는 처음에는 그저 신기하게 여겼다. 의미를 제대로 파악하지 못했던 것이다.

"어, 이거 내 이름이잖아! 내 이름이랑 직장이랑……."

"안 돼! 이리 줘요!"

그는 그녀를 가까이 오지 못하게 막았다.

"먼저 관할서로 연락하고 전화를 안 받으면……."

의혹의 그림자가 그의 얼굴을 덮었다. 눈에서부터 시작돼 폭풍처럼 순식간에 온 얼굴로 번졌다. 뒤를 이어 좀 더 위험한 무언가가 들이닥쳤다. 극단적이고 터무니없는 공포, 마약으로 인한 망상이 빚어 낸 공포, 두려워하는 대상을 파괴해 버리는 공포가 들이닥쳤다. 그의 두 눈이 휘둥그레졌다. 홍채가 동공을 삼켜 버린 듯했다.

"저들이 당신을 보낸 거로군. 당신을 우연히 만난 게 아니었어. 누가 내 뒤를 쫓고 있는데 그게 누군지 나는 몰라. 누군지 기억도 안 나고…… 나를 쏠 거라고 했어. 나를 쏠 거라고 했다고! 말하지 말라고 했는데. 너 때문이야!"

그녀는 지금까지 마리화나 중독자를 만난 적이 없었다. 마리화나 중독이라는 단어를 듣기는 했어도 그녀와는 아무 상관없는 단어였다. 그러니 인간의 내면에 잠재되어 있던 불신이나 의혹이나 공포와 같은 감정을 폭발점 이상으로 증폭시키는 마리화나의 부작용에 대해 알 턱이 없었다. 그를 보면 이미 이성이 마비됐음을 알 수 있었다. 그것만큼은 분명했다. 예측 불가능한 생각의 흐름이 위험한 쪽으로 방향을 틀었는데, 그녀로서는 그걸 막거나 다른 쪽으로 돌릴 방법이 없었다. 그녀는 제정신이고 그는 일시적이나마 제정신이 아니기 때문에 그의 머릿속을 헤아릴 방법이 없었다. 그는 고개를 수그린 채 눈을 치켜떠 그녀를 올려다보며 잠시 가만히 서 있었다.

"너한테 말하면 안 되는 뭔가를 이야기했는데. 그게 뭐였는지 생각이 안 나네!"

그는 심란해하며 이마에 손을 갖다 댔다.

"아니에요. 나한테 아무 말 안했어요."

그녀는 열심히 그를 달랬다. 당장 이 집에서 나가야 하는데 속셈을 들켰다가는 발목 잡힐 수가 있었다. 그녀는 한 번에 한 발짝씩 살그머니 내디디며 천천히 뒷걸음쳤다. 문에 닿았을 때 슬그머니 잠금 장치를 풀 수 있게 두 손은 뒷짐을 졌다. 그러면서 서서히 후퇴중인 것을 그가 알아차리지 못하도록 그의 눈을 뚫어져라 바라보았다. 엄청 천천히 움직이느라 점점 더 신경이 곤두섰다. 똬리를 틀고 있는 뱀한테서 도망치는데, 너무 빨리 움직이면 녀석이 홱 하니 덮칠 것 같고 그렇다고 너무 천천히 움직일 수도 없는 그런 상황이었다.

"아냐, 너한테 말하면 안 되는 뭔가를 이야기했어. 그래서 네가 지금 이 집에서 빠져나가 고자질을 하려는 거잖아. 내 뒤를 쫓고 있는 사람한테. 그러면 저들이 들이닥쳐서 그때 말한 것처럼……."

"아니에요, 정말 아무 말 안 했어요. 당신이 착각하고 있는 거예요."

그의 상태는 좋아지기는커녕 점점 더 나빠졌다. 그의 눈에 비치는 그녀의 얼굴이 점점 더 작아지고 있을 것이다. 뒷걸음치고 있다는 것을 조만간 들킬 수밖에 없을 것이다. 그녀는 벽에 등을 대고 손을 미친 듯이 휘저어 가며 뒤를 더듬었지만 잡히는 것이라고는 문손잡이가 아니라 매끈하게 모르타르를 바른 벽뿐이었다. 조준이 잘못돼서 방향을 바꾸어야 했다. 곁눈질을 해 보니 왼쪽으로 몇 십 센티미터 옆에 시커먼 문손잡이가 달려 있었다. 그가 저 자리에 일이 초만 그대로 서 있어 준다면…… 티 안 나게 뒤로 움직이는 것보다 옆으로 움직이는 게 더 힘들었다. 그녀는 상체는 그대로 둔 채 한쪽 발뒤꿈치를 삐딱하게 옆으로 뺀 다음 발가락을 옮기고, 다른 쪽 발도 똑같은 과정을 반복했다.

"내가 의자 팔걸이에 앉아서 당신 머리를 쓰다듬어 줬던 거 생각 안 나요? 그게 전부였잖아요. 아, 이러지 마요!"

그녀는 최후의 몸부림 삼아 훌쩍이며 말했다. 이 공포의 무곡이 시작된 지 이제 겨우 몇 초 지났을 뿐인데 밤새도록 이러고 있었던 것처럼 느껴졌다. 그 악마의 담배라도 한 대 던져 줄 수 있다면 얼마나 좋을까. 그녀가 게처럼 살금살금 옆걸음을 치다 가벼운 테이블을 건드렸는지 뭔지 모를 조그만 물건이 떨어졌다. 그 틱 하고 쿵 하는 조그만 소리가 얼떨결에 그녀의 배신 행각을 폭로했다. 최면을 깨뜨리고, 광분한 그의 신경 조직이 기다리고 있던 신호탄을 터뜨렸다. 그녀가 조만간 닥치리라고 본능적으로 직감하고 있었던 사태가 벌어졌다. 꼼짝 않던 그가 자세를 풀고 받침대에서 떨어지는 밀랍 인형처럼 갸우뚱 두 팔을 벌린 채 그녀를 향해 쓰러지듯 달려든 것이다.

그녀는 비명이라 할 수도 없는 숨죽인 비명을 내뱉고 허둥지둥 문 쪽으로 움직였다. 미친 듯이 손을 휘저어 열쇠가 아직 꽂혀 있다는 사실을 알아냈지만 그대로 지나치는 수밖에 없었다. 그가 달려 드는 바람에 열쇠를 잡고 뭘 어떻게 할 겨를이 없었던 것이다. 그녀 는 벽을 따라 모퉁이를 지나서 창문 쪽으로 달려갔다. 그가 이렇게 돌진해 오는 상황에서는 창문을 열고 살려 달라고 고함을 지르는 것이 어설프나마 유일한 해결책이었는데, 창문에 달린 블라인드가 창틀을 덮고 있었기 때문에 그것마저 불가능했다. 먼지가 쌓인 지 저분한 커튼이 양쪽 창가에 매달려 있었다. 그녀는 한쪽 커튼을 뜯 어 뒤로 던졌다. 덕분에 그의 움직임이 더뎌졌지만 이내 거치적거 리는 커튼 밖으로 얼굴과 어깨를 꺼냈다.

옆쪽 모퉁이에 대각선으로 안 쓰는 소파가 놓여 있었다. 그녀는 그 뒤편으로 도망을 쳤지만 건너편으로 미처 빠져나오기도 전에 그 가 달려오는 바람에 갇혀 버렸다. 두 사람은 술래잡기하듯 소파를 사이에 두고 두 바퀴를 돌았다. 빅토리아 시대에 만들어진 미녀와 야수 팬터마임 비슷했다. 불과 오 분 전만 해도 『이스트 린•』 같은 작품에서나 등장함 직한 상황 아니냐며 웃었을 텐데 앞으로는 죽을 때까지 두 번 다시 웃을 수 없을 듯했다. 죽을 때까지라고 해 봐야 앞으로 이삼 분밖에 안 남은 것 같다는 게 문제였지만.

"이러지 마요! 안 돼! 이러지 마요! 여기서 나한테 이러면 그들 손에 어떻게 되는지 알잖아요!"

그녀는 숨을 헐떡이며 말했다. 하지만 상대는 멀쩡한 인간이 아 니라 마약 중독자였다. 그가 난데없이 한쪽 무릎으로 소파를 딛고

● **이스트 린** _ 1860년대 출간된 베스트셀러. 연극과 영화로도 만들어졌다.

가로지르더니 등받이 너머로 그녀를 향해 손을 내밀었다. 소파 뒤쪽 작은 삼각형에 갇힌 그녀는 물러설 만한 공간이 없었다. 그의 손이 그녀의 원피스 한쪽 어깨자락을 움켜쥐었다. 그녀는 두세 번 몸을 비틀어 완전히 붙잡히기 전에 손을 떼어 냈다. 그 와중에 그쪽 어깨자락이 뜯겨 나가기는 했지만 그의 손아귀에서 빠져나올 수 있었다.

그녀는 그의 몸이 소파 등받이 너머로 엎어진 틈을 놓치지 않고 반대편 끝으로 잽싸게 튀어나와 벽을 따라 모서리를 건너갔다. 이제 방을 한 바퀴 돌았다. 다음 모서리를 돌면 현관문이 달린 곳으로 되돌아가는 셈이었다. 방 한가운데로 가로질러 달려갈 수는 없었다. 그가 안쪽 공간을 차지하고 있었으니 어느 방향으로 달리든 그를 향해 돌진하는 것이 되기 때문이었다.

벽에 불이 꺼진 문이 하나 달려 있었다. 벽장 아니면 화장실로 연결되는 문이었다. 그녀는 소파에서 술래잡기를 했던 기억을 되살리며 그 앞을 그대로 지나쳤다. 문을 열고 들어갔다가는 좀 전보다 더 좁은 공간에 갇히게 되는 게 아닐까 겁이 났다. 게다가 현관문이 유일한 탈출구였다. 그녀는 지나가던 길에 길쭉한 나무 의자를 발견하고 그를 쓰러뜨릴 수 있길 바라며 뒤로 집어 던졌다. 그는 날아오는 의자를 보고 제때 피했다. 그녀는 고작 오 초를 버는 데 그쳤다. 점점 기운이 다해 갔다.

마지막 모서리에 도착한 그녀가 이 꼬리 밟기 놀이가 맨 처음 시작된 지점을 향해 몸을 돌리는 순간, 앞지른 그가 몸을 돌려 앞을 가로막았다. 그녀는 미처 방향을 바꾸지 못하고 그를 향해 뛰어들다시피 했다. 이제 그녀는 그와 벽 사이에 갇혔다. 그의 팔이 그녀를 벽에 대고 눌렀다. 그녀는 밑으로 주저앉았다. 앞으로도 갈 수 없고 뒤로도 갈 수 없는 상황에서 움직일 수 있는 방향은 그쪽뿐이었다. 그녀는 그의 팔이 다시 조여 오기 전에 밑으로 빠져나와 그의 옆구리를 스치며 쏜살같이 내달렸다. 그녀는 누군가의 이름을 불렀다. 지금 이 상황에서 가장 도움이 안 되는 사람의 이름을.

"스콧! 스콧!"

문이 바로 눈앞에 있었지만 그보다 먼저 도착하지 못할 것 같았다. 게다가 지칠 대로 지쳐서 더 이상 달릴 수도 없었다. 좀 전에 그의 기억을 자극할 때 동원했던 스탠드가 아직 그 자리에 있었다. 너무 가벼워서 별다른 공격 효과가 없겠지만 그래도 집어서 뒤로 던졌다. 스탠드는 그를 맞히기는커녕 그 근처로 날아가지도 않았고 심지어 칙칙한 카펫 위로 와장창 전구가 깨지지도 않았다. 그는 아무런 거리낌 없이 그녀를 향해 마지막으로 몸을 날렸는데…….

바로 그때, 무슨 일인가 벌어졌다. 그의 발가락이 어딘가에 걸린 모양이었다. 그녀도 그 당시에는 사태를 파악하지 못했다가 나중에서야 기억을 더듬어 알아냈다. 멀쩡한 스탠드가 그의 뒤에서 위험하게 고개를 내밀고 있었고, 밝은 불빛이 벽 아랫면을 비추고 있었으며, 그 사이에 그가 팔을 벌리고 대자로 길게 쓰러져 있었다.

구세주나 다름없는 현관문과 그 사이에 좁은 공간이 있었다. 그녀는 그 안으로 뛰어들려니 겁이 났지만 가만히 서 있는 게 더 무서웠다. 그의 손이 그 공간의 일부분을 덮고 있었다. 그녀는 갈퀴 같은 그의 손가락 너머로 펄쩍 뛰었다. 찰나의 순간은 아주 긴 시간일 수도 있고 아주 짧은 시간일 수도 있다. 그가 그렇게 힘없이 쓰러져 있는 시간이 바로 그런 찰나의 순간이었다. 그녀의 손이 열쇠와 씨름하는 게 느껴졌다. 꿈을 꾸는 기분이었다. 자기 손이 아니라 남의 손인 것 같았다. 열쇠를 잘못 돌리는 바람에 문이 열리지 않았다. 거꾸로 돌려야 했다. 그가 둘 사이를 가르는 몇 센티미터의 공간을 꿈틀꿈틀 기어 오더니 그녀의 발목을 잡고 쓰러뜨리려고 했다.

열쇠가 딸깍 하는 소리가 들렸다. 그녀는 홱 하니 문을 잡아당겨 열었다. 새롭게 펼쳐진 공간을 향해 돌진하는데 손톱으로 톡톡 두드리는 것처럼 무언가가 공연히 구두 뒤축을 건드렸다. 공포와 안도감이 한데 뒤섞여 그녀를 강타했다. 그가 뒤쫓아 오지 않을까 하는 두려움은 쓸데없는 걱정으로 밝혀졌다. 그녀는 희미하게 불이 밝혀진 계단을 휘청휘청 달려 내려갔다. 계단을 제대로 보지도 않고 관성에 몸을 맡겼다. 문이 보이기에 열었다. 시원한 밤공기가 그녀를 맞이했다. 그녀는 이제 위험에서 벗어났지만 그래도 앞으로 얼마 동안 그녀의 기억 속을 맴돌며 괴롭힐 끔찍했던 공간을 등지고 아무도 없는 길거리를 계속 비틀비틀 걸었다. 취객처럼 갈지자로 걸었다. 공포로 정신을 못 차릴 지경이었으니 어떤 의미에서는 취객이 맞긴 했다.

　길모퉁이를 돈 기억은 나는데 거기가 어디인지 알 수가 없었다. 그 순간, 앞쪽에서 불빛이 보였다. 그녀는 그에게 붙잡히기 전에 한시라도 빨리 닿을 생각에 불빛을 향해 달려갔다. 안으로 들어가 보니 살라미 소시지와 감자 샐러드가 담긴 접시들이 유리 진열장에 놓여 있었다. 이십사 시간 영업하는 간이식당인 듯했다. 카운터 뒤에서 꾸벅꾸벅 졸고 있는 남자 말고는 아무도 없었다. 그는 눈을 뜨더니 한쪽 어깨자락이 사선으로 뜯겨 나간 원피스를 걸치고 멍하니 서 있는 그녀를 보고 벌떡 일어났다. 그는 카운터에 손바닥을 얹으며 몸을 앞으로 내밀어 그녀를 물끄러미 바라보았다.

　"무슨 일이오, 아가씨? 사고라도 당했나? 내가 도울 방법이 있으면 말해 봐요."

　그녀는 흐느껴 울며 띄엄띄엄 말했다.

　"오 센트짜리 동전 하나만 빌려 주세요. 오 센트짜리 동전 하나만 부탁드릴게요. 전화를 걸 데가 있어서요."

　그녀는 어깨를 계속 들썩이며 전화기 앞으로 다가가 동전을 넣었다. 친절한 주인장은 카운터 뒤쪽을 향해 외쳤다.

　"여보, 이리 나와 보구려. 웬 아가씨가 난처한 일을 당했나 봐."

　그녀는 버지스의 집으로 전화를 했다. 벌써 새벽 5시를 향해 가고 있었다. 그녀는 자기 이름을 밝히는 것조차 깜빡할 만큼 경황이 없었지만, 버지스는 알아들었을 것이다.

"형사님, 이쪽으로 와 주실래요? 끔찍한 일을 겪는 바람에 혼자서는 버티지 못할 것 같아서……."

한편 식당 주인 부부는 뒤에서 자기들끼리 진단을 내리고 있었다. 부인은 머리에 롤을 말고 가운을 걸치고 있었다.

"블랙 커피가 좋겠죠?"

"그것밖에 없잖아. 아스피린도 없고."

부인이 다가와 그녀의 맞은편에 앉더니 딱하다는 듯이 손을 토닥였다.

"무슨 봉변을 당했을까 그래. 어머니한테 연락한 거유?"

그녀는 그 소리에 훌쩍이다 말고 힘없이 미소를 지었다. 피도 눈물도 없을 법한 형사에게 연락했건만 어머니라니. 버지스가 외투 깃을 귀까지 세우고 혼자 도착했을 때 그녀는 김이 모락모락 나는 블랙 커피를 앞에 두고 웅크리고 앉아 있었다. 기온과 상관없이 부들부들 떨리던 몸도 진정이 되어 가고 있었다. 그가 혼자 등장한 이유는 공적인 업무가 아니기 때문이었다. 그의 입장에서 이것은 비공식적이고 사적인 임무였다. 그녀는 안도감에 나지막이 흐느끼며 그를 맞이했다. 그는 그녀의 상태를 파악하고 쉰 목소리로 "어휴, 모습이 말이 아니네요"라고 했다. 그러더니 그녀의 옆으로 의자를 당겨 비스듬히 걸터앉았다.

"정말 끔찍한 사태가 벌어졌던 모양이죠?"

"지금은 그나마 괜찮아진 거예요. 오 분이나 십 분 전의 제 모습을 보셨어야 했는데."

그 이야기는 그쯤에서 마무리 짓고 열띤 표정으로 그를 향해 몸을 기울였다.

"그런데 그만한 소득이 있었어요! 여자를 봤대요! 게다가 나중에 누가 찾아와서 그를 매수했대요. 그녀를 대신해서 어떤 남자가 찾아간 거겠죠? 형사님이 캐물으면 술술 털어놓지 않을까요?"

"일어나요. 설령 그렇게 안 되더라도 최선을 다해 봐야지. 내가 지금 당장 찾아가겠소. 먼저 당신부터 택시에 태워 보내고……."

그는 무뚝뚝하게 말했다.

"싫어요. 저도 같이 갈 거예요. 이제 아무렇지 않아요. 괜찮아졌어요."

주인 부부가 식당 입구까지 나와서 희미한 새벽을 가르며 함께 걸어가는 두 사람의 뒷모습을 바라보았다. 둘 다 버지스가 못마땅한지 인상을 쓰고 있었다.

"어이구, 참 대단한 오라버니 나셨네! 새벽 5시에 여동생 혼자 내보내더니 이제 와서 말썽을 일으킨 녀석을 찾아가겠다고? 여동생 하나 제대로 건사 못하는 팔푼이 같으니라고!"

주인은 빈정거리며 콧방귀를 뀌었다.

버지스는 천천히 오라는 뜻으로 그녀에게 손짓을 하며 한참 앞장서 계단을 살금살금 올라갔다. 그녀가 다가갔을 때 그는 벌써 문에 얼굴을 대고 열심히 귀를 기울이고 있었다.

"도망친 것 같은데. 아무 소리도 안 들리는군. 너무 바짝 붙어 있지 말고 뒤로 조금 물러서요. 그자가 뭘 들고 달려 나올지 모르니까."

그가 나지막이 속삭였다. 그녀는 몇 계단을 내려가 머리와 어깨만 바닥 위로 내밀었다. 그는 문틈에 뭔가를 대고 거의 소리가 나지 않게 살금살금 움직였다. 문득 틈이 벌어졌다. 그는 손을 바지 뒷주머니에 찔러 넣은 채 조심스럽게 앞으로 발걸음을 옮겼다. 그녀도 숨을 죽인 채 그의 뒤를 따라 계단을 올라갔다. 격투가 벌어지거나 남자가 숨어 있다 달려들지 않을까 싶었다. 그런데 문지방을 넘으려는 순간 열린 문 너머에서 갑자기 불빛이 쏟아졌다. 아무 소리도 내지 않았지만 움찔하며 펄쩍 뛰고 말았다. 버지스가 불을 켠 것이다.

그녀는 고개를 빼꼼 들이밀었다. 조금 전에 광란의 추격전을 벌였을 때 그냥 지나쳤던 문 너머로 버지스가 들어가고 있었다. 그녀는 과감하게 문지방을 넘었다. 그가 아무 일 없이 지나간 것을 보면 이 첫 번째 공간에는 아무도 없다는 의미였다.

다시 한번 아무 소리 없이 불이 켜지자 그가 들어간 시커멓던 공간이 새하얗게 반짝이는 욕실로 바뀌었다. 그녀는 열린 문과 일직선상에 있었기 때문에 언뜻 들여다볼 수 있었다. 다리가 네 개 달린 구식 욕조가 보였다. 빨래집게처럼 반으로 접혀 그 가장자리에 걸쳐진 사람의 엉덩이도 보였다. 뒤집혀 위로 향한 구두 밑창도 보였다. 이런 집에 대리석 욕조라니 가당치 않았지만, 이상하게 겉면이 대리석으로 만들어진 것처럼 보였다. 선명한 빨간색의 얇은 줄 한두 가닥이 겉면을 장식하고 있기 때문이었다. 빨간 줄이 그어진 대리석이라……

처음에 그녀는 그가 속이 안 좋아서 기절한 줄 알았다. 하지만 따라 들어가려고 했을 때 버지스가 채찍을 휘두르듯 날카롭게 "들어오지 마요, 캐럴. 거기 그냥 있어요!" 하고 외치며 그녀를 막았다. 그는 한두 걸음 되돌아와 문을 좀 더 닫았다. 그녀의 시야를 가리기 위해서였다. 하지만 완전히 닫지는 않았다.

그는 그 안에서 한참 동안 나올 줄 몰랐다. 그녀는 그 자리에서 기다렸다. 손목이 살짝 떨렸지만 공포가 아니라 긴장감 때문이었다. 그녀는 이제 그 안에 뭐가 있는지 알 수 있었다. 어쩌다 그렇게 됐는지 알 수 있었다. 그녀가 달아나자 마약으로 증폭된 공포가 견딜 수 없는 수준으로 폭발하면서 보이지 않는 천벌의 손길이 점점 다가오는 것처럼 느껴졌을 것이다. 정체를 알 수 없기 때문에 더욱 끔찍했을 것이다. 테이블 위에 놓인 쪽지가 그녀의 짐작을 뒷받침했다. 거의 해독이 불가능한 세 단어 뒤로 이어지던 의미 없는 물결 모양의 선이 종이를 넘어 바닥에 나뒹구는 몽당연필에서 끝이 났다.

저들이 내 뒤를…….

문이 마지못한 듯 열리더니 드디어 버지스가 모습을 드러냈다. 안색이 창백해진 것처럼 느껴졌다. 정신을 차리고 보니 그녀는 자기 의사와 상관없이 현관문 쪽으로 뒷걸음치고 있었다. 그가 슬그머니 몰아가고 있기 때문이었다.

"저거 보셨어요?"

그녀는 쪽지에 대해서 물었다.

"음, 들어왔을 때 봤어요."

"저 사람……?"

그는 대답 대신 한쪽 귀 바로 밑에서부터 목을 지나 다른 쪽 귀까지 손가락으로 선을 그었다. 그녀는 헉 하고 숨을 들이쉬었다.

"자, 나갑시다. 여긴 캐럴 양이 있을 만한 곳이 못 돼요."

그의 말투는 무뚝뚝했지만, 마음 씀씀이는 따뜻했다. 그는 그녀를 데리고 밖으로 나가더니 이제야 그런 문이 달려 있는 걸 알았다는 듯이 문을 닫았다.

"그 욕조……."

움츠린 그녀의 어깨를 두 손으로 붙잡고 앞장세워 계단을 내려가며 그가 나지막이 중얼거리는 소리가 들렸다.

"앞으로 홍해라는 단어를 들을 때마다 욕조가 생각나겠군."

그녀의 존재를 뒤늦게 깨달은 그는 입을 다물고 모퉁이로 나와 그녀를 택시에 태웠다.

"이거 타고 집에 가요. 나는 당장 돌아가서 보고할 준비를 해야 하니까."

"이제 소용없게 된 거죠?"

그녀는 차창 너머로 그를 향해 몸을 기울이고, 울먹이며 물었다.

"맞아요. 이제 소용없게 됐어요, 캐럴 양."

"그 사람한테 들은 말을 제가 옮기면……."

"그래 봐야 전언이잖아요. 그 여자를 보았는데 못 본 척하도록 매수를 당했다는 말을 당신이 듣고 전하는 거니까. 간접 증거인 셈이죠. 그런 식이면 아무 소용없어요. 법정에서 받아들여지지도 않을 거예요."

그는 두툼하게 접은 손수건을 주머니에서 꺼내 손바닥에 올려놓고 펼쳤다. 그 안에 담긴 무언가를 쳐다보는 것이었다.

"그게 뭐예요?"

그녀가 물었다.

"뭐처럼 보여요?"

"면도날이요."

"좀 더 정확하게."

"음…… 안전 면도날?"

"맞았어요. 내가 욕조 바닥에서 발견한 그런 구식 접이식 나이프로 남자가 자기 목을 그었다면 수납장 선반에 까는 종이 밑에 이런 게 굴러다닐 이유가 없거든요. 남자들은 면도날을 구식이나 신식, 둘 중에서 하나를 쓰지 이걸 썼다 저걸 썼다 하지 않아요."

그는 손수건을 다시 주머니에 넣었다.

"경찰에서는 자살로 결론을 내리겠죠. 나는 그렇게 믿도록 내버려 둘 겁니다. 당분간은. 캐럴 양, 당신은 집에 가요. 어찌 됐든 당신은 오늘 여기 없었던 겁니다. 내가 그렇게 조치를 취할게요."

삽시간에 밝아 오는 희부연 여명을 뚫고 집으로 달리는 택시 안에서 그녀는 힘없이 고개를 떨구었다.

오늘 밤에도 성공 못했어요, 스콧. 오늘 밤에도. 하지만 내일 밤에는, 어쩌면 모레 밤에는 성공할 수 있을지 몰라요.

015

사형 집행 9일 전

— 롬바드

그곳은 귀족의 매부리코처럼 우뚝 솟아 주변의 평범한 건물들을 거만하게 내려다보는 엄청나게 으리으리한 호텔이었다. 할리우드에서 동쪽으로 날아온 극락조들이 내려앉는, 눈부시게 호화로운 횃대라고 할까. 이들 못지않게 화려한 깃털이 달린 꼴사나운 새들도 폭풍을 피해 서쪽으로 날아가기 전에 시간이 있을 때 이곳에서 떼거리로 잠시 쉬었다 가곤 했다.

그도 알다시피 이번에는 세련된 솜씨가 필요했다. 제대로 두드리고, 제대로 접근해야 했다. 그는 막무가내로 진입을 시도하는 전략적인 실수를 저지르지 않았다. 이 호텔은 그런 시도를 한다고 한방에 뚫을 수 있는 곳이 아니었다. 작전을 짜고 배후 공작을 벌여야

스위트피 /

이탈리아의 시실리섬이 원산인 관상용 꽃.

·

했다. 때문에 그는 로비에서 파란 유리문을 지나 먼저 꽃집을 찾아가 물었다.

"멘도사 양이 가장 좋아하는 꽃이 뭐죠? 지금까지 멘도사 양 앞으로 꽃다발을 숱하게 배달하셨을 텐데."

"글쎄요."

꽃집 주인은 머뭇거렸다. 롬바드는 지폐를 한 장 꺼내고, 좀 전에는 너무 목소리가 작아서 못 들은 게 아니냐는 듯이 다시 한번 물었다. 꽃집 주인은 당장 태도를 바꾸었다.

"찾아온 손님들은 열이면 열, 난초나 치자나무, 뭐 그런 꽃들을 올려 보내죠. 그런데 저도 우연히 알게 된 사실인데, 멘도사 양이 나고 자란 남미에서는 그런 꽃들이 아무 데서나 막 자라서 귀할 것도 없답니다. 정말 값진 힌트를 하나 알려 드리자면……."

그는 어마어마한 정보라도 흘리는 양 목소리를 낮추었다.

"멘도사 양이 방 분위기를 화사하게 바꾸려고 직접 꽃을 주문할 때가 있어요. 그럴 때마다 늘 주문하는 게 짙은 오렌지색 스위트피랍니다."

"이 가게에 있는 스위트피 몽땅 주세요. 한 송이도 남김없이. 카드도 두 장 주시고요."

롬바드는 바로 말했다. 그는 한 장의 카드에 영어로 짤막하게 메시지를 적었다. 그런 다음 작은 사전을 꺼내 그 메시지를 스페인어로 일일이 번역해 나머지 한 장의 카드에 옮겨 적고, 첫 번째 카드는 버렸다.

"이걸 꽃과 함께 올려 보내 주세요. 시간이 얼마나 걸릴까요?"

"오 분 내로 멘도사 양에게 배달될 겁니다. 지금 객실에 계시거든요. 급사 편에 특급으로 보내겠습니다."

롬바드는 로비로 돌아가 안내 데스크 앞에 서서 맥박을 재는 사람처럼 고개를 숙이고 손목시계를 쳐다보았다.

"어떻게 오셨습니까?"

데스크 직원이 물었다.

"잠깐만요."

롬바드는 손을 내저었다. 정점의 순간에 그녀를 공략하고 싶었던 것이다.

"바로 지금이다!"

잠시 후 그가 느닷없이 외치는 바람에 깜짝 놀란 직원이 뒤로 펄쩍 뛰었다.

"멘도사 양의 객실에 연락해서 물어봐 줘요. 꽃을 보낸 신사가 잠깐 올라가도 되겠느냐고. 이름은 롬바드. 꽃 얘기를 빠뜨리면 안 됩니다."

잠시 후에 돌아온 직원은 어안이 벙벙한 얼굴이었다.

"올라오시랍니다."

그는 맥없이 전했다. 이 호텔의 불문율이 방금 전에 깨졌다. 한 방에 철옹성을 뚫은 사람이 등장한 것이다. 롬바드는 쏜살같이 객실로 올라갔다. 살짝 후들거리는 다리를 달래며 엘리베이터에서 내렸더니 젊은 여자가 열린 문 앞에서 그를 기다리고 있었다. 까만 호박단으로 만든 제복으로 보건대 전속 하녀인 듯했다.

"롬바드 씨?"

그녀가 물었다.

"네, 맞습니다."

들어가도 좋다는 허락이 떨어지기 전에 마지막으로 통과해야 하는 심사가 있었다.

"언론 인터뷰는 아니죠?"

"네."

"사인 받으러 오신 것도 아니죠?"

"네."

"추천서를 받으러 오신 것도 아니죠?"

"네."

"그럼……."

그녀는 살짝 머뭇거렸다.

"세뇨리타께서 깜빡하고 못 챙기신 청구서 때문에 오신 것도 아니죠?"

"네."

마지막 질문이 핵심이었는지 심사는 여기에서 끝났다.

"잠시만요."

문이 닫혔다가 다시 열렸다. 이번에는 활짝 열렸다.

"들어오세요, 롬바드 씨. 세뇨리타께서 우편물을 체크하고 머리를 만지기 전에 짬을 내주시겠대요. 앉으시겠어요?"

그가 들어선 객실은 정말이지 대단했다. 크기나, 하늘 위에서 밑을 내려다보는 듯한 창문 너머의 전망이나, 숨 막히도록 호화로운 인테리어 때문은 아니었다. 물론 모두 남다른 수준이기는 했지만 그 방이 대단한 이유는 빈 공간을 가득 메운 소음의 향연 때문이었다.

정말이지 지금까지 접한 곳 중에서 아무도 없는데 이렇게 시끄러운 곳은 처음이었다. 한쪽 방에서는 쉭쉭, 탁탁 하는 소리가 들렸다. 수도꼭지에서 물이 떨어지거나 기름에 무언가를 튀기는 소리였다. 자극적인 냄새가 동반된 것을 보면 아무래도 후자인 듯했다. 여기에 박력이 넘치기는 하지만 듣기 좋다고 할 수는 없는 바리톤 음색의 노랫가락이 어우러졌다. 넓이는 두 배이고 어쩌다 한 번씩 열렸다 닫히기를 반복하는 다른 방에서는 그보다 더 강렬한 조합이 들렸다. 실타래처럼 뒤엉킨 그 조합을 최대한 풀어 헤쳐 보면 단파라디오에서 지직지직 하는 잡음과 함께 삼바 음악이 흘러나왔고, 어떤 여자가 스페인어로 따발총처럼 떠들었고, 이 분 삼십 초마다 한 번 꼴로 전화벨이 울렸다. 그리고 이따금 못으로 유리를 긁거나 분필로 칠판을 긁는 것처럼 날카롭고, 견딜 수 없을 만큼 신경을 건드리는 끼이익 소리가 이 조합의 정점을 장식했다. 다행히 이 끔찍한 소음은 어쩌다 한 번씩 드문드문 이어졌다.

그는 얌전히 앉아서 기다렸다. 객실 안에 들어왔으니 절반은 성공한 셈이었다. 나머지 절반을 끝낼 때까지 시간이 얼마나 걸리든 상관없었다. 어느 시점에 이르러 하녀가 튀어나오자 그는 자기를 부르러 온 줄 알고 엉거주춤 자리에서 일어섰다. 하지만 서두르는 기색으로 보건대 그보다 훨씬 더 중요한 일을 처리하러 나온 듯했다. 그녀는 치직거리는 소리와 바리톤 음색이 화음을 연출하는 공간으로 득달같이 들어가 소리를 질렀다.

"기름 너무 많이 넣지 마요, 엔리코! 세뇨리타가 기름 너무 많이 넣지 말라고 했잖아요!"

그러더니 처음에 튀어나왔던 방으로 다시 달려갔다. 험상궂은 저음의 고함 소리가 그녀의 뒤에서 벽을 흔들었다.

"세뇨리타 입맛 챙기면 됐지, 내가 욕실에 있는 체중계 숫자까지 신경 써야 하나?"

하녀는 분홍색 황새 깃털이 달린 옷을 들고 왔다 갔다 했다. 당장 누군가에게 입힐 기세였는데 이제 보니 그냥 들고 다니는 모양이었다. 왔다 갔다 하는 동안 깃털이 날려 조그만 조각들이 허공을 떠다녔고, 그녀가 사라진 뒤에도 한참 동안 바닥 위에서 한가롭게 뒹굴었다.

쉭쉭거리던 소리가 칙 하고 그치더니 가슴속 깊은 곳에서 "아아아!" 하고 만족스러운 한숨을 터뜨리는 소리가 이어졌다. 하얀 재킷에 높다란 주방장 모자를 쓴, 커피색 피부의 투실투실하고 땅딸막한 남자가 만족스러운 듯 고개를 절레절레 흔들며 둥그런 뚜껑을 얹은 쟁반을 들고 나와 옆방으로 들어갔다. 그 뒤 소강상태가 찾아왔다. 하지만 그것도 잠시, 이윽고 엄청난 소동이 시작됐다. 그 전에 들렸던 소리들이 황금 같은 침묵으로 느껴질 만큼 요란한 난리법석이었다. 이전의 소음에 새로운 소음이 추가된 것이다. 높고 날카로운 여자의 비명 소리, 낮고 굵은 남자의 울부짖음, 못으로 긁는 소리, 내동댕이쳐져 땡 하고 벽에 부딪힌 뚜껑이 댕그랑댕그랑 방바닥을 구르는 소리. 투실투실하고 땅딸막한 남자가 씩씩대며 종종걸음으로 방에서 나왔다. 얼굴은 이제 커피색이 아니라 붉으락푸르락했다. 그는 두 팔을 풍차처럼 돌렸다.

"이번에는 정말 끝이야! 배를 타고 당장 떠나 버리겠어! 이번에는 저 여자가 무릎을 꿇고 빌어도 뿌리치고 말 테다!"

롬바드는 의자에 앉은 채로 몸을 살짝 앞으로 숙이고 새끼손가락으로 귀를 꽉 틀어막았다. 고막처럼 예민한 기관을 더 이상 학대해서는 안 될 것이다.

잠시 후 손가락을 떼어 보니 다행스럽게도 잠잠했다. 이따금 난리 법석이 벌어졌지만 이 정도는 일상인 듯했다. 적어도 이제는 차분하게 생각에 잠길 수 있었다. 이윽고 이번에는 전화벨 대신 초인종이 울렸고, 까만 머리에 깔끔하게 콧수염을 기른 남자가 하녀의 안내를 받으며 들어오더니 자리에 앉아서 그와 함께 기다림의 대열에 합류했다. 남자는 롬바드처럼 꿋꿋이 기다리지 못하고, 자리에 앉자마자 다시 일어나 왔다 갔다 뚜벅뚜벅 걷기 시작했다. 그런데 왔다 갔다 하는 거리에 비해 보폭이 살짝 짧아서 박자가 맞지 않았다. 그는 잠시 후 롬바드가 올려 보낸 스위트피 꽃다발을 발견하고는 한 송이를 뽑아 코끝에 갖다 댔다. 롬바드는 그와 전략적인 제휴 관계를 맺으려던 생각을 그 순간 폐기 처분했다.

"세뇨리타를 얼른 만날 수 있을까? 새로운 아이디어가 떠올랐단 말이지. 날아가 버리기 전에 꽉 붙잡아야 하는데."

남자가 바쁘게 지나가던 하녀를 붙잡고 물었다.

'이하 동문.'

롬바드는 속으로 중얼거리며 남자의 목을 표독스럽게 노려보았다. 스위트피 향기를 맡던 남자는 자리에 앉았다 다리를 초조하게 떨며 다시 일어섰다.

"날아가 버리고 있어. 사라지고 있다고. 날아가 버리면 구닥다리 방식으로 돌아가야 하는데!"

그가 말했다. 하녀는 이 불길한 소식을 듣고 안으로 달려 들어갔다. 롬바드는 들릴락 말락 하게 중얼거렸다.

"진작 구닥다리 방식으로 돌아갔겠네."

그런데 이 방법이 효과가 있었다. 다시 등장한 하녀가 다급한 기색을 애써 감추며 남자를 안내한 것이다. 롬바드는 그러면 분이 조금 풀리기라도 하는지, 남자가 버리고 간 스위트피를 발끝으로 솜씨 좋게 들어 올려 있는 힘껏 날려 보냈다. 하녀가 나와서 그를 달랠 생각에 허리를 숙이고 나지막이 속삭였다.

"저분을 보내고 가봉하기 전에 선생님을 만나 주실 거예요. 보면 아시겠지만, 저분은 좀 상대하기 까다로운 성격이거든요."

"잘 모르겠소만."

롬바드는 퉁한 목소리로 대답하고, 뻗어 놓은 다리를 살짝 비틀어 아쉽다는 듯이 쳐다보았다. 그 뒤로 한참 동안 소강상태가 이어졌다. 전과 비교하자면 그랬다. 하녀도 한두 번 들락거리는 데 그쳤고, 전화벨도 한두 번 울리고 끝이었다. 심지어 따발총 같았던 스페인어도 이제는 일제 사격 수준으로 잦아들었다. 배를 타고 당장 떠나 버리겠다던 전담 요리사가 밖으로 나왔다. 베레모에 목도리를 두르고 북슬북슬한 외투를 입고 있어서 좀 전보다 더 투실투실해 보였다. 그가 기분 상한 투로 말했다.

"세뇨리타한테 오늘 저녁 집에서 먹느냐고 물어봐요. 나는 못 물어봐. 세뇨리타하고 말 안 할 참이니까."

먼저 들어갔던 남자가 드디어 조그만 상자를 들고 나왔다. 그는 응접실을 한 바퀴 빙 돌며 스위트피를 또 한 송이 슬쩍하고는 떠났다. 롬바드는 아예 몽땅 가져가라고 와락 쏟아 버리고 싶어서 꽃병 쪽으로 발이 슬금슬금 움직였지만, 양심상 꾹 참았다. 성전 밖으로 다시 나온 하녀가 선포했다.

"세뇨리타께서 뵙자고 하시네요."

자리에서 일어서려는데 다리가 후들거렸다. 그는 다리를 위아래로 몇 대 치고, 넥타이를 바로 잡고, 커프스단추를 채운 다음 안으로 들어갔다. 긴 의자에 클레오파트라처럼 누운 그녀의 모습을 확인하자마자 복슬복슬하게 털이 달린 무언가가 날아오더니 그의 어깨에 앉으며 꽥 하는 소리를 냈다. 밖에서 기다리는 동안 가끔 들렸던 그 못 긁는 소리였다. 그는 신경질적으로 움찔했다. 벨벳 재질의 기다란 뱀 같은 것이 다정하게 목을 감쌌다. 긴 의자에 누운 여자는 짓궂은 아들을 대하는 엄마처럼 그를 보며 환하게 웃었다.

"놀랄 것 없어요. 세뇨르. 우리 개구쟁이 비비예요."

비비라는 애칭을 들은들 롬바드 입장에서는 별다른 위안이 되지 못했다. 그는 녀석의 정체를 파악하려고 고개를 계속 돌렸지만 너무 가까워서 보이지 않았다. 그는 찾아온 목적 달성을 위해 억지로 다정하게 미소를 지었다.

"나는 비비 말만 들어요. 그러니까 비비가 내 환영 사절단이라고 할까요? 비비는 손님이 마음에 안 들면 소파 밑으로 숨어요. 그러면 손님을 얼른 내쫓죠. 손님이 마음에 들면 비비가 목으로 달려드는데, 그러면 그 손님은 있어도 돼요."

그녀가 털어놓았다. 그러면서 걱정 말라는 듯이 어깨를 으쓱했다.

"이 손님이 마음에 드는 모양이구나, 비비. 이제 그만 내려와."

그녀는 건성으로 달랬다.

"아뇨, 괜찮습니다. 내버려 두세요."

그는 꾹 참고 점잔을 빼며 말했다. 그녀의 말을 곧이곧대로 받아들였다가는 그보다 더한 결례가 없을 것이다. 그는 이 거추장스러운 녀석이 조그만 원숭이임을 냄새로 감지했다. 향수로 목욕을 했을 텐데도 냄새가 났다. 녀석이 꼬리를 반대 방향으로 말았다. 그가 무척 마음에 들었는지 그의 머리카락을 한 가닥, 한 가닥 조심스럽게 헤치며 무언가를 찾는 것처럼 살피는 게 느껴졌다. 여배우는 좋아하며 까르륵 웃었다. 그녀의 까칠함을 가라앉히는 유일한 존재가 이 원숭이인 듯했다. 때문에 롬바드는 치근덕거리는 녀석에게 싫은 티를 낼 수 없었다.

"앉으세요."

그녀가 다정한 목소리로 말했다. 그는 조금 뻣뻣하게 의자로 다가가 머리를 꼿꼿하게 세우고 앉았다. 이제야 비로소 그녀를 제대로 볼 수 있었다. 그녀는 한쪽 다리통이 치마만큼 넓은 까만색 벨벳 잠옷에 분홍색 황새 깃털이 달린 망토를 걸치고 있었다. 정수리에 얹은 용암처럼 생긴 흉측한 물건은 좀 전에 다녀간 스위트피 중독자의 작품이었다. 하녀가 용암을 식히려는 듯이 옆에서 야자수 잎으로 부채질을 하고 있었다.

"이게 자리를 잡을 때까지 기다리는 동안 짬이 생겨서요."

용암을 뒤집어쓴 그녀가 우아하게 말했다. 그러더니 꽃다발과 함께 한참 전에 올려 보낸 카드를 몰래 훔쳐보며 그의 이름을 되새겼다.

"스페인어로 적힌 카드와 함께 꽃다발을 받다니 얼마나 신선하던지요, 세뇨르 롬바드. 얼마 전까지 내 고향에 있었다고요? 우리, 거기서 만난 적 있던가요?"

다행히 그가 자기 입으로 솔직히 고백하기 전에 그녀가 화제를 돌렸다. 커다랗고 까만 눈으로 슬픈 표정을 지으며 천장을 올려다보고, 손으로 쿠션을 만들어 한쪽 뺨을 그 위에 올려놓았다.

"아, 내 고향 부에노스아이레스. 내 고향 부에노스아이레스. 그리운 그곳! 해가 지면 반짝이는 카예 플로리다의 불빛들……."

그녀는 탄성을 내뱉었다. 찾아오기 전에 몇 시간 동안 여행 안내서를 열심히 읽은 게 헛된 노력이 아니었다.

"그리고 라플라타 강변. 팔레르모 공원의 경마장……."

그는 나지막이 덧붙였다.

"그만, 그만해요. 눈물 나겠어요."

그녀는 움찔했다. 거짓말이 아니었다. 마음속에 내재되어 있는 진솔한 감정을 연극에서 그렇듯 과장해서 표현하는 거라면 모를까, 새빨간 거짓말은 아니었다.

"내가 거기를 왜 떠났을까요? 왜 이 먼 곳을 선택했을까요?"

그는 칠천 달러의 주급과 십 퍼센트의 공연 수입 때문 아니겠느냐는 생각이 들었지만, 바보처럼 그 말을 입 밖으로 내지는 않았다. 한편 비비는 그의 머릿속에서 잡아 죽일 만한 무언가를 발견하지 못하고 흥미를 잃었는지 그의 팔을 타고 내려오더니 바닥 위로 폴짝 뛰어내렸다. 그의 머리가 강풍을 맞은 건초 더미 비슷한 까치집이 되긴 했지만, 이제 대화를 나누기가 훨씬 수월해졌다. 그는 변덕스러운 원숭이 주인의 심기를 거스를까 두려운 마음에 머리를 빗지도 않았다. 그녀는 만난 지 몇 분 안 된 사람치고 그렇게 호의적일 수가 없었다. 그는 칼을 뽑기로 했다.

"제가 이렇게 찾아온 이유는 당신이 능력과 미모만 출중한 게 아니라 총기도 남다르다고 들었기 때문입니다."

그는 일단 조심스럽게 운을 뗐다.

"맞아요. 나더러 백치미를 운운하는 사람은 없죠."

그녀는 손톱을 열심히 뜯어보며 부끄러운 기색도 없이 인정했다. 그는 의자를 살짝 앞으로 끌어당겼다.

"지난 시즌에 불렀던 곡명을 기억하십니까? 노래를 부르면서 여자 관객들에게 조그만 꽃다발을 던져 주었는데요."

그녀는 미리 말하지 말라는 듯이 손가락으로 천장을 가리키며 눈을 반짝였다.

"아, 〈치카 치카 붐〉 말이에요? 그럼요, 당연히 기억하죠! 그 노래 좋았어요? 괜찮지 않았어요?"

그녀는 적극적으로 대화에 동참했다.

"완벽했죠. 그런데 어느 날 밤에 제 친구가……."

그는 침을 삼키느라 울대뼈가 움직이는 걸 애써 감추며 맞장구를 쳤다. 그런데 이번 도전은 이쯤에서 접어야 했다. 방금 전에 부채질을 멈춘 하녀가 끼어든 것이다.

"윌리엄이 오늘 일정을 궁금해하는데요, 세뇨리타."

"잠깐만 실례할게요."

그녀는 문 쪽으로 고개를 돌렸다. 운전기사 복장을 갖춰 입은 건장한 남자가 한 걸음 앞으로 나와 차렷 자세로 섰다.

"12시까지 차 필요 없어. 코크 블뢰에서 점심 먹을 거니까 십 분 전까지 밑으로 와."

그녀는 조금도 변함없는 말투로 이렇게 덧붙였다.

"그리고 올라온 김에 두고 간 저 물건 들고 가."

그는 그녀가 시킨 대로 화장대에 놓여 있던 은박 담뱃갑을 집어 주머니에 넣고, 전혀 아무렇지 않은 표정으로 다시 나갔다.

"그거 싸구려 아니야."

그녀가 그의 뒤통수에 대고 외치는 소리가 롬바드의 귀에는 조금 퉁명스럽게 들렸다. 불꽃이 튀기는 그녀의 눈빛으로 보건대 윌리엄이라는 작자를 쓰러뜨릴 날도 머지않은 듯했다. 그녀는 불꽃을 서서히 잠재우며 다시 롬바드 쪽으로 고개를 돌렸다.

"좀 전에 드리려던 말씀을 계속하자면 제 친구가 어느 날 어떤 여자와 함께 그 공연을 보러 간 적이 있었습니다. 그래서 제가 이렇게 찾아온 겁니다."

"네?"

"그 여자를 찾아야 하거든요."

그녀는 말뜻을 잘못 이해하고 열의를 보이며 눈을 반짝였다.

"아, 로맨스구나! 저 그런 거 좋아해요!"

"아뇨. 그게 아니라 사실은 생사가 걸린 문제입니다."

그는 그녀가 겁을 먹으면 어떡하나 싶어서 더 이상 자세한 설명을 피했다. 그런데 그녀는 더욱 열렬한 반응을 보였다.

"아, 미스터리! 저 미스터리도 좋아해요! 나한테 그런 일이 벌어지는 건 싫지만."

이러면서 어깨를 으쓱하던 그녀가 갑자기 모든 동작을 멈추었다. 엄청난 참사라도 들이닥친 듯한 태도였다. 그녀는 다이아몬드가 깨알같이 박힌 손목시계를 유심히 들여다보았다. 그러더니 벌떡 일어나 온 사방에 대고 손가락을 퉁겨 여기저기서 폭죽을 터뜨리는 듯한 소리를 냈다. 하녀가 당장 달려왔다. 롬바드는 이런 식으로 예의고 뭐고 없이 자기를 내쫓고 다음 손님을 들이려는 건가 생각했다.

"지금 몇 시인지 알아? 잘 보고 있으라고 내가 얘기했잖아. 어쩌면 그렇게 생각이 없어? 까딱 잘못했으면 시간을 한참 넘길 뻔했네. 의사 선생님이 매시 정각에 먹이라고 했는데. 감홍• 들고 와."

그녀가 나무라는 듯이 쏘아붙였다. 롬바드가 미처 알아차리기도 전에 주기적으로 이곳을 강타하는 듯한 태풍이 또다시 들이닥쳤다. 따발총처럼 쏟아지는 스페인어, 끽끽대며 못으로 긁는 듯한 소리, 비비를 잡으려고 방 안을 뱅글뱅글 돌고 또 도는 하녀. 롬바드는 회전목마 한가운데 서 있는 듯한 심정이었다. 그는 급기야 목청을 높여 소동을 거들었다.

"그렇게 쫓아가지 말고 반대편으로 돌면 되잖아요."

그는 비비를 잡으려고 난리법석인 하녀를 향해 외쳤다. 작전은 성공이었다. 비비는 하녀의 품 안으로 뛰어들었고, 감홍은 비비의 입 안으로 들어갔다. 모든 소동이 끝나고 환자가 두 팔로 주인의 목을 감고 애처롭게 대롱대롱 매달려 일시적이나마 그녀에게 수염이 난 듯한 착시 현상을 불러일으켰을 때 그는 하던 이야기를 계속했다.

"매일 밤마다 엄청난 숫자의 관객들 앞에서 공연을 펼치는 당신께 그중에서 한 사람의 얼굴을 기억해 달라는 것이 얼마나 무리한 요구인지 저도 잘 압니다. 한 시즌 내내 일주일 동안 여섯 번의 야간 공연과 두 번의 주간 공연을, 그것도 만원사례를 빚은 극장에서 치러야 하니……."

"내 평생 텅 빈 객석을 앞에 두고 공연한 적은 한 번도 없어요. 심지어 불도 나를 못 당했다니까요? 한번은 부에노스아이레스에서 극장에 불이 난 적이 있거든요. 그때 관객들이 대피했을 것 같아요?"

그녀는 특유의 겸손한 태도로 그의 이야기를 거들었다. 그는 그녀의 자화자찬이 끝날 때까지 기다렸다 하던 이야기를 계속했다.

"제 친구와 이 여자는 맨 앞줄 통로 쪽 자리에 앉아 있었습니다. 그러니까 객석을 마주 보고 있던 당신 입장에서는 왼편이 되겠습니다. 자, 이제 제가 드릴 수 있는 유일한 단서를 말씀드릴게요.

●　　**감홍** _ 염화제일수은. 하제, 이뇨제, 매독 치료제로 쓰이며 극약에 속한다.

여자가 두 번째인가 세 번째 합창 도중에 자리에서 일어났다고 하거 든요."

그는 주머니에서 쪽지를 꺼내 확인했다. 그녀는 기억을 더듬으 며 눈을 반짝였다.

"자리에서 일어났다고요? 멘도사가 무대 위에 있는데? 그것참 재미있네요. 그런 일은 단 한 번도 없었는데. 내 노래가 듣기 싫었 던 모양이죠? 아니면 열차 시간에 늦었나?"

그녀는 벨벳 바지에 대고 무슨 복수라도 하는 것처럼 깔끔하게 다듬은 손톱으로 바지를 조심스럽게 긁기 시작했다.

"아뇨, 아뇨, 아뇨, 그런 게 아닙니다. 당신 앞에서 어느 누가 감 히 그럴 수 있겠습니까? 그게 아니라 〈치카 치카 붐〉을 부를 때였 어요. 당신한테 꽃다발 선물을 받지 못한 여자가 자기를 봐 달라고 일어난 거였죠. 여자가 그렇게 잠깐 동안 바로 앞에 서 있었으니 혹 시 기억하실까 싶어서……."

그는 황급히 그녀를 달랬다. 그녀는 눈을 두세 번 잽싸게 깜빡 이며 그 당시 기억을 더듬으려 애를 썼다. 심지어 손질한 머리를 망 치지 않게 조심하면서 가운뎃손가락으로 귀 뒤쪽을 살살 긁기까지 했다.

"여기까지 찾아오셨으니 열심히 기억을 더듬어 볼게요."

그녀는 기억력 촉진에 도움이 된다는 모든 수단을 동원해 가며 최선을 다했다. 그 어색한 손놀림으로 보건대 애연가가 아닌 게 분명한데도 담배에 불까지 붙여 가만히 들고 있었다.

"아, 생각이 안 나요. 미안해요. 아무리 애를 써도 안 되네요. 내 입장에서 지난 시즌이라고 하면 이십 년 전이나 다름없거든요."

결국 그녀는 이렇게 말하고는 시무룩하게 고개를 저으며 아쉽다는 듯이 혀를 찼다.

그는 아무 짝에도 쓸모없게 된 쪽지를 다시 주머니에 넣으려다 다시 한번 흘끗 내려다보았다.

"아, 단서가 한 가지 더 있습니다. 이게 맨 처음에 말씀드린 단서보다 더 도움이 될지 모르겠네요. 제 친구 말로는 그 여자분이 당신과 똑같은 모자를 쓰고 있었답니다. 아주 똑같이 만든 모조품을요."

그녀는 그 소리를 듣고 무언가 생각난 사람처럼 벌떡 일어나 앉았다. 드디어 이제 그녀가 그와의 대화에 온 신경을 집중했다. 기억을 더듬느라 실오라기처럼 가늘어진 두 눈이 반짝였다. 그는 감히 숨을 쉴 수도, 움직일 수도 없었다. 심지어 그녀의 발치에 웅크리고 앉아 있던 비비마저 신기한 듯 주인을 올려다보았다. 드디어 생각이 난 모양이었다. 그녀는 단숨에 거칠게 담배를 비벼 끄더니 마코앵무 비슷하게 외마디 비명을 질렀다. 정글에서 들어도 전혀 손색이 없을 만한 괴성이었다.

"아, 아, 아! 생각났어요! 생각났어!"

그녀의 입에서 알아들을 수 없는 스페인어가 폭포처럼 쏟아져 나왔다. 그녀는 그 폭포 안에서 한참을 허우적거리다 드디어 영어의 세계로 되돌아왔다.

"그 자리에서 일어섰던 그 **물건** 말이죠? 나랑 똑같은 모자를 썼다는 걸 보여 주려고 꽉 찬 객석에서 일어섰던 그 인간! 심지어 조명까지 나한테서 빼앗아 갔죠! 하! 기억이 나느냐고요? 나고말고! 그런 인간을 금세 잊을 수 있겠어요? 하! 이 멘도사를 뭘로 보고!"

그녀가 어찌나 씩씩대며 콧김을 내뿜는지, 제 발로 피난처를 찾아간 비비가 마치 마른 낙엽처럼 날아간 것같이 보일 정도였다.

하녀가 가장 얼토당토않은 이 순간에 끼어들었다.

"의상 담당이 아까부터 기다리고 있는데요, 세뇨리타."

그녀는 머리 위로 팔짱을 꼈다 풀었다 하며 거칠게 신호를 보냈다.

"더 기다리라고 해! 그런 소리 듣기 싫으니까 하지 말고!"

그녀는 한쪽 무릎을 구부려 긴 의자의 한쪽 끝을 딛고 바닥에 내려섰다. 지금의 이런 흥분 상태를 자랑스러운 업적으로 여기는 모습이었다. 그녀는 두 팔을 벌려 그에게 보여 주더니 딱따구리처럼 자기 가슴을 두드렸다.

"이걸 봐요! 한참 시간이 지난 지금도 그때 생각을 하면 내가 얼마나 부르르 떠는지! 이걸 보라고요!"

그녀는 자리에서 일어나 싸울 기세로 자기 허리를 꼭 감싸 안고, 넓은 바지 자락을 펄럭여 가며 이쪽 끝에서 저쪽 끝까지 왔다 갔다 걸었다. 비비는 쓸쓸하게 고개를 숙이고 앙상한 두 팔을 그 위에 얹은 채 저쪽 구석에 웅크리고 있었다.

"그런데 그 여자하고 친구분의 어떤 일 때문에 나를 찾아온 거죠? 그것부터 밝혀야 하는 거 아닌가요?"

그녀가 문득 따져 물었다. 도전적으로 변한 멘도사의 말투로 보건대 모조품 애호가에게 일말의 도움이라도 되는 일처럼 보였다가는 그녀의 협조를 전혀 기대할 수 없었다. 그는 실제로는 그렇지 않지만 그녀의 목표와 그의 목표가 일치하는 것처럼 영리하게 상황을 정리했다.

"제 친구가 지금 아주 심각한 지경에 처했어요, 세뇨리타. 자세한 내막은 이야기 않겠지만, 제 친구를 그 지경에서 구할 수 있는 유일한 사람이 그 여자랍니다. 그날 밤, 그녀와 같이 공연을 보았다는 것을 증명해야 하거든요. 그날 하룻밤 만난 여자라 이름도 모르고, 어디 사는지도 모르고, 아무것도 몰라요. 그래서 샅샅이 찾아나선 겁니다."

그녀는 곰곰이 기억을 더듬는 눈치였다. 잠시 후 그녀가 말했다.

"나도 돕고 싶네요. 나도 그 여자가 누군지 알려 줄 수 있으면 좋겠어요. 하지만 그 전까지 한 번도 본 적이 없어요. 그 이후에도 본 적이 없고요. 그날 그렇게 객석에서 일어났을 때 본 게 전부라 더 이상 드릴 말씀이 없어요."

그러더니 그녀는 울상을 지으며 속절없이 손바닥을 펼쳐 보였다. 적어도 표정상으로는 그녀가 그보다 더 실망한 것처럼 보였다.

"그녀와 함께 왔던 남자는 보셨습니까?"

"아뇨. 그 남자 쪽으로는 눈길 한번 준 적 없어요. 어떤 사람이 같이 왔었는지 설명하라면 못해요. 어두컴컴한 객석에 앉아 있었으니까요."

"엄청난 연결 고리가 하나 모자란 셈인데, 이번에는 정반대네요. 다른 사람들은 모두 내 친구만 기억하고 그 여자는 기억 못하거든요. 그런데 당신은 내 친구는 기억 못하고 그녀만 기억하니 말이죠. 그래 봐야 소용없기는 마찬가지입니다. 아무 증거가 못 되니까요. 그날 밤 극장에서 아무 여자나 객석에서 일어섰을 수 있잖습니까. 그녀가 혼자 왔거나 전혀 다른 남자와 왔을 수도 있고요. 아무 의미 없어요. 둘을 연결시켜 줄 수 있는 증인이 딱 한 명만 있으면 되는데 말입니다. 결국 원점으로 되돌아간 것 같네요. 아무튼 시간 내주셔서 감사합니다."

그는 어쩔 수 없다는 듯이 손바닥으로 무릎을 치고 자리에서 일어섰다.

"계속 생각해 볼게요. 뭘 어쩔 수 있을지 모르겠지만, 아무튼 노력해 볼게요."

그녀가 약속하며 손을 내밀었다. 뭘 어쩔 수 있을지 그도 알 수가 없었다. 그는 짧막하게 악수를 하고 침울한 표정을 지으며 응접실을 지났다. 문득 실망감이 밀려왔다. 가시적인 성과에 가장 가까이 다가간 순간이라 더욱 뼈아프게 느껴졌다. 거의 잡을 수 있었는데 마지막 찰나에 날아가 버렸다. 그는 출발점으로 되돌아왔다.

엘리베이터 보이가 고개를 돌리고 뭔가를 기대하는 눈빛으로 그를 쳐다보고 있었다. 그도 모르는 사이 엘리베이터가 1층에 도착한 것이다. 이제 내려야 할 때였다. 누군가 밀어 준 문을 지나 밖으로 나온 그는 잠깐 동안 호텔 입구에 가만히 서 있었다. 어느 쪽으로 가면 좋을지 알 수가 없었다. 이쪽으로 가나 저쪽으로 가나 오십 보 백 보였다. 그는 그렇게 사소한 결정마저 내릴 수 없을 만큼 절망의 늪에서 허우적거렸다.

그는 택시가 보이기에 손을 흔들었다. 하지만 손님이 타고 있어서 다른 택시를 기다렸다. 그러느라 그 앞에서 일 분을 지체했다. 가끔 일 분이 엄청난 차이를 낳을 때가 있다. 그는 멘도사에게 아무 연락처도 남기지 않았으니 그녀 쪽에서 연락을 하고 싶어도 방법이 없었다. 그를 태운 두 번째 택시가 막 출발하려는 찰나, 호텔 회전문이 프로펠러처럼 정신없이 돌아가더니 벨보이가 달려 나왔다.

"조금 전까지 멘도사 양의 객실에 계셨던 손님이신가요? 방금 전에 멘도사 양께서 로비로 연락을 하셨어요. 괜찮으시면 다시 올라와 달라고요."

그는 호텔로 들어가 단숨에 올라갔다. 좀 전에 만났던 그 복슬복슬한 눈덩이가 반가워하며 그에게 달려들었다. 이번에는 그러거나 말거나 상관없었다. 그녀는 잠옷을 벗고 이 옷, 저 옷 입어보는 중이었다. 그래서 만들다 만 전등갓이 방 한가운데 서 있는 것처럼 보였지만, 그는 그러거나 말거나 관심 없었다. 그녀는 당황스러워하는 기색이 없었다.

"결혼하셨죠? 후후, 안 하셨더라도 언젠가는 할 테니까 결국 상관없어요."

이제 와서 예의범절을 따지는 이유가 뭔지 그로서는 이해가 되지 않았지만 모르는 채 넘어가기로 했다. 그녀는 기다란 천 조각을 집어 한쪽 어깨 위로 아무렇게나 늘어뜨렸다. 몸을 가리는 데 전혀 도움이 안 되는 선택이었다. 그러더니 입안 가득 시침핀을 물고 발치에 무릎을 꿇고 있던 그림자 같은 인물을 내보냈다.

"당신이 나가고 얼마 안 있어 생각난 게 있어요. 내가 아까까지 계속……."

단둘이 남자마자 그녀가 말했다. 그녀는 문고리를 잡고 돌려 보는 사람처럼 손을 이쪽으로 비틀었다 저쪽으로 비틀었다 했다.

"화가 나 있었거든요."

그는 문득 '윌리엄'이라는 이름이 생각났다.

"그래서 화가 나면 늘 쓰는 방법을 동원해 사소한 물건들을 몇 개 깨뜨리면서 해소했어요."

그녀는 아무렇지도 않은 듯 바닥에 산산이 흩어진 크리스털 조각과 그 한가운데서 나뒹구는 전구 모양의 깨진 향수병을 가리켜 보였다.

"그랬더니 정말 신기한 일이 벌어졌지 뭐예요. 좀 전에 이야기했던 그 여자 때문에 화가 났던 때가 생각난 거 있죠. 이것저것 집어 던졌더니 그때도 어떤 식으로 물건들을 집어 던졌는지 기억이 난 거죠. 희한하지 않아요? 그 모자를 어떻게 했는지 기억이 나다니. 그래서 알려 드리면 도움이 될까 해서요."

그녀는 어깨를 으쓱했다. 그는 흥분한 마음을 애써 달래며 한 발을 앞으로 내밀고 기다렸다. 그녀는 손가락을 흔들며 설명을 시작했다.

"그날 밤, 그 여자가 그런 짓을 했을 때 내가 분장실로 돌아가서 어떻게 했는가 하면……."

그녀는 심호흡을 했다.

"손을 묶어 놨어야 했는데. 테이블 위에 있던 물건들을 모조리 쓸어 버렸거든요. 이렇게요."

그녀는 한쪽 팔로 테이블을 말끔히 청소했다.

"내 심정이 어땠을지 이해하죠? 내가 잘못한 거 아니죠?"

"그럼요."

그녀는 브래지어 덕분에 생긴 둔덕에 손바닥을 얹고 손가락으로 톡톡 두드렸다.

"어느 누가 감히 관객들 앞에서 나한테 그런 짓을 할 수 있겠어요? 그런 사람이 있으면 나, 멘도사가 가만 놔둘 것 같아요?"

그녀가 폭발하면 어떻게 되는지 목격한 터라 그도 그러리라는 생각이 들었다.

"지금처럼 이런 실내복 차림으로 문을 박차고 달려 나가려는 나를 무대 감독이랑 하녀, 둘이서 두 팔로 붙잡았죠. 극장 앞에서 그 여자가 보이면 이 두 손으로 갈기갈기 찢어 버리려고 했거든요!"

그는 그녀가 극장 앞에서 그 여자와 드잡이를 벌였더라면 얼마나 좋았을까 하는 생각이 들었다. 그랬더라면 헨더슨이 이야기를 했을 테고, 그녀도 지금보다 훨씬 일찍 그날의 기억을 떠올렸을 텐데.

"내가 본때를 보여 줬을 텐데!"

그녀는 한참이 지난 지금까지도 분이 풀리지 않은 듯했다. 롬바드는 조심스럽게 한두 걸음 뒤로 물러섰다. 그녀가 그를 향해 몸을 웅크린 채 바닷가재처럼 손가락을 꿈틀거렸던 것이다. 비비는 불안해서 애원하는 것처럼 그 조그만 손가락으로 깍지를 꼈다 풀었다 했다. 그녀는 허리를 펴고 평영을 하듯 팔을 밖으로 뻗었다.

"다음 날이 됐는데도 화가 풀리지 않더라고요. 내가 뒤끝이 길어요. 그래서 모자를 만들어 준 디자이너를 찾아가 화풀이를 했죠. 손님들로 북적대는 가게에서 그녀의 얼굴에 대고 모자를 던지면서 말했어요.

'나만을 위해 기발한 작품을 만들어 주겠다고 했지? 세상에 딱 하나밖에 없는 모자를 만들어 주겠다고. 그런 모자를 쓰는 사람이 아무도 없을 거라고.'

그런 다음 모자를 그녀의 얼굴에 대고 비볐죠. 그녀는 모자에 달렸던 깃털을 뱉어 내느라 내가 가게에서 나올 때까지 아무 말도 못했어요."

그녀는 두 손을 모으고 물었다.

"어때요? 도움이 됐나요? 그 사기꾼 디자이너는 누구한테 모조품을 팔았는지 알 것 아니에요? 그녀한테 물어보면 여자를 찾을 수 있지 않겠어요?"

"좋았어! 됐다! 만세! 디자이너 이름이 뭡니까? 이름요!"

그가 하도 우렁차게 외치는 바람에 긴 의자에서 거꾸로 떨어진 비비가 그 밑으로 들어가 꼬리까지 감추었다.

"잠깐만요. 생각해 볼게요. 내가 워낙 다양한 공연에서 워낙 다양한 고객을 상대하다 보니 전부 다 기억을 못하거든요."

멘도사는 미안하다는 듯이 관자놀이를 손가락으로 톡톡 두드리다가 하녀를 불러 지시를 내렸다.

"작년에 공연을 하면서 모자 디자이너한테 받은 청구서들 찾아봐. 그중에 있는지."

"하지만 그 옛날 것까지 일일이 보관하지 않잖아요, 세뇨리타."

"이 바보야, 굳이 처음 받은 청구서를 찾을 필요 없잖아. 지난달에 받은 것들 중에서 찾아봐. 계속 보내고 있을지 모르니까."

무대 위의 스타는 그 어느 때보다 스스럼없는 태도를 보였다. 하녀는 제법 오랜 시간이 지난 뒤에 다시 나타났다. 롬바드로서는 기다리기 괴로울 만큼 긴 시간이었다.

"찾았어요. 정말로 이번 달에 다시 보냈네요? '모자 하나, 100

달러' 하고, 제일 위쪽에 '케티샤'라고 찍혀 있네요."

"맞아! 바로 그거야! 어때요?"

그녀가 롬바드에게 청구서를 주었다. 그는 주소를 옮겨 적고 청구서는 그녀에게 돌려주었다. 그녀의 손이 히스테리를 부리자 손톱만 한 종잇조각들이 바닥 위로 눈보라처럼 흩날렸다. 그녀는 그 한복판을 딛고 섰다.

"뻔뻔한 것! 일 년이 지난 지금까지 청구서를 보내다니! 낯짝이 두껍기도 하지!"

그녀가 고개를 들어 보니 그는 벌써 문지방을 넘은 뒤였다. 그는 기회주의자였다. 도움을 받을 만큼 받았으니 그녀는 더 이상 쓸모없는 존재였다. 이제는 다음 연결 고리를 찾아 떠나야 할 때였다. 그녀는 그의 앞날에 축복을 빌어 주기 위해 황급히 문간으로 달려갔다. 하지만 선의가 아니라 악의에서 비롯된 축복이었다. 그녀는 응접실까지 따라 나갈 작정이었는데 만들다 만 치마 버팀대가 문에 걸리는 바람에 나가지 못했다.

"그 여자 꼭 잡길 바랄게요! 아주 혼쭐이 났으면 좋겠네!"

그녀는 표독스러운 목소리로 날카롭게 외쳤다.

뭐든 용서할 수 있어도, 같은 자리에서 같은 모자를 쓰고 있는 여자는 용서할 수 없는 법이다.

그는 가게로 들어선 순간 어색함을 느꼈지만 그래도 꿋꿋하게 버렸다. 소기의 목적만 달성할 수 있다면 이보다 더 엉뚱한 곳도 얼마든지 찾아갈 수 있었다. 골목길 안쪽의 일반 주택을 상점으로 개조한 이런 곳은 눈에 잘 띄지 않을수록 비싸고 고급스러운 가게였다. 1층은 전체가 전시실인지 뭔지, 하여튼 그런 용도로 쓰였다. 그는 용건을 밝히고 1층 중에서도 가장 외진 구석을 피신처로 삼았다.

그가 찾아왔을 때 마침 전시회가 한창이었다. 어쩌면 날마다 이 시간이면 전시회를 여는지도 모를 일이었다. 그렇게 생각해도 마음이 불편하기는 마찬가지였지만. 남자는 그밖에 없었다. 적어도 고객이 될 만한 연령대의 남자는 그 혼자뿐이었다. 여기저기 드문드문 앉아 있는 손님들 사이에서 쭈글쭈글한 칠십 대 노인이 한 명 보이기는 했다. 깜찍한 아가씨의 동행인데, 옷 고르는 거 도와 달라고 손녀딸이 끌고 온 모양이다. 롬바드는 노인장을 언짢은 눈초리로 쳐다보며 '인간의 정신력은 정말이지 기적을 낳는다니까?'라는 생각을 했다. 하지만 그 한 명을 제외하고는 모두 여자였다. 심지어 도어맨과 사환마저 여자였다.

뒤편에서 모델들이 몸을 이리저리 우아하게 돌리며 하나씩 천천히 앞으로 나와 전시실 전면을 한 바퀴 순회했다. 구석 자리에 앉아서 그런지, 모두들 그의 앞에서 360도 회전을 하고 심지어 멈추어 서기까지 했다. 그는 물건을 사러 온 손님이 아니라고 외치고 싶었지만 그럴 만한 용기가 없었다. 다른 데 보고 싶은 곳도 많은데 모델들의 얼굴을 계속 쳐다보고 있어야 하니 시간이 흐를수록 점점 더 불편해졌다. 들어오면서 이야기를 나누었던 젊은 아가씨가 돌아와 드디어 그를 구원해 주었다.

"케티샤 부인께서 2층에 있는 사장실로 모시랍니다."

그녀가 속삭였다. 사환이 사장실까지 길을 안내하고 노크를 한 뒤 다시 1층으로 내려갔다.

안으로 들어가 보니 젖가슴이 풍만하고 머리는 빨간 중년의 아일랜드 여성이 커다란 책상에 그를 마주 보고 앉아 있었다. 우아한 디자이너다운 면모라고는 찾아볼 수 없었을 뿐 아니라 심지어 촌스럽고 칠칠찮은 인상마저 풍겼다. 그는 그녀를 위아래로 훑어보며, 어느 뒷골목에서 키티 쇼라는 이름으로 일을 하며 신뢰를 두둑이 쌓은 인물일지 모르겠다는 생각을 했다. 그녀는 사업의 귀재일 것이다. 어마어마하게 성공한 사람이라야 이렇게 허름한 차림새를 여봐란 듯 내보일 수 있는 법이었다. 그래도 첫인상은 대체로 좋은 편이었고, 그는 비굴하게 안도의 한숨을 내쉬었다. 그녀는 크레용으로 색칠한 도안을 빛의 속도로 훑으며 버릴 것은 오른쪽으로, 살릴 것은 왼쪽으로 분류했다. 어쩌면 그 반대일 수도 있었다.

"네, 어떻게 오셨나요?"

그녀는 고개를 들지도 않은 채 무뚝뚝하게 물었다. 그는 막막했다. 멘도사를 만나고 오는 길이라 아직 정신이 없었다. 시간도 제법 늦어서 오후 5시가 다 되어 가고 있었다.

"이 가게의 예전 고객을 한 분 만나고 곧장 찾아온 길입니다. 남미에서 건너온 멘도사라는 배우 아시죠?"

그녀는 이 말에 고개를 들더니 "용건만 간단히 말씀해 주시죠"라고 뚱한 목소리로 말했다.

"지난해 공연 때 그녀에게 모자를 만들어 주었던 걸 기억하십니까? 백 달러짜리였는데, 그 모조품을 누가 사 갔는지 알고 싶어서요."

그녀는 폭발하기 전에 먼저 도안부터 안전하게 치웠다. 쓸 것은 서랍에, 버릴 것은 휴지통에. 그녀는 성질을 부렸다. 죽였다 마음대로 조절할 수 있고 거기에 타이머까지 달린 듯했다. 그런 점에서 멘도사보다 나았고, 좀 더 단도직입적이었다. 그녀가 손으로 책상을 내리치자 수류탄이라도 터진 것처럼 쾅 소리가 났다.

"그 이야기는 꺼내지도 마세요! 그 모자 때문에 골치를 썩일 대로 썩였으니까! 그때도 말했던 것처럼 모조품은 만든 적 없어요. 내가 오리지널을 만든다고 하면 그런 거예요. 이 가게에서는 내가 아는 한 모조품을 만든 적이 없으니 모조품이 있다 하더라도 내 책임이 아니죠! 내가 손님들한테 바가지는 씌울지 몰라도 배신은 하지 않아요!"

그녀는 으르렁거렸다.

"모조품이 있는 건 분명합니다. 똑같은 모자를 쓴 여자가 극장에 나타나 조명을 사이에 두고 그녀와 서로 마주 보았으니까요!"

그는 그대로 물러서지 않았다. 그녀는 팔꿈치를 든 채 책상 위로 한껏 몸을 기울였다.

"그 여자가 나더러 어떻게 해 줬으면 좋겠대요? 명예 훼손으로 고소라도 해 줄까요? 계속 이러면 정말 고소할 거예요! 거짓말쟁이 같으니라고. 그 여자한테 가서 내가 그런 소리를 하더라고 일러바쳐도 상관없어요!"

그녀는 고함을 질렀다. 그는 모자를 벗어 한쪽 구석에 있는 의자 위로 던졌다. 찾아온 목적을 달성하기 전에는 나가지 않겠다는 뜻이었다. 그는 심지어 재킷 단추를 풀고 팔까지 이리저리 움직였다.

"그 여배우하고는 아무 상관없는 일이니까 그쪽은 더 이상 운운하지 맙시다. 내가 여길 찾아온 목적은 따로 있습니다. 모조품은 분명 있어요. 내 친구가 똑같은 모자를 쓴 여자와 극장엘 갔으니까요. 그러니까 모조품은 없다는 둥, 그런 소리는 하지 맙시다. 내가 알고 싶은 건 그 여자의 정체입니다. 즉, 고객 명단에 적힌 이름을 알려 달라는 거죠."

"나도 몰라요. 명단에 있을 리가 없죠. 우리 가게에서는 모조품을 만든 적이 없으니까요. 하루 종일 똑같은 이야기만 계속 반복하실 거예요?"

그가 턱을 내밀고 대답 대신 책상을 내리치자 온 책상이 덜커덩거렸다.

"지금 한 남자의 목숨이 경각에 달렸단 말입니다! 그런 상황에서 당신네 가게의 영업 철칙이 뭐가 됐건 내가 알 게 뭐요! 계속 거기 그렇게 앉아서 딴청 부리면 이 방문을 잠그고 밤새도록 지킬 테니까 알아서 해요! 내 말 무슨 뜻인지 모르겠어요? 앞으로 구 일 뒤면 한 남자가 사형을 당한단 말입니다! 그 친구를 살릴 수 있는 유일한 사람이 그 모자를 썼던 여자예요. 이름을 대요. 내가 찾고 싶은 건 모자가 아니라 그 여자라고요!"

그녀가 갑자기 언성을 낮추었다. 그의 말에 호기심이 동해서 성질을 죽인 것이다.

"그 남자가 누군데요?"

그녀가 궁금하다는 듯이 물었다.

"스콧 헨더슨. 부인을 죽였다는 누명을 썼어요."

그녀는 고개를 끄덕였다.

"예전에 신문에서 읽은 기억이 나네요."

그는 다시 책상을 내리쳤다. 이번에는 좀 전보다 강도가 약했다.

"그 친구는 결백해요. 사형 집행을 어떻게든 막아야 한다고요. 멘도사가 이 가게에서 특별 제작한 모자를 샀죠. 다른 어디에도 없는 모자를. 그런데 똑같은 모자를 쓴 여자가 객석에 나타났어요. 그 친구가 이 여자와 그날 저녁 내내 함께 있었는데 그녀의 이름도, 아무것도 모른답니다. 내가 무슨 수를 써서라도 그녀를 찾아야 해요. 그래야 아내가 살해된 시각에 그 친구가 집에 없었다는 걸 그녀를 통해 입증할 수 있으니까. 이제 알겠어요? 이보다 더 명쾌한 설명이 필요합니까?"

그녀는 우유부단한 구석이 전혀 없는 성격인 듯했다. 살짝 머뭇거리는 기미를 보이기는 했지만, 아주 찰나에 불과했다. 그녀는 자기 보호 차원에서 한 번 더 짚고 넘어갔다.

"그 남미 악질이 법적으로 걸고넘어지려는 수작이 아닌 게 분명하죠? 내가 아직까지 대금도 못 받고 그날 그 수모를 당하고도 고소하지 않은 이유가 혹시라도 맞고소를 당할까 봐 그런 건데. 그런 문제로 시끄러워지면 우리 가게 명성에 흠집이 가잖아요."

"나는 변호사 아닙니다. 남미에서 온 기술자예요. 혹시 의심스러우면 증거를 보여 드릴게요."

롬바드는 여자를 안심시켰다. 그는 주머니에서 신분증이 될 만한 것들을 꺼내 그녀에게 건넸다.

"그럼 믿고 이야기해도 되겠네요."

그녀는 마침내 마음의 결정을 내렸다.

"그럼요. 제 관심사는 오로지 헨더슨뿐입니다. 그 친구를 감옥에서 빼내려고 발에 쥐가 나도록 뛰어다니고 있어요. 두 분이 옥신각신하는 것은 저와 아무 상관없는 일입니다. 수사를 하다 우연히 알게 된 사건일 뿐이니까요."

그녀는 고개를 끄덕이고 문 쪽을 흘끗 쳐다보았다. 제대로 닫혀 있는지 확인하기 위해서였다.

"알겠습니다. 멘도사 앞에서는 절대 솔직하게 인정할 수 없는 이유, 잘 아시죠? 우리 가게에서 유출이 되긴 했어요. 그러니까 우리 가게에서 모조품이 만들어진 거죠. 하지만 정식으로 만든 게 아니라 직원이 몰래 만든 거예요. 선생님한테만 털어놓는 이야기예요. 소문이 퍼지는 건 원치 않아요. 공식석상에서 이 문제가 대두되면 당연히 딱 잡아뗄 겁니다. 도안을 그린 디자이너가 저지른 짓은 아니에요. 우리를 배신할 직원이 아니거든요. 이 가게를 처음 시작했을 때부터 함께 일을 했고 투자까지 했는데, 자기 아이디어를 그런 식으로 팔아넘겨 오십 달러나 칠십오 달러 따위 푼돈을 챙겨서 뭐하겠어요? 게다가 자기가 만든 작품인데, 제 살 깎아먹는 거나 다름없잖아요. 멘도사가 그날 그 난리를 부리고 간 다음 그 직원과 나, 이렇게 둘이서 몰래 알아봤는데, 그 직원의 파일에서 그 도안만 없어졌더라고요. 누가 재탕하려고 몰래 슬쩍한 거예요. 바느질을 맡은 아이의 소행이 아닐까 싶었어요. 그 아이는 당연히 아니라고 했고, 증거는 없었지만요. 집에서 만든 게 분명해요. 도안을 다시 파일에 몰래 넣으려고 했는데, 그 전에 우리한테 들킨 거죠. 만일의 경우에 대비해서 다시는 그런 봉변당하지 않게 그 아이는 내보냈어요."

그녀는 엄지손가락으로 어깨 너머를 가리켰다.

"그러니까 롬바드 씨, 롬바드 씨 맞죠? 매출 장부상 그 모자를 구입한 두 번째 손님은 없는 거예요. 공식적으로는 그래요. 나로서는 돕고 싶어도 도울 방법이 없네요. 그 여자를 꼭 찾고 싶으면 우리 가게에서 일했던 그 봉제 담당을 만나 보는 게 가장 확실한 방법 아니겠느냐고 조심스럽게 의견을 내놓는 거라면 모를까. 말씀드렸다시피 그 아이가 그 모자에 대해 알 거라고 장담은 못해요. 우리는

293

심증이 워낙 확실해서 내보냈지만요. 어떻게 할지, 알아서 결정하세요."

이제 드디어 잡았나 했더니 또다시 한 발자국 앞으로 달아나 버렸다.

"만나 봐야죠. 선택의 여지가 없으니까요."

그는 풀 죽은 목소리로 대답했다.

"그 부분은 도와드릴 수 있을 거예요."

그녀는 책상에 달린 스피커를 켰다.

"루이스 양, 멘도사랑 그 문제 터지고 나서 곧바로 내보낸 아이 이름 좀 가르쳐 줘. 주소도."

그는 기다리는 동안 책상을 팔꿈치로 딛고 머리를 손으로 비스듬히 받쳤다. 그녀는 그런 자세에서 무언가를 간파한 듯했다.

"친구를 아주 끔찍이 생각하시는 모양이네요?"

그녀는 다정하다고 할 수 있는 목소리로 이렇게 물었다. 거의 쓰지 않는 말투라 제대로 내려고 헛기침까지 했다. 그는 아무 대답도 하지 않았다. 대답을 할 필요가 없는 질문이었다. 그녀는 서랍에서 납작한 아이리시 위스키 병을 꺼냈다.

"아래층에서 내놓는 샴페인은 완전 맹탕이죠? 엄청난 일을 앞두고 있을 때는 이거 한 모금이 직방이지. 저세상에서 편히 쉬고 있는 우리 아버지한테 배운 건데……."

스피커가 신호음을 보내더니 어떤 아가씨의 목소리가 들렸다.

"매지 페이턴이래요. 여기서 일했을 때 남긴 주소는 14가 498번지고요."

"그래? 그런데 14가 어느 쪽?"

"모르겠어요. 그냥 14가라고만 돼 있어요."

"상관없습니다. 어차피 동쪽 아니면 서쪽일 테니까요."

그는 주소를 받아 적고, 의자로 가서 모자를 줍고, 짧았던 휴식 시간을 마감하고 새롭게 투지를 불사르며 재킷 단추를 채웠다. 그녀는 책상에 앉은 채 손으로 눈을 가렸다.

"그 아이가 어떤 아이었는지 기억을 더듬어 볼게요. 자진해서 실토할 리 없으니 미리 파악하고 가야죠. 아, 생각났다. 말이 없고 조용한 성격이었어요. 블라우스에 치마 입고 다니는 얌전한 스타일. 무슨 말인지 알죠? 그런 아이들이 원래 예쁘게 생긴 아이들보다 돈의 유혹에 쉽게 넘어가요. 돈을 만져 볼 기회가 별로 없으니까. 대개 남자도 무서워해서 만나려 들지 않죠. 그러다 어쩌다 한 명 사귀면 꼭 잘못 골라요. 경험이 없어서."

그녀는 손을 내리고 고개를 들었다. 그녀는 영리한 여자였다. 어느 뒷골목의 키티 쇼 신세를 면한 것도 그 덕분일 것이다.

"우리가 원래 멘도사한테 요구한 금액이 백 달러였어요. 그 아이는 모조품으로 기껏해야 오십 달러쯤 받았을 거예요. 그 부분을 공략해 보세요. 나머지 오십 달러를 주겠다고 하면 술술 실토할 걸요? 먼저 그 아이를 찾아내는 게 관건이지만."

그는 힘없이 터벅터벅 계단을 내려가며 중얼거렸다.

"그게 관건이지."

하숙집 주인이 문을 열어 주었다. 흑단인 척 새까맣게 칠한 위에 정사각형 유리창이 달려 있고 그 뒤로 황갈색 블라인드가 보이는 문이었다.

"네?"

그녀가 물었다.

"매지 페이턴을 찾아왔는데요."

그녀는 대답할 기운조차 아끼느라 고개만 저었다.

"외모는 평범하고 조용한 아가씨예요."

"누구 말하는지 알아요. 여기 안 살아요. 이사한 지 꽤 됐어요."

그녀는 말을 하면서 계속 길거리를 두리번거렸다. 수고스럽게 여기까지 나와 문을 열었으니 다시 들어가기 전에 뭐라도 구경하는 게 좋겠다고 생각하는 눈치였다. 어쩌면 이렇게 계속 서서 그를 응대하는 것도 그의 용건에 관심이 있어서라기보다 그런 생각 때문일 수 있었다.

"어디로 이사했는지 아십니까?"

"아무 말 없이 떠났는데요. 나는 그런 거 물어보고 안 그래요."

"하지만 남긴 흔적이라도 있을 거 아닙니까. 사람이 연기처럼 사라질 리도 없고. 짐은 어떤 식으로 옮겼나요?"

"한 아름 안고 걸어갔는데요. 저쪽으로 갔어요. 그게 무슨 힌트가 될 수 있을지 모르겠지만."

그녀는 엄지손가락을 까닥였다. 별다른 힌트가 못 됐다. '저쪽'에는 교차로가 세 개 더 있었다. 조그만 간선 도로와 강도 있었다. 연결되는 주만 해도 열다섯 개에서 스무 개였고, 바다도 있었다.

이만하면 바람도 실컷 쐬고 구경도 실컷 했다 싶은지 그녀가 말문을 열었다.

"요깃거리가 필요하면 만들어 드릴 수 있어요. 하지만 물어보신 그 부분은……."

그녀는 손가락을 모아서 입술에 댔다가 바람을 훅 불며 손가락을 벌렸다. 허무하게 됐다는 뜻이었다. 그녀는 문을 닫으며 덧붙였다.

"어디 아프세요? 얼굴이 하얘요."

"좀 그러네요. 대문 앞에 잠깐 앉아 있다 가도 될까요?"

그는 솔직히 시인했다.

"그러세요. 드나드는 사람들한테 거치적거리지만 않으면 돼요."

쾅.

016
017
018

사형 집행 8일 전

사형 집행 7일 전

사형 집행 6일 전

　뉴욕에서 세 시간 동안 타고 온 열차에서 내린 그는 열차가 시야에서 사라지자마자 미심쩍은 듯 주변을 두리번거렸다. 이 일대는 대도시 근처의 외딴 마을인데, 왜 그런지 몰라도 한참 먼 시골보다 훨씬 나른하고 촌스러운 분위기를 풍겼다. 어쩌면 아직 변화에 적응이 안 된 상태에서 극과 극인 것처럼 느껴지기 때문일지 모른다. 이 정도면 도시에서 가까운 편이라 대도시의 특징들이 여기저기에서 눈에 띄었다. 유명한 염가 할인점, 대형 슈퍼마켓, 낯익은 오렌지 주스 체인점……. 그런데 이런 매장들이 대도시와의 거리감을 누그러뜨리기는커녕 한층 부채질했다.

　그는 봉투 뒷면에 주소와 함께 한 줄씩 적은 명단을 확인했다.

이름들이 서로 비슷한데, 자세히 보면 2개 국어로 씌어 있었다. 마지막 두 줄만 빼고 모두 선이 그어져 있었다. 예컨대 이런 식이었다.

매지 페이턴, 모자 판매업자 (주소)

마지 페이턴, 모자 판매업자 (주소)

마거릿 페이턴, 모자 (주소)

마그다 부인, 모자 (주소)

마르고 부인, 모자 (주소)

그는 철길 건너편 주유소에서 정비사에게 물었다.

"이 근처에서 모자 만들어 팔고 이름이 마르게리트인 여자 혹시 알아요?"

"해스컴 부인 하숙집 창문에 무슨 간판 걸려 있는 거 봤는데. 모자인지 옷인지 그건 잘 모르겠어요. 자세히 안 봐서. 이 길 끝 집이에요. 죽 직진하면 돼요."

흉물스러운 목조 주택 1층 창문 한 귀퉁이에 손으로 쓴 초라한 현수막이 걸려 있었다.

마르게리트, 모자

이렇게 허름한 가게에 외국어 상호라니. 그는 이런 외딴 마을에서도 프랑스어라야 하는가 싶어 희한하다는 생각이 들었다. 이상한 관례였다.

그는 어두침침한 현관으로 다가가 문을 두드렸다. 케티샤의 설명대로라면 문을 열어 준 사람이 그녀였다. 평범하고 소심해 보이는 외모. 얇은 블라우스에 감색 치마. 한 손가락 끝에 금속 덮개가 씌워져 있었다. 골무였다. 그녀는 그가 이 집주인을 만나러 온 줄 알았는지 묻지도 않은 말에 대답했다.

"해스컴 부인은 시장 가셨어요. 좀 있으면⋯⋯."

그가 말했다.

"페이틴 양, 찾느라 시간이 좀 걸렸습니다."

그녀는 겁에 질린 얼굴로 뒷걸음치며 당장 문을 닫으려고 했다. 그가 닫지 못하게 발로 막았다.

"잘못 찾아오신 것 같은데요."

"아뇨, 제대로 찾아온 것 같은데요."

그녀가 왜 그렇게 겁에 질렸는지 모를 일이었지만 아무튼 그런 반응 자체가 제대로 찾아왔다는 증거였다. 그녀는 계속 고개를 저었다.

"좋습니다. 그럼 제가 알고 있는 사실을 말씀드릴까요? 예전에 케티샤의 모자 가게에서 일한 적 있죠? 봉제실에서."

그녀의 얼굴이 백지장처럼 하얗게 질렸다. 그는 얼른 그녀의 손목을 잡았다. 문도 안 닫고 안으로 도망치려는 기색을 본 것이다.

"어떤 여자가 당신에게 접근해 멘도사라는 여배우를 위해 만든 것과 똑같은 모자를 만들어 달라고 했죠?"

그녀는 점점 더 세게 고개를 저었다. 할 수 있는 게 그것밖에 없는 듯했다. 그녀는 겁에 질린 채 그에게서 벗어나려고 몸을 뒤로 젖히고 안간힘을 썼다. 그가 손을 놓으면 넘어질 판국이었다. 공포도 그 대척점에 있는 용기만큼 사람을 고집불통으로 만들 수 있었다.

"그 여자 이름만 알려 주면 됩니다."

그녀는 이성이 마비된 상태였다. 그렇게 극심한 공포심에 사로잡힌 사람은 그 평생 처음이었다. 얼굴이 흙빛이었다. 심장이 실제로 튀어나오기 직전인 것처럼 두 뺨이 실룩거렸다. 도안 좀 훔쳤다고 이런 반응을 보일 리 없었다. 앞뒤가 안 맞았다. 사소한 잘못치고 반응이 극단적이었다. 그는 수사를 하는 와중에 전혀 무관한 사건과 얽히게 됐다는 것을 어렴풋이 느낄 수 있었다. 어찌 된 영문인지 짐작하려고 해 봐야 이 정도가 전부였다.

"그 여자 이름만……."

겁에 질린 그녀의 눈빛으로 보건대 그가 무슨 소리를 하는지 들리지도 않는 듯했다.

"고발하러 온 거 아닙니다. 그 여자 이름을 알아내러 온 거예요."

그녀는 가까스로 대답을 했다. 쥐어짜는 듯한 목소리였지만 아무튼 대답을 했다.

"알려 드릴게요. 안에 있어요. 잠깐만 손 좀 놓아 주세요."

그는 닫지 못하게 문을 붙잡고 으스러져라 잡고 있었던 그녀의 손목을 놓았다. 그녀는 당장 바람처럼 사라졌다. 그는 그 자리에서 잠깐 기다리다 왜 그랬는지 모르겠지만, 그녀가 사라진 공간에서 느껴지던 긴박감 때문이었는지, 아무튼 어둑어둑한 중앙 복도를 쏜 살같이 내달려 그녀가 닫고 들어간 문을 활짝 열었다. 다행히 그녀는 문을 잠그지 않았다. 그는 문을 열자마자 그녀의 머리 조금 위쪽에서 번뜩이는 가위를 보았다. 무슨 수로 그랬는지 모르겠지만, 아무튼 제때 도착한 것이다. 그는 팔을 휘둘러 가위를 막았다. 그 바람에 소매가 잘리고 팔이 베였지만 가위를 빼앗아 한쪽 구석으로 던질 수 있었다. 만약 그녀가 제대로 겨냥했더라면 심장 깊숙이 찌르고도 남았을 것이다.

"왜 이래요?"

그는 움찔하며 손수건을 소매 안으로 쑤셔 넣었다. 그녀는 밟아서 뭉개진 아이스크림콘처럼 쓰러졌다. 그런 채로 눈물을 쏟아 내며 횡설수설했다.

"그 뒤로 그 사람 만난 적 없어요. 어떻게 하면 좋을지 알 수가 없어서…… 그 사람이 무서워서 거절 못했어요. 나더러 며칠이면 된다고 했는데 몇 개월이 지났어요. 무서워서 아무한테 말도 못 하고…… 말하면 그 사람이 죽여 버린다고 해서……."

그는 손으로 그녀의 입을 막고 잠시 동안 그대로 있었다. 이것은 그와 전혀 무관한 이야기였고, 듣고 싶지 않았다.

"그만해요, 겁에 질린 바보 같으니라고. 나는 당신한테 케티샤의 가게에서 도용한 모자를 주문한 여자의 이름만 알면 된단 말이오. 그렇게 얘기했는데도 모르겠어요?"

너무 급작스러운 반전이라 그녀로서는 이제 안심해도 된다는 사실을 선뜻 믿을 수가 없었다.

"그냥 하는 말이잖아요. 나를 속이려고……."

어디에선가 너무 가냘파서 잘 들리지도 않는 울음소리가 새어 나왔다. 그녀는 모든 것에 겁이 나는지 들릴락 말락 한 그 소리에도 얼굴이 다시 하얗게 질렸다.

"종교 있어요?"

그가 물었다.

"예전에 성당을 다녔어요."

과거형이라는 데 비극의 씨앗이 있었다.

"묵주 있으면 꺼내 봐요."

이성으로 되질 않으니 감정적인 접근이 필요했다. 그녀는 묵주를 손바닥에 얹어서 내밀었다. 그는 두 손을 이용해 위아래로 그녀의 손을 감쌌다.

"이 묵주에 대고 맹세하건대 내가 원하는 건 그 여자의 이름뿐이에요. 그것 말고는 전혀 없어요. 다른 문제로 당신을 해코지하지 않을 겁니다. 다른 문제로 당신을 찾아온 것도 아니고요. 이래도 못 믿겠어요?"

그녀는 묵주를 잡고만 있어도 진정이 되는지 조금 침착해졌다.

"리버사이드 드라이브 6번지에 사는 피에레트 더글러스였어요."

울음소리가 조금씩 커지기 시작했다. 그녀는 못 미더운 듯 불안한 눈빛으로 그를 슬쩍 쳐다보더니 커튼을 쳐 놓은 방 한쪽 공간으로 들어갔다. 울음소리가 뚝 그쳤다. 그녀는 하얀색의 긴 싸개를 늘어뜨리며 품에 안고 돌아왔다. 발그스름하고 조그만 얼굴이 그 속에서 믿음이 담긴 눈빛으로 그녀를 올려다보고 있었다. 그녀는 롬바드를 쳐다볼 때는 여전히 겁에 질린 표정을 지었다. 하지만 그 조그만 얼굴을 내려다볼 때는 사랑이 넘쳐 나는 표정으로 바뀌었다. 남들에게 알릴 수 없는 죄스럽고 고집스런 사랑이었다. 날이 가고 달이 갈수록 점점 강하고 단단해지는 외로운 이의 사랑이었다.

"리버사이드 드라이브 6번지에 사는 피에레트 더글러스라고 했죠? 그 여자한테 얼마 받았소?"

그는 주섬주섬 돈을 꺼냈다.

"오십 달러요."

그녀는 오래도록 잊고 지냈던 이야기를 하는 사람처럼 멍하니 대답했다. 그는 그녀가 뒤집어 놓고 작업중이던 모자 속으로 지폐를 획 던졌다. 그러고는 문 앞에서 말했다.

"앞으로는 참는 법을 배우도록 해요. 이런 식이면 죄를 자백하는 거나 다름없다고요."

그녀는 그의 말을 듣지 않았다. 그의 이야기가 들리지 않았다.

자신의 미소에 잇몸을 드러내며 화답하는 아이를 내려다보며 웃느라 정신이 없었다. 그 조그만 얼굴은 그녀와 닮은 구석이 조금도 없었다. 하지만 그녀의 아이였다. 그녀가 키우고 기르며 더불어 외로움을 달랠 아이였다.

"행운을 빌겠소."

그는 현관 앞에서 불쑥 어깨 너머로 외쳤다.

이곳에 오는 데 걸린 시간은 세 시간이었다. 돌아가는 데는 고작 삼십 분이었다. 그의 느낌상으로는 그랬다. 그의 발밑에서 바퀴들이 덜컹거리며 큰 소리로 외쳤다.

"이제 그녀를 찾았어! 이제 그녀를 찾았어! 이제 그녀를 찾았어!"

차장이 그의 옆에서 한 번 발걸음을 멈추었다.

"표를 보여 주시겠습니까?"

그는 차장을 올려다보며 바보처럼 씩 웃었다.

"됐어요. 이제 그녀를 찾았으니까."

이제 그녀를 찾았으니까. 이제 그녀를 찾았으니까. 이제 그녀를 찾았으니까…….

019

사형 집행 5일 전

　도착한 기척은 들리지 않았다. 유리문 밖에서 차가 부웅 하고 희미하게 멀어지는 소리도 들리지 않았다. 그런데 그가 고개를 들어 보니 그녀는 벌써 건물 안으로 들어와 유리문을 등진 유령처럼 서 있었다. 유리문을 열고 몸을 반쯤 들이민 채 자신을 내려놓고 멀어져 가는 차를 돌아보고 있었다.

　그는 확실한 물증은 없었지만 그녀가 분명하다는 예감이 들었다. 혼자 사는 여자가 아닐까 추측했었는데 일행 없이 들어서는 것을 보니 맞는 듯했다. 그녀는 눈부시게 아름다웠다. 과유불급이라고, 너무 아름다워서 보는 사람이 부담스러울 정도였다. 옆모습을 새긴 카메오나 두상頭像을 보면 추상적인 느낌 말고는 그 어떤 감흥도 불러일으키지 못하듯 그녀가 그랬다. 세상은 공평한 법이거늘 외모가 저렇게 완벽하니 속은 허점투성이일 게 분명하다는 생각이 들었다. 그녀는 검은 머리에 키가 컸다. 몸매도 완벽했다. 다른 여자들처럼 수많은 고민들로 허덕일 필요가 없으니 인생이 황량하지 않을까 싶었다. 그녀는 실제로 황량한 인생을 살고 있는 듯한 분위기를 풍겼다. 비누 거품이 터지면서 입술에 비누의 쓴 맛을 남긴 것 같은 표정이었다. 그녀가 유리문 사이에 서 있는 동안 옷자락이 날리면서 은색 액체가 물결치며 좁은 문 틈새를 흘러나오는 것처럼 보였다. 차가 완전히 사라지자 그녀는 정면으로 고개를 돌리고 문을 마저 통과했다. 그녀는 롬바드 쪽은 쳐다보지도 않은 채 경비에게 힘없이 "안녕" 하고 인사를 건넸다.

"이분께서 아까부터……."

경비가 말을 걸었다. 그의 말이 미처 끝나기도 전에 롬바드가 그녀의 앞으로 다가가 섰다.

"피에레트 더글러스 양."

그는 확신에 찬 목소리로 그녀의 이름을 불렀다.

"네?"

"드릴 말씀이 있어서 기다리고 있었습니다. 지금 당장 시간을 내주세요. 촌각을 다투는 일이라……."

문이 열린 엘리베이터 앞에서 발걸음을 멈춘 그녀는 그 너머까지 그와 동행할 뜻이 전혀 없어 보였다.

"그러기에는 늦은 시간 아닌가요?"

"아뇨. 한시도 지체할 수 없는 일입니다. 제 이름은 존 롬바드인데 스콧 헨더슨을 대신해서 여기까지……."

"처음 듣는 이름인데요. 그리고 당신도 내가 모르는 분 같은데, 아닌가요?"

말 끝의 '아닌가요?'는 단순히 예의상 덧붙인 말이었다.

"그는 지금 주립 교도소 사형수 감방에서 사형 날짜를 앞두고 있습니다."

그는 그녀의 어깨 너머로 엘리베이터 보이를 흘끗 쳐다보았다.

"이런 데서 말씀드리기 뭣하네요. 상식에 어긋나는 일인 줄 알지만……."

"미안하지만 난 여기 살아요. 지금은 새벽 1시 15분이고, 지켜야 할 예의라는 게 있는 법인데……. 흠, 그럼 이쪽으로 오세요."

그녀는 로비를 대각선으로 가로질러 소파와 스탠드식 재떨이가 있는 한쪽 구석으로 발걸음을 옮겼다. 그녀는 소파에 앉지 않고 몸을 돌려 그를 마주 보았다. 두 사람은 그렇게 선 채로 이야기를 나누었다.

"케티샤 모자 가게에서 일하는 매지 페이턴이라는 아가씨한테 모자를 구입하신 적이 있죠? 오십 달러를 주고."

"그랬을지 모르죠."

그녀는 근처에서 최대한 귀를 쫑긋 세우고 있는 경비를 보더니

"조지" 하고 쌀쌀맞은 목소리로 나무랐다. 경비는 아쉬워하며 로비 저편으로 자리를 옮겼다.

"그리고 그 모자를 쓰고 어느 날 밤, 어떤 남자와 극장에 간 적이 있습니다."

이번에도 그녀는 애매모호하게 대답했다.

"그랬을지 모르죠. 극장에 간 적 있고, 보통 남자와 동행하니까요. 미안하지만 요점만 간단히 얘기해 주겠어요?"

"알겠습니다. 그는 그날 처음 만난 남자였습니다. 이름도 모르고 만나는 사이도 아닌데 극장에만 같이 간 거였죠."

"설마요."

그녀는 화를 내지 않았다. 차갑게 딱 잘라 말할 따름이었다.

"사람을 잘못 찾아오셨네요. 내가 남들만큼 자유분방한 성격이기는 해도 정식으로 통성명도 하지 않은 사람과 시도 때도 없이 아무 데나 같이 다니지는 않아요. 나를 다른 사람으로 착각하고 찾아오신 것 같은데요?"

그녀는 은색 치맛자락 밑에서 한쪽 발을 내디뎠다.

"제발 다른 사람들의 시선에 연연하지 말아 주십시오. 이 남자는 사형 선고를 받아 이번 주에 형이 집행될 예정이란 말입니다. 당신이 도와주지 않으면……!"

"더 구체적으로 이야기해 보세요. 그날 밤에 그 남자와 함께 있었다고 나보고 위증을 하라는 건가요?"

"아뇨, 아뇨, 아닙니다. 그와 함께 있었다고 사실대로 증언을 해야 합니다."

그는 지쳤다는 듯이 한숨을 내뱉었다.

"그건 안 되겠는데요. 사실이 아니니까요."

그녀는 침착한 눈빛으로 그를 계속 물끄러미 바라보았다.

"그럼 다시 모자 이야기로 돌아가겠습니다. 다른 사람을 위해 특별히 제작된 모자를 구입하신 건 맞지요?"

그는 마침내 이렇게 물었다.

"그래 봐야 동문서답이긴 마찬가지 아닌가요? 내가 그런 모자를 산 적 있다고 인정하더라도 이 남자와 함께 극장에 간 적 있다고 인정하는 것과는 별개의 문제잖아요. 둘은 서로 아무 상관없는 일이니까요."

그도 맞는 말이라고 인정하는 수밖에 없었다. 지금까지 단단한 줄 알고 밟고 서 있던 땅바닥에 암울한 균열이 생긴 듯한 심정이었다.

"그 극장에 대해서 좀 더 자세하게 설명해 보세요. 무슨 근거로 그 남자와 동행한 여자가 나였다고 생각하는 건지."

그녀가 다시 이야기했다.

"모자 때문입니다. 그날 밤 공연 때 멘도사라는 배우가 무대에서 똑같은 모자를 썼거든요. 원래 그 배우를 위해 제작된 모자였어요. 똑같이 만든 모조품을 산 적 있다고 하셨죠? 스콧 헨더슨과 동행했던 여자가 그 모조품을 쓰고 있었습니다."

그는 술술 털어놓았다.

"그렇다고 내가 그 여자가 되는 건 아니죠. 당신은 그 논리에 오류가 없다고 생각할지 몰라도 그렇지가 않아요."

하지만 이건 그냥 하는 소리에 불과했다. 그녀는 지금 다른 생각을 하느라 여념이 없었다.

문득 그녀가 달라졌다. 아주 우호적인 분위기로 달라졌다. 그에게 들은 이야기 때문이었는지 아니면 무슨 생각이 나서 그런 건지 알 수 없었지만, 갑자기 정신을 바짝 차리면서 비상한 관심을 보였다. 두 눈까지 반짝반짝 빛냈다.

"한두 가지만 더 짚고 넘어갈게요. 멘도사의 공연이었다고 했죠? 정확한 날짜를 알 수 있을까요?"

"물론입니다. 두 사람이 함께 공연을 관람한 때는 지난 5월 20일 밤 9시부터 11시까지예요."

"오월이라……."

그녀는 혼잣말처럼 중얼거렸다.

"재미있네요."

그녀는 솔직히 인정하면서 그의 소맷부리를 살짝 건드렸다.

"아무래도 잠깐 같이 올라가서 이야기하는 게 좋겠어요."

그녀는 엘리베이터를 타고 올라가는 동안 "이 문제로 저를 찾아와 주신 게 참 다행이네요"라 한마디 하고는 그만이었다. 확실하지는 않지만 두 사람은 12층인가에서 내렸다. 그녀가 문을 열고 불을 켰고, 그는 그녀를 따라 안으로 들어갔다. 그녀는 팔에 걸치고 있던 빨간색 여우 목도리를 의자 위로 아무렇게나 던지고 저쪽으로 걸어 갔다. 반질반질한 바닥에 그녀의 모습이 거꾸로 비치면서 깔때기에 담겼던 은색 액체가 쏟아져 나오는 것처럼 보였다.

"5월 20일이라고 하셨죠? 잠깐 확인하고 올게요. 앉으세요."

그녀가 어깨 너머로 물었다. 열린 문틈으로 불빛이 새어 나왔 다. 그녀가 방 안에 들어가 있는 동안 그는 앉아서 기다렸다. 잠시 후 그녀는 청구서처럼 보이는 서류를 이쪽 손에서 저쪽 손으로 넘 겨 가며 한 움큼 들고 나왔다. 그런데 그의 자리로 걸어오는 동안에 벌써 찾던 서류를 발견했는지 나머지는 내동댕이친 채 그 한 장을 들고 그에게 다가왔다. 그녀가 말했다.

"먼저 한 가지 분명하게 짚고 넘어가야 할 게 있다면 나는 그날 밤 그 남자와 극장에 가지 않았다는 거예요. 이걸 보세요."

그것은 4월 30일부터 사 주 동안 입원한 입원비 청구서였다.

"나는 맹장 수술을 받고 4월 30일부터 5월 27일까지 병원에 있 었어요. 청구서만으로는 부족하다면 병원에 연락해서⋯⋯."

"그거면 충분합니다."

그는 좌절의 한숨을 길게 내뱉었다. 그런데 그녀는 이것으로 이 야기를 끝내지 않고 그와 함께 자리에 앉았다.

"하지만 모자를 구입하신 건 맞죠?"

잠시 후에 그가 물었다.

"맞아요."

"그 모자는 어떻게 됐습니까?"

그녀는 곧바로 대답하지 않고 멍하니 생각에 잠겼다. 묘한 침묵이 둘 사이에 깃들었다. 그는 침묵을 틈타 그녀와 그녀의 집을 유심히 관찰했다. 그녀는 침묵을 틈타 자기만의 고민 속으로 빠져들었다. 그는 관찰을 통해 여러 가지 사실들을 파악할 수 있었다. 이 집은 호화로운 분위기를 간신히 유지하는 수준이었다. 외관은 훌륭했다. 이 일대에서 가장 손꼽히는 건물은 아닐지 몰라도 제법 괜찮아 보였다. 그런데 안에 들어와 보니 카펫이 없어서 호수처럼 반짝이는 바닥이 그대로 드러난 곳도 있었다. 고풍스러운 가구도 부족했다. 하나씩 팔아 치웠는지 여기저기 듬성듬성한데 싸구려를 사다가 빈 공간을 메우지는 않았다. 이제 보니 집주인한테서도 비슷한 점들을 발견할 수 있었다. 사십 달러짜리 수제 구두를 신고 있었지만, 굽이며 광택을 보면 낡은 티가 났다. 드레스도 싸구려 옷가게에서는 찾아볼 수 없는 맵시를 뽐냈지만, 너무 자주 입은 티가 났다. 이 모든 것이 가장 단적으로 드러나는 부분이 눈빛이었다. 일정한 직업 없이 임시방편으로 살아가야 하는 사람 특유의 비정상적인 긴장감으로 번뜩였던 것이다. 어디에서 어떤 식으로 찾아올지 모르는 기회를 절대 놓치지 않으려고 정신을 바짝 차리고 있는 눈빛이었다. 이런 사소한 부분들을 잘 읽기만 하면 그녀의 처지를 파악할 수 있었다. 하나씩 떼어서 따지면 아니라고 할 수 있을지 몰라도 종합해 보면 반박의 여지가 없었다.

그는 그녀가 무슨 생각을 하는지 거의 읽을 수 있었다. 정말로 읽을 수 있었다. 예컨대 그녀가 자기 손을 쳐다보면 이런 식으로 해석했다. 예전에 끼고 있었던 다이아몬드 반지를 생각하는 거겠지. 그 반지는 어디 갔을까? 전당포에 있겠지? 이번에는 한쪽 발등을 살짝 들어 흘끗 내려다보는군. 그러면서 무슨 생각을 했을까? 실크 스타킹 생각을 했겠지? 수십 켤레, 수백 켤레, 평생 다 신지도 못할 만큼 많은 실크 스타킹에 파묻힌 상상을 했겠지? 그는 다시 이런 식으로 해석했다. 돈 생각을 하고 있는 거야. 그 모든 것들을 살 수 있는 돈 생각을. 이제 어떻게 할지 마음의 결정을 내린 모양이로군. 그는 그녀의 표정을 유심히 관찰한 끝에 이런 결론을 내렸다.

그녀가 그의 질문에 대답을 했다. 침묵이 끝났다. 그사이 흘러간 시간은 찰나에 불과했다. 그녀가 으쓱하자 어깨가 은색으로 반짝였다.

"모자에 얽힌 사연을 밝히자면 이렇게 된 거였어요. 나는 그 모자를 보자마자 한눈에 반해서 그 가게에서 일하는 아가씨를 통해 모조품을 손에 넣었죠. 내가 원래 여유가 허락하면 그렇게 충동구매를 잘해요. 그렇게 산 모자를 아마 한 번인가 썼을 거예요. 그런데…… 안 어울리더라고요. 왠지 모르게 이상했어요. 나한테 어울리는 모자가 아니었던 거죠. 그럴 수도 있는 일이라 그런가 보다 하고 있었는데, 입원하기 직전에 친구 하나가 이 집으로 찾아온 적이 있었어요. 그 친구가 모자를 보고 써 본 거죠. 여자라면 어떤 상황인지 이해할 텐데, 여자들은 친구가 옷 갈아입는 걸 기다리는 동안 새로 산 것들을 입어 보고 써 보고 그러거든요. 친구가 마음에 들어 하기에 가지라고 줬어요."

이야기를 마친 그녀는 처음 이야기를 꺼냈을 때 그랬던 것처럼 어깨를 으쓱했다. 여기까지가 전부이고 더 이상 할 이야기가 없다는 듯이.

"친구분 이름이 어떻게 되나요?"

그는 나지막이 물었다. 겉으로는 아무렇지 않은 척 물었지만 그는 두 사람이 신경전을 벌이고 있고, 대답이 쉽게 나올 리 없으며, 지금 협상을 벌이는 중이라는 것을 알고 있었다. 그녀도 똑같이 아무렇지 않은 척 대답했다.

"친구 이름을 함부로 알려 줄 수는 없죠."

"한 남자의 목숨이 걸린 문제입니다. 알려 주시지 않으면 제 친구가 금요일에 죽습니다."

그는 아무 감정 없는 목소리로, 말을 한다기보다 거의 입술만 달싹이는 수준으로 나지막이 중얼거렸다.

"내 친구 때문에 생긴 일인가요? 내 친구가 어떤 식으로든 개입이 되어 있나요? 범행을 저질렀나요, 아니면 사주했나요?"

"아뇨."

그는 한숨을 쉬었다.

"그럼 무슨 권리로 그녀를 끌어들이겠다는 거죠? 이런 일은 여자들한테 치명타일 수 있어요. 사회에서 매장당하니까. 추문이 됐건 오명이 됐건, 아무튼 그런 건 금세 없어지지 않아요. 사형에 버금갈 수 있다고요."

그는 긴장감 때문에 얼굴이 점점 더 하얘졌다.

"어떤 식으로 설득하면 좋을지 모르겠네요. 이 남자가 죽어도 아무 상관없다는 말씀인가요? 친구분 이름을 끝까지 안 가르쳐 주시면……."

"내 입장에서 여자는 아는 사람이고 남자는 모르는 사람이에요. 여자는 내 친구고 남자는 아니죠. 그런데 지금 모르는 사람을 위해 친구를 사지로 내보내라고 하는 거잖아요."

"그게 어째서 사지로 내보내는 게 됩니까?"

그녀는 아무 대꾸가 없었다.

"그럼 끝까지 안 가르쳐 주시겠다는 건가요?"

"아직 싫다고도 좋다고도 하지 않았어요."

그는 속수무책인 이 상황에 숨이 막힐 것 같았다.

"이러면 안 되지. 여기가 막다른 골목이라 더 이상 기댈 데도 없는데. 그 친구 이름 알잖아. 어서 말해!"

두 사람은 어느새 벌떡 일어섰다.

"내가 다른 남자들처럼 한 대 못 때릴 것 같아? 그래서 입 다물고 있는 거야? 어떻게든 알아내고야 말겠어. 이런 식으로 가만히 서서…….”

그녀는 의미심장한 눈빛으로 자기 어깨를 흘끗 내려다보았다.

“손 치우시지.”

그녀가 싸늘하게 내뱉었다. 그는 잡았던 손에 힘을 풀었다. 그녀는 어깨를 덮고 있던 은색 옷자락을 바로잡았다. 그녀는 날카로운 눈빛으로 그의 눈을 똑바로 쳐다보았다. 허술하고 단순한 남자라고 깔보는 눈빛이었다.

“로비에 연락해서 끌고 내려가라고 할까?”

“한바탕 난리 법석 구경하고 싶으면 연락해 보시지.”

“당신은 나한테 강요할 입장이 못 돼. 선택권은 나한테 있거든.”

구구절절 맞는 말이었고, 그도 아는 사실이었다.

“이 문제에 관한 한 나는 내 마음대로 결정을 내릴 수 있는 몸이야. 당신이 어쩔 수 있는 상황이 아니라고.”

“이걸 보고도 그런 소리를 할 수 있을까?”

총을 보고 그녀의 표정이 잠깐 달라졌지만, 언뜻 충격을 받은 것에 불과했다. 그녀는 금세 원래 표정으로 돌아가 천천히 의자에 앉는 여유를 부렸다. 그것도 패배를 인정하며 털썩 주저앉은 게 아니라 자신감이 넘쳐흐르는 모습이었다. 시간이 걸릴 것 같으니 앉아서 해결하겠다는 식이었다. 그는 지금까지 그런 사람을 본 적이 없었다. 처음에만 잠깐 얼굴을 움찔했을 뿐, 이 상황에서 주도권을 쥐고 있는 사람은 여전히 그가 아니라 그녀였다. 총이 있건 없건 마찬가지였다. 그는 총을 들고 다가가 그녀를 내려다보며 심리적으로나마 압박을 가하려고 했다.

"죽는 게 두렵지 않은 모양이로군."

그녀는 그의 얼굴을 올려다보았다.

"아주 두렵지."

이렇게 말하는 그녀의 태도는 침착하기 그지없었다.

"남들만큼 두렵지. 하지만 지금은 전혀 위험한 상황이 아니잖아. 당신이 나를 죽일 수 있겠어? 아는 걸 말하지 못하게 입을 막으려고 사람을 죽이는 경우는 있어도 아는 걸 말하게 하려고 죽이는 경우는 없거든. 죽여 버리면 원하는 정보를 알아낼 방법이 없으니까. 총을 겨누어 봐야 칼자루를 쥔 쪽은 나야, 당신이 아니라. 나는 선택의 여지가 많지. 경찰을 부를 수도 있고. 하지만 경찰을 부르지는 않겠어. 당신이 그 총을 치울 때까지 앉아서 기다리겠어."

그는 그녀의 손아귀에 있었다. 그는 총을 치우고 한쪽 손으로 눈썹을 문지르며 "좋아" 하고 쉰 목소리로 말했다. 그녀는 웃음을 터뜨렸다.

"누가 누구한테 총을 겨눈 건지 모르겠네. 내 얼굴은 이렇게 멀쩡한데, 당신은 진땀을 흘리고. 내 얼굴은 아까 그대로인데, 당신 얼굴은 새하얗잖아."

그는 이번에도 "좋아. 당신의 승리를 인정하지"라고 대꾸하는 수밖에 없었다. 그녀는 급소를 계속 가격했다. 아니, 가격했다기보다 정교하게 두드렸다고 하는 게 어울릴 정도로 솜씨가 좋고 세련됐다.

"그러게 나를 협박하면 안 된다고 했잖아."

그녀는 그 안에 담긴 뜻을 파악하라는 듯이 잠시 뜸을 들였다 다시 말했다.

"호기심을 자극해야지."

그는 고개를 끄덕였다. 그녀를 향해 고개를 끄덕인 게 아니라 혼자 속으로 수긍하면서 끄덕인 것이었다. 그는 조그만 탁자 겸 책상을 가리키며 "앉아도 될까?"라고 물었다. 그는 주머니에서 정체불명의 물건을 꺼내 탁 하고 열었다. 그런 다음 점선을 따라 한 장을 조심스럽게 뜯어내더니 다시 닫아서 주머니에 넣었다. 그의 앞에 직사각형의 백지가 펼쳐졌다. 그는 만년필 뚜껑을 열고 그 위에다 무언가를 적어 내려가기 시작했다. 그러다 딱 한 번 고개를 들고 물었다.

"나 때문에 심심한가?"

그녀는 자연스럽고 꾸밈없는 미소를 지었다. 서로가 서로를 완벽하게 이해할 때 짓는 미소였다.

"손님으로서 아주 훌륭해. 조용하지만 재미있네."

그 말을 듣고 이번에는 그가 슬그머니 미소를 지었다.

"이름 철자가 어떻게 되지?"

"B – e – a – r – e – r."

그는 그녀를 한번 흘끗 쳐다보고 다시 하던 일을 계속했다.

"발음이랑 철자가 전혀 딴판이로군."

그는 깎아내리는 투로 중얼거렸다. 그는 아라비아 숫자로 '100'을 적었다. 그녀는 가까이 다가와 비스듬히 내려다보더니 "졸립네" 하면서 억지로 하품을 하고 손으로 입을 한두 번 쳤다.

"창문을 열지그래. 안이 조금 답답한데."

"그 정도로 답답하지는 않은데."

그녀는 말은 그렇게 하면서도 창가로 걸어가 문을 열었다. 그런 다음 다시 그의 곁으로 되돌아왔다. 그는 0을 하나 덧붙였다.

"이제는 어때? 괜찮아졌나?"

그는 걱정하는 척 비아냥거리며 물었다. 그녀는 슬쩍 밑을 쳐다보았다.

"많이 괜찮아졌어. 정신이 난다고 할 수 있을 만큼."

"사소한 변화를 주었을 뿐인데, 그렇지?"

그는 계속 빈정거렸다.

"그러게. 정말 사소한 변화인데."

그녀는 재미있어하며 맞장구를 쳤다. 그는 쓰던 것을 멈추고 만년필을 손에 쥔 채 책상 위로 내려놓았다.

"지금 장난칠 상황이 아니야."

"내가 당신을 찾아가서 뭘 요구한 게 아니잖아. 당신이 나를 찾아왔지."

그녀는 고개를 까닥거렸다.

"안녕, 잘 가."

그는 다시 만년필을 집었다. 그가 열린 문 앞에서 작별 인사를 하려고 안쪽을 바라보고 서자 버튼을 눌러 놓은 엘리베이터가 도착해 문이 열렸다. 그는 메모지에서 뜯어낸 종이를 한 번 접어서 손가락으로 잡고 있었다.

"내가 결례를 범한 건 아닌지 모르겠네. 그래도 나 때문에 심심하지는 않았다니 다행이야. 야심한 시각에 찾아온 건 용서를 구할게. 워낙 급한 일이다 보니……."

이렇게 말하는 그의 얼굴 위로 애처로운 미소가 언뜻 스치고 지나갔다. 그는 그녀가 했던 말에 대한 대답조로 덧붙였다.

"걱정할 건 없어. 나중에 지급 정지 요청을 할 거면 번거롭게 수표 같은 거 쓰지도 않았을 테니까. 보면 알겠지만 얼마 안 되는 금액이기도 하고……."

"안 내려가십니까?"

엘리베이터 보이가 물으며 주의를 환기시켰다. 그는 흘끗 돌아보았다.

"엘리베이터가 왔네."

그런 다음 다시 그녀 쪽으로 고개를 돌렸다.

"아무튼 그럼 이만."

그는 깍듯하게 모자를 들어 그녀를 향해 살짝 기울인 다음 문을 열어 놓은 채 발걸음을 옮겼다. 그녀는 내다보지 않고 천천히 문을 닫았다. 엘리베이터 안에서 그는 종잇조각을 쳐다보았다.

"어, 잠깐만. 성만 가르쳐 줬잖아?"

그는 엘리베이터 보이를 향해 종잇조각을 내밀며 불쑥 외쳤다. 엘리베이터 보이는 방향을 바꿀 준비를 하며 속도를 늦추었다.

"다시 올라갈까요?"

그는 그러자고 말을 할 것처럼 굴더니 손목시계를 확인했다.

"아니, 됐어요. 괜찮겠지. 그냥 내려갑시다."

엘리베이터는 다시 속도를 높였다. 1층 로비에서 그는 경비를 붙잡고 쪽지를 보여 주며 물었다.

"여기로 가려면 어느 길로 가야 하는지, 북쪽인지 남쪽인지 혹시 알아요?"

쪽지에는 이름 두 개와 숫자 한 개가 적혀 있었다. '플로라', 숫자 그리고 '앰스터댐'이었다.

"드디어 끝났습니다."

그는 잠시 후 브로드웨이에 있는 이십사 시간 잡화점에서 전화기를 붙잡고 숨을 헐떡이며 버지스에게 말했다.

"드디어 알아낸 것 같아요. 마지막 단서를 발견했는데, 결정적인 단서 같아요. 자세한 이야기는 나중에 하기로 하고 위치 말씀드릴게요. 저도 지금 가는 길이에요. 형사님은 언제쯤이면 도착할 수 있겠습니까?"

버지스는 순찰차를 타고 너무 빨리 달리는 바람에 지나쳤다가 어느 건물 앞에 서 있는 롬바드의 차를 보고 위험하게 전속력으로 되돌아갔다. 처음에 봤을 때는 아무도 없는 줄 알았는데 인도 쪽에서 다가가 보니 그가 자동차 발판 위에 앉아 있었다. 차도 쪽에서는 차체에 가려 보이지 않은 것이었다. 무릎 위로 머리를 숙이고 발치 쪽으로 고개를 떨군 채 웅크리고 앉아 있는 그의 모습이 언뜻 아파 보였다. 위경련이 최고조에 달하기 직전에 이른 사람의 자세였다. 언더셔츠 위로 멜빵을 맨 남자가 몇 발자국 옆에서 파이프를 손에 들고 딱하다는 듯이 그를 쳐다보고 있었고, 남자의 다리 사이로 달마티안 한 마리가 빼꼼 고개를 내밀었다. 롬바드는 서둘러 다가오는 버지스의 발소리를 듣고 힘없이 고개를 들었다. 그러더니 말하는 것조차 힘에 겨운 듯 고개를 돌렸다.

"뭐요? 왜 그래요? 아직 안 들어간 거요?"

"네. 저기 저곳이랍니다."

그는 어느 건물의 거의 전면을 차지하고 있는 동굴 같은 입구를 가리켰다. 노출 콘크리트 바닥 한쪽에 반짝이는 놋쇠 기둥이 서 있는 게 보였다. 까만 바탕에 금박으로 새긴 문패가 정면에 걸려 있었다.

"이 번지수에 해당되는 곳이……."

롬바드는 아직까지 손에 쥐고 있던 쪽지를 흔들었다.

점박이 달마티안이 그걸 보고 앞으로 나오더니 쪽지에 코를 대고 궁금한 듯 킁킁거렸다.

"그리고 저 남자 말로는 저게 플로라라고 하네요."

버지스가 차 문을 활짝 열었다. 롬바드는 발판에서 떨어지지 않으려면 일어서는 수밖에 없었다. 버지스가 간단명료하게 말했다.

"돌아갑시다. 시간 없어요."

그가 거친 숨을 덧없이 몰아쉬며 문을 열겠답시고 몸으로 부딪치고 있었을 때 버지스가 마스터키를 들고 합류했다.

"안에서 아무 소리도 안 들리는데. 아래층에서 한 인터폰에도 응답이 없습니까?"

"지금도 계속 인터폰으로 호출하고 있어요."

"달아난 모양이네요."

"그럴 리가 없어요. 옆길로 빠져나가지 않은 이상 누구 눈에 띄었을 테니까. 비켜 봐요. 그렇게 해서는 되지도 않겠네."

문이 열렸다. 두 사람은 허둥지둥 안으로 들어가자마자 그 자리에 발을 멈추고 분위기를 파악했다. 현관에서 한 단 아래로 길게 이

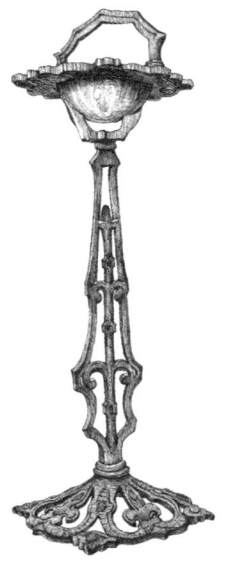

스탠드식 재떨이

어지는 거실에는 아무도 없다. 하지만 흐르는 침묵이 많은 사실들을 이야기하고 있었다. 두 사람은 거실이 전하는 이야기를 당장 알아차렸다. 불이 모조리 켜져 있었다. 피우다 만 담배가 속이 빈 기둥과 연결된 스탠드식 재떨이에서 푸르스름한 소용돌이 모양의 연기를 느릿느릿 피워 올리고 있었다. 열려 있는 전면 유리창 너머로 컴컴한 밤하늘이 보였다. 큼지막한 별 하나가 한쪽 구석에, 그보다 작은 별 하나가 다른 쪽 구석에 박혀 있어 등화관제용 커튼을 반짝이는 압정으로 꽂아 놓은 듯했다. 창문 바로 앞에는 은색 구두 한 짝이 뒤집힌 배처럼 옆으로 누워 있었다. 현관 앞쪽에서부터 창문 바로 아래까지 반듯하게 깔린 길고 좁은 카펫이 반들반들한 바닥을 둘로 나누는데, 한쪽 끝자락에 쭈글쭈글한 주름이 잡혀 있었다. 누군가 발을 삐끗하는 바람에 그 부분만 뒤틀린 것처럼 보였다. 버지스가 벽을 따라 창가로 다가갔다. 그러더니 창문 바깥쪽에 장식처럼 야트막하게 달린 가드레일 너머로 몸을 기울인 채 한참 동안 그렇게 서 있었다. 잠시 후 그는 허리를 펴고 거실 쪽을 돌아보며 그 자리에 못 박힌 듯 서 있던 롬바드를 향해 아무 말 없이 고개를 끄덕였다.

"저 아래 있소. 빨랫줄에 널려 있다 떨어진 빨랫감처럼 높은 담벼락 사이 좁은 뒷길에 쓰러져 있는 게 여기서도 보이는군. 건물 이쪽 면에 달린 유리창들이 모두 어두컴컴한 것을 보면 떨어지는 소리를 아무도 못 들은 모양이요."

그는 이상하게 아무 조치도 취하지 않았다. 심지어 당장 보고조차 하지 않았다. 이 공간에서 움직이고 있는 것은 딱 하나, 롬바드도 아닌 담배 연기뿐이었다. 어쩌면 담배에 시선이 꽂힌 것도 그 때문이었을 것이다. 그는 그쪽으로 건너가 담배를 집었다. 아직 이삼 센티미터 정도 남아 있어 집어 들기에 충분했다. 그는 들릴락 말락하게 중얼거렸다.

"우리가 들이닥친 바로 그때 사달이 난 모양이군."

그는 자기 담배를 꺼내 두 담배의 밑동을 나란히 맞추고 한 손으로 세워 들었다. 그러더니 남은 길이가 얼마나 되는지 새 담배에 연필로 표시했다. 그는 연필로 표시한 담배를 입에 물고 불을 붙여 의례적으로 한 모금 살짝 빨았다. 그런 다음 피우던 담배가 있던 그 재떨이에 조심스럽게 내려놓고 손목시계를 확인했다.

"그걸로 뭘 하시려고요?"

롬바드는 아무 관심 없는 사람 특유의 느른한 목소리로 물었다.

"어설프게나마 사건이 벌어진 시각을 측정하려는 거요. 신빙성이 있을지, 두 담배의 타는 속도가 같을지 잘 모르겠지만. 정확한 건 전문가에게 맡겨야겠지."

그는 다가가 담배를 한번 흘긋 쳐다보고 원래 섰던 자리로 되돌아왔다. 두 번째로 다가갔을 때에는 담배를 집어 체온계라도 되는 것처럼 높이 들어 바라보고 손목시계를 확인한 다음 재를 떨고 꽁초를 버렸다. 소기의 목적을 달성한 것이다.

"그녀는 우리가 들어오기 정확히 삼 분 전에 밑으로 떨어졌어요. 내가 창밖을 확인하고 재떨이 쪽으로 걸어가 꽁초의 길이를 재는 데 걸린 시간을 일 분으로 치고, 그녀가 담배를 나처럼 딱 한 모금 피운 것으로 가정했을 때. 한 모금 이상 피웠으면 그 시간이 더 앞당겨지겠지."

"킹사이즈 담배였을 수도 있잖습니까."

멀찍이서 롬바드가 말했다.

"러키 스트라이크였소. 필터 부분에 상표가 남아 있더군. 내가 그런 것도 확인 않고 실험을 했으면 괜한 시간 낭비였겠지."

롬바드는 아무 대꾸도 않고, 무관심했던 원래 모습으로 되돌아갔다.

"우리가 밑에서 인터폰을 걸었던 것 때문에 이런 사태가 벌어지지 않았나 싶군."

버지스는 이야기를 계속했다.

"그 소리를 듣고 깜짝 놀란 그녀가 창문 앞에서 발을 삐끗하는 바람에 밑으로 떨어진 거지. 어찌된 영문인지 고스란히 보이잖소. 그녀가 저기 서서 창밖을 내다보며, 부푼 가슴으로 밤공기를 마시면서 이런저런 계획을 세우고 있었을 때 인터폰 소리가 들린 거지. 그 바람에 실수를 한 거요. 너무 잽싸게 몸을 돌렸든지 아니면 무게 중심을 못 잡았든지. 아니면 구두 때문에 그렇게 된 것일 수도 있고. 안 그래도 너무 오래 신어서 그런지 굽이 살짝 뒤틀린 게 불안해 보이는군. 아무튼 왁스를 먹인 바닥 위에서 양탄자가 미끄러지면서 한쪽 혹은 양쪽 발이 허공으로 붕 떴겠지. 구두는 완전히 벗겨져서 위로 날아갔고. 그 바람에 중심을 잃고 뒤로 넘어간 거요. 열어 놓은 창문 바로 앞에 서 있지만 않았던들 별일 없었을 것을. 우스꽝스럽게 엉덩방아를 찧고 그만이었을 텐데, 창문 앞에 서 있는 바람에 뒤로 넘어가 추락사가 되었군."

그는 잠시 후 말을 이었다.

"그런데 내가 이해가 안 되는 부분은 주소예요. 장난을 친 건가? 당신과 같이 있었을 때 그녀가 어떤 태도를 보이던가요?"

"아뇨, 장난이 아니었습니다. 그녀는 돈을 간절히 원했어요. 표정을 보면 알 수 있을 만큼."

롬바드가 대답했다.

"말도 안 되는 주소를 가르쳐 주었다면 차라리 이해가 됐을 거요. 당신이 어디인지 알아내느라 한참 애를 쓰는 동안 수표를 현금으로 바꿔서 다 써 버릴 생각에 그랬다고. 그런데 이번 같은 경우는 여기서 고작 몇 블록 거리였으니 당신이 오 분에서 십 분이면 돌아오리라는 사실을 알았을 거 아니오? 도대체 무슨 속셈이었는지, 원."

"문제의 그 여자에게 미리 정보를 흘려 내가 약속한 금액보다 더 많은 액수를 뜯어내려고 했겠죠. 그녀와 흥정하는 동안 나를 따돌릴 수 있을 정도의 시간이면 충분했을 테고요."

버지스는 납득이 안 된다는 듯이 고개를 저었지만, "이해가 안 되는군" 하면서 처음 했던 말을 반복하는 데 그쳤다. 롬바드는 그 말을 듣지도 않은 채 몸을 돌려 취객처럼 휘청거리며 옆으로 느릿느릿 걸어갔다. 버지스는 왜 그러는지 궁금해하며 그를 가만히 지켜보았다. 주변에서 벌어진 모든 일에 관심을 잃고 넋이 나간 듯했다. 벽 앞에 다다른 그는 좌절을 너무 숱하게 겪어서 이제 지쳐 버린 사람처럼, 이제 포기할 마음의 준비가 된 사람처럼 어깨를 축 늘어뜨린 채 가만히 서 있었다. 그러더니 버지스가 멍하니 보고 있는 앞에서 한쪽 팔을 뒤로 힘껏 뻗었다 앞을 가로막고 서 있는 벽을 향해 내리쳤다. 원수를 두들기는 듯한 기세였다.

"어이, 바보처럼 뭐 하는 거요! 왜 이래? 손을 작살내고 싶은가? 벽이 무슨 죄야?"

화들짝 놀란 버지스가 고함을 질렀다. 롬바드는 스크루로 코르크 마개를 따는 사람처럼 몸을 웅크린 채 화끈거리는 주먹을 배에 대고 몸부림을 치며, 아파서라기보다 억누를 길 없는 분노 때문에 일그러진 얼굴을 하고 억지로 쥐어짠 듯한 목소리로 말했다.

"그들은 알고 있었단 말입니다! 진상을 아는 존재라고는 그들밖에 없으니 이제 알아낼 방법이 없다고요!"

20

사형 집행 3일전

막판에 교도소가 있는 정거장에 도착해 열차에서 내리자마자 술을 벌컥벌컥 들이켰지만 아무 도움이 안 됐다. 하기야 술이 뭘 어쩔 수 있을까? 술을 몇 잔 마신들 뭘 어쩔 수 있을까? 술을 마셔도 현실은 달라지지 않는다. 안 좋은 소식이 좋은 소식으로 둔갑하지도 않는다. 죽음이 구원으로 바뀌지도 않는다. 그는 옹기종기 모여 있는 음침한 건물들을 향해 가파른 언덕길을 터벅터벅 올라가며 고민에 고민을 거듭했다. 너는 이제 죽게 생겼다고 어떻게 알리면 좋을까? 더 이상 가망이 없다고, 마지막 희망의 빛마저 사라져 버렸다고 어떤 식으로 알려야 할까? 아무리 머리를 쥐어짜도 모르겠는데, 알아내야 했다. 그것도 직접.

그는 심지어 친구의 근처에 얼씬도 하지 않고, 아무 짝에도 쓸모없는 이런 모습을 보이지 않은 채 떠나 보내는 게 더 인간적이지 않을까, 하는 생각도 들었다. 얼마나 끔찍한 순간이 될지 그는 알고 있었다. 목적지에 도착한 지금, 벌써부터 섬뜩한 전율이 느껴졌다. 하지만 찾아가야 했다. 이렇게 약한 모습을 보이면 안 된다. 친구를 삼 일이나 더 미치도록 마음 졸이게 만들 수는 없었다. 금요일 밤에 끌려 나가면서 혹시라도 마지막 순간에 취소가 되지 않을까 하는 부질없는 희망에 계속 뒤를 돌아보게 만들 수는 없었다.

그는 교도관을 따라 2층으로 터벅터벅 올라가며 손등으로 천천히 입을 닦았다.

'오늘 여기서 나가면 코가 비뚤어지도록 진탕 마실 테다! 상황이 다 끝날 때까지 알코올 중독 환자로 병원에 입원해 있어야겠다!'

그는 속으로 비통한 다짐을 했다.

이제 그는 교도관을 옆에 세우고 장송곡을 맞이하러 들어갔다. 이것도 일종의 사형이었다. 사형 집행을 삼 일 앞두고 치러지는 무혈의 깔끔한 사형 집행. 모든 희망이 말살되는 순간. 교도관의 발소리가 허허로이 사라졌다. 그 뒤로 끔찍한 침묵이 찾아왔다. 둘 다 오래 견딜 수 없는 침묵이었다.

"결국 그렇게 됐군."

마침내 스콧 헨더슨이 나지막이 중얼거렸다. 알아차린 것이다. 이로써 사후 경직과 같은 긴장감이 해소됐다. 창밖을 내다보던 롬바드는 친구에게 다가가 어깨를 쳤다.

"그게 있잖아……."

그가 말문을 열었다.

"괜찮아. 이해해. 자네 표정을 보니까 알겠어. 우리, 아무 말 하지 말자고."

헨더슨이 말했다.

"또다시 그녀를 놓쳤어. 이번에는 영영 사라져 버렸어."

"아무 말 말라니까. 이 일 때문에 자네가 얼마나 괴로워했는지 알겠어. 이제 잊어버리자고."

헨더슨은 침착하게 친구를 달랬다. 롬바드가 그를 위로해도 모자랄 판에 입장이 바뀌었다. 롬바드는 침대 가장자리에 털썩 주저앉았다. '주인'인 헨더슨이 손님에게 침대를 내주고 자리에서 일어나 맞은편 벽에 기대고 섰다. 그 뒤로 얼마 동안 헨더슨이 빈 담뱃갑을 쌌던 셀로판지를 촘촘히 접었다 한 겹씩 펴느라 부스럭거리는 소리만 이어졌다. 그는 소일거리가 필요한지 접었다 펴기를 몇 번이고 끊임없이 반복했다. 그런 분위기를 오랫동안 견딜 수 있는 사람은 없었다. 마침내 롬바드가 입을 열었다.

"그만하면 안 될까? 그 소리 계속 듣고 있으면 돌아 버릴 것 같은데."

헨더슨은 그제야 자기가 뭘 하고 있었는지 알아차린 사람처럼 놀란 눈빛으로 자기 손을 내려다보았다.

"오래된 버릇이야."

그가 멋쩍은 목소리로 말했다.

"예전부터 없애질 못하겠더라고. 자네도 기억하지? 내가 열차에 탔다 하면 열차 시간표를 이렇게 만들어 놨던 거. 병원이나 치과에서 기다릴 때면 잡지를 그렇게 만들어 놨지. 극장에 가면 팸플릿을……."

그는 말을 하다 말고, 멍한 얼굴로 롬바드의 머리 위쪽을 쳐다보았다.

"그날 밤에 그 여자와 함께 공연을 보러 갔을 때도 그랬던 기억이 나. 이제 와서 뒤늦게 그런 사소한 부분이 생각나다니 재미있네. 거기에서부터 꼬리에 꼬리를 물고 훨씬 중요한 부분들이 생각났더라면 좋았을 텐데……. 왜 그래? 왜 그런 얼굴로 나를 쳐다보나? 이제 그만뒀는데."

그는 쭈글쭈글해진 포장지를 보란 듯이 옆으로 던지며 말했다.

"그 팸플릿은 당연히 버렸겠지? 그 여자와 함께 공연을 보러 갔을 때 다들 그러는 것처럼 좌석이나 바닥에 두고 나왔겠지?"

"아니, 그녀가 두 개 다 챙겼어. 희한하게 그건 또 생각이 나네. 나더러 자기가 둘 다 가져도 되느냐고 물었거든. 자기가 충동적으로 저지른 일을 기념하고 싶다나. 뭐라 그랬는지는 정확히 생각이 안 나지만 그녀가 팸플릿을 챙긴 것만큼은 분명해. 핸드백에 넣는 걸 두 눈으로 똑똑히 봤거든."

롬바드는 벌떡 일어섰다.

"뭔가 나올 것 같아. 제대로 파헤치기만 하면."

"그게 무슨 소리야?"

"우리가 아는 그녀의 유일한 소지품 아닌가."

"지금까지 가지고 있을지 아닐지 정확하게 알지도 못하는걸?"

헨더슨이 짚고 넘어갔다.

"굳이 챙긴 팸플릿이니까 지금까지 가지고 있을 공산이 크잖아. 극장 팸플릿이라는 게 원래 그런 물건 아닌가. 그 자리에서 버리든지 몇 년 동안 고이 간직하든지, 둘 중 하나지. 이걸 미끼로 단서를 포착할 방법이 있을 거야. 자네와 그녀를 잇는 유일한 공통분모가 이 팸플릿이니까. 처음부터 끝까지 한 장도 남김없이 오른쪽 위 모서리가 깔끔하게 접혀 있을 테지? 그 팸플릿을 찾는다고 하면 그녀가 우리 앞에 자동적으로 등장하게 되어 있어."

"그러니까 광고를 내잔 말인가?"

"그렇다고 할 수 있지. 별의별 물건을 수집하는 사람들이 많잖아. 우표, 조개껍질, 벌레가 여기저기 파먹은 가구. 남들한테는 쓰레기지만 자기한테는 보물인 그런 물건을 구한답시고 막대한 대가를 지불하고 그러잖아. 수집에 혈안이 되면 이성을 잃곤 하지."

"그래서?"

"내가 이를 테면 극장 팸플릿 수집광인 척하는 거야. 아무 데나 돈을 뿌리고 다니는 괴짜 백만장자. 나한테는 수집이 취미 수준을 넘어 집착인 거지. 이 도시의 모든 극장에서 상연됐던 모든 공연의 팸플릿을 시즌별로 모은다고 해야겠다. 어디에선가 불쑥 나타나 교환소를 차리고 광고를 하는 거야. 그러면 소문이 퍼지겠지? 거금을 주고 쓰레기를 사들이는 바보가 있다고. 서로 팸플릿을 팔겠다고 난리가 나겠지. 어쩌면 사진과 함께 신문에 실릴지도 몰라. 어쩌다 한 번씩 터지는 희한한 일로."

"자네가 세운 계획은 허점투성이야. 자네가 아무리 거금을 제시한들 그 여자가 관심을 보일 이유가 뭐 있겠나? 경제적으로 풍요롭다면 말일세."

"만약 그렇지가 않다면?"

"그래도 수상한 낌새를 알아차릴 것 같은데?"

"우리한테는 그 팸플릿이 '보물'이지만 그녀한테는 그렇지가 않아. 보물일 이유가 없지 않은가. 어쩌면 한쪽 모서리가 접힌 것도 모를 수 있고, 안다 하더라도 그게 어떤 단서가 되는 줄 상상도 못할걸세. 자네도 몇 분 전에서야 기억해 낸 부분 아닌가. 그러니 그녀는 두말할 나위도 없겠지. 그녀가 독심술의 대가도 아니고 우리 둘이 이 감방에서 어떤 이야기를 나누었는지 무슨 수로 알 수 있겠나?"

"너무 허술한 작전이야."

"그렇지. 천분의 일의 확률을 노리는 거니까. 그래도 도전해 봐야지. 우리가 지금 찬밥 더운밥 가릴 처지가 아니지 않은가. 한번 시도해 보겠네, 헨더슨. 왠지 모르겠지만 다른 건 다 실패했어도 이번만큼은 성공할 것 같은 예감이 들거든."

롬바드는 등을 돌리고 입구 쪽으로 걸어갔다.

"그럼 이만……."

헨더슨은 머뭇머뭇 인사를 건넸다.

"조만간 또 보자고."

롬바드도 어깨 너머로 외쳤다.

헨더슨은 교도관을 따라 멀어져 가는 친구의 발소리를 들으며 생각했다.

'저 친구가 그냥 해 본 소리겠지. 나도 긴가민가한걸.'

모든 조간과 석간신문에 다음과 같은 박스 광고가 실렸다.

묵혀 두었던 공연 팸플릿을 현금으로 바꾸어 가세요.

이 도시를 잠깐 방문한 부유한 수집가가 세트를 완성하는 데 필요한 팸플릿을 거금에 사들입니다. 평생 동안 즐겨 온 취미 생활을 위해! 연도에 상관없이 가지고 오세요. 특히 지난 몇 시즌 동안 해외여행을 하느라 놓친 알람브라, 벨베데레, 카지노, 콜로세움 극장의 보드빌•과 레뷰 공연 팸플릿은 대환영입니다. 도매상과 중고상은 사절합니다. 프랭클린 스퀘어 15번지 J. L. 이번 주 금요일 10시까지만 운영하며 그 이후에는 철수 예정.

•　**보드빌** _ 1890년대에서 1930년대 사이 미국에서 인기 있었던 가벼운 연예 쇼.

021

사형 집행일

9시 30분이 되자 그날 들어 거의 처음으로 줄이 사라졌고, 뒤늦게 찾아온 한두 명을 처리하고 났더니 숨 돌릴 틈이 생기면서 가게 안에 롬바드와 젊은 조수 한 명만 남았다. 롬바드는 의자에 구부정하니 앉아 아랫입술을 내밀고 피곤에 찌든 한숨을 내뱉었다. 이마를 어지럽게 덮고 있는 머리카락을 날려 버리기 위해서였다. 그는 셔츠 위쪽 단추를 풀어 헤치고 그 위에 조끼를 걸친 차림새로 바지 주머니에서 손수건을 꺼내 얼굴을 이리저리 닦았다. 손수건이 시커메졌다. 찾아온 사람들이 먼지가 쌓인 채로 떠넘긴 팸플릿들 때문이었다. 그들은 먼지가 많을수록 돈을 많이 받을 수 있을 거라고 생각하는 듯했다. 그는 손까지 닦고 손수건을 버렸다. 그는 고개를 돌리고 비스듬하게 쌓인 팸플릿들에 가려 안 보이는 누군가에게 말했다.

"이제 퇴근해, 제리. 시간 거의 다 됐잖아. 문 닫을 때까지 삼십 분밖에 안 남았고, 바쁠 일도 없어 보이는군."

열아홉 살쯤 되어 보이는 비쩍 마른 남자아이가 팸플릿을 쌓아서 만든 참호에 앉아 있다 밖으로 나와 외투를 걸쳤다. 롬바드는 돈을 건넸다.

"여기, 삼 일 치 일당 십오 달러."

아이는 실망한 얼굴이었다.

"내일은 제가 없어도 되나요?"

"응, 오늘로 이 일을 접을 테니까. 그런데 말이지, 이거 가져다 팔아도 좋아. 폐지 장수한테 넘기면 몇 푼 챙길 수 있을 거야."

롬바드는 생각에 잠긴 목소리로 말했다. 아이는 눈을 휘둥그레 뜨고 그를 쳐다보았다.

"꼬박 삼 일 동안 사들인 건데 이제 와서 몽땅 내다 버리라고요?"

"내가 원래 성격이 좀 괴팍하거든. 하지만 그 전에는 입 다물고 비밀로 해 줘."

아이는 인도까지 걸어가는 내내 감탄하는 눈빛으로 뒤를 흘끔거렸다. 그를 정신병자라고 생각하는 것이었다. 그럴 만도 한 상황이었다. 롬바드 스스로도 제정신이 아니었다는 생각이 들었다. 이런 수법이 먹힐 거라고 생각했다니, 그녀가 미끼에 걸려들어 나타날 거라고 생각했다니……. 애초부터 어처구니없는 작전이었다.

조수가 밖으로 나선 순간, 한 아가씨가 가게 앞을 지나갔다. 그녀가 롬바드의 시야에 들어온 이유는 나가는 조수를 쳐다보고 있는데 그녀가 그 사이에 끼어들었기 때문이었다. 그 밖의 다른 이유는 아무것도 없었다. 그저 평범한 아가씨였다. 지나가던 행인에 불과했다. 그녀는 문 앞을 지나가며 안을 흘끗 들여다보았다. 호기심이 동했는지 잠깐 머뭇거리다 다시 발걸음을 재촉해 아무것도 없는 쇼윈도 너머로 사라졌다. 들어오려는 모양이라고 생각했던 롬바드로서는 헛물을 켠 셈이었다.

막간의 휴식이 끝나고, 목에 비버 털이 달린 외투에 까만색 끈이 달린 안경을 끼고, 옷깃을 바짝 세운 고령의 노인이 지팡이를 옆에 끼고 들어왔다. 그런데 당황스럽게도 택시 기사가 조그만 구닥다리 트렁크를 끌고 그의 뒤를 따라 들어오는 게 아닌가. 노인은 롬바드가 책상으로 사용중인 나무 탁자 앞에서 걸음을 멈추더니 연극배우 같은 자세를 취했다. 어찌나 우스꽝스러운지 장난하는 건가 싶을 정도였다. 롬바드는 천장을 바라보았다. 그는 하루 종일 이런 부류를 상대하고 있었다. 하지만 한꺼번에 트렁크 하나 분량을 들고 온 사람은 처음이었다.

"아, 반갑소이다."

가스등을 조명 삼던 구시대의 유물이 손만 얌전히 두고 있었다면 근사하게 들렸을 쩌렁쩌렁한 목소리로 말했다.

"내가 선생이 낸 광고를 읽은 걸 행운이라 생각하시오. 내 덕분에 선생의 소장 목록이 무척 풍요로워지게 됐으니 말이오. 이 도시에서 나만큼 도움이 될 만한 사람이 또 있을까. 내가 들고 온 진귀한 소장품을 보면 선생의 가슴이 두근거릴 거요. 거슬러 올라가자면 그 옛날 제퍼슨 플레이하우스부터……."

롬바드는 얼른 됐다는 신호를 보냈다.

"제퍼슨 플레이하우스는 됐습니다. 이미 풀 세트를 갖추고 있어서요."

"그럼 올림피아는 어떻소? 내가……."

"됐습니다, 됐어요. 뭘 들고 오셨건 필요 없습니다. 다른 건 모두 다 구입을 했어요. 불을 끄고 문을 닫기 전에 제가 필요한 건 딱 하나, 1941년에서 42년 시즌의 카지노 극장 팸플릿인데 혹시 가지고 계신가요?"

"카지노라고? 하! 지금 카지노라고 했소? 그 쓰레기 같은 레뷰 팸플릿을 어디에다 쓰려고? 난 이래 봬도 미국 연극 역사상 손꼽히는 비극 배우였단 말이오!"

노인은 그의 얼굴에 대고 숨을 뱉으며 침을 튀겼다.

"그러시군요. 그럼 서로 거래할 일이 없는 듯한데요."

롬바드는 쌀쌀맞게 대꾸했다. 트렁크와 택시 기사는 밖으로 나갔다. 트렁크 주인은 문 앞에 서서 "카지노라니, 하!" 하며 땅바닥에 대고 빈정거리다 무대에서 퇴장했다. 잠깐의 휴지기가 지나고 이번에는 청소부처럼 생긴 노파가 들어왔다. 정수리에 서양 장미가 너풀너풀 달린 모자는 쓰레기통에서 주웠거나 수십 년 동안 옷장 속에 묵혀 두었던 것을 꺼내 쓴 듯했다. 오랜만에 서툰 솜씨로 거죽 같은 양쪽 뺨에 동그랗게 바른 볼연지는 열꽃처럼 보였다.

그가 의욕 없이 심드렁하니 고개를 들었을 때 노파의 투실투실한 어깨 너머로 좀 전의 아가씨가 다시 눈에 들어왔다. 아까와 반대 방향으로 가게 앞을 지나가고 있었다. 그녀가 고개를 돌리고 안을 흘끗 들여다보는데, 이번에는 그 정도 선에서 그치지 않고 아주 잠깐이나마 발걸음을 멈추었다. 심지어 입구 쪽을 향해 한 걸음 다가오기까지 했다. 하지만 안을 훑어보더니 다시 가던 길을 재촉했다. 안에서 어떤 일이 벌어지고 있는지 호기심이 동한 모양이었다. 솔직히 지나가던 행인도 모를 수 없을 만큼 시끌벅적하게 홍보를 했으니 그녀가 두 번 들여다보는 것도 있을 법한 일이었다. 행사 초기에는 사진사들까지 찾아왔다. 게다가 어딜 다녀오는 길에 불과할 수도 있었다. 사람들은 보통 올 때도 갈 때와 같은 길을 선택하기 마련이었다.

노파가 조심스럽게 머뭇거리며 이야기를 꺼냈다.

"저기…… 진짜요? 진짜로 옛날 팸플릿을 돈 주고 사는 거유?"

그는 노파에게로 시선을 돌렸다.

"네, 팸플릿에 따라서요."

그녀는 팔에 걸고 온 손뜨개 장바구니 속을 뒤적였다.

"몇 장 안 되는데, 내가 예전에 코러스를 하던 시절의 팸플릿이에요. 워낙 의미 있는 물건이라 다 모아 두었거든. 미드나잇 램블스, 1911년의 프롤릭스⋯⋯."

그녀는 불안한 마음에 손을 부들부들 떨며 팸플릿들을 꺼내 내려놓았다. 그러고는 자기 이야기에 신빙성을 더하려는 듯 누렇게 변한 갈피를 들척였다.

"봐요, 여기 내 이름이 있잖수. 돌리 골든. 이게 예전에 내 이름이었어요. 내가 마지막 장면에서 젊음의 정령 역을 맡았는데⋯⋯."

그는 세월이야말로 가장 잔인한 살인마라는 생각이 들었다. 게다가 세월이라는 살인마는 살인을 저질러도 절대 처벌을 받지 않았다. 그는 팸플릿이 아니라 막노동으로 갈라진 노파의 손을 쳐다보았다.

"한 장당 일 달러 드리겠습니다."

그는 지폐를 세며 퉁명스럽게 말했다. 그녀는 좋아서 어쩔 줄 몰라 했다.

"아이고, 고마워요! 이게 이렇게 쓸모가 있을 줄이야!"

그녀는 그가 말릴 겨를도 없이 손을 덥석 잡더니 입술을 갖다 댔다. 볼연지가 번지면서 눈물이 분홍색으로 변했다.

"그 정도로 받을 수 있는 물건인 줄은 상상도 못했는데!"

맞는 말이었다. 사실은 푼돈의 값어치도 안 되는 물건이었다.

"여기, 받으세요."

그는 연민 어린 목소리로 말했다.

"아이고, 이제는 배를 채울 수 있겠네. 배부르게 먹을 수 있겠네."

그녀는 뜻밖의 횡재에 취객처럼 비틀거리며 나갔다. 노파가 떠나자 그 뒤에 말없이 서 있던 젊은 아가씨가 모습을 드러냈다. 기척을 느끼지도 못했건만 슬그머니 들어와 기다리고 있었던 모양이다. 이쪽에서 한 번, 저쪽에서 한 번, 이렇게 문 앞을 두 번 지나갔던 바로 그 아가씨였다. 너무 휙 하니 지나가서 망막에 확실히 새겨지지는 않았지만 거의 분명했다. 이렇게 가까이서 보았더니 멀찍이서 보았을 때보다 나이 든 얼굴이었다. 늘씬한 몸매만 남아 있을 뿐, 젊음의 흔적이 거의 모두 사라져 버렸기 때문이었다. 분위기가 다르기는 해도 방금 전에 나간 청소부만큼이나 세월에 찌든 모습이었다.

목덜미의 솜털이 살짝 따끔거렸다. 그는 그녀를 너무 노골적으로 쳐다보지 않고, 머리끝에서 발끝까지 한번 훑어본 다음 시선을 다시 떨구었다. 그의 표정을 그녀에게 보이고 싶지 않았다.

그가 종합적으로 내린 결론은 다음과 같았다. 그녀는 얼마 전까지만 해도 빛나는 미모를 자랑했지만 급속도로 빛을 잃어 가고 있었다. 아직까지는 밑바탕에 깔린 세련미와 교양이 풍겨 나왔지만 거칠고 천박한 껍데기로 딱딱하게 눌려 조만간 흔적도 없이 사라져 버릴 조짐을 보였다. 이미 이런 과정이 너무 진행되어 그녀를 구하기에는 늦은 듯했다. 그가 보기에는 하루 종일 술에 절어 지내거나 익숙지 않은 궁핍한 생활을 견디느라 점점 가속화되고 있는 것 같았다. 어쩌면 궁핍한 생활을 술로 달래기 때문인지도 모를 일이었다. 제삼의 요인의 흔적도 보였다. 이것이 술과 궁핍한 생활을 유발한 최초의 원인 제공 요소일 수 있는데, 지금은 뒤늦게 등장한 두 가지 요인에 안방을 내주고 뒷전으로 밀려났다. 견딜 수 없는 심적인 괴로움, 정신적인 고통, 약간의 죄책감과 더불어 몇 개월 동안 끊임없이 이어진 두려움. 제삼의 요인이라 할 수 있는 이것들은 흔적을 남긴 뒤에 잦아들고 이제는 오롯이 육체적인 소멸이 주를 이루고 있었다. 지금 그녀는 쾌활했고, 더 이상 내려갈 곳이 없는 밑바닥 인생 특유의 오뚝이 정신으로 무장해 고무처럼 질겼다. 그런 오뚝이 정신과 하숙집 가스관만 있으면 끝까지 버티기에 충분할 것이다.

그녀는 끼니를 꼬박꼬박 챙겨 먹지도 못하는 듯했다. 양 볼이 푹 꺼지고 얼굴의 골격이 얇은 피부 너머로 고스란히 드러났다. 옷차림은 온통 검은색이지만 미망인 같거나 멋져 보이지는 않았다. 먼지가 묻어도 보이지 않는다는 이유로 선택된 칠칠찮고 초라한 복장이었다. 심지어 스타킹마저 검은색인데 양쪽 뒤축 위로 하얀 초승달 모양의 구멍이 보였다. 그녀가 입을 열었다. 밤낮으로 마구 들이킨 싸구려 위스키 때문에 걸걸해진 목소리였다. 그런데 이 목소리에마저 교양의 흔적이 남아 있었다. 비속어를 쓰고는 있었지만, 다른 표현을 몰라서가 아니라 그녀가 요즘 어울리는 사람들을 통해 익힌 말을 의도적으로 선택해 구사하는 듯했다.

"팸플릿 팔고 싶은데 총알 남아 있어요? 아니면 내가 한발 늦었나요?"

"뭘 들고 왔는지 먼저 한번 봅시다."

그는 신중한 태도를 보였다. 그녀는 큼지막한 싸구려 핸드백을 탁 하고 열더니 팸플릿 두 장을 털썩 내려놓았다. 지지난 시즌에 레지나 극장에서 열린 뮤지컬 공연 팸플릿인데, 두 장 다 같은 날짜가 찍혀 있었다. 누구랑 같이 보러 갔을까? 그는 생각했다. 그때는 아직 경제적으로 여유롭고 어여뻤겠지. 이런 날이 올 줄은 상상도 못했겠지.

그는 '세트'를 완성하는 데 필요한 팸플릿을 적은 목록을 확인하는 척했다.

"아직 못 구한 팸플릿인 것 같네요. 칠 달러 오십 센트 드리죠."

그녀의 눈이 반짝였다. 그는 그녀가 미끼에 걸려들었길 바랐다.

"이게 답니까? 이번이 마지막 기회예요. 오늘 밤에 정리하고 떠날 거니까."

그는 약삭빠르게 물었다. 그녀는 머뭇거리다 핸드백 쪽으로 시선을 돌렸다.

"한 장만 있어도 되나요?"

"그럼요."

"이왕 온 걸음이니까……."

그녀는 다시 핸드백을 열고 그가 안을 들여 볼 수 없게 입구를 자기 쪽으로 기울인 채 팸플릿을 하나 더 꺼냈다. 그러더니 먼저 핸드백부터 닫고 그에게 팸플릿을 내밀었다. 그는 팸플릿을 받아서 자기 쪽으로 돌렸다.

카지노 극장

삼 일만에 처음으로 등장한 카지노 극장 팸플릿이었다. 그는 별 관심 없는 척 뒤적뒤적 공연을 소개하는 부분으로 페이지를 넘겼다. 모든 극장에서 배부하는 팸플릿이 그렇듯 해당 공연이 상연된 주가 적혀 있었다. '5월 17일부터 일주일'. 그는 숨이 막혔다. 문제의 그 주였다. 바로 그 주였다. 20일이 운명의 그날이었다. 그는 눈빛을 들키지 않으려고 고개를 계속 숙이고 있었다. 그런데 오른쪽 위 모서리가 멀쩡했다. 접혔던 걸 폈다면 누가 봐도 분명한 흔적이 남아 있을 텐데 애초에 접힌 적이 없었다. 아무렇지도 않은 척 똑같은 목소리로 말을 하려니 힘이 들었다.

"이거, 나머지 한 장은 없어요? 보통 팸플릿 두 개가 한 쌍이잖아요. 그러면 많이 쳐 드릴 수 있는데."

그녀는 살피는 듯한 눈빛으로 그를 바라보며 핸드백 쪽으로 손을 살짝 움직이다 말고 내려놓았다.

"그럼 어쩔까요? 그걸 복사라도 할까요?"

"나는 웬만하면 두 장씩 쌍으로 사고 싶거든요. 이 공연 보러 혼자 갔어요? 나머지 한 장은……."

그녀는 그 말이 왠지 모르게 마음에 안 들었는지 함정이라도 찾는 것처럼 미심쩍은 눈빛으로 가게 안을 이리저리 둘러보았다. 그러더니 조심스럽게 뒷걸음을 쳤다.

"한 장밖에 없어요. 살 거예요, 안 살 거예요?"

"한 장뿐이면 값을 많이 쳐 드릴 수가 없는데……."

그녀는 이 가게에서 빠져나가고 싶어 안달이 난 듯했다.

"알았어요. 그냥 주는 대로 받을게요."

그녀는 심지어 계산대 쪽으로 다가오지도 않고 서 있는 곳에서 팔만 내밀어 돈을 챙겼다. 그는 그녀가 출입문에 거의 다다를 때까지 기다렸다 괜한 경계심을 불러일으키지 않게 조용히 불렀다.

"잠깐만. 이쪽으로 다시 와 볼래요? 내가 깜빡한 게 있는데."

그녀는 그 자리에서 우뚝 멈추어 서더니 어깨 너머로 날카로운 의혹의 눈초리를 던졌다. 누가 불렀을 때 자동적으로 보이는 반응이라기보다 경계의 눈빛이었다. 그가 자리에서 일어나 손가락을 까딱이자 그녀는 나지막이 비명을 지르며 허둥지둥 밖으로 달아났다. 그는 거치적거리는 탁자를 한쪽으로 밀치고 잽싸게 쫓아나갔다. 그 바람에 조수가 팸플릿으로 높다랗게 쌓아서 만든 탑들이 무너지면서 눈송이처럼 흩날려 바닥을 덮었다.

그가 밖으로 뛰쳐나갔을 때 그녀는 다음 네거리를 향해 부지런히 움직이고 있었지만 하이힐이 원수였다. 그녀는 전속력으로 달려오는 그를 보고 이번에는 더 큰 소리로 비명을 지르며 속도를 높였고, 그와의 거리가 절반으로 좁혀지기도 전에 다음 모퉁이로 사라

카지노 극장의 팸플릿 가운데 하나

카지노 극장은 1882년부터 1930년까지
뉴욕 맨해튼의 브로드웨이에 자리하고 있었다.

졌다. 하지만 그는 다음 네거리에서 그녀를 잡을 수 있었다. 만일의 사태에 대비해 하루 종일 세워 놓은 차로부터 몇 미터 지난 곳에서 그녀를 따라잡아 앞을 가로막고는 어깨를 붙잡은 다음 건물에 대고 꼼짝 못하게 팔로 막았다.

"좋아, 이제 가만히 있어요. 도망치려고 해 봐야 소용없으니까."

그는 가쁜 숨을 몰아쉬며 말했다. 그녀는 훨씬 더 가쁜 숨을 몰아쉬었다. 술 때문에 호흡이 짧아졌는지 이러다 한순간 질식하는 게 아닐까 싶을 정도였다.

"이 손…… 놔요. 내가…… 뭘 잘못했다고……."

"그럼 왜 도망친 거요?"

그녀는 그의 팔에 머리를 걸치고 숨을 헐떡였다.

"나를 보는 눈빛이 이상해서……."

"핸드백 좀 봅시다. 그 핸드백 좀 열어 봐요! 자, 얼른 열어요. 아니면 내가 열어 줄까?"

"이 손 놔요! 놓으라고요!"

그는 옥신각신하느라 시간 낭비하지 않고, 그녀의 팔에 걸린 핸드백을 휙 낚아챘다. 그 바람에 너덜너덜하던 끈의 고리 부분이 뜯겨 나갔다. 그는 그녀가 움직이지 못하게 몸으로 막고 핸드백을 열어 안으로 손을 쑤셔 넣었다. 좀 전에 그녀가 가게에서 팔았던 것과 똑같은 팸플릿이 나왔다. 그는 거치적거리는 핸드백을 바닥으로 버리고 팸플릿을 넘겼다. 페이지끼리 서로 붙어 있어서 일일이 떼어

내야 했다. 첫 장부터 마지막 장까지 오른쪽 상단의 귀가 세모로 깔끔하게 접혀 있었다. 희미한 가로등 불빛에 비추어 보니 날짜가 좀 전에 본 팸플릿과 같았다.

　스콧 헨더슨의 팸플릿이었다. 가엾은 스콧 헨더슨의 팸플릿이 막판에 부메랑처럼 되돌아온 것이다.

사형 집행 시각

밤 10시 55분. 무엇이든 마지막은 항상 너무나도 씁쓸하기 마련이다.

그는 따뜻한 날씨에도 불구하고 온몸이 시렸고, 땀을 흘리고 있음에도 불구하고 온몸이 덜덜 떨렸다. 그 상태로 목사의 설교를 흘려들으며 무섭지 않다고 계속 혼잣말을 중얼거렸지만, 사실은 무서웠고 스스로도 무서워한다는 것을 알고 있었다. 어느 누가 그를 나무랄 수 있을까? 살고 싶은 욕망이 인간의 타고난 본능인 것을.

그는 침대 위에 대자로 엎드린 채 짧게 깎은 머리를 침대 밖으로 떨구고 있었다. 목사는 그의 옆에 앉아 두려움이 빠져나가지 못하게 막으려는 듯이 손을 그의 어깨에 얹고 있었는데, 그의 어깨가 떨릴 때마다 앞으로 살날이 많이 남은 목사의 손도 같이 떨렸다. 어깨는 일정한 간격으로 떨렸다. 자신이 죽을 시간을 안다는 것은 끔찍한 일이었다. 목사는 『시편』 23장을 나지막이 읊고 있었다.

"나를 푸른 풀밭에 누이시며…… 내 영혼을 소생시키시고……."

그는 위안을 얻기보다 더 심란해졌다. 그가 원하는 것은 다음 세상이 아니라 지금 이 세상이었다. 몇 시간 전에 먹은 닭튀김과 와플과 복숭아 쇼트케이크가 배 속 어딘가에 들러붙어 더 이상 내려가질 않았다. 하지만 상관없었다. 어차피 소화시킬 시간도 없을 테니까.

담배를 한 대 더 피울 시간은 남아 있을까 싶었다. 저녁 시간에 담배 두 갑을 받았는데, 한 갑은 이미 비워 꾸깃꾸깃 내던졌고 나머지 한 갑도 절반밖에 안 남았다. 이제 와서 담배 한 대 피울 시간을 걱정하는 것은 바보 같은 짓이었다. 하지만 그는 이런 부분에 있어 알뜰한 성격이었고 습관은 쉽게 사라지지 않는 법이었다.

그는 나지막이 읊조리는 목사의 말허리를 자르고 물었다. 목사는 딱 부러지게 대답을 하지 않고 피우라며 성냥을 그어 주었다. 즉, 담배를 한 대 다 피울 수 있을 만큼 여유롭지 않다는 뜻이었다. 그는 고개를 떨구었다. 가리어진 입가에서 회색 연기가 피어올랐다. 목사는 다시 손으로 그의 어깨를 눌러 두려움을 그 안에 가두었다. 돌이 깔린 바깥 복도를 따라 끔찍하리만치 서서히 다가오는 발소리가 고요하게 들렸고, 갑작스러운 정적이 사형수 감방을 덮었다. 스콧 헨더슨은 고개를 들지 않고 더욱 밑으로 떨구었다. 담배가 떨어져 구석으로 굴러갔다. 목사는 그를 침대에 못 박을 것처럼 더욱 힘껏 그의 어깨를 눌렀다.

발소리가 멈추었다. 밖에서 그를 바라보는 사람들의 시선이 느껴졌다. 쳐다보지 않으려고 했지만 버티지 못하고 머리가 저절로 천천히 들렸다. 그가 물었다.

"시간이 됐나요?"

감방 문이 서서히 홈을 따라 움직였고, 교도소장이 말했다.

"시간이 됐다, 헨더슨."

스콧 헨더슨의 팸플릿. 부메랑처럼 되돌아온 가없은 스콧 헨더슨의 팸플릿. 그는 그것을 물끄러미 쳐다보았다. 그녀에게서 낚아챈 핸드백은 발치에 방치한 채. 한편 그 아가씨는 어깨를 붙잡고 있는 그의 손아귀에서 벗어나려고 몸을 비틀었다. 그는 먼저 팸플릿을 조심스럽게 안주머니에 넣었다. 그런 다음 그녀를 두 손으로 붙잡고 차를 세워 놓은 곳으로 거칠게 끌고 갔다.

"얼른 타, 이 인간의 탈을 쓴 짐승 같으니라고! 같이 갈 데가 있어! 네가 지금 무슨 짓을 저지를 뻔했는지 알아?"

그녀는 발판을 딛고 몸부림을 쳤지만, 그가 문을 열고 안으로 밀어 넣었다. 무릎으로 좌석을 디디며 벌러덩 쓰러진 그녀는 몸을 돌리면서 일어나려고 버둥거렸다.

"이거 놔요! 왜 이래요! 아무도 없어요? 경찰관 아저씨, 이런 인간⋯⋯."

그녀의 울부짖음이 길거리를 갈랐다.

"경찰? 경찰을 부르겠다고? 어디 불러 보시지! 앞으로 경찰이라
면 질리도록 만날 테니까."

그녀는 반대편으로 빠져나가려고 했지만, 그가 홱 잡아당겨 쓰
러뜨리고 쾅 소리 나게 문을 닫아 버렸다. 그는 손등으로 그녀를 두
번 내리쳤다. 첫 번째는 경고의 의미였고, 두 번째는 성취감의 표현
이었다. 그런 다음 운전대 위로 몸을 숙이고 이를 갈았다.

"여자를 때린 건 난생처음이지만 당신은 여자도 아니야. 여자처
럼 생긴 쓰레기지. 아무 짝에도 쓸모없는 쓰레기."

두 사람을 태운 차는 앞으로 내달렸다.

"이제 좋든 싫든 드라이브를 해야 할 텐데, 얌전히 앉아 있는 게
좋을 거야. 내가 운전을 하는 동안 소리를 지르거나 허튼 수작 부리
면 또 한 대 맞을 줄 알아. 당신 하기에 달렸어."

살쾡이처럼 굴다가 이윽고 포기한 그녀는 험상궂은 눈빛으로
앞을 노려보며 뚱하니 등받이에 기대고 앉았다. 두 사람을 태운 차
는 이리저리 모퉁이를 돌아 같은 방향으로 향하는 다른 차량들을
잇달아 제쳤다. 신호등에 걸려 멈추자 그녀가 풀 죽은 목소리로 물
었다.

"어디로 데려가는 거예요?"

"몰라서 물어? 아무것도 모른단 말이지?"

그는 빈정거리며 물었다.

"그 사람 때문이죠?"

그녀는 단념한 투였다.

"그 사람 때문이죠? 당신이 그러고도 인간이야?"

그가 다시 한번 액셀러레이터를 힘껏 밟자 두 사람의 머리가 동시에 뒤로 젖혀졌다.

"당신 같은 인간은 몽둥이찜질을 당해야 해. 아무 때고 나타나서 아는 사실을 밝히기만 했으면 되는 건데, 아무 죄 없는 사람을 사형대로 보내다니."

"그 때문인가 했더니 맞네?"

그녀는 멍하니 중얼거리면서 자기 손을 내려다보았다. 그러다 잠시 후에 물었다.

"언제예요? 오늘 밤이에요?"

"그래, 오늘 밤이다!"

이렇게 코앞으로 들이닥친 줄 몰랐다는 듯 그녀가 눈을 살짝 휘둥그레 뜨는 것이 계기반 불빛에 비쳐 보였다.

"이렇게 금세 사형당할 줄 몰랐어요."

그녀는 침을 꿀꺽 삼켰다.

"이제는 상황이 달라졌지! 내가 드디어 당신을 잡았으니까!"

그는 쉰 목소리로 외쳤다. 다시 신호등에 걸렸다. 그는 욕을 하며 큼지막한 손수건으로 얼굴을 훔쳤다. 잠시 후 두 사람의 머리가 다시 한번 동시에 뒤로 젖혀졌다. 그녀는 가만히 앉아서 앞만 물끄러미 바라보았다. 눈앞이나 보닛 너머의 무언가를 쳐다보는 것은 아니었다. 앞 유리창 아랫부분에 시선을 고정시키기는 했지만 무언가를 쳐다보는 것도 아니었다. 그는 조수석 쪽에 달린 사이드 미러를 통해 그녀의 모습을 확인할 수 있었다. 그녀는 자기 내면의 무언가를 응시하고 있었다. 지나간 과거를 응시하는 거겠지. 살아온 인생을 정리하는 거겠지. 지금은 탈출구가 되어 줄 술도 없었다. 달리는 차 안에 가만히 앉아 대면해야 했다.

"당신은 속에 아무것도 든 게 없는 껍데기만 남은 인간이야!"

그가 말했다. 그녀는 웬일로 장황한 대거리를 늘어놓았다.

"그 때문에 내가 어떻게 됐는지 봐요. 그 생각은 안 해 봤죠? 내가 이미 대가를 충분히 치르지 않았나요? 그 사람이 무슨 일을 겪든 나하고 무슨 상관이에요? 나하고 아무 상관없는 사람인데! 오늘 밤에 그 사람이 죽는다고요? 나는 이미 죽었어요! 나는 이미 죽은 몸이라고요! 당신은 지금 옆자리에 시체를 태우고 있는 거예요."

그녀의 목소리는 폐부를 찌르는 암울한 울부짖음이었다. 여자들 특유의 카랑카랑한 넋두리나 하소연이 아니었다. 성별을 초월한 고통의 신음 소리였다.

"가끔 꿈을 꾸면 예쁜 집, 자기를 사랑해 주는 남편, 돈, 예쁜 물건, 존중해 주는 친구들을 곁에 두고 안정감을 누렸던 어떤 사람이 보여요. 그 누구보다 안정적이고 걱정 없이 살았던 어떤 사람이. 죽을 때까지 그렇게 사는 거였는데. 영원히 그렇게 사는 거였는데. 그게 나였다니 믿기지 않아. 그건 내가 아니었어요. 그런데 가끔 술에 취해서 꿈을 꾸면 그게 나였다고 착각을 해요. 꿈을 꾸면 어떻게 되는지 알잖아요……."

그는 그들 앞으로 쏟아지는 어둠을 바라보았다. 어둠은 반짝이는 전조등 때문에 신비롭게 일렁이는 물결처럼 반으로 갈라졌다 뒤에서 다시 합쳐졌다. 그의 눈은 회색 자갈과 같아서 꿈쩍하지 않았고, 아무 소리도 듣지 않았고, 그녀의 괴로움에 전혀 아랑곳하지 않았다.

"길거리로 내쫓기는 심정이 어떤 건지 알아요? 입던 옷 그대로 새벽 2시에 그야말로 길거리로 내쫓겼는데, 등 뒤에서 문이 닫히고 나한테 문을 열어 주었다가는 쫓겨날 줄 알라고 하인들에게 으름장을 놓는 소리를 들었을 때 기분이 어떤지 알아요? 첫날밤에는 밤새도록 공원 벤치에 앉아 있었어요. 다음 날에는 내 시중을 들었던 하녀에게 오 달러를 빌렸죠. 방을 얻어서 최소한 밤이슬이라도 피해야 했으니까."

"그런데 왜 계속 숨어 있었던 거야? 이미 모든 걸 잃었는데 뭘 더 잃을 게 있다고."

"그이가 그 정도 선에서 그친 게 아니었어요. 나더러 만에 하나 입을 잘못 놀려서 자기 이름에 먹칠이라도 하는 날에는 알코올 중독자 보호 시설로 보내 버린다고 했어요. 그이한테 이 정도는 식은 죽 먹기였죠. 그만한 연줄과 돈이 있는 사람이니까. 거기 갇히면 두 번 다시 세상 빛을 못 볼 거예요. 꽁꽁 묶여서 찬물 세례에 시달려야겠죠."

"어디서 그런 변명을! 우리가 당신을 찾는다는 걸 알았을 거 아냐. 모를 수가 없잖아. 이 남자가 죽을 운명이라는 것도 알았을 테고. 한심한 겁쟁이 같으니라고. 하지만 지금까지 살면서 보람 있는 일을 한 번도 한 적 없고 앞으로 사는 동안 그럴 일이 한 번도 없을지 몰라도 지금은 아니야. 당신 증언으로 스콧 헨더슨을 살릴 수 있게 됐으니까!"

그녀는 한참 동안 아무 말을 않다 천천히 고개를 돌렸다.

"맞아요."

마침내 그녀가 입을 열었다.

"그러네요. 이제는 나서고 싶어요. 지난 몇 달 동안 진실을 알리고 하지 않았다니 내가 눈이 멀었었나 봐요. 지금까지 그 사람 생각은 전혀 안 하고 나만, 내가 잃어버린 것들만 생각하고 있었나 봐요. 보람 있는 일을 한 번쯤은 하고 싶어요. 나 자신의 변화를 위해서라도."

그녀는 다시금 그를 올려다보았다.

"하게 될 거라니까."

그는 험상궂은 목소리로 다짐했다.

"그날 저녁 술집에서 그 친구를 만난 게 몇 시였지?"

"우리 앞에 걸린 시계가 6시 10분을 가리키고 있었죠."

"저들 앞에서 그렇게 말할 수 있지? 그렇게 증언할 수 있지?"

"네. 말할게요. 증언할게요."

그녀는 지친 목소리로 대답했다.

그는 한마디로 상황을 정리했다.

"이제 당신이 그 친구한테 저지른 잘못을 용서받을 수 있게 됐군!"

순간, 그녀 안에 얼어붙어 있었던 무언가가 녹아서 무너진 것처럼 봇물이 터졌다. 아니면 그녀를 덮어 서서히 질식시키고 있었던 단단한 껍질이 부서진 것일 수도 있었다. 그녀는 숙이고 있던 얼굴을 손으로 가리고 한참 동안 그렇게 있었다. 소리는 거의 내지 않았다. 그런데 그렇게 온몸을 들썩이는 사람을 그는 본 적이 없었다. 안이 산산조각 난 것처럼 어찌나 부들부들 떠는지 과연 멈출 수 있을까 싶을 정도였다.

그는 아무 말도 하지 않았다. 사이드 미러 너머로 확인만 할 뿐 그녀 쪽을 쳐다보지도 않았다. 어느 정도 시간이 지나자 이제 끝났음을 알 수 있었다. 그녀가 다시 손을 내리고 그에게 하는 말이라기보다 혼잣말처럼 중얼거리는 소리가 들렸다.

"두려워서 피하고 있었던 일을 실행하게 됐다고 생각하니까 어찌나 속이 후련한지……."

두 사람은 계기판에서 새어 나오는 희미한 불빛을 맞으며 아무 말 없이 달렸다. 통행량이 줄어들어 지금까지와 다르게 보이는 것이라고는 맞은편 차선에서 달려오는 차량들뿐이었다. 두 사람은 도심을 벗어나 변두리로 향하는 매끈한 직선 도로를 따라 달렸다. 반대편 차선의 차량들이 그들의 차창에 빛의 무늬를 남기며 빠르게 지나갔다.

"왜 이렇게 멀리 가는 거예요? 형사 법원으로 가면 되는……."

그녀가 문득 생각났다는 듯이 멍한 목소리로 물었다.

"교도소로 곧장 가는 거야. 그게 가장 빠른 길이니까. 불필요한 절차 거칠 필요 없이……."

그가 긴장한 목소리로 대답했다.

"오늘 밤이라고 했죠?"

"한 시간 삼십 분쯤 남았어. 그 전에 도착할 수 있을 거야."

이제 숲이 우거진 시골길이 펼쳐졌다. 허리춤을 하얗게 칠해 도로 경계선 역할을 하는 나무들이 그들을 맞았다. 마을의 불빛도 없고 이따금 맞은편 상행선에서 눈이 부시도록 하얀 빛을 작렬하며 달려오던 차량들이 예의를 차리며 모자를 살짝 들어 보이듯 불빛을 줄이는 것이 전부였다.

"무슨 일이 생겨서 우리가 늦으면 어떻게 해요? 타이어가 펑크 난다든지 해서. 미리 전화를 하는 게 좋지 않을까요?"

"내가 알아서 할 테니 걱정 마. 갑자기 웬 걱정이야?"

"그러게요. 걱정이 되네요. 나는 지금까지 장님이었어요, 장님.

이제는 어떤 게 꿈이고 어떤 게 현실인지 보여요."

그녀는 한숨을 쉬었다.

"상당한 발전이로군. 지금까지 다섯 달 동안 손가락 하나 까딱 안 해 놓고 십오 분 만에 몸이 달아서 안절부절못하다니."

그는 구시렁거렸다.

"그러게요. 갑자기 하찮게 여겨지지 뭐예요. 남편도 그렇고, 보호 시설에 가둬 버리겠다는 협박도 그렇고, 모든 게 다. 당신 덕분에 모든 걸 전혀 다른 각도에서 볼 수 있게 됐어요."

그녀는 피곤한 듯 손등으로 이마를 쓸며 진저리를 냈다.

"적어도 한 번쯤은 용기 있게 나서야지. 평생 겁쟁이로 살아온 내 인생, 신물이 나요!"

그녀는 순순히 인정했다. 두 사람은 다시 아무 말 없이 달렸다. 잠시 후 그녀가 불안한 듯 물었다.

"내 증언만으로 그 사람을 구할 수 있을까요?"

"적어도 오늘 밤으로 잡힌 사형을 뒤로 늦출 수 있을 거야. 일단 사형을 늦춰 놓고 나머지는 변호사들 손에 맡겨야지."

그녀가 문득 정신을 차리고 보니 갈림길에서 좌회전을 한 차가 인적이 없는 비포장 샛길을 달리고 있었다. 그 사실을 알아차렸을 무렵에는 이미 어느 정도 시간이 지난 뒤였다. 덜컹거림이 심해졌다. 이따금 지나가던 길동무들도 이제는 아예 자취를 감추었다. 인적은 아무 데서도 보이지 않았다.

"왜 이 길로 왔어요? 좀 전에 타고 가던 남북 횡단 고속도로로 계속 달리면 주립 교도소가 나오지 않나요? 그 사람 지금 거기 있는 게 아니……."

"여기가 지름길이야. 최단 거리라 시간을 절약할 수 있지."

그는 무뚝뚝하게 대답했다. 바람을 뚫고 달리는데 윙윙거리던 바람 소리가 조금 커지면서 걱정스러운 신음 소리처럼 들렸다. 그는 턱을 운전대에 얹고 아무 감정 없이 깜빡이지도 않는 두 눈으로 앞을 주시하며 말했다.

"시간 넉넉하니까 걱정 마."

이제 그들은 단둘이 아니었다. 정적이 흐르는 와중에 제삼의 존재가 슬그머니 들어와 두 사람 사이를 꿰차고 앉았다. 얼음처럼 차디찬 공포가 장막처럼 내려앉아 보이지 않는 서늘한 팔로 그녀를 끌어안고 뻣뻣한 손끝으로 그녀를 더듬으며 숨통을 찾았다. 십 분 동안 보인 불빛이라고는 그들을 태운 자동차 불빛이 전부였다. 두 사람은 아무 대화도 나누지 않았다. 양옆으로 늘어선 나무들은 시커멓게 굽이치는 그림자였다. 바람이 전하는 경고를 알아차렸을 때는 이미 엎질러진 물이었다. 앞 유리창에 나란히 비친 두 사람의 얼굴이 유령 같았다.

그는 속도를 늦추더니 후진했다가 방향을 틀어 이번에는 숲 속 오솔길이나 다를 바 없는, 먼지 날리는 비포장도로로 접어들었다.

울퉁불퉁한 노면을 따라 덜컹덜컹 달리는데, 배기관에서 나오는 바람에 날린 낙엽들이 뒤에서 바스락거렸다. 바퀴는 바닥에 반쯤 박힌 나무뿌리를 타고 넘었고 범퍼는 튀어나온 나무줄기들을 쓸고 지나갔다. 동굴처럼 깊숙한 숲을 전조등이 비추면 가까이 있는 녀석들은 석순처럼 새하얗게 반짝였고 멀리 있는 녀석들은 어둠의 장막에 휩싸였다. 동화 속에 등장하는 섬뜩한 저주에 걸린 장소 같았다. 불길한 일이 일어날 것만 같은 무시무시한 마법의 숲이었다. 그녀가 숨을 죽이고 물었다.

"지금 뭐 하는……."

공포가 그녀의 목에 대고 싸늘한 입김을 내뿜으며 그녀의 몸을 더욱 강하게 감싸 안았다.

"왜 이래요? 뭐 하려는 거예요?"

갑자기 차가 멈추었다. 그녀는 차가 멈춘 다음에서야 브레이크 소리를 인식했다. 그가 시동을 끄자 정적이 온 사방을 감싸고 차 안팎을 덮었다. 아무도 꼼짝하지 않았다. 차도, 두 사람도, 그녀를 엄습하던 공포도. 아니, 딱 한 곳만 예외였다. 그가 피아노 건반을 두드리듯이 손가락 세 개를 위아래로 번갈아 움직이며 끊임없이 운전대를 두드렸던 것이다. 그녀는 고개를 돌리고, 막연한 불안감에 그를 향해 소리치기 시작했다.

"왜 이래요? 무슨 말 좀 해 봐요! 그렇게 가만히 앉아 있지만 말고 무슨 말을 해 보라고요! 왜 여기서 차를 세웠어요? 어쩔 생각으로? 왜 그런 눈으로 날 쳐다보는 거예요?"

"내려."

그는 턱을 까딱이며 명령을 내렸다.

"싫어요. 뭘 어쩌려고요? 싫어."

그녀는 겁에 질린 채 눈을 동그랗게 뜨고 그를 쳐다보았다. 그는 조수석 쪽으로 팔을 뻗어 그쪽 문을 열었다.

"내리라고."

"싫어! 이상한 짓을 저지르려는 거죠? 얼굴에 씌어 있어……."

그는 그녀를 한쪽 팔로 잡고 밀어내서 내동댕이쳤다. 잠시 후 두 사람은 까끌까끌하고 누르스름한 낙엽 속에 발을 묻고 섰다. 그가 등 뒤에서 차 문을 닫았다. 축축한 나무 냄새가 코를 찌르고 온 사방이 칠흑처럼 캄캄한데, 전조등 불빛이 비춘 부분만 푸르스름하게 빛나는 터널을 연상시켰다.

"이쪽이야."

그가 나지막이 말하고 걷기 시작했다. 따라오라는 의미에서 그녀의 팔꿈치를 잡고 걸었다. 괴이한 정적이 흐르는 가운데, 낙엽들이 발밑에서 부스럭거렸다. 자동차 범퍼가 뒤로 멀어졌다. 그녀는 부자연스럽게 고개를 모로 꼬고 속을 알 수 없는 그의 얼굴을 바라보았다. 숲의 장막에 부딪혀 메아리치는 그녀의 숨소리가 들렸다. 그의 숨소리는 좀 더 차분했다.

두 사람은 전조등 불빛이 끝나는 지점까지 정체를 알 수 없는 무언극을 벌이듯 말없이 걸었다. 빛과 어둠의 경계선에 다다랐을 때 그가 발걸음을 멈추고 그녀를 잡았던 손을 놓았다. 그녀가 비틀거리며 앞으로 쓰러지자 그가 잡아서 일으켜 세우고 다시 손을 놓았다.

그가 담배를 꺼내 그녀에게 권했다. 그녀는 사양했다.

"피워."

그는 강제로 그녀의 입에 담배를 쑤셔 넣었다.

"피우라고!"

그는 손으로 바람을 막아 가며 불까지 붙여 주었다. 왠지 모르게 마지막 의식을 치르는 듯한 분위기라 그녀는 마음이 놓이기는커녕 두려움이 한결 증폭됐다. 그녀는 한 모금을 빨자마자 담배를 떨어뜨렸다. 담배를 물고 있을 수가 없었다. 낙엽에 불이 옮겨 붙기 전에 그가 발로 비벼서 껐다.

"좋아. 이제 다시 차로 돌아갈까? 저 불빛을 따라 걸어가서 먼저 차에 타. 절대 돌아보지 말고 앞만 보고 걸어가."

그가 말했다. 그녀는 무슨 말인지 이해를 못하는 눈치였다. 어쩌면 겁에 질려서 자기 마음대로 몸을 움직이지 못하는 것일 수도 있었다. 그가 출발하라는 듯이 뒤에서 살짝 떠밀었다. 그녀는 낙엽을 헤치며 몇 발자국 비틀비틀 걸었다.

"내가 말한 대로 그 불빛을 따라서 곧장 걸어가. 절대로 돌아보지 말고!"

뒤에서 그의 목소리가 들렸다. 그녀는 여자, 겁에 질린 여자였다. 그런 그녀에게 그의 경고는 역효과를 발휘했다. 자기도 모르게 고개를 돌리고 말았던 것이다. 그의 손에는 엉거주춤한 상태로 꺼내 든 권총이 쥐여 있었다. 그녀가 몇 걸음 걷는 동안 뒤에서 몰래 꺼낸 듯했다. 그녀는 마지막으로 날개를 퍼덕이며 나무 사이로 솟구쳤다 숨이 끊겨 추락하는 새처럼 비명을 질렀다. 그녀는 거리가 가까워지면 총알을 피할 수 있는 것처럼, 그에게서 멀어질수록 위험한 것처럼 그에게로 되돌아가려고 했다.

"거기 가만히 있어! 최대한 편하게 보내 주려고 돌아보지 말라고 한 건데!"

그가 싸늘하게 외쳤다.

"이러지 마요! 왜 그래요? 당신이 시키는 대로 다 말한다고 했잖아요! 그러겠다고 했잖아요! 약속할게요, 약속할게요!"

그녀는 울부짖었다.

"아니, 안 돼. 그러지 못하게 네 입을 막아 버릴 거야. 앞으로 삼십 분쯤 뒤에 저승에서 그 친구를 만나거든 네 입으로 직접 말해."

그는 그녀와 정반대로 소름이 끼칠 만큼 침착했다. 그는 조준 자세로 총을 내밀었다. 희부연 전조등 불빛 속에서 그녀의 실루엣이 완벽하게 드러났다. 그녀는 널찍한 불빛의 덫에 갇혀 어두컴컴한 나무 그늘 속으로 제때 도망치지도 못한 채 제자리에서 허둥지둥 맴돌다 좀 전처럼 다시 그와 마주 보게 되었다. 바로 그때 총성이 천둥처럼 숲의 장막을 뒤흔들었다. 이와 더불어 그녀의 비명 소리가 지축을 갈랐다.

그렇게 가까이서 겨누었는데도 총알이 빗나간 걸까. 그의 총구에서 김이 피어오르지 않은 것을 그녀는 알아차리지 못했다. 아무 감각이 없었다. 달아나지도 못하고 아무것도 못하고 멍하니 그 자리에 서서 선풍기 앞에 묶인 리본처럼 부들부들 떨기만 했다. 오히려 그가 옆으로 비틀비틀 쓰러져 나무에 얼굴을 대고 좀 전에 저지르려 했던 일을 후회하는 사람처럼 힘없이 앉아 있었다. 한 손으로 다른 쪽 어깨를 누르고 있는 그의 모습이 그제야 그녀의 눈에 들어왔다. 그가 낙엽 더미 위로 떨어뜨린 권총이 불길 속에서 너울대는 석탄 덩어리처럼 말없이 반짝였다.

뒤에서 잽싸게 튀어나온 어떤 남자가 빛줄기를 따라 그에게 다가갔다. 이제 보니 그 남자가 웅크리고 나무에 기대앉은 그를 향해 총을 겨누고 있었다. 남자가 살짝 몸을 숙이자 낙엽 더미 속에서 반짝이던 물체가 사라졌다. 이윽고 남자가 그에게 다가갔고 두 사람의 손목에서 무언가 반짝이더니 철컥 하는 소리가 들렸다. 롬바드가 축 늘어진 몸을 힘없이 남자에게 기댔다가 다시 똑바로 폈다. 남자의 목소리가 무거운 정적을 가르고 그녀의 귓전에 또렷하게 전해졌다.

"너를 마르셀라 헨더슨 살인 혐의로 체포한다!"

남자가 무언가를 입에 물자 길고 지루했던 이야기의 결말을 알리는 구슬픈 호루라기 소리가 들렸다. 그리고 잠시 후 다시 정적이 흘렀다.

버지스는 조심스럽게 허리를 숙여, 낙엽 더미 위에 무릎을 꿇고 두 손에 얼굴을 묻은 채 흐느껴 우는 그녀를 일으켜 세웠다.

"알아요. 얼마나 끔찍했을까. 이제 끝났습니다. 다 끝났어요. 당신이 해냈어요. 당신이 그를 살린 겁니다. 나한테 기대요, 옳지. 실컷 울어요. 펑펑. 그렇게 울어도 돼요."

그가 달래는 목소리로 말했다. 그녀는 누가 여자 아니랄까 봐, 이 말을 듣고 울음을 뚝 그쳤다.

"안 울어요. 이제 괜찮아요. 그냥…… 아무도 제때 와 주지 않을까 봐……."

"뒤를 쫓으면 되겠다고 생각했더라면 늦었을 뻔했어요. 녀석이 어찌나 험하게 차를 몰던지."

경찰차 한 대가 저쪽에서 끼이익 하고 멈춘 게 불과 몇 초 전 일이었다. 그 차를 타고 온 병력은 아직 현장에 도착조차 하지 못했다.

"나는 혹시나 싶어 여기까지 같이 차를 타고 왔어요. 몰랐죠? 트렁크 안에 숨어 있었는데. 거기서 다 들었어요. 처음 당신이 가게 안으로 들어가던 순간부터."

그는 언성을 높여 나무 밑으로 손전등을 깜빡이며 내려오는 동료들을 향해 고함을 질렀다.

"그레고리하고 자네들인가? 그냥 가. 여기까지 오느라 시간 낭비하지 말고. 얼른 고속도로 타고 나가서 공중전화가 보이자마자 지방 검사 사무실에 전화해. 시간이 몇 분 안 남았어. 나는 다른 차를 타고 따라가겠네. 전화해서 헨더슨 부인을 살해했다고 시인한 존 롬바드를 내가 잡았으니 교도소장한테 전해 달라고⋯⋯."

"증거도 없으면서."

롬바드가 괴로움에 몸을 움츠리며 으르렁거렸다.

"증거가 없다고? 방금 자네가 보인 행동 말고 다른 증거가 필요할까? 한 시간 전까지 만난 적도 없는 여자를 피도 눈물도 없이 살해하려는 현장을 덮쳤는데? 자네가 그녀에게 앙심을 품은 이유가 무엇일까? 그녀가 증거를 제시하면 헨더슨이 혐의를 벗고 형장에서 풀려나기 때문이지. 자네가 그런 사태를 막으려고 한 이유는 무엇일까? 그러면 사건 수사가 재개되고, 처벌을 면했던 자네 입장이 위험해지기 때문이지. 이게 증거가 아니면 뭔가?"

주 경찰관이 터벅터벅 다가왔다.

"제가 도울 일이 없겠습니까?"

"이 아가씨를 차로 안내해 주게. 상당히 아찔한 경험을 해서 보호가 필요해. 남자는 내가 맡겠네."

건장한 경찰관이 그녀를 부축했다.

"그런데 이 아가씨, 누굽니까?"

전조등이 카펫처럼 깔린 길을 안내하며 그가 어깨 너머로 물었다.

"몸집은 작지만 아주 소중한 보물이지."

버지스가 뒤에서 범인을 끌고 가면서 대답했다.

"그러니까 천천히, 조심조심 걷도록 해. 자네가 지금 헨더슨의 아가씨, 캐럴 리치먼 양을 부축하고 있으니까. 우리 중에서 가장 맹활약을 보인 대원이기도 하지."

23

사형 집행 하루 뒤

그들은 잭슨 하이츠에 있는 버지스의 조그만 아파트 거실에 옹기종기 모여 앉았다. 석방 이후 두 사람이 처음으로 만난 자리였다. 이런 식의 만남을 주선한 사람은 버지스였다. 그는 그녀에게 헨더슨이 열차를 타고 도착할 때까지 자기 집에서 기다리라면서 이렇게 말했다.

"교도소 문 앞에서 만나고 싶지는 않죠? 교도소라면 이제 지긋지긋하지 않아요? 우리 집에서 기다려요. 할부로 산 가구밖에 없지만 최소한 교도소보다는 낫지 않겠어요?"

두 사람은 조금 어리둥절하기는 해도 마음속 깊은 곳에서부터 우러나오는 평화로움을 느끼며 은은한 스탠드 불빛이 비추는 소파에 나란히 앉았다. 헨더슨이 그녀의 어깨를 감싸 안자 그녀는 그의 어깨에 머리를 기댔다. 거실로 들어와 두 사람의 모습을 마주하자 버지스는 왠지 모르게 목이 메었다.

"그래, 좀 어떤가?"

그는 티를 내지 않으려고 퉁명스럽게 물었다.

"아…… 모든 게 정말 아름다워 보입니다."

헨더슨은 놀라워했다.

"세상이 이렇게 아름다운 줄 잊고 있었는데. 바닥에 깔린 카펫. 스탠드에서 은은하게 흘러나오는 불빛. 제 등을 받치고 있는 폭신한 쿠션. 그리고 보세요, 세상에서 가장 아름다운 사람도 여기 있죠……."

그는 턱으로 그녀의 정수리를 살짝 눌렀다.

"이 모든 게 제 것이잖아요. 모두 되찾은 정도가 아니라 앞으로 사십 년은 누릴 수 있다는 것 아닙니까!"

버지스와 그녀는 아무 말 없이 연민의 눈빛을 주고받았다.

"나는 지방 검사 사무실에 다녀오는 길일세. 드디어 녀석의 자백을 받아 내서 서명하고 봉인한 다음 전달했다더군."

버지스가 말했다.

"저는 아직도 이해가 안 됩니다. 아직도 믿기지가 않아요. 왜 그랬을까요? 마르셀라를 사랑했기 때문일까요? 제가 알기로 두 사람은 평생 두 번밖에 만난 적이 없는데 말이죠."

헨더슨은 고개를 저었다.

"자네가 알기로는 그랬지."

버지스가 무뚝뚝하게 말했다.

"그럼 둘이 그렇고 그런 사이였단 말입니까?"

"부인의 잦은 외출을 몰랐단 말인가?"

"그거야 알고 있었지만, 그런 줄은 전혀 몰랐습니다. 우린 서로 남남처럼 지냈거든요."

"바로 그게 문제였던 거야."

그는 거실 안을 한두 바퀴 돌았다.

"헨더슨, 자네한테 확실히 알리고 싶은 게 있네. 이제 와서 무슨 소용이냐고 하겠지만, 둘 사이는 철저하게 일방적인 관계였어. 자네 부인은 롬바드를 사랑하지 않았지. 만약 사랑했더라면 지금까지 멀쩡하게 살아 있었을 텐데 말일세.

부인은 자기 자신 말고는 어느 누구도 사랑하지 않는 사람이었어. 주변의 탄성과 번드르르한 말을 좋아해서 별생각 없이 추파를 던지고 불장난을 저지르는 타입이었던 거지. 그런데 아홉 명한테는 별 의미 없는 장난이었던 것도 어떤 한 명한테는 목숨을 건 도박이 되거든. 부인 입장에서 그는 시시덕거릴 만한 상대, 자기 나름대로 자네한테 복수할 수 있는 도구에 불과했어. 자네 같은 남자는 필요 없다고 자기 자신을 세뇌할 때 쓰는 도구. 그런데 유감스럽게도 그가 그 한 명의 남자였던 거야. 상대를 골라도 아주 잘못 골랐지. 그는 한평생 전 세계 곳곳의 삭막한 유전 지대만 돌아다녔고, 여자를 사귄 경험이 많지 않았어. 그는 그런 게임을 즐길 수 있는 사람이 아니었던 거야. 그래서 부인을 진지하게 대했지. 물론 부인으로서는 그 부분이 마음에 들었을 거야. 덕분에 게임이 더욱 실감이 났을 테니까. 두말하면 잔소리지만 부인은 잔인하기 그지없었어. 두 사람의 관계가 어떻게 될지 뻔히 알면서 막판까지 끌고 다녔으니.

부인은 그가 꿈꾸는 핑크빛 미래에 동참할 생각이 전혀 없으면서도 아무 말 하지 않았지. 남미에 있는 정유 회사와 오 년 계약을 맺어도 아무 말하지 않았고. 그는 둘이서 함께 지낼 주택도 마련하고 가구까지 들여놓았건만. 남미로 내려가자마자 부인이 자네와 이혼하고 자기와 결혼할 줄 알고 말이야. 그 정도 나이의 남자는 가슴에 상처를 입으면 충격이 심한 법이거든. 부인은 조금씩 거리를 두어 그에게 충격을 극복할 수 있는 기회를 주기보다 최악의 방법을 선택했어. 달콤한 밀회를 일찌감치 포기하기 싫었던 거지. 그의 전화, 함께하는 점심과 저녁 식사, 택시에서 나누는 작별의 키스……. 그녀에게는 이런 것들이 필요했어. 이제는 습관이 되어 버려서 없으면 그리울 테니까. 그래서 질질 끌고 또 끌었던 거야. 둘이서 남미로 떠나기로 한 그날까지. 자네가 나가자마자 그가 부두로 출발하자고 집으로 데리러 왔을 때까지.

나는 자네 부인이 목숨을 잃은 게 놀랍지 않아. 목숨을 부지했다면 오히려 놀랍지 않았을까? 그는 심지어 자네가 있을 때 집 앞에 도착했고, 자네가 문을 박차고 나갈 때까지 위층 계단에서 기다렸다더군. 그날 저녁에는 어쩌다 보니 로비에 경비가 없었지. 전에 일하던 경비가 입대를 했는데 아직 후임을 뽑지 못해서. 그래서 그가 들어오는 걸 아무도 보지 못했던 거야. 그리고 우리 모두 알다시피 그가 떠나는 것 역시 아무도 보지 못했지.

아무튼 부인은 문을 열어 주고 다시 거울 앞으로 돌아갔고, 짐을 다 쌌느냐는 그의 말에 깔깔대고 웃어 버렸지. 하루 종일 이 사람 저 사람 면전에 대고 웃은 날이었는지, 원. 부인은 그에게 물었어. 모든 걸 버리고 남미로 건너가면, 그의 처분만 기다리며 결혼을 하자면 하고 말자면 마는 신세가 될 텐데, 정말로 그런 식으로 인생 종칠 줄 알았느냐고. 남편을 다른 사람 손에 넘길 줄 알았느냐고. 부인은 당시 그런 상황을 마음에 들어 했어. 그러니 받아 놓은 밥상을 아슬아슬한 도박과 맞바꿀 리 없었지.

그런데 가장 결정적인 역할을 한 게 그 웃음이었어. 그의 말로는 이런 말을 하면서 눈물을 흘렸거나 최소한 정색만 했더라도 포기했을 거라고 하더군. 마음을 접고 정신을 못 차릴 정도로 진탕 마셨을 거라고. 그랬더라면 죽이지 않았을 거라는데, 나도 그렇게 생각하네."

"그래서 그녀를 죽였군요."

헨더슨이 나지막이 중얼거렸다.

"그래, 그래서 그녀를 죽인 거야. 자네가 흘리고 나간 넥타이가 바닥에 떨어져 있는 걸 보고 어느 시점에선가 멍하니 집어 들고 있었는데, 딱 하고 이성을 잃은 거지."

그는 손가락을 퉁겨 딱 하는 소리를 냈다.

"나는 그 사람 이해해요."

캐럴이 바닥을 내려다보며 한숨을 쉬었다.

"나도 마찬가지요. 하지만 그 뒤에 저지른 짓은 변명의 여지가 없어요. 평생지기한테 뒤집어씌우려고 수단과 방법을 가리지 않았으니."

버지스도 인정했다.

"제가 무슨 잘못을 한 걸까요?"

이렇게 묻는 헨더슨의 목소리에는 친구를 원망하는 기미가 전혀 없었다.

"설명을 하자면 이런 거지. 그는 그녀가 왜 그랬는지 당시에도 이해를 하지 못했고, 심지어 오랜 시간이 지난 지금까지도 이해를 못하고 있어. 자기를 왜 그렇게 무참하게 차 버렸는지 말일세. 그녀의 성격이 원래 그런 것을, 원래 그렇게 태어난 여자인 것을 알아차리지 못하고 있어. 그래서 자네에 대한 사랑이 되살아난 것으로 오해를 하고, 자네 탓을 했지. 자네 때문에 그녀를 잃었다고. 그래서 자네를 증오하게 됐지. 그래서 복수를 하고 싶었고. 왜곡된 질투심이 함께하고 싶었던 사람의 죽음으로 더욱 커지면서 그렇게 된 거아니겠나?"

"휴."

헨더슨은 나지막이 한숨을 내뱉었다.

"그는 아무한테도 들키지 않고 아파트를 빠져나와 용의주도하게 자네를 찾아 나섰지. 계단에 숨어 있었을 때 들은 말다툼이 그냥 지나치기에는 아까운 기회였거든. 자기가 방금 전에 저지른 짓을 자네한테 뒤집어씌울 수 있는 너무나 훌륭한 기회였지. 그가 말하길 원래는 우연히 만난 척 계속 붙어 다니면서 자네 입으로 빌미를 자초하게 만들 계획이었다고 하더군. 적어도 제대로 끌어들일 작정이었다고.

'여어, 부인이랑 같이 있을 줄 알았더니.'

이렇게 말을 건네면 자네가 '아내랑 싸우고 나온 길이거든.'

이런 식으로 대답할 수밖에 없을 거라고 계산한 거지. 싸웠다고 실토하게 만드는 게 관건이었다네. 그렇지 않으면 자기가 계단에서 둘이 다투는 소리를 엿들었다고 고백해야 하니까 바로 자네 입으로 말을 하게 만들어야 했던 거야.

무슨 소리인지 알겠지? 그는 같이 있으면서 그 정도로는 안 되겠다 싶으면 자네한테 코가 비뚤어지도록 술을 먹이고 집까지 데려다줄 생각이었지. 끔찍한 현장을 같이 발견할 수 있게, 그래서 경찰이 출동하면 자네가 집을 나오기 직전에 부인이랑 대판 싸웠다고 하는 걸 들었다고 마지못한 척 전할 수 있게. 자네한테 충격 흡수 장치 역할을 맡기는 거였어.

부인을 자기가 죽여 놓고 남편과 그 현장에 동행하다니 이 얼마나 깜찍한 발상인가? 그러면 자기는 자동적으로 제삼자가 저지른 범행을 우연히 목격한 증인이 될 테니 이보다 더 확실한 혐의 방지책이 어디 있겠나. 그는 이런 이야기를 상당히 아무렇지도 않게 실토하더군. 내가 보기에는 뉘우치는 기색도 없었어."

"대단하네요."

캐럴이 침울한 목소리로 말했다.

"그는 자네가 혼자일 줄 알았어. 자네가 가기로 한 장소를 두 군데는 알고 있었지. 그날 오후에 우연히 만났을 때 자네가 부인과 함께 메종 블랑슈에서 저녁을 먹은 다음 카지노 극장에 갈 거라고 했잖은가. 술집에 대해서는 알지 못했지. 자네도 충동적으로 들어간 곳이었으니까.

그는 식당으로 직행해 모습을 숨긴 채 로비에서 조심스럽게 살펴보았지. 자네가 눈에 들어왔어. 이제 막 도착한 자네가. 그런데 동행이 있는 거야. 그 때문에 모든 게 달라졌지. 이제 은근슬쩍 합석해 자네 입으로 폭로하게 만들 수 있는 가능성이 사라졌을 뿐 아니라 자네가 집을 나서고 얼마 만에 만났는가에 따라 누구인지 모를 이 사람이 어느 정도 보호막이 되어 줄 수도 있으니까. 그러니까 그와 자네, 두 사람의 입장에서 그녀가 얼마나 중요한 존재인지 한눈에 알아차린 걸세.

그래서 상황에 맞게 계획을 변경했지. 그는 밖으로 철수해 보이지 않게 어느 정도 거리를 두고 입구를 감시했다네. 자네의 다음 행선지가 카지노 극장인 건 알고 있었지만 확실하지가 않았거든. 감히 장담할 수가 없었지. 자네 둘이 식당에서 나와 택시를 타는 것을 보고 그도 택시를 타고 뒤쫓아갔어. 극장 안까지 따라 들어갔지. 그런데 잘 듣게, 이제부터 흥미진진한 부분이 시작되니까. 그는 입석표를 샀어. 시간이 안 돼서 공연 한 꼭지밖에 못 보는 사람들이 보통 그렇게 하지 않는가. 그런 다음 오케스트라 뒤에 서서 기둥으로 몸을 가린 채 공연 내내 자네 뒤통수를 예의 주시한 거야.

그는 자네가 극장 밖으로 나가는 것을 보았는데, 하도 혼잡해서 하마터면 자네를 놓칠 뻔했지만 운이 따라 주었지. 그는 앞 못 보는 거지와 있었던 일은 보지 못했어. 그 정도로 가까이서 뒤를 밟지는 못했거든. 하지만 자네가 탄 택시가 막힌 도로를 빠져나오느라 워낙 애를 먹었기 때문에 다른 택시를 잡아타고 계속 뒤를 밟을 수 있었지. 자네에게 이끌려 도착한 곳은 안셀모. 하지만 그는 그곳이 이번 사건의 핵심인 줄은 아직 알지 못하고 이번에도 밖에서 기다렸지. 술집은 안이 워낙 좁아서 자네 눈에 띌 수밖에 없었거든. 그는 잠시 후에 그녀를 두고 밖으로 나온 자네를 보고, 자네가 집을 뛰쳐나오면서 장담한 대로 부인 대신 맨 처음 만난 여자를 데리고 다녔다는 것을 알아차렸지.

여자를 두고 자네 뒤를 쫓는 게 좋을지, 여자 쪽으로 관심을 돌려 그녀가 자네에게 어떤 영향을 미칠 사람인지 파악을 하는 게 좋을지 얼른 결정을 내려야 하는 상황이었어. 그는 금세 결정을 내렸느데, 이번에도 운이 따라 줬지. 본능적으로 올바른 방향을 선택한 거야. 이미 많은 시간이 지난 뒤라 자네를 따라다니는 건 타당성이 떨어졌지. 자네한테 죄를 뒤집어씌우기는커녕 제 손으로 제 무덤을 파는 꼴이 될 수 있었거든.

그가 타기로 한 배는 바로 그 순간 부두를 출발하고 있었어. 원래대로라면 그때쯤 배에 타고 있어야 했는데 계획이 어그러진 거야. 그래서 그는 자네를 버리고 그녀를 선택했다네. 자신이 얼마나 기가 막힌 선택을 했는지 전혀 알지도 못한 채 밖에서 기회를 엿보며 그녀를 은밀히 감시했지. 밤새도록 술집에 있을 게 아니라 그녀에게도 최종 목적지가 있을 것 아닌가.

잠시 후 그녀가 나오자 그는 충분히 거리를 두고 뒤를 밟았지. 멍청하게 그 자리에서 접근하면 자기 정체를 폭로하는 꼴이 될 테니까. 그녀가 자네의 무죄를 입증할 수 있는 증인으로 밝혀지면 이 문제에 대해 그녀에게 캐물었다는 그 자체만으로, 관심을 보였다는 상황만으로 화를 자초하는 꼴이 될 테니까. 그래서 나중에 필요할 때 찾을 수 있게 우선은 그녀의 신원과 행선지를 파악하는 것이 급선무라고 결론을 내렸지. 일단 신원과 행선지만 파악해 놓으면 잠시 신경을 쓰지 않아도 되거든.

그는 먼저 그녀가 자네한테 얼마나 도움이 될지 그것부터 알아낼 작정이었다네. 그날 저녁 자네의 행적을 되짚어 둘이 맨 처음에 어디서 만났고, 그보다 더 중요하게는 자네가 집을 나선 지 얼마 만에 그녀와 만났는지 파악하면서 말일세. 그 결과 그녀가 차지하는 비중이 크다 싶으면 영리하게 처리할 작정이었지. 파악해 놓은 거주지로 찾아가 입을 다물고 있게 설득을 할 수 있는지 알아보고, 고분고분 말을 듣지 않으면 더 음흉한 수법을 동원할 생각도 있었다고 하더군. 또 다른 범죄로 첫 번째 범죄를 덮으려 했다고 할까? 아무튼 그래서 그는 그녀를 따라나서기로 했지.

그녀는 그 늦은 시각에 왜 그랬는지 모르겠지만 걸어 다녔어. 덕분에 뒤를 밟기가 훨씬 수월하기는 했지만. 처음에는 집이 술집에서 엎어지면 코 닿을 데 있어서 그런 모양인가 했더니 천천히 계속 걷더라는군. 혹시 미행당하는 걸 알아차리고 따돌리려는 건가, 잠깐 그런 생각이 들기도 했지만 눈치를 보아하니 그건 아니더라는 거야.

누굴 의식하거나 불안해하는 기색이 전혀 없이 불 꺼진 쇼윈도가 있으면 걸음을 멈추어 안을 들여다보고 길 잃은 고양이가 보이면 쓰다듬어 주고 이러면서 어슬렁어슬렁 발길 닿는 대로 아무 생각 없이 걷더라는 거지. 그리고 만약 그를 따돌릴 생각이었다면 택시를 잡아타든지 경찰한테 다가가 한두 마디 말을 거는 게 더 손쉬운 방법이었을 거야. 걸어가는 동안 마주친 경찰만 해도 몇 명 됐으니까. 그런데 그러지 않았다는 것은 결국 정처 없이 헤매고 있다는 뜻이었지. 노숙자라고 하기에는 차림새가 너무 훌륭한 여자가 그러고 있으니 어떤 식으로 해석하면 좋을지 알 수가 없어서 당황스러웠다더군.

그녀는 57가 쪽으로 렉싱턴 애비뉴를 따라가다 서쪽으로 방향을 돌려 5번가까지 걸어갔다고 하더군. 그러더니 거기서 북쪽으로 두 블록을 더 걸어가 마치 오후 3시라도 되는 것처럼 셔먼 장군 동상이 있는 센트럴 파크 앞 벤치에 한참을 앉아 있었고. 그런데 공원을 드나들던 차들이 세 대 당 한 대 꼴로 속도를 늦추고 말을 거는 바람에 벤치에서 쫓기듯 일어나 다시 59가를 따라 동쪽으로 한가롭게 걸어가며 이번에는 그 길을 따라 늘어선 화방 쇼윈도에 뭐가 있는지 외울 기세였으니 그 뒤를 따라가던 롬바드로서는 점점 미칠 노릇이었지. 이러다 퀸스보로 다리를 건너 롱아일랜드까지 걸어가려는 건가 싶었을 때 그녀가 마침내 59가 끝에 있는 어느 허름하고 조그만 호텔 안으로 갑자기 들어가지 뭔가.

안을 슬쩍 들여다보니 그녀가 숙박부에 서명을 하고 있었는데, 지금까지 정처 없이 헤매고 다녔던 것처럼 이것 역시 즉흥적인 선택이었지. 그는 그녀가 시야에서 사라지자마자 안으로 들어갔어. 이름이 뭐고 몇 호실에 투숙했는지 알아내 자기도 방을 하나 얻을 생각으로. 숙박부에 서명을 하면서 바로 위에 적힌 이름을 확인하니 '프랜시스 밀러'였고 214호였어. 그는 보여 주는 방마다 퇴짜를 놓는 영리한 수법을 동원해 바로 옆방인 216호실을 확보하는 데 성공했지. 호텔이 쓰러지기 직전이라 하숙집이나 다름없는 수준이었으니 전혀 의심을 살 이유가 없었어.

그는 일단 위로 올라가 복도에서 그녀의 객실을 유심히 살폈어. 그녀가 하룻밤 자고 가는 게 분명한지, 잠깐 자리를 비워도 괜찮을지 확인하기 위해서였지. 그런데 그래도 되겠다고 확실하게 결론을 내릴 수 있었던 게, 불투명한 채광창 너머로 그녀의 객실 불빛이 흘러나왔거든. 게다가 워낙 낡은 곳이다 보니 움직이는 소리를 듣고 뭘 하고 있는지 넘겨짚을 수 있을 정도였어. 그녀가 텅 빈 옷장에 겉옷을 거느라 철제 옷걸이를 달그락거리는 소리가 들렸지. 물론 빈손으로 들어갔으니 다른 짐은 없었고. 그녀가 이리저리 움직이면서 나지막이 흥얼거리는 소리도 들렸어. 무슨 노래를 부르는지 알아들을 수 있을 정도였는데, 몇 시간 전에 자네와 함께 보고 온 공연에서 들은 〈치카 치카 붐〉이었지. 씻느라 물을 쓰는 소리가 들렸고, 잠시 후 채광창 너머에서 불을 꺼지더니 그녀가 낡아 빠진 침대에 몸을 눕히면서 스프링이 삐걱대는 소리가 들렸어. 그가 마지막 진술서에서 이 부분을 얼마나 섬뜩하리만치 자세하게 적었는지 몰라.

그는 자기 객실로 들어가 불도 켜지 않은 채 지저분한 막다른 골목이 내려다보이는 창문 밖으로 몸을 내밀고 그녀의 객실을 어디까지 들여다볼 수 있는지 확인했지. 블라인드가 그녀의 창문을 창턱 위 삼십 센티미터 지점까지 덮고 있었지만 침대가 놓인 위치상, 그의 객실 창턱에 다리를 걸치고 몸을 한껏 내밀었더니 그녀가 침대가에 누워서 들고 있는 담뱃불이 어둠 속에서 반짝이는 것이 보였다고 하더군. 그는 양쪽 창문 밑을 지나는 배수관에 이음 고리 비슷하게 생긴 고정 장치가 달려 있어서 여차하면 발판이 될 수 있겠다는 점을 머릿속에 새겨 두었지. 만약 잠깐 나갔다 돌아왔을 때 필요하면 그 길을 통해 그녀의 객실로 잠입할 수 있겠다고. 그녀의 소재를 확실히 파악한 그는 다시 밖으로 나갔지. 그때가 새벽 2시가 조금 안 된 시각이었어.

그는 택시를 타고 곧장 안셀모로 달려갔다네. 그때 그곳은 파장 분위기라 바텐더와 허물없이 대화를 나누며 그가 아는 정보가 어디까지인지 파악할 수 있었지. 그는 적절한 시기가 됐을 때 지나가는 말처럼 그녀에 대해서 물었어.

'좀 전에 외로워 보이는 어떤 여자가 저 끝에 혼자 앉아 있던데 누구예요?'

이런 식으로 슬쩍 운을 띄운 거지. 바텐더들이 워낙 말이 많은 족속이잖아. 그래서 기다렸다는 듯이 아는 대로 술술 털어놓았지. 6시쯤에 왔던 손님인데 어떤 남자와 나갔다 와서는 남자가 먼저 일어서는 바람에 혼자 있었던 거라고. 롬바드는 한두 번 더 노련하게 유도 심문을 한 끝에 원하던 정보를 손에 넣을 수 있었지. 자네가 술집으로 들어오자마자 그녀에게 접근했는데 그게 6시 몇 분이었다는 사실을 말일세. 그가 우려했던 것 이상으로 최악의 사태였지. 그녀가 잠재적인 보호 장벽 수준을 넘어 절대적이고 완전무결한 구세주로 밝혀진 셈이었으니까. 이로써 그는 당장 손을 써야 하는 상황에 직면하게 된 거야."

그는 하던 말을 멈추고 이렇게 물었다.

"내 설명이 장황해서 지루한가?"

"제 목숨이 오락가락했던 문제인걸요."

헨더슨이 덤덤한 목소리로 대답했다.

"그는 조금도 지체하지 않고 그 자리에서 당장 1차 매수에 돌입했지. 손님 몇 명이 남아 있는 상황에서 말일세. 바텐더를 구워삶는 것은 식은 죽 먹기였다고 하더군. 건드리기만 하면 터질 듯이 잘 익은 과일 비슷해서 몇 마디 경고를 하고 돈을 쥐여 주었더니 그걸로 끝이었다더군.

'그 여자가 여기서 그 남자를 만났다는 사실을 잊어버리는 데 얼마면 되겠소? 남자가 왔었다는 건 잊어버릴 필요가 없고 그녀가 왔었다는 것만 잊어버리면 되는데.'

바텐더는 별로 많지 않은 금액을 불렀지.

'경찰이 찾아올 만한 일이라도?'

바텐더가 그 소리를 듣고 머뭇거리자 롬바드는 애초에 그가 말했던 액수의 오십 배를 제시했다네. 현금으로 천 달러를 준 거야. 자네 부인과 함께 남미로 건너가서 정착할 때 쓰려고 제법 많은 현금을 들고 있었거든. 그것으로 바텐더를 확실히 휘어잡을 수 있었지.

롬바드는 여기에서 한걸음 더 나아가 섬뜩한 협박까지 몇 마디 나지막이 덧붙였다네. 그는 협박에 소질이 있었던 모양이야. 듣는 사람 입장에서 그냥 하는 소리가 아니라 진심이라는 걸 느낄 수 있을 정도였거든. 바텐더는 모든 정황을 파악한 뒤에도 한참 동안 입을 다물었고, 어느 누구도 그의 입을 열 수가 없었지. 전적으로 천 달러 때문에 그런 건 아니었어. 완전히 겁에 질려 있었지. 나머지 증인들도 마찬가지였어. 그러다 클리프 밀번이 결국 어떻게 됐는지 자네도 알잖은가. 이 롬바드라는 친구는 섬뜩한 구석이 있단 말이지. 한평생 척박한 환경에서 살아서 그런지 유머 감각이라고는 찾아볼 수가 없어.

그는 바텐더를 해결한 뒤, 자네가 몇 시간 전에 밟은 경로를 고스란히 되짚어 나갔다네. 이제 와서 자네한테 시시콜콜 설명할 필요는 없겠지? 야심한 시각이라 식당과 극장은 문을 닫았지만 원하는 사람의 집 주소를 알아내서 찾아갔지. 한번은 포레스트 힐스까지 찾아가 자려고 누운 사람을 끌어냈다고 하더군.

새벽 4시 무렵 모든 작업이 끝났지. 주요 인물을 세 명 더 포섭한 걸세. 택시 기사 앨프, 메종 블랑슈의 총지배인, 카지노의 매표소 직원. 그들에게 준 금액은 각각 달랐어. 택시 기사는 그녀를 본 적 없다고 잡아떼기만 하면 되지만, 총지배인은 테이블 담당 웨이터한테 한몫 떼어 줘야 할 것 아닌가. 그 친구를 구워삶는 게 관건이었으니까. 그리고 매표소 직원은 어찌나 고분고분하게 협조하던지 공범으로 끌어들일 수 있을 정도였다더군. 전속 오케스트라 단원 하나가 이 여자를 보고 한눈에 반했다고 떠벌리고 다닌다며 그쪽도 수습하는 게 좋지 않겠느냐고 한 게 이 친구였거든. 롬바드는 범행을 저지르고 이틀날 밤이 되어서야 손을 쓸 수 있었는데, 그로서는 다행이었던 게 우리가 그 단원을 완전히 잊어버리고 있었으니 아무 문제가 없었지. 이렇게 해서 동이 트기 한 시간 전에 모든 작업이 끝이 났다네. 인력이 닿는 한도 내에서 그녀의 존재를 없애는 데 성공했지. 이제 남은 사람은 오직 한 명, 그녀뿐.

그는 마지막 한 명을 처치하러 호텔로 돌아갔지. 그의 고백에 따르면 이미 마음을 정한 상태였다고 하더군. 매수해서 입을 막기보다 확실하게 죽여 버릴 생각이었다고. 그래야 그가 짜 놓은 각본이 탄탄해질 테니까. 어느 한 명이 배신을 하더라도 아무 증거가 없을 테니까.

그는 그녀의 옆방으로 돌아가 어두컴컴한 그곳에서 열심히 머리를 쥐어짰지. 이번 경우에는 자네 부인을 살해했을 때보다 위험 부담이 더 컸지만, 존 롬바드가 아니라 가명으로 투숙을 한 정체 모를 남자가 범인으로 지목될 것 아닌가. 그는 타기로 했던 선박보다 먼저 남미에 도착해 그 길로 영영 자취를 감출 생각이었으니 나중에 들통이 날 가능성이 전혀 없었지. 그가 살인 용의자인 것은 분명하지만 정체를 아무도 파악하지 못할 테니. 무슨 뜻인지 알겠지?

그는 밖으로 나가서 그녀의 방문에 귀를 갖다 댔지. 잠이 들었는지 방 안이 조용했다더군. 아주 조심스럽게 문손잡이를 돌려 보았지만 예상했던 대로 잠겨 있어서 그쪽으로 들어갈 수는 없었어.

그렇다면 애초부터 염두에 두고 있었던, 두 창문을 잇는 배수관을 발판으로 삼는 수밖에. 창밖으로 살펴보니 아까처럼 블라인드가 창턱 위 삼십 센티미터 지점까지 덮고 있었지. 그는 조용하고 날렵하게 배수관을 딛고 별다른 어려움 없이 그녀의 창턱으로 건너가 블라인드를 젖히고 방 안으로 잠입하는 데 성공했어.

무기는 없었어. 이불을 동원해 맨손으로 처치할 생각이었거든. 그는 어둠을 뚫고 침대로 다가가 비명 소리가 밖으로 새어 나가지 않게 헝클어진 이불을 팔로 꾹 눌렀지. 그런데 이불이 힘없이 꺼지지 뭔가. 그 밑에 아무도 없었던 거야. 그녀가 사라진 거지. 침대에 잠깐 누워 있다 동이 트기 한 시간 전에, 들어왔을 때처럼 변덕스럽게 나가 버렸다고 할까? 그녀가 남긴 흔적이라고는 담배꽁초 두 개와 화장대에 묻은 분첩 가루, 쭈글쭈글한 이불이 전부였지. 그는 충격이 어느 정도 가라앉았을 때 로비로 내려가 다소 노골적으로 물었고, 그가 돌아오기 얼마 전에 그녀가 열쇠를 반납하고 조용히 호텔에서 나갔다는 대답을 들었다네. 어느 쪽으로 갔는지, 어디로 갔는지, 왜 나갔는지 그건 알 수 없었어. 그저 들어왔을 때 그랬던 것처럼 횅하니 사라져 버렸지. 그는 제 손으로 발등을 찍은 꼴이었어.

헨더슨, 자네와 함께 있었던 여자를 환상의 존재로 만드느라 밤새도록 몇천 달러를 썼는데, 진짜 환상이 되어 버린 게 아닌가. 전혀 뜻밖의 결과로 이어진 거지. 그녀가 언제 다시 불쑥 등장할지 모르니 상황이 너무나 불안해지기도 했고. 비행기를 타고 배보다 먼저 남미에 도착하려면 몇 시간밖에 안 남았는데, 그 몇 시간이 그로서는 지옥과 같았지. 얼마나 절망적인 상황인지 알고 있었으니까. 뉴욕에서 짧은 시간 동안 사람을 찾는 게 어떤 일인지 알고 있었거든. 그는 정신병자처럼 미친 듯이 그녀를 찾아 나섰지만, 두 번 다시 만날 수가 없었지.

해가 지면서 이튿날 밤이 찾아왔고, 이제는 더 이상 출발을 늦출 수가 없었어. 결국 그는 끝내지 못한 숙제를 남겨 두고 떠나는 수밖에 없었지. 그때부터 언제 떨어질지 모르는 도끼가 머리 위에서 그를 위협하게 된 거야. 범행을 저지르고 다음다음 날 뉴욕을 출발한 그는 같은 날 마이애미를 거쳐 아바나로 건너갔고, 출항 삼 일 만에 그곳에 도착한 배에 승선할 수 있었지. 승무원한테는 배가 출항하던 날 술을 마시고 곯아떨어지는 바람에 배를 놓쳤다고 둘러댔고. 그래서 내가 자네 이름으로 전보를 보냈을 때 그가 덥석 달려들었던 걸세. 모든 걸 내팽개치고 달려올 만한 일이었거든. 그동안 내내 가시방석이었는데 드디어 깔끔하게 마무리를 지을 수 있게 된 것 아닌가.

흔히 살인범은 범행 현장을 다시 찾는다고들 하지. 자석에 이끌린 것처럼 그렇게 된다고. 도움을 청하는 자네의 전보가 그에게는 딱 필요한 핑곗거리였어. 떳떳하게 돌아와 그녀를 찾아 나설 수 있게 되었으니까. 지난번에 중단하고 떠난 죽음의 사냥을 끝낼 수 있게 된 것 아닌가. 그녀가 발견되더라도 시체로 발견될 수 있게."

"그날 감방으로 저를 찾아와 제 이름으로 전보를 보내셨을 때부터 그 친구를 의심하고 계셨군요. 언제부터 의심하셨던 겁니까?"

"정확한 날짜나 시간은 모르겠어. 자네가 무죄일지 모른다는 쪽으로 생각이 바뀌면서 아주 서서히 생긴 변화라. 처음부터 끝까지 확실한 증거는 없었지. 그래서 그렇게 우회적인 방법을 쓴 걸세. 그는 아파트에 지문도 남기지 않았어. 손을 댔던 몇 안 되는 부분을 깨끗하게 닦은 거지. 지문이 하나도 없는 문손잡이가 몇 개 있었던 게 아직까지 생각이 나.

맨 처음에 그는 심문을 받는 과정에서 자네가 흘린 어떤 존재에 불과했지. 예전 친구가 떠나기 전에 마지막으로 뉴욕을 한 바퀴 같이 돌아보자고 했는데, 자네가 부인 때문에 조심스럽게 거절했다고 안타까워하지 않았나. 나는 자네의 배후를 파악하려고 형식적인 차원에서 그의 수사에 착수했지. 자네가 얘기했던 것처럼 해외로 떠나고 없더군. 그런데 우연히 선박 회사를 통해 입수한 정보에 따르면 배를 놓치고 삼 일 뒤에 아바나에서 승선을 했다지 뭔가. 게다가 또 한 가지. 원래는 자기와 부인, 이렇게 두 사람 몫으로 예약했는데 혼자 승선을 했고, 끝까지 동행이 없었다는 거야. 내친김에 조금 더 파고들어 보니 여기서 결혼을 했거나 부인과 함께 살았던 전적이 없더군.

눈에 띄게 의심스러운 구석은 전혀 없었어. 떠나기 직전에 너무 요란하게 송별회를 치르는 바람에 배를 놓치는 사람이 어디 한둘인

가. 그리고 예비 신부들도 막판에 생각이 바뀌어서 약속을 저버리거나 심사숙고한 결혼을 쌍방의 동의 아래 연기하는 경우도 허다하고. 그래서 마음을 접었는데 자꾸 생각이 나더란 말이지. 그가 배를 놓치고 나중에 혼자 뒤따라 잡았다는 그 사소한 사실 하나가 내 머릿속 한구석에 박혀서 떠나질 않는 거야. 그로서는 조금 재수 없는 일이지만 내 주목을 받게 된 거지. 경찰한테 주목을 받아서 좋을 게 없는데. 나중에 자네가 무죄라는 확신이 점점 커지면서 빈 공간이 생겼지. 빈 공간은 뭘로 채우지 않으면 스스로 채워지게 되어 있어. 그런데 그와 관련된 사실들이 하나둘씩 흘러나오면서 나도 모르는 새 빈 공간이 채워지기 시작한 거야.”

“그런데 저한테 감쪽같이 숨기셨네요.”

헨더슨이 말했다.

“그럴 수밖에. 얼마 전까지 아무것도 장담할 수가 없었거든. 사실 그가 리치먼 양을 숲 속으로 끌고 갔던 그날 밤까지 그랬어. 자네한테 솔직히 털어놓는 것은 상당히 불안한 일이었지. 자네가 내 판단에 동의하지 않고 엉뚱하게 의리를 지킨답시고 그에게 경고할 수 있으니까. 그게 아니라 나와 생각이 같다 하더라도 앞으로의 계획을 알고 있다는 사실로 인해 그를 대하는 태도가 어색해질 수도 있고. 그가 자네한테서 수상한 낌새를 눈치챘다가는 우리 작전이 당장 들통이 날 것 아닌가. 자네는 엄청난 중압감에 시달리고 있었잖아. 그래서 나의 의도를 감추고 자네를 아무것도 모르는 도구로 활용하는 것이 가장 안전한 방법이겠다고 결론을 내렸지. 쉽지 않은 일이었어. 팸플릿 작전만 해도……."

"저는 형사님이 사소한 행동 하나, 대사 하나까지 몇 번씩 연습을 시키고 시키고 또 시키는 것을 보고 제정신이 아닌 줄 알았어요. 정상적인 상황이었다면 이러다 나까지 돌아 버리겠다는 생각도 했고요. 저는 점점 더 가까워지는 사형일을 잊게 하려고 진통제 삼아 그런 연습을 시키는 줄 알았어요. 그래서 형사님의 장단에 맞춰 시키는 대로 했지만 반쯤은 장난하는 심정이었죠."

"자네는 장난하는 심정이었을지 몰라도 나는 얼마나 조마조마했다고."

버지스는 쓴웃음을 지었다.

"형사님을 계속 괴롭혔던 해괴한 사건들에도 그 친구가 연루된 것으로 밝혀졌습니까?"

"전부 연루돼 있었지. 그런데 살인 사건일 가능성이 가장 높아 보였던 클리프 밀번 사건을 철저하게 조사해 보니 희한하게 진짜 자살한 것으로 밝혀졌지 뭔가. 바텐더는 사고를 당한 거였고. 그런데 가장 사고사 같아 보였던 두 건이 살인이었어. 그가 죽였지. 앞 못 보는 거지와 피에레트 더글러스 말일세. 둘 다 맨손으로 저지른 전형적인 살인 사건이었어. 거지의 경우 유달리 끔찍하기는 했지만. 그는 나한테 전화를 걸겠다며 거지를 방 안에 잠깐 두고 밖으로 나왔지. 그런 식의 사기꾼들은 경찰이라면 질색하니까 자기가 자리를 비우자마자 도망치려고 할 게 분명하거든. 거기에 착안한 거야.

그는 방에서 나오자마자 양복점에서 쓰는 까만색의 질긴 실을 계단의 제일 위에 있는 단에 무릎 높이로 가로질러 걸었어. 이쪽은 난간에 묶고, 저쪽은 툭 튀어나온 못에 묶었지. 그러고 나서 거지가 앞을 볼 수 없게 불을 끄고, 자네도 익히 아는 수법을 동원해 멀어져 가는 척 발소리를 낸 다음 층계참 밑에 쭈그리고 앉아 몸을 숨긴 채 기다렸지.

거지는 롬바드가 경찰 친구를 불러오기 전에 도망치려고 허둥지둥 달려 나오다 그의 계획에 제대로 걸려들었다네. 실에 다리가 걸리는 바람에 계단을 데굴데굴 굴러 앞으로 튀어나온 층계참 벽에 머리를 부딪힌 걸세. 실은 끊어졌지만 그 사태를 모면하지는 못했지. 그래도 죽은 건 아니었어. 두개골에 심하게 금이 가고 기절을 했을 뿐. 롬바드는 허둥지둥 층계참에 쓰러진 그를 넘어 계단 꼭대기로 올라가서 양쪽에 걸려 있던 실을 제거했지. 그런 다음 정신을 잃고 쓰러진 거지에게 되돌아가 손으로 맥을 짚어 보니 아직 숨이 붙어 있었다는군. 거지의 머리는 벽 때문에 이상한 각도로 꺾였고 고개가 뒤틀려 있었지. 어깨는 바닥에 닿아 있고 머리만 반쯤 들려 벽에 기대고 있는, 현수교 비슷한 상태였다고 할까. 그는 거지의 고개를 바로 세운 다음 한 다리를 들어 묵직한 구두로 어깨를 지그시 눌러……."

캐럴이 고개를 옆으로 홱 돌렸다.

"미안해요."

버지스가 중얼거렸다. 캐럴은 다시 고개를 돌렸다.

"이것도 이야기의 일부분이니까 알아 두어야죠."

"그런 다음에서야 밖으로 나와서 나한테 전화를 한 거야. 통화를 마치고 돌아온 뒤에는 대문을 지키고 서서 순찰중이던 경관을 끌어들여 대화를 나누며 나를 기다렸지. 만일의 경우에 대비해 증인을 확보한 걸세."

"어떻게 된 영문인지 한눈에 알아차리셨습니까?"

헨더슨이 물었다.

"그를 집으로 돌려보내고 그날 밤 늦게 안치소에서 시신을 살펴보았는데, 양쪽 정강이에 빨갛게 실 자국이 가늘게 남아 있지 뭔가. 목덜미에도 흙이 묻어 있었고. 그때 어찌 된 영문인지 짐작했지. 이 두 가지 사실을 가지고 유추하면 되는 문제였어. 하지만 그걸로 그를 처치하기는 힘들었지. 어쩌면 가능했을 수도 있겠지만, 그래도 기다렸다가 본 사건의 범인으로 잡아들이고 싶었거든. 장님 사건을 근거 삼아 본 사건의 범인으로 붙잡아 들일 수는 없는 일이었으니까. 섣불리 체포했다 놓치기도 싫었어. 일단 잡았으면 꽉 붙들어야지. 그래서 아무 말 않고 계속 미끼를 던졌지."

"그런데 그 마약쟁이 사건하고는 아무 상관이 없다고요?"

"면도날에서 석연치 않은 점이 있기는 했지만 속을 파헤쳐 보니 마약에 취한 클리프 밀번이 두려움과 절망감에 스스로 목을 그은 거였어. 전에 살던 사람이나 그 욕실에서 면도를 한 친구가 버리고 간 안전 면도날이 수납장 선반에 까는 종이 밑에 있었던 모양이야.

자살을 하는 그 순간까지 자기 면도날을 가외의 용도로 사용하는 걸 본능적으로 기피했다니 행동주의 심리학자의 연구 대상이지. 그게 인간의 공통적인 특징이라는군. 부인이 자기 면도날로 연필을 깎으면 남편들이 폭발하는 이유도 그 때문이래."

캐럴이 나지막이 중얼거렸다.

"그날 밤 이후로 저는 면도날 근처에 가지도 못했어요."

"그런데 더글러스 부인의 죽음은 그 친구의 소행이었다고요?"

헨더슨이 호기심 어린 목소리로 물었다.

"거지 때보다 훨씬 솜씨가 노련했어. 그 집은 현관 앞쪽에서부터 여닫이 창문 바로 아래까지 아주 반질반질한 바닥에 길고 좁은 카펫이 깔려 있었거든. 그 위험한 바닥 위에서 살짝 미끄러져 휘청거리는 그를 보고 그녀가 웃었을 때 퍼뜩 아이디어를 얻은 거야. 나머지 부분은 그녀와 이야기를 나누는 동안 대충 주변을 둘러보며 연구했지. 일직선으로 깔린 카펫이 초대장이나 다름없었거든. 그는 그녀가 어느 지점에 서 있어야 휘청했을 때 몸이 창밖으로 넘어갈지 파악한 다음 머릿속으로 가위표를 해 놓고 정확한 지점을 기억해 두었지. 이렇게 들으면 단순한 발상이라 느껴질지 몰라도 이리저리 돌아다니며 이야기를 나누느라 온전히 정신을 집중할 수 없는 상황에서 쉽지 않은 일이었을 거야. 내가 세운 가설이 아니라 진술서를 통해 그에게 직접 들은 이야기일세.

그 순간부터 두 사람 사이에서 일종의 죽음의 무곡이 시작됐지. 그가 알맞은 위치로 조심스럽게 그녀를 유도하는 무곡이. 그는 수표를 쓴 다음 수표를 들고 일어나 창가로 걸어갔어. 바람에 잉크를 말리려고 하는 것처럼 말일세. 그런 다음 그녀를 세워야 하는 지점으로 다가가 카펫이 아닌 바닥을 밟고 서서, 수표를 건네는 척하면서 그녀를 끌어들였지. 가만히 선 채로 그녀를 향해 얌전히 수표를 내밀면 그녀가 다가올 수밖에 없지 않겠나. 투우하고 같은 이치 아닌가. 황소는 투우사가 아닌 망토를 따라가게 되어 있으니 말일세. 그녀는 수표를 따라 그의 옆으로 다가갔어. 그녀가 원하는 지점에 정확히 섰을 때 그는 손가락에 주었던 힘을 풀어 수표를 건넸지. 그녀는 잠깐 꼼짝 않고 서서 수표를 꼼꼼히 뜯어보았어. 그는 갑작스럽게 떠나려는 사람처럼 성큼성큼 거실을 가로질러 걸어갔지. 그러고는 현관에 다다랐을 때 고개를 돌려 '그럼 이만!' 하고 외쳤다네. 그 소리에 그녀가 고개를 들고 그를 쳐다보느라 창문을 완전히 등지게 되었지. 아주 딱 알맞은 자세가 된 거야. 창문을 앞이나 옆으로 두었더라면 떨어졌더라도 창틀을 잡고 매달릴 수 있었을 텐데, 등지고 있었으니 그럴 수가 없었지. 인간의 팔이 그런 식으로 움직여 주질 않으니까.

그는 허리를 숙이고 카펫을 집어 머리 위로 한껏 올렸다 다시 내렸다네. 그랬을 뿐인데 그녀가 한 줄기 바람처럼 사라졌지. 그의 증언에 따르면 비명을 지를 겨를조차 없었다고 하더군. 숨을 내뱉는 순간에 변을 당한 모양이야. 벗겨진 구두가 탁 소리와 함께 바닥 위로 떨어졌을 때 그녀는 이미 사라진 뒤였지."

캐럴은 눈가를 찌푸렸다.

"칼이나 총으로 죽인 것보다 지독하네요. 사람을 철저하게 기만한 거잖아요!"

"맞아요. 하지만 배심원단 앞에서 입증하기에는 훨씬 어려운 측면이 있어요. 그녀의 몸에 손 하나 대지 않고 육칠 미터 거리에서 죽인 셈이니까. 물론 카펫에 단서가 남아 있기는 했죠. 나는 현장에 도착한 순간 알아차렸어요. 그가 서 있었던 쪽이 쭈글쭈글했거든. 그녀가 서 있었던 쪽은 위치만 살짝 뒤로 이동을 했을 뿐 평평했고. 정말로 미끄러졌거나 발을 헛디뎠다면 정반대가 됐어야 했어요. 그녀의 발에 채인 부분이 쭈글쭈글하고 그가 서 있던 쪽은 매끈했어야죠. 진동이 거기까지 전달됐을 리 없으니까.

그녀가 피우다 만 것처럼 타고 있던 담배는 그녀가 추락한 시점이 우리가 도착하기 직전이었던 것처럼 위장하기 위한 장치였어요. 그가 나한테 전화를 한 게 약 십오 분 전이었으니까. 전화는 둘째치더라도 그가 나와 함께 움직인 시간이 소방서 앞에서 만난 시점부터 따졌을 때 꼬박 팔 분에서 십 분은 됐어요. 나는 그 위장 전술에 속지 않았지만, 어떻게 그런 장치를 할 수 있었는지 만족스러운 해답을 얻기까지 꼬박 삼 일이 걸렸죠. 그 스탠드식 재떨이는 한가운데 구멍이 뚫려 있었어요. 거기다 재를 떨면 텅 빈 기둥을 지나 바닥으로 떨어지는 거죠. 구멍에는 원래 덮개가 달려 있는데, 그가 안으로 밀어서 열어 놓았고.

그러고는 보통 길이의 담배를 세 개비 꺼내 앞의 두 개비에서 입에 닿는 쪽의 담뱃잎을 살짝 덜어 낸 다음 끼워서 하나로 연결해 세 배 길이로 만들되 맨 마지막 담배에 찍힌 상표는 남겨 두었죠. 나중에 알아볼 수 있게 말입니다. 그런 다음 담배에 불을 붙이고, 재떨이 위에 비스듬히 걸쳐 놓았어요. 불을 붙인 쪽 끝을 구멍에 댄 채로. 담배를 그런 식으로 구멍에 대고 비스듬히 걸쳐 놓으면 가만 내버려 두어도 잘 꺼지질 않거든요. 천천히 타들어 가면서 불똥이 이 담배에서 저 담배로 자연스럽게 넘어가게 되어 있죠. 첫 번째와 두 번째 담배는 재로 변해 흔적도 없이 구멍 속으로 떨어졌어요. 세 번째 담배만 비스듬히 걸쳐진 채 끝까지 남아서 우리가 도착했을 때 그가 의도했던 효과를 연출한 겁니다. 하지만 이 알리바이는 다른 측면에서 그의 발목을 잡았어요. 차라리 안 만드느니만 못한 알리바이였다고 할까요?

그녀의 농간으로 헛걸음을 한 척 위장을 해야 하는 상황이었는데, 그 때문에 한계가 생겼거든요. 알리바이의 효과를 보려면 얼른 그녀의 집으로 돌아가야 하니까 가까운 곳, 우리 둘이 돌아다니며 탐문하느라 시간 낭비하지 않게 속임수인 것을 뻔히 알 수 있는 장소를 선택할 수밖에 없게 된 거죠. 그래서 선택한 곳이 소방서였어요. 우리는 허탕 쳤음을 한눈에 알아차리고 다시 그녀의 집으로 찾아갔죠. 그러니까 그는 담배 알리바이에 연연하느라 다른 측면에서 설득력을 잃어버린 겁니다. 그녀가 엎어지면 코 닿을 데, 거짓말인 게 너무 빤하게 드러나는 곳의 주소를 가르쳐 준 이유가 뭘까요? 제대로 된 주소를 알려 주든지 아니면 입을 다물든지 할 것이지. 만의 하나 수표를 은근슬쩍 빼돌릴 속셈이었다면 밤을 새고 다음 날까지 꼬박 바쳐야 찾아갈 수 있는 곳의 주소를 알려 주어야 마음 편하게 그를 따돌릴 수 있었을 텐데.

그는 그녀의 행동에 의구심을 불러일으키는 한이 있더라도 살인의 의혹을 없애는 쪽을 선택했던 겁니다. 그 당시 앞을 못 보는 거지의 선례가 있었으니 만일의 경우에 대비해 몸을 사린 거겠죠. 그 한 가지 치명적인 허점만 제외하면 그의 수법은 제법 훌륭했어요. 아무도 없는 방에 대고 이야기하는 소리를 엘리베이터 보이에게 듣게 하고, 심지어 그녀가 뒤에서 닫는 것처럼 보이게 문도 살짝 늦게 놓고 말입니다. 이걸로 그를 체포할 수도 있었어요."

그가 결론을 내리고 이번에는 헨더슨을 향해 말했다.

"하지만 자네 부인 사건은 별개가 아닌가. 그래서 나는 계속 아무것도 모르는 척했지. 이제 똑같은 범행을 반복하게 만드는 게 관건이었어. 하지만 그 대상이 그가 직접 선택한, 우리가 잘 모르는 사람이 아니라 우리가 쥐락펴락할 수 있는 미끼라야 했지."

"캐럴을 그런 식으로 동원한 게 형사님의 아이디어였습니까?

제가 몰랐기 망정이지 만약 알았더라면…….”

헨더슨이 물었다.

“내가 아니라 리치먼 양의 아이디어였네. 나는 원래 다른 아가
씨에게 미끼 역할을 맡길 생각이었어. 그런데 리치먼 양이 막무가
내로 끼어들었지. 사형일 바로 전날 밤에 교환소 밖에서 그를 감시
하고 있는데, 그곳으로 쳐들어온 리치먼 양이 자기가 맡겠다고 딱
잘라 말하지 뭔가. 내가 허락을 하건 말건 상관없다면서. 도대체 말
릴 수도 없었고, 두 여자를 앞서거니 뒤서거니 들여보내는 도박을
감행할 수도 없으니 맡길 수밖에. 그래서 극장 분장사를 불러 완벽
하게 변장을 시킨 다음 들여보냈지.”

“생각해 보세요.”

그녀는 어느 누구에게라고 할 것 없이 두 사람 모두에게 반항조
로 말했다.

“이 달러짜리 엑스트라가 어색한 연기로 일을 망쳐 버릴지 모르
는 상황에서 내가 두 손 놓고 가만히 있으면 되겠어요? 모든 기회
를 날려 버린 뒤라 그게 마지막이었는데.”

“그 여자는 끝내 나타나지 않았죠? 진짜 그 여자 말입니다. 그
것참 희한한 일이네. 어디에 사는 누군지 몰라도 숨바꼭질 한번 끝
까지 제대로 했네요.”

헨더슨은 생각에 잠긴 목소리로 물었다.

“그녀는 숨으려고 한 적도 없고, 숨바꼭질을 시도한 적도 없다

네. 그게 더 희한한 일이지.”

버지스가 말했다. 헨더슨과 여자 친구는 둘 다 놀라서 움찔하며 몸을 앞으로 숙였다.

“그걸 어떻게 아셨어요? 결국 소재를 파악하신 겁니까? 어디 사는 누구인지 알아내신 겁니까?”

“알아냈지.”

버지스는 딱 잘라 대답했다.

“어디 사는 누구인지 알아낸 지 꽤 됐어. 몇 주, 아니 몇 개월쯤 됐을걸?”

“그런데요? 그런데 죽었나요?”

헨더슨은 속삭이듯 물었다.

“그런 건 아니야. 하지만 실질적으로는 죽은 거나 다름없다고 볼 수 있지. 육체는 살아 있지만, 가망 없는 정신병자로 입원해 있으니까.”

그는 천천히 주머니에 손을 넣어 봉투와 서류를 헤집기 시작했다. 두 사람은 그런 그의 모습을 멍하니 바라볼 따름이었다.

“내가 직접 찾아갔어. 한 번도 아니고 여러 번 찾아가서 대화도 시도해 보았지. 겉으로 봐서는 티가 잘 안 나. 그냥 비몽사몽 멍한 표정이거든. 그런데 어제 일도 기억을 못해. 과거가 전부 안개로 뒤덮인 것처럼 흐릿한 거야. 아무 쓸모가 없었지. 증언을 할 수 없는 상태였으니까. 그래서 그녀의 소재를 비밀에 부치고 그런 작전을 감행한 걸세. 대역을 동원해 그의 자백을 받아 내는 방법밖에 없었거든."

"그렇게 된 지는 얼마나……."

"자네와 그날 밤을 그렇게 보내고 삼 주도 안 돼서 입원을 했다더군. 그 전부터 증세가 오락가락했는데 그 무렵부터 심각해져서."

"형사님은 어떻게……?"

"이제 와서 설명을 하자니 새삼스럽지만 어찌어찌 알아냈지. 우선 모자가 중고품 할인점에서 발견되었다네. 몇 센트씩 받고 물건을 떨이로 팔아치우는 데 나와 있는 것을 우리 팀 형사가 발견했지. 그래서 차근차근 역추적에 나섰어. 나중에 롬바드가 했던 것처럼 말일세. 알고 보니 어느 노파가 쓰레기통에 버려진 걸 주워서 할인점에 넘겼다고 하더군. 그 노파가 모자를 주웠다는 쓰레기통 일대를 집집마다 찾아다녔지.

그렇게 몇 주가 지났을 때 드디어 모자를 버렸다는 가정부가 나타났어. 그런데 안주인이 얼마 전에 정신 병원에 입원했다지 뭔가. 내가 직접 남편과 가족을 심문했는데, 자네와 있었던 일을 아는 사람은 아무도 없었지만 그녀가 어떤 인물인지 파악하기에는 충분했지. 오래전부터 밤새도록 밖을 쏘다니고 혼자 호텔에 들어가는 그런 식의 기행을 보였다는 거야. 한번은 동틀 무렵에 공원 벤치에 앉아 있는 걸 끌고 온 적도 있다더군. 이거, 그 사람들한테 받아 온 걸세."

그는 헨더슨에게 스냅 사진을 건넸다. 그 여자를 찍은 사진이었다. 헨더슨은 한참 동안 열심히 사진을 들여다보더니 고개를 끄덕이며 혼잣말처럼 나지막이 중얼거렸다.

"맞아요. 맞는 것 같네요."

캐럴이 홱 하니 사진을 채 갔다.

"그만 봐요. 이 여자 때문에 겪은 고생은 그 정도면 충분하잖아. 이 여자에 대한 기억은 잊은 채로 살아요. 자, 사진 도로 가져가세요."

"하지만 도움은 됐어. 그날 밤에 대타로 리치먼 양을 투입했을 때 분장 전문가가 이 사진을 보고 비슷하게 만들어 줬거든. 그를 속일 수 있을 정도로 말일세. 그도 그날 밤 희미한 불빛 아래 먼발치에서 본 게 전부였으니까."

버지스가 사진을 주머니에 넣으며 말했다.

"이름은 뭡니까?"

헨더슨이 물었다. 캐럴이 얼른 손을 내저었다.

"안 돼. 가르쳐 주지 마세요. 그 여자의 흔적이 우리한테 남는 거 싫어요. 새 출발을 하려는 마당에 유령은 필요 없어요."

"지당하신 말씀. 이제 다 끝난 일이니 잊어버리게."

버지스가 말했다. 그럼에도 불구하고 세 사람은 한동안 아무 말 없이 그녀를 생각했다. 그들은 앞으로도 계속 그렇게 가끔 그녀를 떠올릴 것이다. 그런 기억은 잊을 수 없는 법이니까. 잠시 후 헨더슨은 캐럴과 팔짱을 끼고 문을 나서려다 말고, 못마땅한 듯이 이마를 찡그리며 버지스 쪽으로 고개를 돌렸다.

"하지만 무슨 교훈이나 이유라도 있어야죠. 그녀와 내가 아무 이유도 없이 이런 일을 겪었다면 말이 안 되지 않습니까. 어딘가에 가르침이 있어야 하는 게 아닌가요?"

버지스는 얼른 갈 길을 가라는 듯이 그의 등을 철썩 때렸다.

"교훈이 필요하면 하나 만들어 줄까? 모르는 사람과 절대 극장에 같이 가지 말 것. 가게 되더라도 얼굴은 똑똑히 기억할 것."

작 가
정 보

코넬 울리치 또는 윌리엄 아이리시

Cornell Woolrich or William Irish

윌리엄 아이리시는 1903년 뉴욕에서 태어나 미국에서 활동한 코넬 울리치의 필명이다. 영국, 스페인, 유태인 혈통의 부모 사이에서 태어난 그는 어릴 적에 부모가 이혼한 뒤로 아버지와 함께 혁명기의 멕시코, 쿠바, 바하마 제도 등에서 살았는데 이 동안에는 호텔을 전전하는 생활을 보냈으며 학교에는 거의 다니지 않았다고 한다. 어린 시절에 경험한 남미의 생활은 후의 작품에도 영향을 끼친다.

작 가 로 서 의   울 리 치

뉴욕으로 돌아온 울리치는 어머니와 함께 생활하면서 컬럼비아 대학에서 저널리즘을 전공했다. 학생 신분으로 첫 번째 작품인 『봉사료Cover Charge』(1926)를 발표한 뒤로 미국 문학의 총아로 불리며 작가 활동을 시작하게 된 그는 두 번째 작품까지 인기를 끌면서 대학 입학 삼 년 만에 학업을 중단한다. 울리치는 스콧 피츠제럴드의 애독자였는데 첫 작품은 당대의 오마주라고 할 만큼 그 영향이 드러나 있다.

1930년대 중반에 들어 울리치는 펄프 잡지에 단편을 발표하면서 미스터리 작가로서의 역량을 키웠다. 자신이 태어난 뉴욕을 무대로 긴박감 넘치는 스토리에 도시인의 삶을 감성적으로 그리는 그의 작풍은 이 시기에 완성되며 현재까지도 '누아르 소설의 아버지'로 불린다.

울리치는 200편이 넘는 단편을 썼는데 대표적인 단편 중 하나인 「이창」 (1942)은 1954년에 히치콕에 의해 영화화되어 유명해졌다. 출세작이 된 장편 미스터리 『검은 옷을 입은 신부』(1940)는 타이틀에 'Black'을 붙인 시리즈 첫 번째 작품. 시리즈 마지막 작품인 『상복의 랑데부』(1948)는 또 다른 걸작 『환상의 여인』과 함께 울리치의 대표작이다. 윌리엄 아이리시라는 필명은 『환상의 여인』(1942)을 발행할 때 붙인 이름으로 아이리시라는 필명으로는 총 다섯 편의 작품을 썼다. 울리치는 미들 네임인 조지 호플리라는 이름으로도 『밤은 천 개의 눈을 가지고 있다』(1950)와 『공포Fright』(1950)이라는 두 작품을 발표했다. 서스펜스 미스터리 외에도 기이하고 초자연적인 이야기를 다룬 작품을 많이 썼다.

코넬 울리치의 삶

작가로서의 성공에도 불구하고 그는 그의 어머니와 함께 싸구려 호텔을 전전하며 삶의 고단함을 잊기 위해 술을 마셨다. 젊어서부터 지나친 흡

연과 음주를 하여 말년에는 건강이 좋지 않아 고생을 했다.

부끄러움이 많고 까다로운 성격이라 자신의 작품을 칭찬하는 사람을 만나도 무례하게 굴곤 했다. 지인도 별로 없었으며 작품을 누군가에게 헌정하는 일도 없었다. 작품을 헌정하는 경우는 자신이 쓰던 레밍턴 휴대용 타자기(『검은 옷을 입은 신부』)나 자신이 싫어한 호텔 방(『환상의 여인』)이 대상이었다.

알코올 중독에 의한 당뇨로 왼발을 절단하고 휠체어 생활을 할 수밖에 없게 된 울리치는 1968년 맨해튼의 호텔의 복도에서 뇌졸중 발작을 일으킨 뒤 64세로 생애를 마감한다. 울리치는 막대한 재산을 가지고 있었고, 백만 달러의 유산은 '젊은 작가 지망자를 위한 육성 자금'으로서 모교 컬럼비아 대학에 기부되었다.

/

작 품 목 록

1940년부터 1948년까지 출간된 작품이 가장 우수하다고 평가받고 있다. 이전에 쓰인 여섯 작품이 피츠제럴드의 영향을 받은 것과 달리 이 시기에는 뚜렷이 구별되는 독자적인 미스터리를 발표했다.

장편 소설

Cover Charge (1926)

Children of the Ritz (1927)

Times Square (1929)

A Young Man's Heart (1930)

The Time of Her Life (1931)

Manhattan Love Song (1932)

The Bride Wore Black (1940) - 『검은 옷을 입은 신부』 (페이퍼하우스, 2009)

The Black Curtain (1941)

Marihuana (1941)

Black Alibi (1942)

Phantom Lady (1942, 윌리엄 아이리시) - 『환상의 여인』 (엘릭시르, 2012, 미스터리 책장 시리즈)

The Black Angel (1943)

The Black Path of Fear (1944)

After Dinner Story (1944)

Deadline at Dawn (1944, 윌리엄 아이리시) - 『새벽의 데드라인』 (엘릭시르, 2017, 미스터리 책장 시리즈)

Night Has a Thousand Eyes (1945, 조지 호플리) - 『밤은 천 개의 눈을 가지고 있다』 (이레, 2009)

Waltz into Darkness (1947, 윌리엄 아이리시)

Rendezvous in Black (1948) - 『상복의 랑데부』 (엘릭시르, 2015, 미스터리 책장 시리즈)

I Married a Dead Man (1948, 윌리엄 아이리시)

Savage Bride (1950)

Fright (1950, 조지 호플리)

You'll Never See Me Again (1951)

Strangler's Serenade (1951, 윌리엄 아이리시)

Hotel Room (1958)

Death is My Dancing Partner (1959)

The Doom Stone (1960)

into the Night (1987, 미완성 원고를 로런스 블록이 마무리 지어 출간)

해 설

나르시시즘과 고독으로 가득한
도시의 달콤쌉쓸한 서스펜스

세계 3대 추리 소설이라는 수식어가 있다. 누가 이런 걸 만들었는지는 아무도 몰랐고, 이게 도대체 뭐냐는 질문을 던지면 늘 나오는 답은 어느 일본 사람이라는 것이었다. 지금은 1975년 일본의 《주간 요미우리》에서 발표한 '독자 선정 해외 추리 소설 베스트 20'의 첫 세 편이 국내에서 '세계 3대 추리 소설' 행세를 하고 다녔다는 것이 정설 비슷하게 자리 잡았다. '음악의 아버지는 바흐, 어머니는 헨델'처럼, 근본 없고 쓸모도 없는 암기거리였던 거다.

누가 만들었건, ○○ 추리 문고나 ○○ 세계 추리 걸작선으로 추리 소설을 시작한 독자들은 이 리스트를 숙제처럼 암기했다. 애거서 크리스티의 『그리고 아무도 없었다』, 엘러리 퀸의 『Y의 비극』 그리고 윌리엄 아이리시의 『환상의 여인』. 모두 훌륭한 장르 소설이지만, 이들이 다른 쟁쟁한 소설들을 제치고 세계 3대 추리 소설이 되어야 하는 이유는 아무도 몰랐다.

각각의 작품을 하나씩 들여다보면 이것이 과연 추리 소설 리스트인지도 의심이 간다. 세 편의 소설 모두 살인범을 추적하는 추리물의 플롯을 따르고 있는 건 사실이다. 하지만 이들 중 추리 소설의 규칙을 엄격하게 따르는 건 『Y의 비극』밖에 없다. 『그리고 아무도 없었다』는 추리물보다는 호러 서스펜스에 가까우며, 이후 〈13일의 금요일〉로 대표되는 슬래셔물의 시조가 된다. 그리고 『환상의 여인』은, 코넬 울리치/윌리엄 아이리시의 대부분 소설들이 그렇듯, 추리물보다는 '누아르'라는 단어에 치우쳐 있다.

누아르와 울리치. 하긴 이 둘을 따로 떼어 놓고 20세기 미국 대중 문화를 이야기하기란 불가능할 것이다.

코넬 조지 호플리 울리치는 1903년 12월 4일 뉴욕에서 태어났다. 부모는 그가 어렸을 때 별거했고, 그는 어린 시절 아버지와 함께 멕시코에서 살다가 다시 뉴욕으로 돌아가 남은 인생 대부분을 어머니와 함께 호텔을 떠돌면서 살았다. 컬럼비아 대학을 다녔지만 졸업하지 않았고, 할리우드에서 잠시 각본가로 일할 때 삼 개월인가 결혼 생활을 하긴 했지만, 커밍아웃하지 않은 동성애자였다. 어머니가 죽은 뒤에는 괴사로 한쪽 다리를 잃고 휠체어 신세를 졌으며, 1968년 9월 25일 그가 마침내 세상을 떴을 때, 그의 시체는 겨우 사십 킬로그램밖에 안 되었단다. 듣기만 해도 갑갑한 삶. 이런 남자가 평생 동안 수십 권의 소설과 단편집의 기반이 될 만한 인생 경험을 했을 것이라는 건 상상하기 어렵지만, 작가들이란, 특히 장르 작가들이란 그런 경험 따위는 쉽게 건너뛰는 사람들이다.

그는 초반에 F. 스콧 피츠제럴드의 영향을 받은 일반 소설들을 썼고, 종종 초자연적인 소재를 다룬 호러로도 손을 뻗었지만, 그가 유명해진 건 『검은 옷을 입은 신부』, 『환상의 여인』, 『새벽의 데드라인』, 『밤은 천개의 눈을 가지고 있다』, 『검은 커튼 Black Curtain』, 『죽은 자와의 결혼 I Married Dead Man』, 『상복의 랑데부』와 같은 범죄 소설이었다. 여기서 나는 추리 소설이란 단어 대신 범죄 소설이라는 단어를 썼는데, 앞에서도 말했지만, 그의 소설들은 엄격한 추리 소설의 잣대를 들이대면 허점투성이이기 때문이다. 그리고 그가 윌리엄 아이리시의 필명으로 발표한 최고 걸작 『환상의 여인』은 아이러니컬하게도 그의 장편이 가진 단점들이 총집합한 작품이기도 하다.

추리 소설 팬이라면, 『환상의 여인』을 읽지 않은 독자들이라고 해도 이 소설의 줄거리를 알고 있을 것이다. 아내와 싸우고 무작정 거리로 뛰쳐

나온 스콧 헨더슨은 쓰고 있는 오렌지색 모자 이외엔 특별한 개성이 없는 여자를 만나 즉석 데이트를 즐기고 돌아오는데, 아내는 살해당한 시체가 되어 있고, 그는 이 사건의 유일한 용의자로 전락한다. 그는 알리바이를 입증하기 위해 데이트한 식당과 가게들을 전전하지만 증인들 중 어느 누구도 그 여자를 기억하지 못한다. 사형 선고를 받은 그를 대신해서 그 환상의 여인을 찾으러 나선 사람은 스콧의 여자 친구인 캐럴 리치먼과 그의 친구 존 롬바드다.

끝내주는 도입부다. 그렇지 않은가? 하지만 추리 소설로 보면 이 소설의 논리는 여러 가지로 말이 안 된다. 숙련된 독자라면 사형 선고를 받은 주인공이 몇 달 동안 감방 안에서 넋 놓고 있다가 친절한 형사의 방문 이후에야 여자 친구와 친구의 도움을 받아들이는 것 자체를 수상쩍게 생각할 것이다. 그에게 필요한 것은 이들의 도움이 아니라 더 나은 변호사와 전문적으로 사건을 재수사할 자격과 능력이 있는 사립 탐정이다. 그리고 그 사립 탐정이 정말로 유능하다면 수사를 시작한 지 며칠 안에 판결을 뒤집을 만한 의미 있는 결과물을 가져왔을 것이다. 아니, 거기까지 갈 필요가 있었는지도 의심스럽다. 범인이 매수하지 못한 증인들은 여전히 남아 있고 그중 몇 명은 경찰 수사로도 충분히 찾아낼 수 있었기 때문이다. 실제로 이후에 진행되는 수사는, 심지어 전문 형사의 도움을 따랐는데도 불구하고, 딱 어설픈 아마추어의 수준에서 진행된다. 쓸데없는 헛발질로 아까운 시간이 낭비되고, 그동안 경찰들이 조금 빡세게 밀어붙이기만 했어도 멀쩡했을 사람들이 한 명씩 죽어 나간다. 아아…….
영화가 가진 플롯의 문제점은 이 원작이 할리우드로 넘어가자마자 간접적으로 입증되었다. 로버트 시오드막이 감독하고 엘라 레인스가 주연한 1944년 영화판 〈환상의 여인〉은 여러 모로 필름 누아르의 수작으로 평가받는 영화지만, 충실한 각색은 아니다. 가장 큰 차이는 원작에서 여자 친구였던 캐럴 리치먼이 영화에서는 보스를 짝사랑하는 비서로 바뀌었고, 캐럴 리치먼과 존 롬바드의 파트가 갖고 있던 완벽한 대칭성이 파괴되었다는 것. 후자는 시오드막 역시 그리고 싶어서 그런 게 아닐 것이다. 그렇게 하면 이야기의 구조적 매력과 서스펜스, 반전이 모두 조금씩 날아가니까. 하지만 관객들이 직접 눈으로 사건을 볼 수 있는 영화라는 매체로 옮기면, 원작에서는 너무나도 당연해 보였던 소설의 이야기의 허상도 드러나 보이는 법이다. 작가가 말도 안 되는 거짓말을 시치미 뚝 떼고 늘어놓고 있다는 것을 각색 작업 중간에야 간신히 눈치챘던 것이리라.

여기서 울리치 범죄 소설의 기이한 매력이 드러난다. 추리 소설이라는 껍데기를 믿지 마시라. 그의 소설은 추리 소설의 논리 따위는 따르지 않는다. 소설 속에서 일어나는 사건들은 모양을 대충 구별할 정도로만 현실을 따르고 있을 뿐이다. 여기서 알리바이, 트릭, 반전을 이성을 통해 검증하는 것은 무의미한 일이다. 울리치 소설 속 세계는 현실보다는 꿈이나 백일몽에 가까운 곳으로, 이는 오로지 책 안에서만 생생한 현실감을 유지할 수 있다. 그의 책이 갖고 있는 서스펜스 역시 이 불가해함에 기인한다. 째깍거리며 데드라인은 다가오는데, 악몽 속에 빠진 우리의 주인공에게는 이를 이성적으로 해결할 능력이나 눈에 보이는 출구가 주어지지 않는 것이다. 20세기 대중 문학의 세계에서 이런 악몽 같은 세계의 창조주로서 그와 경쟁할 수 있는 인물은 알프레드 히치콕 정도일 것이다. 우연의 일치인지 모르겠는데, 그들은 맥거핀의 사용에 있어서도 모두 거장이다. 특히 『환상의 여인』은 소설 전체가 맥거핀에 의해 지탱되고 있는 작품이 아닌가.

울리치의 세계는 '누아르'의 세계이기도 하다. 논리보다는 분위기와 감성을 따르고, 액션보다는 감상적인 묘사의 안개가 더 중요한. 아마 현대 독자들은 그의 문장이 유행가처럼 감상적이며 지나치게 즉각적인 효과에 집착하는 경향이 있다고 지적할지도 모른다. 하지만 울리치가 무대로 삼고 있었던 20세기 중반의 미국 도시는 바로 그러한 재즈의 감상주의와 즉흥성을 통해서만 제대로 묘사될 수 있는 곳이었으며, 아마 그렇게 된 데에는 코넬 울리치 작가 자신의 책임도 있을 것이다.

울리치의 소설들은 이전처럼 많이 읽히지 않는다. 미국에서 그의 소설 대부분은 절판되었고 아마 저작권 분쟁 문제가 해결되지 않는 한, 한동안 그 상태로 남을 것이다. IMDb에서 영화 〈환상의 여인〉에 대해 이야기 하는 사람들은 울리치나 아이리시의 이름을 거의 언급하지 않는다.

오히려 그의 명성은 번역을 통해 일본이나 한국에서 더 생생하게 유지되는 경향이 있다. 그러나 그의 소설들이 림보에 잠시 갇혀 있는 동안에도, 그의 비전은 여전히 세상에 영향력을 행사한다. 울리치의 달콤씁쓸한 서스펜스 소설은 세계를 묘사하는 것으로 그치지 않고 그 세계의 일부를 창조했다. 현대인들이 마천루 숲 사이를 걸으며 도회지 사람들의 나르시시즘과 고독을 곱씹을 때, 그들은 무의식적으로 그 세계를 울리치의 시선으로 바라보고 있는 것이다.

듀나(소설가, 영화 평론가)

환상의 여인
PHANTOM LADY
/

1판 1쇄 2012년 7월 16일 / **1판 14쇄** 2022년 9월 26일

지은이 윌리엄 아이리시 / **옮긴이** 이은선

책임편집 이현 / **편집** 임지호 지혜림 / **아트디렉팅** 이혜경 / **본문조판** 강혜림 / **그림** 황성원
저작권 박지영 형소진 이영은 김하림 / **마케팅** 정민호 이숙재 박치우 한민아 이민경 박지영 안남영 김수현 정경주
브랜딩 함유지 함근아 김희숙 박민재 박진희 정승민 / **제작** 강신은 김동욱 임현식 / **제작처** 영신사

펴낸곳 (주)문학동네 / **펴낸이** 김소영
출판등록 1993년 10월 22일 제2003-000045호

주소 10881 경기도 파주시 회동길 210
문의 031-955-1918(편집) 031-955-3578(마케팅) 031-955-8855(팩스)
전자우편 editor@elmys.co.kr / **홈페이지** www.elmys.co.kr

ISBN 978-89-546-1852-6 (03840)

엘릭시르는 출판그룹 문학동네의 장르문학 브랜드입니다.